U0448603

重返校园

凤凰树下随笔集

齐树洁 著

厦门大学出版社
国家一级出版社
全国百佳图书出版单位

图书在版编目(CIP)数据

重返校园 / 齐树洁著. -- 厦门：厦门大学出版社，2024.7. -- (凤凰树下随笔集). -- ISBN 978-7-5615-9459-9

Ⅰ.I267.1

中国国家版本馆CIP数据核字第2024TN9473号

责任编辑　甘世恒
责任校对　杨木梅
美术编辑　李夏凌
技术编辑　许克华

出版发行　厦门大学出版社
社　　址　厦门市软件园二期望海路39号
邮政编码　361008
总　　机　0592-2181111　0592-2181406(传真)
营销中心　0592-2184458　0592-2181365
网　　址　http://www.xmupress.com
邮　　箱　xmup@xmupress.com
印　　刷　厦门集大印刷有限公司

开本　720 mm×1 020 mm　1/16
印张　22.25
插页　2
字数　376千字
版次　2024年7月第1版
印次　2024年7月第1次印刷
定价　70.00元

本书如有印装质量问题请直接寄承印厂调换

厦门大学出版社
微信二维码

厦门大学出版社
微博二维码

编者的话

厦门大学,一所闻名遐迩的高等学府,经过近百年的岁月洗礼,她根深叶茂,茁壮成长。厦大校园背山面海、拥湖抱水,早年由南洋引入的凤凰木遍布校园的各个角落,于是,一级又一级的海内外求知学子满怀憧憬地相聚在凤凰树下;一届又一届的毕业生依依惜别于凤凰树下。"凤凰花开"成了学子们对母校的青春记忆,"凤凰树下"成了厦大人共同的生活空间。

建校近百年的厦门大学现已成为学科门类齐全的国家"211""985"工程重点大学。厦大人秉承"自强不息,止于至善"的校训,铭记校主陈嘉庚建设一流大学的嘱托,在较少政治喧闹、较多自由思考的相对安静环境中,做着相对纯粹的真学问,培育着一代代莘莘学子。一大批厦大人在不同的学术领域里成果卓著,他们除了发表论文、出版专著,贡献自己高深的科研成果之外,亦时有充满灵性的学术感悟文字、感时悯世的政治评论短札,时有思索道德人生的启示益智言语、情感迸发的直抒胸臆篇什。这些学术随笔其文字之精练，语言之优美，内容之丰富，思想之深刻，不仅体现了厦大学人深厚的学术积淀，而且也是值得传承的丰富文化宝藏和宝贵的出版传播资源。

厦门大学出版社秉承"蕴大学精神，铸学术精品"的出版理念，注重挖掘厦门大学的学术内涵。我们将以"凤凰树下随笔集"的形式，编辑出版厦大学人的学术随笔、学术短札，在凤凰树下营造弥漫学术芬芳的书香氛围，让厦大校园充满求真思辨的探索情怀。年轻学子阅读这些书札，或能获得体悟，受到激励，走向深邃的学术殿堂；社会大众阅读这些书札，或能更加切实地品读我们这所大学的真实内涵，而不至于停留在"厦门大学是个大花园"的粗浅旅游观感层次。

我们更期待"凤凰树下随笔集"走出校园，吸引全球更多的学者走入这片凤凰树下，让读者感受到这些学者除了不断有高精尖的科研成果问世外，还有深沉的文化艺术脉搏在跳动，还有浓郁的人文精神、科学精神在流淌。

厦门大学出版社

退伍老兵重返校园*

（代序）

1972年11月，国家发出征兵令，征集对象包括城市在校学生。消息传来，福建省泉州市的中学生们热血沸腾，踊跃报名参军。12月20日，数千名闽南子弟在厦门郊区的前场车站集结，北上戍边。

"万里赴戎机，关山度若飞。"我就在那批豪情满怀的中学生新兵行列之中。出发之前，泉州一中高一(2)班为我、洪复纯、黄安辉三名入伍的同学开了一个欢送会。那天晚上，我写了一首长诗，题为《告别校园》。诗中写道："刚刚开过班级的欢送会，我漫步走到红专楼前；耳边还回响着同学们亲切的话语，而此刻我就要告别亲爱的校园……"当时以为这辈子再也没有机会坐在教室里读书了，心中百感交集，若有所失。

天山南北，大漠边关。一代又一代的边防军人在这里风餐露宿，枕戈待旦，用青春和生命铸造祖国的钢铁长城。在一次执行训练任务时，我的膝关节被冻伤，时常发作疼痛，因此不得不在服役5年之后，向连队申请退伍。1978年3月24日上午，在新疆库尔勒

---

* 本文原载《厦门日报》2021年6月4日B04版。

的军营,副指导员樊斯文找我谈话。他说:"经个人申请,支部研究,上级党委批准,你将退出现役,下午军人大会就要宣布。几年来你在部队取得了很大的进步,但这只是万里长征的第一步,今后的道路还很长,还要继续努力。"4月17日,我和几位一同入伍的同学,穿着没有领章帽徽的旧军装,带着新疆军区颁发的"退伍军人证明书",回到了泉州。

图1 新疆部队退伍军人证明书(1978年3月)①

退伍之后,我很想完成因参军而中断的学业,于是到泉州一中申请继续上课。一进校门,便遇到程元材老师,他曾教过我语文。当年我离校之前,程老师问我:"此去何时可以回来?"我那时年轻气盛,豪迈地回答:"风萧萧兮易水寒,壮士一去兮不复还。"程老师见到我回来了,很是开心。他说:"你就在我的班听课吧,但是最近因为恢复高考,回校补习的学生太多了,教室里没有座位,你只能坐在窗外。"我说:"没问题,只要能让我回来听课就心满意足了。"

就这样,我又回到了魂牵梦萦的一中校园,和那些比我小六七岁的学弟学妹们一同听课、做作业、考试。所不同的是,他们坐

---

① 除特别说明外,本书所有图片均由作者提供。

在教室里，我坐在教室外。校园景色依旧，难免触景生情。由于时空和角色的转换过于突然，听课时，我常常有一种人在梦中的感觉，有时会走神，一会儿想起当兵前的中学时代，一会儿想起那些还在边防线上爬冰卧雪的战友们。

回校补习不久，我参加了泉州市教育局组织的模拟高考。那次考试，我的作文《在继续长征的路上》获得高分，并被作为范文印发给全校毕业班学生参考。我因此信心大增，决定参加高考。

按照当时的规定，高考报名时，必须一并填报高考志愿。我不懂得如何填报志愿，为此连夜去找当兵前就认识的王善钧老师，向他请教。王老师毕业于北大哲学系，当时在晋江地委党校任科长。他说："我认为，最好的学校是北大。"王老师的夫人庄克华老师毕业于山东大学中文系，当时在晋江地区教师进修学校任教。她在一旁说："我觉得，最好的专业是中文。"我很受启发，就说："那就报考北大中文系吧。"他们都表示赞同。第二天我去交高考报名表时，工作人员说："不能只填一个专业志愿，至少要填写两个学校、两个专业。"于是我又填了一个"复旦大学新闻系"。

1978年7月，我参加全国统一高考。7月20日上午考政治，下午考历史；7月21日上午考数学，下午考地理；7月22日上午考语文，下午考英语。由于我的英语成绩达到外语专业线，8月下旬我还参加了英语口试，但是因发音不准，在第一轮就被淘汰了。口试时，我还偶遇新疆新兵连的战友陈建国。他在部队因生病提前退役，回到泉州五中继续上学，直至1974年高中毕业。后来听说他考上四川大学外语系了。

9月下旬，福建省高招办发出高考录取通知书，我被北京大学法律系录取了。收到录取通知书后，我到市教育局领取了45元入学路费，到市商业局领取了25尺布票。10月初，我从厦门火车站乘车北上。在候车时，我看到厦门大学的校车停在广场

003

上，正在迎接1978级新生。

四年后的1982年8月，我从北京大学法律系毕业，分配到厦门大学法律系任教，成了厦大的一名教师，直至今日。

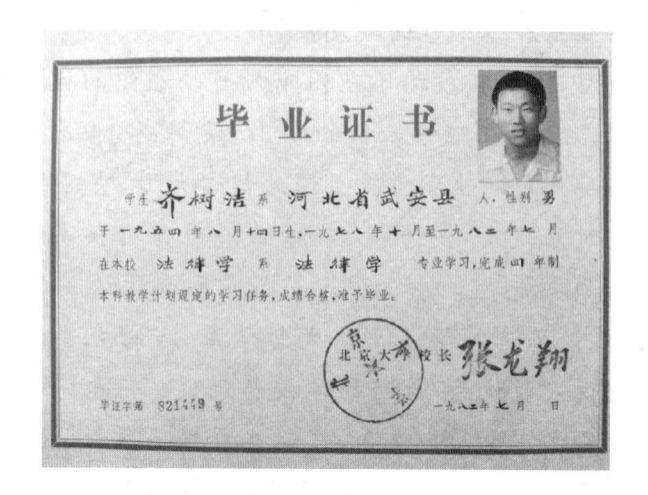

图2　北京大学毕业证书(1982年7月)

第一辑　新闻观察

3　〉千呼万唤始出来
5　〉立法列车全速驶向市场经济
7　〉厦门立法权与完善台商投资法制
10　〉香港终审法院:"一国两制"的一项杰作
12　〉使用中文:香港法庭任重道远
14　〉香港回归与港台关系
16　〉香港:居民国籍尘埃落定
19　〉香港法律迈向1997
21　〉家事诉讼:法院任重而道远
24　〉有一种考试牵动司法改革的神经
27　〉执行拍卖之法理分析
33　〉莆田"调解衔接机制"的法治意义
38　〉香港的民事司法改革
43　〉司法如何参与社会管理创新
46　〉厦门ADR立法对国家法治建设的贡献
48　〉多元化纠纷解决机制的基层模式探索
51　〉评泉州法院"跨域·连锁·直通"式诉讼服务
54　〉让正义以人们看得见的方式实现

57 〉 检察公益诉讼在探索中前行

第二辑　法治评论

63 〉 制定强制执行法势在必行
65 〉 证据制度的改革任重而道远
68 〉 环境保护：建立团体诉讼制度殊为必要
73 〉 司法理念的更新：从对抗到协同
75 〉 关注基层司法
79 〉 司法改革与中国国情
84 〉 执行程序单独立法是解决执行难的根本途径
89 〉 调解优先与诉权保障
94 〉 关注民事诉讼法修改
97 〉 关注民事诉讼证据制度的立法完善
100 〉 小额诉讼：从理念到规则
105 〉 公益诉讼与当事人适格之扩张
110 〉 司法改革任重而道远
115 〉 依法治国与民事诉讼制度的完善
120 〉 再审程序：从"有错必纠"到"依法纠错"
124 〉 行政裁决制度：反思与重构
129 〉 我国多元化纠纷解决机制的新发展
135 〉 陪审制度改革行稳致远
139 〉 推进少年审判与家事审判的深度融合
144 〉 推窗架桥　勾连贯通
　　　　——读柳经纬教授新作《标准与法律释论》

第三辑　环球视野

149 〉 菲律宾共和国的继承制度
153 〉 德国民事司法改革的新动向

159 〉 英国陪审团是怎样运作的
162 〉 ADR：多元化解决民事纠纷新机制
166 〉 英国审裁处制度的发展与改革
169 〉 英国强制执行制度改革
175 〉 域外 ADR 制度的发展趋势
180 〉 英国调解制度
186 〉 德国调解制度
192 〉 法国调解制度
199 〉 美国调解制度
205 〉 土耳其调解制度
210 〉 墨西哥调解制度
216 〉 印度调解制度
222 〉 日本调解制度
228 〉 巴西调解制度
234 〉 挪威调解制度
239 〉 越南调解制度
245 〉 加纳调解制度
251 〉 韩国调解制度
257 〉 强制调解的域外实践与探索
263 〉 法院附设调解的域外实践

第四辑　前序后记

271 〉《民事司法改革研究》后记
273 〉《人人论执行》序
275 〉《英国民事司法改革》后记
277 〉《民事上诉制度研究》后记
280 〉《民事纠纷多元化解决机制研究》序
283 〉"权利保护与纠纷解决"丛书序
286 〉《东南司法评论》发刊词
288 〉《司法鉴定程序的法律问题研究》序

290 〉《中国知识产权禁令制度研究》序
292 〉《诉权保障的中国阐释》序
294 〉《知识产权纠纷多元化解决机制研究》序
296 〉《民事裁判的边界》序
299 〉《台湾地区"民事诉讼法"修改之研究》序
301 〉《中国环境公益诉讼主体多元化研究》序
303 〉《民事诉讼诚实信用原则之适用研究》序
306 〉《民事诉讼法》(第 13 版)前言
308 〉《民商事再审前沿实务与疑难解析》序

第五辑 往事杂忆

313 〉难忘西北戍边时
316 〉第一次坐民航飞机
318 〉我的退伍返乡之路
321 〉1978 年的南京之行
323 〉北大日记(1978—1982)
332 〉那年母亲来北大
334 〉从北大到厦大
337 〉我和厦大出版社:作者·顾问·朋友
339 〉我和厦大法学院:34 年的坚守

343 〉后 记

第一辑

新闻观察

凤凰树下随笔集

千呼万唤始出来[*]

近年来,在各种商业服务场所,"顾客是上帝""满意在商店"的横幅、招牌几乎随处可见,而与此同时,假冒伪劣商品屡禁不止,侵害消费者权益的行为屡见不鲜。

在商品生产不发达的社会,商品种类简单,消费需求不大,消费者可以运用自己的经验和知识来鉴别商品的好坏,判断价格是否合理。随着现代社会高度工业化,新产品纷纷问世,商品更新换代速度加快。消费者以往的经验迅速老化,商品知识短缺的消费者越来越多,现代消费者问题由此产生。

就法律性质而言,消费者与经营者之间的交易关系是一种平等的民事法律关系。但实际上,双方的经济地位不平等,这是因为消费者是分散的个人,而经营者(制造商、销售商)大多是有组织的法人。消费者在商品知识、议价力量、承受能力等方面,无法与拥有雄厚经济实力的经营者相抗衡。消费者在很大程度上依靠经营者的介绍和说明选择商品和服务,这就使得消费者很容易被虚假的广告、标签、商标和说明书所欺骗。而且,在多数情况下,消费合同是一种标准合同,合同条款由经营者单方面决定,其中往往存在一些对消费者不利的交易条件。一旦发生争议,消费者个人难以应对。

消费者与经营者双方法律地位的不平等,客观上要求法律予以调整。在当今世界,消费者权益保护立法的状况,已经成为检验一个国家社会经济发达程度的重要标准之一。

社会主义的市场经济要求建立完善的市场规则,而保护消费者权益正

---

[*] 1993年11月,为宣传新颁布的《消费者权益保护法》,《厦门日报》之《法制长廊》栏目周迎春编辑邀请我撰写系列文章。我写了4篇,本书收录其中第一篇。本文原载《厦门日报》1993年11月26日第6版。

是确立市场规则、维护市场秩序的重要方面。1993年10月31日,全国人大常委会颁布《中华人民共和国消费者权益保护法》。该法是我国第一部真正从消费者的角度制定的专门性法律,在保护消费者权益的法律体系中处于基本法地位。它同不久前颁布的《产品质量法》一起,构成消费者权益保障的基本法律体系。

现在我们终于可以说,中国的"上帝"不但已经醒来,而且有了自己的法律之剑。

立法列车全速驶向市场经济*

据统计,在过去的一年里,全国人大及其常委会共通过法律和有关法律问题的决定33件,这种进度相当于每18天诞生一部法律。在1993年颁布或修订的法律中,《产品质量法》《经济合同法》《个人所得税法》《反不正当竞争法》《消费者权益保护法》《注册会计师法》《会计法》《公司法》等,都与市场经济有密切关系。《法制日报》将这种现象称为"立法列车全速驶向市场经济"。

实行社会主义市场经济,实际上就是以市场运行机制取代传统的以指令性计划和行政手段为基础的资源配置方式。在市场经济体制中,法律成为社会配置有限资源、调节权利和义务的基本手段,决定着经济运行方式及效率。它要求一切经济活动,无论是市场主体行为还是政府行为,都要以相应的法律为依据并置于其监督之下,在这个意义上,我们说社会主义市场经济就是法制经济。

应当肯定,十多年来,我国的法制建设取得了很大成就,对于保障改革开放、促进现代化建设起到了巨大作用。但是,我国现行的法律制度基本上是在计划经济基础上建立起来的,对财产权利、竞争机制、法人制度、契约制度等市场经济的要素重视不够、保护不力,有些规定有必要予以完善。一方面,有些反映计划经济要求的法律条文实际上已不起作用,形同虚设,甚至与现行政策相矛盾;另一方面,大量的民事、经济活动无法可依,难以划清合法与违法、罪与非罪的界限。

法律滞后的问题已引起最高国家权力机关的高度重视。全国人大常委会制定了《八届全国人大常委会立法规划》,共列入立法项目152件,包括:规范市场主体的法律,如《商业银行法》《合伙企业法》《股份合作企业法》《独

---

* 本文原载《厦门日报》1994年3月4日第6版。

资企业法》《破产法》等；调整市场主体关系、维护市场秩序的法律，如《合同法》《证券法》《保险法》《对外贸易法》《担保法》《招标投标法》《房地产法》《拍卖法》《信托法》《期货交易法》《广告法》《信贷法》等；改善和加强宏观调控的法律，如《预算法》《中央银行法》《价格法》《国有资产法》《外汇管理法》《税法》等；建立和健全社会保障制度的法律，如《劳动法》《社会保障法》等；发展基础产业及其他方面的法律，如《土地法》《航空法》《公路法》《港口法》《电力法》《原子能法》《节约能源法》等。

古人云："徒法不足以自行。"社会主义市场经济的建立，不仅要求有完备的法律体系，做到有法可依，而且要求这些法律在现实生活中真正实施，做到有法必依，执法必严，违法必究，否则，再好的社会主义市场经济法律也只是一纸空文。法律的实施既需要公民、法人的自觉遵守，也需要国家司法机关的严格司法和行政机关的依法行政。

厦门立法权与完善台商投资法制[*]

近年来,海峡两岸交流日趋频繁。厦门由于其特殊的地理位置,以及与台湾的历史渊源,已成为台商在大陆投资最为集中的地区之一,同时也使厦门每天都发生着大量的涉台民事关系和涉台法律问题。因此,厦门的立法权对于加强涉台立法,完善法制环境,吸引台商投资,促进两岸交流,具有重要的意义。

大陆劳动力充沛,原料丰富,市场广大。台商来大陆投资,在一定程度上弥补了大陆经济建设资金的不足,增加了大陆的资本积累与外汇供应,扩大了就业机会。通过利用台资,大陆在创办新企业和开发区的同时,对一些老企业进行了产业结构调整和技术改造,提高了企业管理水平,从而有利于拓展外销渠道,推进外向型经济的发展。更重要的是,由此带动和扩大了两岸各种形式的交流,增进了两岸人民的相互了解和信任。

台商在大陆的投资一向得到国家法律的鼓励和保护。早在台湾当局开放岛内民众来大陆探亲之前,就有一些台湾地区的企业或个人通过外国或港澳地区间接向大陆投资。考虑到这一事实,国务院在1986年10月发布的《关于鼓励外商投资的规定》第20条规定:"香港、澳门、台湾的公司、企业和其他经济组织或个人投资举办的企业,参照本规定执行。"1987年11月,台湾当局开放民众赴大陆探亲后,来大陆投资的台商数量逐年增多。由于台湾当局对大陆采取单向、间接的经贸政策,台商大多以外国或港澳地区注册的公司、企业的名义来大陆投资。尽管如此,为推进两岸经济交流,大陆仍单方面给予台商更为特殊的鼓励和保护。国务院于1988年7月发布了

---

[*] 本文原载《厦门日报》1994年4月10日第6版。1994年3月22日,八届全国人大二次会议通过《关于授权厦门市人民代表大会及其常务委员会和厦门市人民政府分别制定法规和规章在厦门经济特区实施的决定》。这是厦门法治建设史上的一件大事,具有里程碑的意义。我应《厦门日报》之《法制长廊》栏目王耀杰编辑之邀撰写此文。

《关于鼓励台湾同胞投资的规定》,赋予台商投资企业特殊的优惠待遇。全国人大常委会于1994年3月制定了《台湾同胞投资保护法》,进一步确立了对台商投资的法律保障。以这两个专门性法律为核心,加上国家有关部门和地方制定的许多规范性文件,台商投资的法制体系已初具规模。

在充分肯定涉台立法成绩的同时,也应当看到,现行台商投资的法制环境仍不够完善,存在不少亟待解决的问题,大体上可归纳为两方面:

一、中央的涉台立法,某些规定过于原则,不便于具体操作。例如,上述两个专门性法律对台商投资企业的认定、登记、变更、清算、撤销、用工、产品销售、税收、会计、审计及台商投资区和台商协会的管理都缺乏明确的规定,又无配套的实施细则,因而在实践中往往会因无章可循而各行其是,或标准不一。

二、与上述问题相联系,有些部门和地方片面理解鼓励台商投资的政策,对台商投资"优惠"有余而管理不足。例如,任意减免税收,低价批租土地等。从总体上看,对台商投资领域、投资形式、出资种类等方面的监督管理失之过宽,弊端不少。根据域外吸收引进资本的经验,优惠和管制措施在引进、利用外资方面功能不同,各有所长,相辅相成。唯有两者并重,方能取得预期的良好效果,才可能有效吸引并利用台资,避免不利的影响,直至达到更深层次的目的。

建立特区以来,厦门在吸引利用台资方面已积累了丰富的经验。然而,由于厦门过去没有立法权,经济运作主要依靠市政府制定的规范性文件,这类文件虽已多达350项,但等级效力低,不具备法的性质,约束力有限,缺乏必要的司法保障。厦门拥有立法权后,可以作为涉台立法的试验区,先行一步,有所突破。就涉台立法而言,厦门充分行使国家最高权力机关赋予的立法权,有利于及时解决两岸交往中的一些现实法律问题,进一步改善投资环境,保护台商的合法权益,吸引更多的台商来厦门投资经商,进而扩大两岸的交往与合作;同时,也可避免全国性涉台立法所面临的政治敏感问题,并为将来的国家涉台立法积累经验,奠定基础。仅此一点,即足以说明厦门立法权意义之深远,责任之重大。

海峡两岸关系近年发展较快,制定涉台法律受多方面因素的制约,因此涉台立法的难度较大。我们建议,厦门的涉台立法除了遵循国家法律的基

本原则外,还应具有前瞻性、稳定性及可操作性,既能解决涉台关系中的现实问题,又能适应两岸关系不断发展的新情况。对于台商投资的立法,我们认为应坚持优惠与管制并重,在当前,应以法律形式引导台商投资方向,明确鼓励、限制、禁止台商投资领域以及台商违法违章经营的处罚规定;加强对台资企业大陆员工的劳动保护,维护大陆员工的合法权益;制定解决台资企业劳资争议的法规。

香港终审法院:"一国两制"的一项杰作[*]

新华社6月9日电:长达5年之久的中英关于香港终审法院问题的谈判终于取得重大突破。1995年6月9日上午结束的中英联络小组关于此问题的第8次专家会议就此达成共识。一个独立的、完整的司法体系,一个完全符合基本法的香港终审法院将于1997年7月1日在香港成立并正式运作。

在香港设立终审法院,是香港司法史上前所未有的大事。在英国殖民统治香港的150多年里,香港的终审权一直在伦敦的枢密院。因此,香港最高法院名为"最高",其实并不享有终审权,而只是英国控制香港司法活动的一个联结点。英国枢密院司法委员会是目前香港法院上诉案件的最终审级。可以说,香港现行法院的架构及其终审权的归属,都带有明显的殖民统治色彩。

我国对香港恢复行使主权后,终审权就不应继续保留在伦敦。引人注目的是,香港基本法并未将这一权力转而授予内地的最高人民法院,而是授予了香港特别行政区的法院。《香港特别行政区基本法》中多处规定了香港特别行政区的终审权,如第2条规定:"全国人民代表大会授权香港特别行政区依照本法的规定实行高度自治,享有行政管理权、立法权、独立的司法权和终审权。"第81条第1款规定:"香港特别行政区设立终审法院、高等法院、区域法院、裁判署法庭和其他专门法庭。高等法院设上诉法庭和原讼法庭。"第82条规定:"香港特别行政区的终审权属于香港特别行政区终审法院。终审法院可根据需要邀请其他普通法适用地区的法官参加审判。"按照"一国两制"的方针,1997年之后,原在香港实行的司法体制,除因设立终审法院而产生的变化外,予以保留。因此,终审权在香港,是香港自治权的重

---

[*] 本文原载《厦门日报》1995年7月12日第6版。

要组成部分,也是未来香港特别行政区司法体制的一个显著特点。

实行"一国两制",并不改变我国原有的单一制的国家结构形式。未来的香港特别行政区作为隶属于中央政府的一个地方行政区域,却享有终审权,这在国际司法史上也是罕见的。它充分体现了中国政府在香港实行"一国两制""港人治港""高度自治"的诚意和决心。中国政府一向把确保特别行政区成立时就有一个完整的司法体系作为坚定的目标,也正是基于这一考虑,中方和英方在1991年达成一项原则协议,双方同意在1997年前的适当时候,在香港设立终审法院。如今,这一努力已取得了可喜的成果。

根据《中华人民共和国宪法》的规定,最高人民法院是中华人民共和国的最高审判机关。一个统一的国家只应该有一个最高法院。在香港特别行政区设立终审法院,是国家根据"一国两制"方针,特许香港特别行政区自行处理本区内的诉讼案件,并对之作出最终判决,对这种判决当事人不能向最高人民法院上诉。香港终审法院虽然享有终审权,但它在全国法院系统内仍处于地区性法院的地位,因而不能称之为"最高法院"。

当香港洗尽殖民统治的耻辱,重享一个伟大民族的尊严和自豪时,香港终审法院将开始它的正式运作。在此之前已经从香港上诉到英国枢密院而又未审结的案件,自1997年7月1日起英国枢密院已无权审理和判决,应即将案件送回香港,由香港特别行政区终审法院审理和判决。

使用中文：香港法庭任重道远[*]

今年上半年，我在香港大学法律系进修期间，多次到西区裁判署和湾仔法院旁听法庭审理民事案件。在法庭上，香港法官以英语讯问当事人及证人，由译员译成粤语转告当事人及证人；当事人或证人以粤语陈述或作证，再由译员译成英语报告法官。律师的发言和辩论亦以英语进行。

香港法庭使用英语审理案件已有 100 多年的历史，这一状况是由香港法律的性质决定的。香港自古以来就是中国的领土。1840 年鸦片战争之后香港岛被英国强占。从那时起，英国法律一直是香港法制主要的、基本的渊源，英国法律适用于香港法律制定和执行的全部过程。香港法律的原始资料几乎都是用英文写成的。根据香港立法局 1974 年制定的《法定语文条例》的规定，香港本地的成文法必须以英文制定和出版。香港法院所作的判决，一向都是以英文作出的，现已正式出版的各种判例汇编几乎全部是英文文本。

在法院的执法方面，按照《法定语文条例》的规定，香港上诉法院、高等法院和地方法院的诉讼程序，须以英文进行。其含义即法院的文件和记录须以英语写成，法官和律师也只能用英文发言。当事人或证人如不懂英文，则由法院译员帮助翻译。陪审员的首要资格是要有足够的英文水平。在较低级的法院，如裁判署、小额钱债审裁处及劳资审裁处，审理案件时才能使用中文（粤语）。

香港法律高度依赖于英语的这种状况，1997 年 7 月 1 日后必将成为香港法定语文的障碍，法律界有识之士对此表示深切的关注。近年来，香港已着手进行法律双语化的改革。法律双语化，是指用中英文制定法律，两种文本具有同等的效力，法庭审理案件可用中文或英文。根据修订后的《法定语

---

[*] 本文原载《厦门日报》1995 年 8 月 6 日第 3 版。

文条例》，在1989年4月7日后通过的条例，须有中英文双语文本，两种文本有同样的法律效力。律政司署也开始为其他原有的条例和附属立法制定有法律效力的中文文本。1989年4月，香港立法局制定了一项双语条例，即《证券及期货事务监察委员会条例》。同年起，港英政府在《宪报》上公布的条例草案和正式条例，开始附有中文版。香港司法当局曾经估计，法律双语化需要增加大量译员，涉及的成本达数千万元。尽管如此，很多香港社会人士仍然认为，双语化是香港法律改革必不可少的内容。

1997年7月1日，中国政府将对香港恢复行使主权。《香港特别行政区基本法》第9条规定："香港特别行政区的行政机关、立法机关和司法机关，除使用中文外，还可使用英文，英文也是正式语文。"香港特别行政区是中华人民共和国不可分离的一部分，当地居民98%是中国人，以中文作为行政机关、立法机关和司法机关的正式语文，并以中文为主，乃理所当然。同时，香港又是一个国际商业城市，在国际交往中，英文乃是语文媒介，而且在英国的长期殖民统治下，英文已在香港广泛流行。考虑到香港的历史和现实，保留英文作为香港特别行政区政权机关的正式语文，也是必要的。

现在距离香港特别行政区成立只有两年时间，而香港法律双语化的改革却依然进展缓慢。在香港现行有效的550项条例中，只有60项有经过立法局鉴定的中文译本；司法人员本地化的计划到1997年也只能达到50%。因此，香港法庭使用中文仍然任重而道远。据报载，香港最高法院首席大法官杨铁樑在1995年法律年度开幕仪式上承认：尽管占香港人口98%的人以中文为第一语文，但是目前香港法院仍然还没有条件可以用中文审理案件。在这个仪式上，香港大律师公会主席黄福鑫及香港律师会会长吴斌，出乎意料地首次以中文演说部分讲词内容。据称，此举目的在于引起大家关注法庭使用中文的决心。

香港回归与港台关系[*]

今年1月26日,香港特别行政区筹备委员会正式成立,这标志着中国政府对香港恢复行使主权的工作进入具体落实阶段。

长期以来,香港一直在大陆与台湾地区的联系与交往中发挥着中介和桥梁作用。1979年以后,随着两岸关系进入新的发展时期,港台两地的经济、文化等方面的交往发展迅速,香港成为两岸经济贸易及台商投资大陆的主要中转地,是台商从事对大陆投资、贸易的财务运转及资金调度中心。香港与大陆已成为台湾地区产品的最大市场;港台间贸易及经香港的两岸转口贸易,是台湾地区贸易顺差的最大来源。"九七"之后,香港将成为直辖于中央人民政府的特别行政区,根据"一国两制"的方针和《香港基本法》,实行"港人治港""高度自治"。"一国两制"在香港的成功实践,将对两岸关系的发展和祖国的和平统一产生深远的影响。

1995年6月22日,钱其琛副总理代表国务院宣布了中央人民政府关于处理"九七"后香港涉台问题的基本原则和政策。香港回归之后,香港与台湾的关系是两岸关系的特殊组成部分。港台两地现有的各种民间交往关系,包括经济文化交流、人员往来等,基本不变;鼓励、欢迎台湾居民和台湾各类资本到香港从事投资、贸易和其他工商活动,依法保护其在香港的正当权益;依双向互惠原则继续维持港台间的海、空航运交通。对台湾现有在香港的机构和人员,允许他们在"九七"后继续留存,但要求他们在行动上必须遵守《香港基本法》,不得违背一个中国原则,不得从事损害香港的安定繁荣以及与其注册性质不符的活动。这些政策有利于维护港台同胞的正当权益,安定民心,促进香港平稳过渡及港台两地的共同繁荣。

随着"九七"的临近,台湾当局迫于大势,不得不承认香港将成为特别行

---

[*] 本文原载《厦门日报》1996年9月12日第6版。

政区的现实,默认中央人民政府按照《香港基本法》对香港未来作出的安排,但同时顽固坚持其"两岸分裂分治"的立场,并立足于"九七后不从香港撤退",从各个方面加紧了其针对"九七"的因应部署。

1994年3月12日,台湾《中央日报》公布"香港澳门关系条例(草案)",共58条,已提交台湾地区立法机构审议。

1996年6月13日,经中英联络小组同意,跨越"九七"定位为商业协定的台港新航约正式签订。台港各有两家航空公司(香港的国泰、港龙和台湾的中华、长荣)在航约上签字。该航约期限5年,至2001年6月13日期满。台湾地区民航机构负责人蔡清彦说:"台港新航约可以跨越九七,是海峡两岸建立良好互动的开始。"

台湾当局在香港问题上的政策和行动表明,台湾当局一方面希望继续维持"九七"后台港间直接"三通"的局面,以保持、扩大其从香港获得的利益,另一方面极力抵御因香港回归给台湾带来的巨大冲击,并加紧对香港的利用与渗透,企图通过插手香港事务,干扰"一国两制"在香港的顺利实施。

综上所述,由于香港在两岸关系中所处的重要地位,"九七"后的港台关系为两岸所重视,台湾当局在香港问题上的动向更令人注目。

香港：居民国籍尘埃落定[*]

在香港600万居民中，有世代居住在香港的原居民，也有在不同时期从内地迁入的移民，有一些是从台湾地区、澳门去香港定居的，还有一部分来自其他国家和地区。根据1991年的统计，98%的香港人口是华人。由于香港的特殊历史情况，确定香港居民的国籍存在一些复杂的问题。

英国强占香港后，在香港实行殖民统治，一向以英国的国籍法来确定香港居民的身份。截至1997年1月，适用于香港的仍是英国1981年修订的《国籍法》。根据该法的规定，香港居民的英籍身份分为三类：第一类是"英国公民"，即英国的正式居民，享有与英国本土居民同样的地位，有权在英国居留。第二类是所谓"英国属土公民"，即与香港有联系的人士，主要是香港的本地人及其后裔，这类人在英国本土无居留权。第三类是"英国海外公民"，即上述两类人士以外的英籍人士。

上述三类人中，"英国属土公民"人数最多，大约有320万香港居民拥有这种身份。居住香港的居民可依出生、世系、婚姻及登记等途径获得此种身份。登记的方式主要适用于香港以外地区移居香港的永久性居民，其中绝大多数移民来自中国内地。

国籍是指一个人属于某一个国家的国民或公民的法律资格。国籍问题涉及国家主权。中国政府从来不承认英国强加于香港中国同胞的"属土公民"身份。居住香港的中国同胞来往内地，只需凭我国有关部门发放的"回乡证"即可自由出入。1984年12月19日中英关于香港问题的联合声明签署的当天，中国政府即与英国政府交换备忘录。我国政府在备忘录中重申：根据中国《国籍法》，所有香港中国同胞，不论其是否持有"英国属土公民护照"，都是中国公民。根据这一立场，自1997年7月1日起，香港特别行政

---

[*] 本文原载《厦门日报》1997年1月9日第6版。

区政府在中央人民政府的授权下,将向香港永久性居民中的中国公民签发"中华人民共和国香港特别行政区护照"。

1985年,英国议会通过《1985年香港法》,该法附件第2条关于国籍问题有以下注明:"在1997年7月1日之后,不能根据与香港的关系保留或领取英国属土公民护照,根据这种关系而持有英国属土公民国籍的人士可以在1997年7月1日之前取得一种名为英国国民(海外)国籍,这种国籍并不能传给子女。"考虑到历史情况和香港居民旅行方便,经中国政府同意,港英政府已从1987年7月1日起向"英国属土公民护照"持有者及其在1997年7月1日前出生的子女换发"英国国民(海外)护照"旅行证件。这样的安排体现了原则性和灵活性的统一,有利于香港的繁荣与稳定。

至此,有关香港居民的国籍问题已基本获得解决。但是,英国政府于1989年12月宣布"居英权计划",又重新将该问题复杂化。根据"居英权计划",英国政府授予5万户香港居民在英国的居留权。可获得居英权的人士主要为政府公务员和专业人士。英国的"居英权计划"并非孤立的行动,而是将香港问题国际化的一个步骤,其要害在于控制香港人才宝库中的"精英人士"。中国政府对英国政府违反中英联合声明的"港人治港"原则,单方面改变大批中国同胞国籍的做法作出了强烈反应,并声明保留采取进一步措施的权利。

在此历史背景下,香港基本法起草委员会于1990年1月对未来出任香港特别行政区若干重要职位的人士作出"在外国无居留权"的限制,并修改了相应条款。这些职位包括特区行政长官、行政会议成员、主要官员、立法会主席、终审法院和高等法院法官、基本法委员会香港委员等。

考虑到香港的历史背景和现实情况,全国人大常委会于1996年5月15日对《中华人民共和国国籍法》在香港特别行政区实施作出解释,重申我国对香港居民国籍问题的一贯立场,明确规定:所有香港中国同胞,不论其是否持有"英国属土公民护照"或"英国国民(海外)护照",都是中国公民。自1997年7月1日起,上述中国公民可继续使用英国政府签发的有效旅行证件去其他国家或地区旅行,但在香港和中国其他地区不得因持有英国旅行证件而享有英国的领事保护的权利。任何在香港的中国居民,因英国政府的"居英权计划"而获得的英国公民身份,根据《中华人民共和国国籍法》不予承认。这类人士仍为中国公民,在香港和中国其他地区不得享有英国的领事保护的权利。上述规定既符合我国国籍法和香港基本法的原则,又照顾了广大港人的愿望和利益,因而得到香港社会的普遍理解和拥护。

香港法律迈向 1997[*]

伴随着"九七"回归这一历史性时刻的倒计时,香港原有法律的效力成为社会各界关注的问题。

香港原有法律包括普通法、衡平法、条例、附属立法和习惯法等。保持香港法律基本不变,是保证香港长期稳定繁荣所必需的条件。1984年的中英联合声明规定:"香港的现行社会、经济制度不变;生活方式不变";"现行的法律基本不变"。中英两国政府均承诺将联合声明"付诸实施"。根据"一国两制"的方针,香港特别行政区将实行高度自治。1990年《香港基本法》第8条规定:香港原有法律,"除同本法相抵触或经香港特别行政区的立法机关作出修改者外,予以保留"。多年来,中国政府始终遵守在中英联合声明中所作出的承诺。

但是,英方在其对香港100多年的殖民统治行将结束之时,却一反常态,单方面、大幅度地修改香港法律,完全违背了有关香港原有法律基本不变的承诺。从1985年到1996年,港英当局不通过中英联络小组,未经与中方协商取得一致,单方面新制定的法律条例多达184项(1985年时,香港普遍适用于各行业、各阶层的法律条例共有178项),通过了修改原有法律的修正案845项(包括对同一法律的多次修改)。新制定和修改的附属立法数量更大,仅从1992年彭定康任港督后至1996年年底的四年半里,就制定了289项新的附属立法,并对1000多项原有附属立法作了多达1826次修改。香港舆论评论说:"作为一个地方行政区域的香港,其立法、改法的频繁和数量之多在世界范围内以及在历史上都是绝无仅有的。"

尤其应当指出的是,港英当局所新定和修改的法律,虽然有一部分是为了行政管理、商业、经济发展的需要,以及属于技术性的修改,但有相当部分

---

[*] 本文原载《厦门日报》1997年3月6日第6版。

不合理地分散了政府的权力，破坏了行政、立法、司法之间的制衡关系，有些修改甚至与香港基本法相抵触。例如，港英当局1991年单方面制定的《香港人权法案条例》，规定该条例的地位凌驾于香港其他法律条例之上，并授权法院废除抵触该条例的法律，不仅可以废除前法（即现行法律），而且可以废除后法（即将来制定的法律）。英方依据该条例的凌驾地位对香港原有法律作了一系列重大修改，其中包括：修改《社团条例》，将社团注册登记批准制度改为通知制度，废除禁止香港本地社团同海外政治性团体发生联系等规定；修改《公安条例》，将集会游行须事先申请并获批准的制度改为通知制度，限制警方管制游行的权力等。

  针对英方违背中英联合声明的上述做法，中国政府先后在1990年4月和1991年6月声明，中方保留在适当时候按基本法的有关规定，对香港的法律进行审查的权利。全国人大常委会1993年设立"香港特别行政区筹备委员会预备工作委员会"，下设法律专题小组，对原有法律进行审议。1996年1月香港特别行政区筹委会成立后，其法律小组继续研究对香港原有法律的处理问题。法律小组以大局为重，只对那些体现殖民统治，或者严重打乱原有行政、立法、司法体制，妨碍社会治安或严重抵触基本法的法律或部分条款建议不予采用为特区法律。1997年2月1日，香港特别行政区筹委会向全国人大常委会提交《关于处理香港原有法律问题的建议》。按照筹委会的建议，在香港现行640多项条例、1160多项附属立法中，全部不予采用为特别行政区法律的只有14项，部分条款不采用的只有11项，两项合计共25项。绝大部分香港法律界人士认为，筹委会的建议对香港原有法律的处理是宽容的。香港大学法律学院院长陈弘毅教授称：筹委会的建议"照顾到港人的意愿和利益"。

家事诉讼：法院任重而道远*

近10年来，随着我国经济、文化的发展以及人们思想观念的变化，大量的婚姻家庭纠纷案件涌入法院，并且以平均每年10%的比例递增。全国法院2000年审理的婚姻家庭案件（又称家事案件）多达134.8万件。回顾1950年及1980年两部婚姻法实施的历史经验，可以预见，2001年4月28日修正的《婚姻法》施行后，又一轮婚姻家庭诉讼高峰期即将到来。

当婚姻法所规定的婚姻家庭权利义务关系受到侵害或发生争议时，如果当事人诉诸法院，法院依据民事诉讼法的规定立案审理，依法作出判决。据统计，在法院审理的各类民事案件中，家事案件占45%左右。由此可见，婚姻法作为民事实体法，民事诉讼法作为民事程序法，各自以不同方式维护婚姻家庭制度，二者相辅相成，缺一不可。还应当注意的是，实体法中也包含了某些程序法规范。例如，修改后的《婚姻法》第32条第2款规定："人民法院审理离婚案件，应当进行调解；如感情确已破裂，调解无效，应准予离婚。"第34条规定："女方在怀孕期间、分娩后一年内或中止妊娠后六个月内，男方不得提出离婚。女方提出离婚的，或人民法院认为确有必要受理男方离婚请求的，不在此限。"

在现代社会中，法院担负着解决纠纷、维护正义的重任。司法在社会生活中的作用越来越重要。"司法最终解决"的原则日益深入人心。修改后的《婚姻法》中有10多个条文规定"可以向人民法院提起诉讼"或"由人民法院判决"，正反映了这种趋势，这也是依法治国新形势下司法功能扩大的具体体现。从民事诉讼的角度来看，修改后的《婚姻法》规定的家事案件至少有如下10种：婚姻无效之诉（第10条）；撤销婚姻之诉（第11条）；给付扶养费之诉（第20条）；给付抚养费或赡养费之诉（第21条）；离婚之诉（第32条）；

---

* 本文原载《人民法院报》2001年8月1日第3版。

子女抚养之诉(第36条);变更抚养费之诉(第37条);探望子女之诉(第38条);损害赔偿之诉(第46条);再次分割夫妻共有财产之诉(第47条)。还有一些条文,隐含着"如协商不成,可以向人民法院起诉"之意,如第23条规定:"父母有保护和教育未成年子女的权利和义务。"在抚养和教育子女过程中,如果夫妻意见产生分歧而又无法协商一致怎么办?由于夫妻在家庭中地位平等,因此,当协商不成时,这类纠纷只能由法院判决。类似的条文还有第9条、第22条等。

然而,司法并不是万能的。法律的公正不仅体现在实体或结果的公正上,还体现在程序的公正以及司法的效率上。不难想象,如果把所有的争议都交给法院处理,法院必将不堪重负。事实上,许多法院目前已在超负荷运转。而且,婚姻家庭关系中的许多问题涉及感情、伦理、道德、传统、习俗等非法律因素,单靠法律手段是无法解决或难以解决的。在这方面,外国的经验值得借鉴。在许多法制健全的西方国家,有专门审理家事案件的家事法院或家事法庭,还有专门的家事诉讼程序,但法律和法院仍极力鼓励家事纠纷的当事人相互协商让步,尽可能不经诉讼或开庭,以合意方式解决争议。这种替代诉讼或开庭的方式被称为 ADR(alternative dispute resolution),它为西方各国化解因"诉讼爆炸"而引发的司法危机提供了一条出路。我国的人民调解、行政调解、社会团体调解等制度类似于西方的 ADR,但因不具有法律效力及其他原因,这些诉讼外解决纠纷的方式近年来日渐萎缩。为此,有必要从观念和制度上对整个纠纷解决机制加以检讨,构建中国的 ADR 制度,发挥其解决婚姻家庭纠纷的特殊作用。

民事诉讼法是法院审理家事案件的程序法。修改后的《婚姻法》施行后,从家事案件的管辖、当事人、证据、审前程序、调解直至判决的强制执行,法院都面临一系列的新问题。这些问题的产生,有的是由于婚姻法的新制度(如婚姻无效、夫妻约定财产制、分居、离婚的损害赔偿等)缺乏相应的程序规范,有的则源于诉讼制度本身的不完善。在此仅以证据为例加以说明。

从某种意义上说,以事实为根据,就是以证据为根据。法院保护弱者,保护无过错方,都必须遵循证据规则。在家事诉讼中,有的当事人之所以败诉,不是因为无理,而是因为无证据。例如,女方以男方与他人同居为由要求离婚,因无法提供证据,或提供的录音录像资料被法院认定为非法证据不

予采纳,被法院驳回。由此看来,公民的证据意识有待提高,而法院的证据规则也亟须完善。证据对于公民的维权如此重要,证据制度的完善已刻不容缓。当务之急是在法律上明确以下两点:第一,当事人举证与法院查证的关系。某些家事案件涉及公益,当事人确有困难无法举证时,法院应依职权或依申请调查收集有关证据材料。第二,合法证据与非法证据的界限。非法证据应予排除,但同时应赋予当事人及其律师合法取证的有效途径。

总之,新《婚姻法》的颁行将更有效地保护家事案件当事人的合法权益,维护平等、和睦、文明的婚姻家庭关系。传统的家事案件审判方式面临困难和挑战,新的家事诉讼制度正在重构之中。

有一种考试牵动司法改革的神经[*]

今年6月30日,全国人大常委会通过了《法官法》《检察官法》修正案,将法官、检察官任职学历要求由专科提高到本科,并规定国家对初任法官、检察官和取得律师资格实行统一的司法考试制度。7月15日,最高人民法院、最高人民检察院和司法部联合发布公告:2001年度最高人民法院的初任法官考试、最高人民检察院的初任检察官考试和司法部的律师资格考试都不再单独组织;首次国家司法考试将于明年1月举行。最高人民法院还发出通知,要求各级法院严格执行国家司法考试制度,自明年1月1日起,凡补充法官人选,必须从通过国家司法考试的人员中择优选拔,并进行面试和考核。

一石激起千层浪

全国人大常委会法工委负责人指出,统一国家司法考试制度对我国民主法制建设将产生深远影响:一是有利于严把司法人员录用关,保证高素质的法律人才进入司法和律师队伍。二是有利于扩大法官、检察官的知识面。法官、检察官、律师经过统一的司法考试,对这三方面业务都有所了解,更有利于提高审判、检察、律师工作质量。三是将对法官、检察官人事制度改革产生积极影响。过去法官、检察官主要从法院、检察院内部产生,今后则要从有资格的人员中择优录用,这不但扩大了选人范围,还有利于法律专业人才的流动。四是对我国法学教育提出新的课题。通过司法考试实际上是获得从事法官、检察官、律师的职业资格,法学教育必须适应这种要求。

最高人民法院院长肖扬指出,建立国家统一司法考试制度是社会的进

---

[*] 本文原载《厦门日报》2001年8月6日第11版。

步、法制的进步,符合时代要求,符合国际惯例,也符合司法机关的特点。各级法院要高度重视,精心组织,认真准备,以国家司法考试制度的实施为契机和动力,把人民法院队伍素质提高到一个新水平。最高人民检察院检察长韩杼滨强调,在实施依法治国方略过程中,统一司法考试势在必行,是一件好事,也是一件大事,一定要认真研究,注意总结经验,使之逐步发展成为公认的正规的权威考试。司法部部长张福森说,统一司法考试是我国司法制度改革的重要一环,对推进依法治国方略的实施有着重要的意义。

新闻媒体称,统一司法考试对中国司法界具有里程碑式的意义,这一举措将对我国的法律职业化乃至整个法治事业的发展产生深远的影响。

法官的整体素质不如律师

司法的目的在于维护并实现社会正义。如果说司法是社会正义的最后一道防线,那么法官就是这道防线的守门人。法官代表国家行使审判权,惩罚犯罪,判断是非,解决争议,确定权利义务关系,其素质应当高于律师,才能作出令当事人和律师信服的裁判。在西方一些国家,多年的律师执业经验是成为法官的必备条件。然而,令国人汗颜,令老外惊讶的是,在我国,法官队伍的整体素质不如律师!司法界权威人士曾坦率承认:我国的法官人数是世界上最多的,而整体素质却是较低的!有数据为证:1997年底,全国法院系统25万名法官中,本科层次的仅占5.6%。到今年年初,全国基层法院院长、副院长中,大学本科以上学历的只占19.1%,法官中大学本科毕业的只占15.4%。

就在国家通过立法提高司法人员门槛的时候,我们不得不面对一个严峻的事实:1995年《法官法》《检察官法》所规定的法官、检察官任职资格标准并不高,但在实施6年之后,仍有一批司法人员未能达到标准;按照修正案的新标准来衡量,距离更为遥远。

造成这种状况的原因是多方面的:其一,长期以来,我们一直将法官、检察官视为政法干部,强调其行政性,而忽视了其技术性和职业的专门化。其二,1995年之前,法律对法官、检察官的任职资格尤其是法律专业素质要求未作明确规定;《法官法》《检察官法》颁布实施后,仍有一批不具备任职条件的人选进入司法队伍被任命为法官、检察官乃至院长、检察长。其三，1985年以来，法院业大、检察院电大培养了20多万名具有大专学历的法官、检察官，成绩巨大，功不可没，但其性质毕竟是一种内部在职培训，具有明显的局限性。1995年后实施的初任法官、检察官考试制度，也属于本系统内部考试，通过率过高，例如，初任检察官考试的合格率高达50％。反观律师界，1986年即实行全国统考，1988年起对全社会开放，每次律师资格考试的通过率不超过14％。这就难怪律师队伍的整体素质明显高于法官、检察官。四川某地一位律师曾告诉我："我们虽然水平不高，但我们这里的法官水平更低，他们经常私下向我们问一些法律上的问题。"当我问及为何不取消院长庭长审批案件的做法时，本省某法院院长对我大吐苦水："我们有些法官素质很低，连判决书都不会写，不把关怎么能放心呢！"

法官知法：司法公正的最低标准

现行法官、检察官选拔制度形成于计划经济时期，已经不能适应市场经济的需要，与依法治国的要求差距更大。近年来司法改革的经验已经证明，没有高素质的法官、检察官，就没有司法的公正和效率，依法治国就只能是一句空话。试想，让不懂法的法官审案判决，掌握生杀予夺大权，与不懂医的医师看病问诊开处方动手术有何不同？当事人能放心吗？老百姓能信任吗？须知：如果最后一道防线失守，社会正义将荡然无存！

"法官知法"是法治社会对法官的最低要求，国际人权公约将"合格的法官"作为司法公正的最低标准之一。如果连最低标准都达不到，还遑论什么保障人权、司法公正！传统的法官、检察官选拔制度存在明显弊端，对其进行改革已成为全社会的共识。

法官、检察官选拔制度改革是司法改革的组成部分。实行统一的司法考试制度，只是法官、检察官选拔制度改革的第一步。今后的道路还很漫长。然而，千里之行，始于足下。整个司法制度犹如一部构造精密的机器，任何局部的改革都将引发相关部分的改革，正所谓"牵一发而动全身"。这也正是我们对统一司法考试这一看似小小的改革措施欢欣鼓舞的原因所在。

执行拍卖之法理分析[*]

拍卖是指以公开竞价的形式，将特定物或者财产权利转让给最高应价者的买卖方式。在执行程序中，拍卖是一种重要的换价措施。在以金钱债权为标的的强制执行中，对于债务人非金钱的财产，必须进行换价，以清偿债务而实现债权人的权利。换价应以合理及最大利益为原则，由于拍卖具有公开竞价的特点，采用拍卖方式有利于拍卖物价值的充分实现。所以，将拍卖方式运用于执行程序，可以将被执行人的财产转换为较高的价金，这对于实现债权人的债权，保护债务人的合法利益以及保证法院换价程序的公正、高效均具有重要的意义。

值得注意的是，在近年执行拍卖实践中，由于存在各种不规范的做法，涉及拍卖的法律纠纷时有发生，已经影响到法院强制执行的权威性。例如，2001年1月10日，原告黄某将一纸诉状递至A市中级人民法院，以B区人民法院及C拍卖公司为被告。诉状称，原告于2000年11月18日竞买到B区法院委托C拍卖公司公开拍卖的房产，但两被告以种种理由拒不移交房产和协助办理有关产权过户手续，故请求法院依法保护买受人的合法权益。在开庭审理时，B区法院认为其不能作为被告，因为法院委托拍卖是司法行为而非民事行为。而C拍卖公司则认为其仅仅是受委托而主持拍卖；法院无法移交有关房产的过户手续，作为拍卖行也没有办法；拍卖企业接受法院委托，履行拍卖职责，不应当成为被告。原告黄某认为，B区法院作为拍卖房产的卖方主体，理应是本案的被告；拍卖公司与其签订了"成交确认书"，而未履行"成交确认书"所载明的义务，应当是本案的共同被告。"法院成被告"这一新闻沸沸扬扬，一时成为当地社会公众关注的焦点。我们认为，对于类似案件的处理，不应就事论事，而应从执行拍卖的法律性质、执行拍卖

---

[*] 本文原载《人民法院报》2002年3月23日第3版。

的公信力及买受人的权利保护等基本法理入手,分析问题存在之根源,探讨解决纠纷之方法,并为今后执行拍卖实务提供借鉴。

一、执行拍卖的法律性质

在法治社会,权利与义务密不可分,权利的实现有赖于义务的履行。在债的关系中,若债务人不履行债务,债权人即须采取救济手段以实现其债权。由于社会的进步及国家权力的扩大,各国都设立了司法救济制度,即由司法机关担当确认私权、实现私权的任务。民事诉讼是确认私权的司法程序,而强制执行是实现私权的公力救济方法。实现之前必先确认,确认之后必求实现。

执行拍卖是强制执行的一项重要措施,涉及债权人、债务人、执行法院以及买受人等。对于其性质,历来众说纷纭,大体上有公法说、私法说和折中说三种。公法说认为,执行拍卖属于公法上的强制处分行为,不同于私法上的买卖契约,而类似于公用征收行为。私法说认为,执行拍卖是私法行为,属于一种特殊的买卖契约。折中说认为,执行拍卖兼有公法处分和私法买卖的双重性质。

我们认为,执行拍卖是法院行使强制执行权的行为,是公权力的表现,属于公法范畴。但是,执行拍卖毕竟是拍卖中的一种,在执行拍卖的程序上,拍卖公告是买卖引诱,竞买人的出价是一种买卖要约,拍卖则是买卖的承诺,由此产生了买卖契约。这个过程与一般货物买卖的协议磋商过程相似,而且其结果表现为拍卖人将拍卖物交付买受人所有,买受人接受拍卖物并支付约定价金,符合买卖关系的一般特征,与私法上的民事行为相似。因此,执行拍卖又同时具有私法性质。但是,由于强制拍卖以查封为前提,不以拍卖物所有人的意志为转移,这与私法上买卖关系应以双方当事人意思自由为基础又发生冲突。因此,我们主张折中说,即执行拍卖是一种特殊的买卖行为,兼有公法处分和私法买卖的双重性质。从强制拍卖中执行机关不顾债务人的意思而将拍卖物的所有权移转于第三人来看,具有公法处分的性质;再从将债务人所有的拍卖物转移给买受人以及买受人因此而支付价金来看,又具有私法买卖的性质。正是由于执行拍卖的这种特殊性,1995年12月26日,国内贸易部部长陈邦柱在第八届全国人大常委会第十七次会议上作《关于〈中华人民共和国拍卖法(草案)〉的说明》时指出:"目前,我国的拍卖活动主要有两种,一是依法成立的拍卖企业(即拍卖人)接受委托举办的拍卖活动;二是人民法院依法行使强制执行权进行的拍卖活动。由于人民法院依法行使强制执行权进行的拍卖活动,是强制执行的一种措施,《民事诉讼法》对此已作了原则规定,根据最高人民法院的意见,草案没有将其纳入调整范围。"根据以上分析,我们认为,法院对于执行拍卖纠纷,不能单纯从公法或私法角度出发来处理问题;而且,我们建议,立法机关在制定强制执行法时,应针对执行拍卖的特殊性,对执行拍卖作出一些既有别于私法上的普通买卖,又有别于公法上的国家征收拍卖的特别规定,以使执行拍卖中的纠纷解决有法可依。

二、执行拍卖的公信力

如前所述,执行拍卖具有公法上处分及兼有私法上买卖的法律性质。作为一种特殊买卖关系,它是一种物权的变动方式,同时,也是社会交易的组成部分。为维护社会交易的安全,必须确立执行拍卖的公信力。首先,执行拍卖的买受人基于对社会交易的充分依赖及善意而取得拍卖物,应承认其交易的效力,保护其合法权益。其次,确立执行拍卖之公信力是执行拍卖公法性质的内在要求。国家强制执行机构凭借其公权力所进行的拍卖行为,不仅应取信于一般民众,而且必须承担拍卖的法律后果。凡是基于信赖法院拍卖行为的人,无论是买受人还是一般民众,其权益都应受到公信力的保护。最后,确立执行拍卖之公信力有利于法院开展执行换价活动。如果多数民众对执行拍卖的公信力持有怀疑,必然影响法院对被执行财产的换价行为,也同时影响执行工作的顺利开展。

例如,在执行拍卖程序终结后,如果债务人通过再审或其他程序撤销原执行依据,买受人所取得的拍卖物所有权是否受影响?债务人的权利应如何保护?债权人应承担什么责任?如果单纯从执行拍卖是私法上买卖关系来看,债权人对债务人无实体请求权,执行拍卖对于债务人自然无法律上约束力，债务人可以基于所有权人的地位向买受人追回其财产，债权人对买受人承担权利瑕疵担保责任。但执行拍卖首先是具有公法性质的处分，买受人基于对公法处分的信赖及对社会交易安全的信赖而参与竞买，理应有法律上的效果。在对财产"静的安全"保护与"动的安全"保护发生冲突时，债务人仅能以不当得利或损害赔偿的法律关系，另行起诉债权人请求赔偿损失，不能因债权人请求权不存在，其执行依据丧失而主张法院拍卖无效，也不能因此影响买受人已取得的拍卖物所有权，这就是法院拍卖公信力的要求。

又如，如果法院误将第三人的财产予以拍卖，那么，买受人取得拍卖物的行为是否有效？第三人的权利应如何救济？对此，如果基于私法买卖关系中无权处分行为无效的原理，法院无权处分第三人财产，故其拍卖也当然无效，而无效行为自始没有法律效力，买受人理应返还拍卖物。但是，这种观点仅是从私法上公平观念出发，而没有同时从公益的角度考虑执行制度的公信力及法律安定性的价值。在上述情形下，买受人已交付价金，却不能取得拍卖物所有权；请求返还价金，又往往无实际效果。这对信赖法院公信力的买受人是很不公平的。

在当今社会，交易日益繁多，维护所有权之静态安全固然重要，但保护所有权之动态安全更为重要。民法上对于私人交易尚有即时取得制度，以保护交易的安全；国家司法机关主持的公开拍卖，岂能不顾其执行制度之公信力及交易之安全？我们认为，相对于私法上的财产利益而言，交易安全的公法上的利益更为重要，法律应该予以特别保护。因此，第三人不得以所有权人名义或以不当得利为理由向买受人请求返还拍卖物。至于第三人所受的损害，可视情况向执行机构、债权人或债务人请求返还其利益或赔偿其损失。如果执行机构已将拍卖价金交付给债权人并将余款交付给债务人，可向债权人及债务人分别请求返还。如果价金尚未交付债权人，则向执行机构请求返还。在法理上，第三人对物的所有权虽然因拍卖而消灭，但其拍卖的价金成为物上代位请求权，第三人可请求返还。

另外，还应指出，只要法院在执行过程中尽到注意义务，例如依正常程序无法判断该财产为第三人所有，法院就不应承担责任，以维护公法行为的严肃性；况且，法律在程序上还给予第三人在执行中提出异议的机会，只有在第三人没有提出异议或异议被驳回的情况下，其财产才会被拍卖。但是，如果能够证明执行员故意违背其职责，明知有误而为之，第三人可以侵权行为为由向执行机构请求国家赔偿。

三、买受人权利的法律保护

买受人是因强制拍卖而产生的新主体，其权利应受到法律保护。只有充分保护买受人的权利，才能维护法院拍卖的公信力，调动竞买人的积极性，从而推动法院执行工作的顺利开展。执行实务中的一个疑难问题是，买受人对于拍卖物是否有物的权利瑕疵请求权？

根据《合同法》第150条的规定，出卖人就交付的标的物，负有保证第三人不得向买受人主张任何权利的义务。在实践中，由于社会交易及物上负担的复杂化，拍卖物的权利瑕疵除了所有权不能转移外，还包括与拍卖物相关的其他第三人的权利，如知识产权、租赁权及其他物权等。我们认为，应赋予买受人物的权利瑕疵请求权。但买受人应向谁主张呢？向法院主张还是向债权人主张，抑或向债务人主张？对此问题，有一种观点认为，"我国民事诉讼法第226条规定，人民法院对逾期拒不履行法律文书确定义务的被执行人的财产，有权进行查封、扣押，并交有关单位拍卖或者变卖，以人民法院的名义强制被执行人履行义务，实现债权人的债权利益。依照法律规定，人民法院在上述条件成立时，可以成为买卖合同的卖方主体"[①]。依此观点，人民法院可以成为权利瑕疵的担保主体。但我们认为，法院作为司法机关，其拍卖行为具有公法上的性质，不应成为权利瑕疵的担保者；即使买受人能够证明法院在强制执行过程中存在过错，也应当通过国家赔偿的方式寻求救济，而不应以法院为被告提起民事诉讼。与此同理，拍卖企业作为代理人，如果其拍卖行为合乎规范，责任仍应由委托法院承担。债务人作为拍卖物的原所有权人，应列为第一责任者。债权人为受益者，应列为第二责任者。那么，买受人有何种权利可以

[①] 李国光主编：《合同法解释与适用》，新华出版社1999年版，第627页。

选择？我们认为,第一,买受人有契约解除请求权;第二,有减少价金请求权。

综上所述,只有正确界定执行拍卖的性质,才能有效地协调执行拍卖中的各种关系,妥善解决由此而产生的各种纠纷。鉴于执行拍卖制度在整个执行程序中的重要地位,我们有必要对这一问题从理论和实践的结合上进行更深入的研究,为强制执行法的制定提供理论和实践的依据。

莆田"调解衔接机制"的法治意义[*]

近年来,各地法院在实践中纷纷创设新的司法调解方式,福建省莆田市所总结的"诉讼调解与人民调解衔接机制"就是其中一个具有代表性的典型。法学界对此予以关注并给予很高的评价。中国人民大学法学院范愉教授专程到莆田市调研。厦门大学法学院诉讼法专业师生到莆田市参加专题研讨会并撰写相关论文,与莆田市中级人民法院合作编写《调解衔接机制的理论与实践》一书。

在经历了"文革"动乱之后,我国举国上下痛定思痛,开始推崇依法治国理念,最终提出了"依法治国,建设社会主义法治国家"的治国方略,并将其写入了国家根本大法。但是,由于缺乏法治的经验与传统,社会各界在高呼民主与法制的同时,也造就了对诉讼机制的迷信,助长了诉讼万能思潮的泛滥。一时间,"为权利而斗争""上法庭讨说法"成为一种社会时尚;漠视诉讼外纠纷解决制度、由国家高度垄断纠纷解决权成为社会的主流意识。在法院内部,也出现了包揽一切矛盾纠纷、解决一切社会问题的倾向,并以此作为推进司法改革的最好理由。

在我国,虽然民间调解具有悠久的历史,并曾经发挥了巨大的作用,但在近20年的法治化进程中,由于对法治的片面理解,纠纷解决途径单一化,诉讼不是被作为纠纷解决的最终途径,而是被普遍作为第一甚至唯一的选择,有限的司法资源难以应对社会纠纷解决的需求,而民间调解、行政处理、仲裁等非诉讼纠纷解决方式却明显弱化,最终导致司法机关不堪重负。

在上述背景下,调解制度再次得到司法决策层的重视并得以蓬勃发展。2004年9月,最高人民法院制定了《关于人民法院民事调解工作若干问题的规定》。2006年3月,时任最高人民法院院长肖扬在十届全国人大四次

---

[*] 本文原载《司法》(第3辑),厦门大学出版社2008年版。

会议上提出,人民法院要继续贯彻"能调则调,当判则判,调判结合,案结事了"的原则,大力加强司法调解工作,促进和谐社会建设。2006年10月,最高人民法院要求各级法院,必须确立新时期司法调解工作的三个目标:案结事了、胜败皆服、定分止争。2006年11月,全国政法工作会议提出,构建以人民调解为基础,加强行政调解和司法调解,三种调解手段相互衔接配合的大调解工作体系。

作为一种非诉讼纠纷解决方式,调解与诉讼之间存在明显的差异。从性质上说,调解程序依托于当事人的自主处分权,而诉讼则体现了国家司法权的正式行使;调解以当事人的合意(和解)作为解决纠纷的基础,而诉讼则以裁判为基本纠纷解决方式;在价值取向方面,调解注重协调,追求实质正义,体现利益权衡,而诉讼则注重对抗,追求形式正义,体现权利界定;在所适用的规范方面,除法律规范外,在调解中还可以广泛地适用有关的社会规范,而在诉讼中法官只能严格地适用法律规范;在程序设计方面,调解程序具有灵活便捷的特点,而诉讼程序则具有程式化、复杂化特点等等。通过比较可以发现,调解具备经济性、便捷性、保密性、广泛性等优点,因此,无论是在"质"还是在"量"方面与诉讼制度都存在着互动。除在纠纷解决方面与诉讼制度形成功能互补外,调解还具有自己独特的价值。调解强化了当事人自治的可能性和机会,促进了社会共同体的凝聚力和自律功能的发挥,有助于形成新的共同体规范和新的道德规范。

尽管调解在纠纷解决方面独具价值,但关于它的争论却也从未停止,这些争论随着法治社会的确立以及法律权威至上精神的形成而愈加激烈。经典的法治理论认为,近现代法治社会的基本标志是:首先,强调规则的统治,即以法律规范作为社会调整的唯一权威性、正统的标准和尺度,这一规范体系应该是明确的、普遍的、公开的、稳定的和逻辑一致的;其次,作为独立行使司法权的中立机关,法院根据既定的规则解决纠纷;再次,法律体系和诉讼程序的设计都以严格的形式理性为最高标准,运作过程严格遵循程序公正准则;最后,在社会中确立正式的、公共性的法律体系的至上权威,根据法律全面调整或控制各种社会关系,实现社会的"法化"。根据这一理论,调解显然与法治社会格格不入,甚至对法治产生了阻碍、破坏作用。如前所述,调解过程并不注重对法律规范的适用,有些情况下,社会规范以及其他民间习惯甚至占据着更为重要的地位;调解缺乏严格的程序保障;在双方权利严重失衡的情况下,往往导致一方当事人的利益受到损害;公权力难以有效地控制调解的过程和结果,也难以防止当事人规避法律等等。

由于与一些学者所宣扬的法治理念相冲突,在我国法治现代化的进程中,调解一直备受指责,有人甚至怀疑它是否还有继续存在的价值。然而,我们可以看到,在现代法治社会,调解并没有遭到淘汰,反而成为发达国家后现代司法的标志之一。调解中蕴含着实质正义和社会和谐的价值追求,而这种价值理念不仅契合中国人传统的心理取向,而且正在为全球性的司法改革和法制现代化所推崇。尤其在英美法系国家,其社会在经历了工业时代文明人与人之间那种机械的契约关系后,正在努力寻求一种纠纷解决中和谐理念的人性回归。20世纪60年代以来在西方国家兴起的ADR（Alternative Dispute Revolution）运动证实了这一点。事实上,调解与法治是可以并行不悖的。具体地说,调解可以与诉讼形成功能互补,纠正诉讼制度本身的弊端,并在纠纷解决中发挥自己独特的功能;调解还符合时代思潮的变化,满足了不同主体的价值要求。

有一种思潮认为,我国法治现代化需要优先解决的问题,应当是建立和健全符合现代法制要求的司法制度,而不是利用和发展传统的、非正式机制。这种思潮在法制建设以及司法改革的实践中表现得尤为明显。受到这种思潮的影响,一些学者和实务工作者把纠纷解决机制改革的思路集中在强化正式的审判程序方面,而忽视对调解的改造和利用。然而,在现代社会中,诉讼制度自身却面临着前所未有的压力,并表现出很多弊端,具体而言,主要体现在以下几个方面:(1)诉讼量激增,积案严重,一些国家的法院出现了超负荷运转态势,甚至出现所谓的"诉讼爆炸"。(2)诉讼迟延,案件从起诉到判决往往经年累月,严重的诉讼迟延无疑削弱了诉讼机制在纠纷解决方面的功能,降低了司法制度在民众中的威信。(3)诉讼费用高昂,当事人负担增加,从而突显当事人在利用司法资源方面的不平等。(4)程序复杂,当事人往往无法亲自参与诉讼,而必须借助于律师等法律职业者。(5)在许多情况下,判决结果不符合情理,严格依据法律所作出的判决"非黑即白",常常与当事人的愿望和期望相距甚远。(6)诉讼的对抗性使得当事人之间的关系难以修复,许多当事人实际上并不愿意通过诉讼途径解决那些基于长期性、综合性的社会关系所发生的纠纷（如家事纠纷）。(7)虽然公开审判制度可以保障程序进行的公正性，但当事人的个人隐私和商业秘密也由此暴露于众，而这是许多当事人所不愿意看到的，等等。

在社会急剧变化的转型时期，多元化的社会价值赋予"正义"和"权利"以丰富的内涵，当事人基于不同的诉讼动机往往追求不同的程序利益。根据纠纷的性质和繁简设置多种不同的程序，并赋予当事人程序选择权，已被各国民事程序立法所普遍接受。旨在减轻诉讼制度的压力，促进纠纷解决机制的合理化、多元化发展的替代性纠纷解决机制（ADR）的兴起反映了程序法领域的这一变化。越来越多的人认识到，面对我国司法资源紧缺与案件数量剧增的尖锐矛盾，为维持司法运作中公正与效率的平衡，ADR是一个不可或缺的思路。

从世界范围来看，诉讼制度所面临的压力及其本身所固有的弊端已成为各国司法制度运行中面临的一个普遍性问题。为解决这一问题，许多西方国家在两个方面采取了具体措施：一方面，作为"替代"措施，发展独立于诉讼的ADR方式；另一方面，在保持诉讼固有的风格及严格程序的同时，把以追求实质理性为特征的调解等ADR方式引入法院，试图实现两者间的功能互补，提高诉讼效率。目前，在许多国家和地区的法院，法官从传统的消极中立立场逐渐向相对积极地促进当事人达成和解的态度转化。

从法治的层面来看，法治社会应能有效解决其内部发生的纠纷、矛盾和冲突，使其不致演化成大规模的动乱、不致频繁激化，不会危及秩序本身。法治不能保证社会不出现纠纷和冲突，也不能忽略通过矛盾和冲突促进社会发展的机会，但是必须通过合理的机制使纠纷与冲突不致冲破法制的堤坝，能够通过协商对话、调解协调和司法程序等多元化纠纷解决机制及时妥善地解决和处理，使法律能够正常实施，使受到损害的权利得到合理救济，使合理的诉求得到满足，使法律与社会规范在纠纷解决的过程中不断得到确认与更新。由此可见，法治的目标就是通过民主科学的法律创制、良好的执法与司法系统，以及多元化的社会治理和纠纷解决机制不断适应社会需求，保持社会的协调和发展。

莆田"调解衔接机制"有效地将诉讼调解与人民调解、行政调解和其他社会调解紧密衔接在一起。在莆田，法院与基层调解组织、有关行政机关和行业组织建立了经常性信息沟通和反馈机制,并从法律行政、内部管理等各个角度,会商防范、控制对策预案,增强了工作的针对性、预见性和有效性。这种机制能够发挥其集聚调解力量、形成调解合力的优势,将大量的矛盾纠纷化解在基层、消灭在萌芽,融合了诉讼调解与非诉讼调解的整体优势。此外,法院通过对非诉讼调解协议效力的确认,赋予其强制执行力,解决了制约诉讼外纠纷解决机制发展的难题。

实践证明,构建多元化的纠纷解决机制,并使协商和解、民间调解、行政处理、仲裁等诉讼外纠纷解决方式与诉讼方式之间相互衔接与协调,对于我国推进司法改革、在全社会保障公平和正义具有积极的意义。莆田"调解衔接机制"的建设彰显了司法为民、政府服务和群众自治的社会管理新理念,符合中共十七大报告提出的健全"基层群众自治机制"和"社会自治"、推进"平安建设"的新要求,有利于发挥政治优势,促进基层群众自治和社会自治,从源头上预防、排查和化解矛盾纠纷。这一制度由于立足国情,体现民意,适应了社会经济和法治发展的需要,不断推陈出新,因而具有强大的生命力。

图1 厦门大学法学院师生到莆田法院调研
左起:吴文琦、齐树洁、张榕、陈洪杰、李辉东(2008年3月)

香港的民事司法改革[*]

香港民事司法制度在解决民事纠纷、保障民众权利、维护法治秩序方面发挥了至关重要的作用,并取得了卓越的成就。然而,法制是各种价值权衡与妥协的产物,不仅难以做到面面俱到,而且可能因经济发展、情势变更而不合时宜,甚至引发矛盾,因此,法律制度亦须适应社会变迁而与时俱进,不断修订甚至进行重大变革。

改革的背景

20世纪80年代以来,西方各国在"司法危机"的压力下,以"接近正义"(access to justice)为主题,展开了轰轰烈烈的民事司法改革,力求构建公正、高效、低廉的司法制度,以有效解决纠纷,保障民众的权利。

在香港,民事司法制度改革的动因既有对抗制诉讼模式在全球民事司法中的共同困境,也有本港法律制度的自身局限。随着经济与社会的发展,民事、商业纠纷大量增多,日趋复杂,给香港民事司法制度造成了种种压力,而本港民事司法制度在过去数十年中并没有多大改变,在新的经济和社会环境下暴露出种种弊端。与英国"司法危机"的表现相似,讼费高昂、审理拖延、程序复杂是香港民事司法制度备受公众批评的主要问题。

为此,2000年2月,香港终审法院首席法官李国能委任民事司法改革工作小组(以下简称"工作小组"),对高等法院民事诉讼程序和规则进行检讨和反思。工作小组于2001年11月发布《民事司法制度改革中期报告》,2004年3月发布《民事司法制度改革最终报告》。此后开始进行法例的修订。随着主体法例和附属法例修订工作的相继完成,香港民事司法改革的

---

[*] 本文原载《人民法院报》2010年5月14日第8版。

一系列新制度于 2009 年 4 月 2 日起正式施行。首席法官李国能自豪地宣称："民事司法制度改革标志着香港民事司法制度发展的一个重要里程碑。"

香港进行民事司法改革有其独特的优势。其时，世界范围的司法改革运动已经告一段落并相继转化为立法成果，改革成果正在接受实践的检验，并已经初步具备评估的基础。例如，英国于 1998 年颁布了新的民事诉讼规则。为检验新规则的实际效果，英国司法大臣办公厅（the Lord Chancellor's Department）分别于 2001 年和 2002 年发布《民事司法改革初期评估报告》和《民事司法改革后续评估报告》，对新规则的实效进行调查和评估。英国的实践和经验是香港民事司法改革不可忽视的参考和借鉴。

改革的具体措施

香港民事司法改革的预期目标在于提高民事司法制度的成本效益，简化民事诉讼的程序并减少诉讼拖延的情况，同时，要求所有决定都必须符合"程序公正"和"实质结果公正"这些基本要求。为达到上述目标，改革者采取了如下措施。

第一，修正对抗制诉讼模式下当事人之间的对抗性，促进诉讼各方之间坦诚相待，鼓励当事人尽快和解，并认真考虑其他可以解决纠纷的办法。其要点包括：

（1）改革状书制度。状书所包含的详情应能清楚界定诉讼各方的案情，并足以协助当事人达成和解或做好审讯准备，但也应避免案情陈述的过分冗长。与之相应的是，被告必须在其答辩状内提出实质性的抗辩理由，而不能仅仅对原告的诉求作单纯的否定。

（2）设立民事诉讼参与人的真实陈述义务。在改革中，引入了民事诉讼中的真实陈述义务，要求当事人、证人、专家证人及其他诉讼参与人对其所作出的状书、证人陈述书、专家报告以及法院规则或实务指示规定的其他文件，均须以"属实申述"方式进行核实。属实申述是一份声明，通过该声明确认作出文件的人相信文件的内容所述事实或意见属实。这一规定的目的是尽量避免含糊不清及内容纯属揣测的状书，阻止诉讼各方作出不诚实的陈述，使各方能集中处理案件的真正争论点。

（3）附带条款的和解提议。英国民事诉讼规则规定了附带条款的和解提议及付款安排，诉讼一方为解决纠纷向对方作出和解提议或将款项缴存于法庭，法庭有权对不予合作的当事人予以费用制裁（cost sanction）。该程序安排旨在鼓励当事人认真考虑庭外和解的可能性，避免诉讼拖延。在香港民事司法改革中，绝大多数人支持引入这一制度。在进行适当修改后，香港《高等法院规则》引入英国的相关规定并制定了详尽的程序规则。

（4）扩大法庭处理无理缠讼人的权力。香港《高等法院条例》第 27 条原本规定了处理无理缠讼人的程序，但相当烦琐累赘，使得法庭有时不得不启用所谓法庭的固有权力来禁止任何人提起可能构成滥用程序的诉讼。由于这种权力的正当性基础受到怀疑，极易与市民的法定听审权这一宪制性权利构成冲突，为此，工作小组建议通过正式立法程序，明文赋予法庭这项权力。修订后的《高等法院条例》明确规定原讼法庭可应律政司司长或受影响的人士的申请，命令相对人在未获原讼法庭许可时，不得提起或继续任何法律程序。

第二，简化诉讼程序规则，减少各程序所需步骤。具体改革措施如下：

（1）简化法律程序开展方式。在香港，当事人可以按照令状、原诉传票、原诉动议、呈请书这四种不同方式提起民事诉讼。工作小组建议保留令状和原诉传票两种形式，涉及实质事实争议可能性较大的案件采用令状展开程序，涉及法律问题较多的案件则采用原诉传票展开程序，在当事人选用错误时，应容许转回适当的程序。香港《高等法院规则》修订之后，通过原诉动议和呈请书方式开展法律程序的仅限于成文法律规定要求如此开展的情形。

（2）引入在金钱申索案件中的自认程序。香港《高等法院规则》参照英国《民事诉讼规则》第 14 章，增设第 13A 号命令"就要求支付款项而提出的申索中的承认"，适用于原告只要求支付款项的案件，而不论申索的款额是确定的还是不确定的。被告可以在没有抗辩理由时，在指定期限内填写"承认申索的表格"并送达，原告可以据此请求法庭作出判决。在该程序中，当事人无须到庭应讯，可以节省时间和费用。同时，该命令允许被告就付款安排提出建议，以解除他在申索中所负的责任，这样也有助于促进案件的和解。

(3)简化非正审申请程序。非正审申请指当事人就程序问题争议提起的申请,这种申请会增加诉讼费用并延误诉讼。改革的措施主要是,鼓励当事人以合作和合理的态度处理程序争议,对采取不合理态度的一方适用讼费罚则;如法庭认为适宜和必要且不会引起争议,可直接颁布与程序问题有关的暂准命令;非正审申请由聆案官处理,聆案官可以根据当事人呈交的文件予以处理,无须开庭;法庭应尽量在适当的情况下,在处理非正审申请时,以简易程序评定讼费。

(4)制定"仅处理讼费的法律程序"。为鼓励当事人和解,法院订立"仅处理讼费的法律程序",让已经就实质争议达成和解但未能在讼费方面达成协议的诉讼各方,可将有关的讼费事宜交给聆案官评定。

(5)上诉许可。对原诉法庭法官"非正审判决"向上诉法庭提起的上诉,必须得到上诉许可,这种许可有严格的限制,通常是法庭认为申请人有合理的成功机会;法院有权限制上诉许可只适用于特定的争议点,并在给予许可时附加条件,以确保上诉获得公平和有效的处理;在处理上诉许可申请时应避免口头聆讯;上诉法庭拒绝给予上诉许可的决定是最终的。

第三,为保证上述改革措施的有效实施,要求法庭参与更多的案件管理和诉讼监管,法官在民事诉讼中的管理职权进一步扩大。

香港地区在改革中确立了法官对案件的管理职能,同时通过具体规则予以约束,法官行使该权力时应体现如下目标:(1)提高司法程序的成本效益;(2)提倡以经济与案情相称为原则来提起诉讼和进行审讯;(3)迅速处理案件;(4)使诉讼各方地位更平等;(5)协助当事人达成和解;(6)公平分配法庭的资源。同时,最重要的一个原则是确保诉讼各方可按其实体权利公正地解决纠纷。

改革后的香港法院规则中,法官的案件管理权和裁量权处处可见,最直接的表现就是法庭在诉讼的初期阶段即积极参与,并决定案件的进度时间表。例如,法官通过行使案件管理权,在审理中严格适用证据的相关性原则,避免程序的拖延;法官有权对专家证据进行管理,限制专家的人数,甚至直接指定专家;扩大法官在书证开示方面的管理职权,经修订的法院条例授权法官在任何类型的案件(而不仅限于人身伤害和死亡申索)中决定是否作出命令进行诉前开示。值得称道的是,香港司法机构希望通过法官的灵活管理而使得诉讼各方获得更实质性的公平对待,比如,对于无律师代表的诉讼人,法官在设定时间表时应给予适当的宽待,在适用诉前议定书(pre-action protocols)时也应更为宽松。

香港民事诉讼制度与英国司法体系一脉相承,其司法改革也具有很大的类同性,但是,我们也注意到,在这次改革中,香港并未照搬照抄英国的成果,而恰恰相反,在进行评估时,香港始终坚持独立、审慎、务实地对待既有的经验。

公正与效率的价值依归,符合诉讼逻辑的程序设计,合理严密的制度构建,是良好的民事司法制度的内在要素。当然,再完备的制度都需要具有高度法律素养、富有良心与责任感的法官与律师队伍的执行与推动,才能实现其实效。香港拥有精良的法律职业队伍。此外,工作小组在最终报告中强调,必须调拨充足的资源,为所有参与推行改革的人士提供适当的培训,以利于改革措施的实施。实践表明,香港的民事司法改革正在有条不紊地进行之中,新的民事司法体制运作良好。我们有理由相信,此次改革将使香港民事司法制度更加完善,从而更有效地解决纠纷,保障人民的权利。

图 2　香港高等法院附近街景(2012 年 6 月)

重返校园
第一辑　新闻观察

司法如何参与社会管理创新[*]

在推行市场经济和依法治国的新形势下,越来越多的社会矛盾进入司法领域,民众对法院寄予很大的期望。"有纠纷找法庭"一度成为乡土纠纷解决的首选方式。然而,由于司法功能的局限性和我国当前的国情,很多问题难以通过单纯的司法手段得到有效的解决,致使涉诉上访问题日益严重,成为影响社会和谐稳定的不利因素。与此同时,现有立法的滞后性,也决定了法律制度与现行社会生活状况、文化观念、风俗习惯、村规民约总是或多或少地存在冲突。在郊区农村,由于大面积的征地拆迁而使得许多涉农纠纷因此爆发,基层社会秩序处于一种紧张状态。在此情形下,厦门市集美区人民法院灌口法庭通过发挥司法能动作用,走出一条从源头阻断矛盾发生的路子,既保障了所在辖区重点工程建设的顺利进行,也使得失地农民的合法权益得到有效保护,为辖区社会的和谐稳定提供了重要的司法保障。灌口法庭的一系列创新举措,对于正处于社会转型过程中的当下中国司法,具有启示和借鉴意义。

一、司法的正确引导是实现乡村和谐自治的有效途径

司法是一种特殊的文化现象,其本身的渗透与发展亦深受整个主流文化体系的影响。历史法学家萨维尼指出,一个民族的法律制度,像艺术和音乐一样,都是该民族文化的自然体现,不能从外部予以强加。在任何地方,法律都是由内部力量推动的,而不是由立法者的专断意志推动的。中国几千年历史积淀的法律文化传统具有地方性、民族性和传承性。人类社会历史实践过程中固定下来的行为方式、思维习惯和价值观念内化为历史文化

---

[*] 本文原载《人民法院报》2011年9月1日第5版。

力量，对法治社会形成的各种制度化样态施加影响。人们习惯于套用内心确信的价值标准来评判司法的过程与结果。重情理、重实体等刻有传统烙印的法律观念在乡土社会中依然故我，致使法律技术性经常遭遇道德伦理性的对抗，精英意识与大众诉求之间缺乏有效沟通，现代司法理念与传统社会观念格格不入。欲在本土社会中剥离阻碍法律规范价值导向的固有传统，协调多元绽放的地域文化，从而孕育统一的现代司法体系，其操作难度可想而知。村规民约作为适用于农村地区，并与国家法相对应的公共性规则，是一种介于国家法与农村地区传统民俗之间的民间规范，在农村社会起着定分止争、维护社会秩序稳定的作用。由于传统观念、村民私利等各种因素的影响，村规民约的内容难免与国家法相冲突。此时，如果仅仅通过刚性的裁判机制予以矫正，很可能出现"法治秩序的好处未得，而破坏礼治秩序的弊端却已先发生了"（费孝通《乡土中国》）。灌口法庭的实践表明，法院通过发挥自身的司法权威，在保证"不越位、不越权"的前提下，运用司法建议、典型示范案例等方法，引导村民自治组织依法制定村规民约，实现乡村的和谐治理，是适应国情的可行路径。

二、整合资源化解纠纷是具有中国特色的替代性纠纷解决方式

为了应对社会经济发展引发诉讼案件急剧膨胀的现象，许多国家普遍寻求通过替代性纠纷解决机制（ADR）帮助法院化解纠纷。在我国，跨越式发展中的征地拆迁问题常常引发群体性纠纷，此类纠纷即使进入司法程序后也极容易引发涉诉信访案件。对此，通过整合多方资源联动化解纠纷，往往能产生出意想不到的良好效果：一是各部门所聚集的资源是不同的，各有优势。比如党委能发挥其领导作用，具有召集各部门的号召力；政府具有提供经费、人员保障的能力；乡镇司法所具有庞大的调解网络；法院则有丰富的适用法律经验，这些资源经过有效的整合，往往能发挥出 $1+1>2$ 的功效。这种做法实际上是具有中国特色的替代性纠纷解决方式，它既发挥了司法在解决纠纷方面的专业优势，还有效地动员了相关部门运用资源协助司法化解社会矛盾，最终实现了和谐共赢，节约了维稳的资源和成本。

三、引导产业经济良性运转是司法反哺经济的创新举措

经济和文化要素是司法的基础保障与动力源泉，其发展水平在一定程度上折射出司法国情的内在底蕴。20世纪末，经济体制由计划向市场转轨的跨越式发展，引领中国经济进入腾飞的新时代，生产力的解放和发展逐步迎合了人民日益增长的物质需求，但同时也遭遇诸如追求短期效应、重复建设、无序发展、铺张浪费等一系列难题。赖以生存的土地被征用后，对于已习惯依附于土地生存的农民而言，意味着要重新寻找谋生的手段，这种对未来的不确定性和不安全感会使得农民们对征地拆迁有抵触情绪，甚至有农民会期望通过抵制征地拆迁而尽可能获取额外利益。了解了农民抵触情绪的来源，在保护失地农民的合法权益的同时，也应该关注征地后失地农民的生活问题。许多人可能无法理解作为审判机关的人民法院对于失地农民的生活问题能有什么作为。灌口法庭通过司法建议一方面引导失地农民有效利用手头资金，避免村民被征地后由于缺乏资金利用经验，引发非法集资、赌博的现象；另一方面引导村集体通过出租、成立村办企业等形式给村民创收，让集体财产得到最好的利用。这不失为一种从法治路径中探寻良方反哺经济发展的有益尝试。

法律的生命不仅在于逻辑，更在于实践。10余年来进行的司法改革与探索虽然取得一些初步成效，但由于缺乏经验、急于求成等原因，某些改革措施一度脱离国情，呈现水土不服的病症，成效甚微。进入21世纪后，中国社会的整体转型对法治和司法提出了更高的要求。灌口法庭在参与社会管理创新过程中的探索也给法学界带来新的启示，即为实现中国社会法治化而进行的改革不应是高高在上、可望而不可即、少数人关注的宏伟目标，而应是根植于基层民众的生活，致力于解决目前基层民众最关注问题的新实践。基层法院只要有为民服务之心，认真倾听百姓的声音，关注百姓的需求，在创建和谐社会的过程中也能有大作为。

厦门 ADR 立法对国家法治建设的贡献*

2005年10月,厦门市人大常委会通过了《关于完善多元化纠纷解决机制的决定》(以下简称《决定》)。这是我国第一个有关诉讼外纠纷解决的地方立法性文件。厦门因此成为我国多元化纠纷解决机制的试验区,"厦门经验"成为全国法学界、司法界关注的焦点。我作为当年《决定》起草小组的总顾问,参与了整个立法过程,作出了一点贡献,时常为此感到自豪。

10年来,厦门的司法机关、行政机关、人民团体、基层群众性自治组织、社会团体和行业协会齐心协力,勇于开拓,努力构建并不断完善多元化纠纷解决机制,取得了显著的成效,保障了人民的权益,促进了特区经济文化的发展和社会的和谐稳定。

十年磨一剑。2015年4月1日,厦门市人大常委会通过了《厦门经济特区多元化纠纷解决机制促进条例》(自2015年5月1日起施行。以下简称《条例》)。《条例》总结《决定》颁行10年以来厦门推行多元化纠纷解决机制的经验,运用特区立法权大胆先行先试,亮点纷呈。与《决定》相比,《条例》中的很多新规定更具有前瞻性、开创性和可行性。这是厦门为我国法治建设所进行的又一次可贵的探索。

ADR(Alternative Dispute Resolution,中文译为替代性纠纷解决机制)是指以协商、调解和仲裁为主要内容的非诉讼纠纷解决体系。在全球民事司法改革浪潮中,ADR受到了普遍关注,并在不同程度上被纳入各国司法改革的架构之中。ADR的发展与司法改革的互动,促使法院承担起促进、协调和监督ADR的职能,并促进传统诉讼文化的转变,即从对抗走向对话,从单一价值走向多元化价值,从胜负决斗走向争取双赢。

---

* 2015年4月24日,厦门市召开学习贯彻《厦门经济特区多元化纠纷解决机制促进条例》座谈会。这是我在座谈会上的发言稿。《厦门日报》刊登了我的发言摘要。

1999年10月,我到英国伦敦大学研究欧洲的民事司法改革。在调研中我发现,欧洲各国在努力完善诉讼制度的同时,都十分重视ADR的构建。英国还提出了"尽可能避免诉讼""多一些合作,少一些对抗""合理分配司法资源"等口号。外国司法改革的经验告诉我们,只有重视并完善ADR制度,才能真正保障民众获得司法救济的权利。换言之,ADR机制是司法制度不可缺少的组成部分。在英国访学期间,我选修了ADR课程,从中得到很多有益的启示,对保障诉权与鼓励ADR的关系有一种豁然开朗的感觉。

总结域外ADR的立法与实践经验,可以看出如下几个趋势:一是ADR的正当性和法律地位不断提高。例如,2008年5月,欧盟颁布了《关于民商事调解若干问题的2008/52号指令》,要求各成员国在2011年5月21日之前遵照指令施行有关调解的法律和行政规定。二是ADR的应用范围及功能不断扩大。三是ADR的发展格局和形式呈现多元性及多样化。四是ADR的法制化和规范化,即国家通过立法鼓励、促进和保障ADR的运行,同时予以必要的规制。目前我国制定全国性的ADR基本法的条件还不具备,时机还不成熟。厦门的《条例》相当于一部地方性的ADR基本法。《条例》施行的成功经验以及今后在实践中的不断创新,可以为国家将来制定全国统一适用的ADR基本法提供决策的依据和参考的素材。这正是厦门《条例》为国家法治建设作出的重要贡献。

多元化纠纷解决机制的基层模式探索*

改革开放以来,我国经济建设高速发展,个人财富日益增多,社会利益逐渐呈现出多元化的格局,当社会进入转型期,利益的多元化显得尤其明显,并导致了各种社会矛盾和纠纷的激增甚至激化。在这样的形势下,原有的纠纷解决机制开始应对困难,面临着越来越大的挑战,为有效地应对这种多元化的利益冲突,我们需要有一种多元化的思路。

同安区人民法院是厦门市的基层法院之一,近年来,随着厦门市社会经济的快速发展,同安法院受理的各类纠纷案件数量总体呈不断上升的趋势。由于辖区城乡接合面积较广,案件矛盾化解工作的难度相对较大,案件处理稍有不慎,就可能影响当地社会的稳定和经济的发展。

面对这样的环境和压力,我们欣喜地看到,同安法院以试点单位及改革示范法院候选单位的确立为契机,积极参与和推动当地的多元化纠纷解决机制的建设——在认真研究交通事故纠纷领域自身特点的基础上,通过法庭进驻交警大队,开创以司法调解为主导,与交警调解、人民调解良性互动衔接,并与医疗、保险机构等相关行业部门密切沟通的"一元引导,多元跟进"解决纠纷新机制。

同安法院在以下几个方面的努力值得重视:

首先,因地制宜,推动多元化纠纷解决机制的创新与实施。同安法院推行多元化纠纷解决机制的努力从法庭实践性的尝试开始,经院里认可后,再由法庭实施,一方面保证了新举措的创设均来自一线业务法官,使方法与举措的可行性和有效性得到保证;另一方面,经法院认可后再由法庭实施则能使新举措获得"正确性"把关,也更便于新的方式方法在实践中的运用。这种模式推动了多元化解决机制在同安的创新与实施,也使得同安法院这方

---

* 本文原载《人民法院报》2015年12月29日第5版。

面的工作形成了自身的特点:其一,同安法院始终坚持"便民"原则,不论是多方位创新纠纷处理方式,还是化解具体的纠纷,都始终将"便民"作为思考的出发点,力求切合基层人民群众的实际需要,例如法庭进驻交警大队,保险入驻,针对轻微车损和财产损失案件设立快速立案登记制等,都是为了方便人民群众,妥善解决纠纷;其二,同安法院的创新和推行的方式方法都密切联系同安区特定的区情民情,因地制宜,建立"预防和解决纠纷"多元、长效机制,确立"法律与社会效果相统一"解决纠纷方式,具有很强的实践性和针对性;其三,同安法院不仅致力于纠纷的妥善解决与司法资源的集约化运用,还积极支持并参与"纠纷预防"机制的建设。例如,"交通安全教育警示基地"的设立,其目的在于预防交通事故多发,引导当事人理性诉讼,妥善处理交通事故纠纷。

其次,法院主导,激发多元化纠纷解决机制的内在活力。一般而言,纠纷解决以公正性、效率性、确定性、自治性为理性目标。与人们需求的多样性、矛盾性相对应的是,以诉讼为主导的纠纷解决方式不可能完全实现纠纷解决的理想目标。为避免诉讼的局限性,替代性争议解决方式(ADR)获得了"复兴",它不仅种类繁多,而且具有意思自治、灵活性、谈判结构、以利益为中心、运用管理技巧、降低交易成本等特征。同安法院正是通过巧妙地利用诉讼与非诉讼纠纷解决方式各自的优势,合理配置交通事故纠纷案件的司法资源,整合诉讼方式与替代性争议解决方式在现行法律框架下的作用与功能,使纠纷通过最佳的途径和方式得到解决。更为具体地说,在道路交通事故纠纷解决方面,以同安法院为主导推行的多元化纠纷解决机制,鼓励、尊重并适度参与纠纷的非诉讼解决,并通过对非诉讼纠纷解决结果的"刚性"支持以及非诉讼方式与诉讼的合力衔接等,推动和促进纠纷公正、快速、有效的解决。在这里,多元化纠纷解决机制呈现出纠纷解决方式的可选择性、有效性(确定性)以及纠纷解决方式之间的可衔接性等特征。因此,以法院为主导的多元化纠纷解决机制在很大程度上回应和满足了纠纷解决的理想目标,进而也使自身获得了内在的生命力。

最后,积极能动,推进多元化纠纷解决机制下法院参与社会治理。从国家职能分工出发,我国法院承担了纠纷解决、秩序维护和政策实施三项重要功能,这三项功能促使新时期法院积极推行多元化纠纷解决机制。中国特色社会主义法治主导下的法院角色与功能和经济社会紧密相关,从某种意义上说,它们是法院在不断回应社会生活,不断服务、满足经济社会发展的需求中逐渐形成发展起来的。作为社会治理的一部分,同安法院在本辖区特定的经济、社会环境中,立足于对自身角色和功能的再认识与把握,积极创新和推行多元化纠纷解决机制,支持并参与"纠纷预防"的建设工作。同安法院的法官们将"司法为民""和谐司法"的目标转化为具体的多方位"便民"行动,使当地民众能够在目前急剧的社会变迁中获得利益或心理的平衡,从而有效地解决了矛盾纠纷,促进了社会的和谐。

重返校园
第一辑 新闻观察

评泉州法院"跨域·连锁·直通"式诉讼服务[*]

"跨域·连锁·直通"式诉讼服务平台是 2015 年泉州两级法院根据党的十八届四中全会关于全面推进依法治国和深化司法改革的精神,本着"法院多服务,群众少跑腿"的理念,坚持"连锁联动、全城覆盖、标准运作、便捷优质"的思路所构建的涵盖诉前、立案、审判、执行阶段的诉讼服务平台。这是我国法院推行司法为民的一项新举措,也是我国基层司法制度改革的一项新探索。

跨域,即家门口的诉讼服务,案件处理打破诉讼服务领域的行政区划限制,在整个大泉州区域,当事人不必因为案件属异地法院管辖而奔波,可以就近选择任何一个法院(法庭)办理。

连锁,即标准化的诉讼服务,全市法院实行统一的服务内容和标准,实现服务无差别、标准化,以标准化的服务突破人为的差别对待。

直通,即全流程的诉讼服务,当事人除开庭等一些必须亲历性的程序须前往管辖法院外,其余诉讼程序均可在就近的法院(法庭)诉讼服务中心一站式完成,服务涵盖诉前、立案、审判、执行、答疑解惑等多个环节。因此,这种方式被称为"家门口诉讼"。

2015 年 7 月,我带领厦门大学法学院的师生在泉州两级法院调研并参加有关研讨会之后,对这项司法为民的新举措印象深刻,感触良多,对泉州法院的勇于开拓、不断进取的精神十分钦佩,由此引发了我们对于基层司法制度及其改革的思考。

当代中国司法生长于乡村社会并扩展至城市社区,总体上呈现出乡土

---

[*] 这是我带领厦门大学法学院学生到泉州两级法院调研后写的文章,刊登于欧岩峰(时任泉州市中级人民法院院长)主编:《跨域·连锁·直通:家门口诉讼模式的实证与法理》,法律出版社 2016 年版。

司法的特质。它既受到伦理观念的深刻影响，又反映出浓厚的政治色彩，因此最具有意义的问题往往在基层司法中更为突出。基层司法是中国司法的典型形态，代表了中国司法的具体状况，体现了中国司法的基本特征，反映了中国司法的主要内涵。从某种意义上说，关注基层司法就是关注中国法治的前途。实践已经证明，中国的法治之路必须立足本国国情，重视利用本土的资源，注重中国法律文化的传统和实际。基层司法制度的设计和改革，必须重视并回应普通民众的呼声和需求，解决普通百姓"接近司法"的困难。正如苏力教授在《法治及其本土资源》一书中所指出的："本土资源并非只存在于历史中，当代人的社会实践中已经形成或正在萌芽发展的各种非正式的制度是更重要的本土资源。"泉州法院推行"家门口诉讼"的一系列措施及其实践经验，为我国司法改革和法治建设提供了可贵的"本土资源"。

既然是一项制度创新，就不可避免地存在不足之处并需努力加以完善，与此同时，主持者必须真诚地面对并回应各种质疑之声。我们在调研中发现，"跨域·连锁·直通"式诉讼服务平台突破了旧有诉讼服务模式乃至诉讼流程运行模式、司法工作机制，作为一项基层首创，既无任何先例可供遵循，也无专门的法律规范性文件予以规定。因此，伴随"家门口诉讼"模式的深入运行，一些深层次的问题逐渐暴露出来，迫切需要形成一套完善的顶层制度设计。新的制度设计应当做到既能将"家门口诉讼"模式这一基层探索的有益经验加以总结、提升、固定，使之有法可依，有据可循，从而有效地保护基层法院的创新精神，激励基层法官的探索勇气，又能为最大限度地发挥"家门口诉讼"模式的效用，让更多的群众享受司法改革创新的红利奠定扎实的制度基础。

我们高兴地得知，泉州两级法院在实践中摸索，平台的各项功能及服务领域在司法实践中不断延伸与拓展。"跨域·连锁·直通"式诉讼服务平台运行一年多来，取得了较好的成效，受到了社会各界的广泛赞誉和各级领导的肯定。截至2016年5月，泉州两级法院已通过"跨域·连锁·直通"式诉讼服务平台，为当事人就近办理跨域立案26093件，提供异地法律咨询26868次、材料收转26890次、诉讼指引21396次、判后答疑817次、信访接待153人次，诉前及立案调解263件。由于该平台为群众提供周到的便民服务，泉州中院立案庭还被评为福建省政法系统"十佳基层单位"。最高人民法院院长周强连续三次对该平台建设作出重要批示,指出该平台是有益的探索,具有深远的意义,其做法和经验值得认真总结推广。福建省高级人民法院已于 2015 年 10 月起将该平台其中一项制度内容即跨域立案在全省范围内推广。

由此可见,泉州法院所推行的"跨域·连锁·直通"式诉讼服务平台,最大限度地便利了当事人诉讼,开创了诉讼服务的全新格局。若能在此基础上,总结实践经验,完善规则制度,赋予其法律效力,并与其他诉讼程序相互衔接,相辅相成,将有利于整个司法体系的革新,推动我国民事诉讼制度、多元化纠纷解决机制的完善。

让正义以人们看得见的方式实现[*]

司法公开是现代法治社会普遍遵循的一项重要司法原则,是人民法院提高审判质量效率、接受社会监督、实现司法公正的重要措施。近年来,为了让正义以人们看得见的方式实现,福建省厦门市海沧区人民法院(以下简称"海沧法院")坚持司法创新,阳光司法,加大司法公开力度,拓宽司法公开渠道,形成了从立案、庭审、执行、听证、文书到审务六大方面完整可行的公开体系,最大限度地畅通民意、听取民声,让公众参与审判、感受司法民主,尽最大努力让正义以摸得着、看得见的方式实现。

庭审公开更彻底

刑事案件审限较短,但对于被告人犯罪的社会背景、适用缓刑的社会危害性等情况,却需要进行较为详尽的调查和评估。为了解决这一难题,海沧法院从人大代表、基层组织中聘请了有声望、有社会责任感的人士担任缓刑考察员,配合法官完成对被告人平时表现、犯罪起因、悔罪表现、社会危害性等方面的调查和评估。在此基础上,考察员形成较为全面的调查报告,提供给法官作为判处缓刑的参考依据,更加规范了刑事法官的自由裁量权。

在烦琐细碎的家事案件审判中,家事调查员的介入对于深入了解案情、妥善处理纠纷起到了不可忽视的作用。海沧法院聘任了福建省首批 10 位家事调查员。他们大多是具有社工、教育、心理学等专业背景,具备一定婚姻家庭、妇女儿童权益保护方面的法律知识,擅长沟通和调查,熟悉社区事务的基层工作人员。实践表明,家事调查员这一新举措对于化解家事矛盾、协助开展妇女儿童权益保护工作发挥了较大的推动作用。

---

[*] 本文原载《人民法院报》2016 年 7 月 14 日第 5 版。

此外，为进一步扩大公众庭审参与度、提高司法透明度，海沧法院在人民陪审员制度改革方面下了很大功夫，从人民陪审员的选任、参审、日常管理等一系列环节着手改革，取得了开拓性的成果。

以上种种都是海沧法院在落实庭审公开实践中所采取的创新机制，这些机制在推行中取得了明显的成效。一方面，将法官的审判活动置于社会公众的监督之下，锻炼、培养和提高了审判队伍素质，带动了合议、辩护、回避、陪审、证据等制度的贯彻落实，对高效优质的审判运行机制之形成起到了积极的作用。另一方面，透明司法使社会公众逐渐消除了对司法公正的怀疑，司法公信力、司法权威得以增强，息讼止争有了较大幅度提升。

审务公开更全面

审务公开要求法院通过各种信息平台向社会公开审判管理工作以及与审判工作有关的其他管理活动。为满足此要求，海沧法院开拓了许多载体，如通过门户网站设置专栏，为法院与社情民意实现良性互动搭建平台，也面向社会公众展示法院文化建设和队伍建设的方方面面；通过公众开放日制度邀请各界人士前来参观交流，每年举办"小法官"夏令营，通过接待社会公众参观法院、庭审观摩、座谈等，听取公众对法院和法官的评价，加强交流沟通，增进公众对法院工作的了解，倾听公众对司法服务的需求；开辟司法公开展示专区，包括"司法公开文化广场""司法公开法官监督台""律师休息室"等等，全方位多元化将司法公开工作渗透打官司的每个环节；开通海沧法院官方微博、微信，及时发布法院新闻，开辟"以案说法"及庭审直播专栏等，主动展示法院工作，开拓民众普法新途径，提高法院宣传的速度与广度；规范新闻发布会、新闻发言人制度，以此加大公开力度，多角度、多层次、全方位地宣传法院，提升法院及法官的社会形象，通过新闻发布会、新闻通气会、司法圆桌论坛等形式，加强与媒体的沟通与协作，扩大宣传效果。

"正义不仅要实现，而且应当以人们看得见的方式实现。"审判公开便是正义的体现。正如黑格尔所言，只有通过审判公开，公民才能相信法院判决确实表达了法，才能唤起人们对审判的尊崇信仰，从而更自觉地遵法守法。反之，司法将只是专政和冷漠的代名词。长此以往，法将不法。但同时，审判公开也不能以牺牲私权为代价,法院在进行审判公开探索和尝试的同时,应当形成相应的原则和制度,平衡司法民主和权利保障之间的关系,由此,审判公开促进司法公正的价值才能得到最大限度的彰显。

近年来,海沧法院大力推进司法公开工作,充分保障人民群众的知情权、参与权、表达权和监督权,提高了司法民主水平,促进了法院工作规范文明,树立了法官形象,增强了司法公信力,得到了社会各界的充分肯定,实现了以公开促公正,以公正立公信,以公信树权威的目的。

同时,现实也清醒地告诉我们,实践无止境,司法公开也无止境。中国的司法公开现状还与人民群众的需求有着一定的距离,在推进司法公开的过程中也存在着一些不足和困难。落实司法公开是一个不断深化、永无止境的过程。千里之行,始于足下。我相信,今后海沧法院将继续利用"全国司法改革联系点"先行先试的政策优势,锐意进取,理性创新司法公开机制,不断增进司法透明度,提升司法公信力,让人民群众在每一个司法案件中感受到公平正义,让阳光照亮司法公正的每一个环节。

检察公益诉讼在探索中前行[*]

2020年10月下旬，中国法学会民事诉讼法学研究会2020年年会在江苏省徐州市举行。本次年会重点研讨检察公益诉讼制度。最高人民检察院副检察长张雪樵在年会开幕式上作了题为"顺应时代大潮，推动公益诉讼专门立法"的主题发言。来自北京、江苏、广东、四川、浙江、内蒙古等地检察机关的代表在会上介绍了开展检察公益诉讼的体会。检察公益诉讼作为一项具有中国特色的法律制度，近年来从无到有，不断开拓，取得了令人瞩目的成就。在依法治国的新时代，这项制度今后应当如何进一步发展和完善，已成为学界关注和讨论的热点话题。

根据《中华人民共和国宪法》的规定，检察机关是我国的法律监督机关。检察机关的法律监督职责范围极为广泛，需要积极主动地保障人民的权利，扮演好"法律的守护者"与"公共利益的代表人"双重角色。当侵害国家利益、社会公共利益的行为发生或因违法行政、行政不作为使国家利益、社会公共利益遭受损害时，检察机关无疑具有作为原告的资格，以提起诉讼或者以支持适格主体提起诉讼的方式，填补法律对国家利益、社会公共利益保护的盲区。对于检察机关的法律职能，应当着眼于司法体制改革的视野，从发展的角度作出切实有据的解释。

检察公益诉讼具有如下特点：(1)检察机关行使公诉权的目的是代表国家及社会公众对侵害其权益的行为进行追诉，消除法制不统一对追诉活动带来的不利影响。因此，检察机关的公诉权的行使本质上以公共利益为基础，其范围并不局限于刑事公诉，还应包括民事公诉权和行政公诉权。(2)检察机关提起民事公益诉讼是公权力对民事活动的制约与监督，而提起行政公益诉讼则是检察权对行政活动的监督和制约。两者都是对现有法律监

---

[*] 本文原载《司法改革论评》(第29辑)，厦门大学出版社2021年版。

督职能的制度性扩张。(3)作为一个专门的法律监督机关,检察机关具备独立的政权机关地位、职权保障和专业胜任能力的优势,因而受部门利益、地方利益的干扰较少,有利于及时高效地维护国家利益和社会公众利益。

2012年8月,立法机关修订《中华人民共和国民事诉讼法》时,首次规定公益诉讼制度。修改后的《民事诉讼法》第55条规定:"对污染环境、侵害众多消费者合法权益等损害社会公共利益的行为,法律规定的机关和有关组织可以向人民法院提起诉讼。"根据这一规定,社会普遍关注、学界呼吁多年的公益诉讼制度"千呼万唤始出来",终于从理念成为立法,并付诸司法实践,成为"行动中的法律"。这是我国民事司法改革的一项重要成就,其意义十分重大。公益诉讼作为一种公共利益的补充代表机制,有助于维护遭受损害的公共利益,及时制止损害公共利益的违法行为。公益诉讼具有传统事后救济方式所不具备的预防性功能,其提起不以实际发生损害为前提,也不以直接利害关系者为提起要件,因而能够及时制止违法行为,有效地防范损害后果的发生或者进一步扩大。公益诉讼制度还有助于保障民众的诉权,扩大司法解决纠纷的功能。从这个意义上说,公益诉讼制度的设立标志着诉权的社会化。

2014年10月,党的十八届四中全会决定明确要求:"探索建立检察机关提起公益诉讼制度。"2015年5月5日,中央全面深化改革领导小组第十二次会议审议通过了《检察机关提起公益诉讼改革试点方案》。2015年7月1日,十二届全国人大常委会第十五次会议作出《关于授权最高人民检察院在部分地区开展公益诉讼试点工作的决定》,授权全国13个省、自治区、直辖市的检察机关开展试点工作,试点期限为2年。

截至2017年5月,全国13个试点地区检察机关共办理公益诉讼诉前程序案件6952件,其中行政公益诉前案件6774件、民事公益诉前案件178件;向人民法院提起公益诉讼934件,其中行政公益诉讼841件、民事公益诉讼88件、行政公益附带民事公益诉讼1件、刑事附带民事公益诉讼4件。试点地区检察机关办理的生态环境和资源保护领域案件占70%,国有土地使用权出让领域案件占10%,国有资产保护领域案件占18%,食品药品安全领域案件占2%。

在试点期间,检察机关提起的公益诉讼具有如下特点:(1)检察机关办理的行政公益诉讼案件占了绝大部分。检察机关办理行政诉前程序案件数占到总数的97%;提起行政公益诉讼案件数占总数的92%左右。(2)试点案件领域分布差异明显,主要集中于生态环境与资源保护领域。检察机关办理生态环境与资源保护领域的案件占到总数的72%,远多于其他试点类型的公益诉讼案件。(3)诉前程序成效显著,公益保护的梯形层次基本形成。高达87%的公益诉讼案件是通过诉前程序办结的。

2017年6月27日,全国人大常委会审议通过了《关于修改民事诉讼法和行政诉讼法的决定》(自2017年7月1日起施行),检察机关提起公益诉讼制度自此正式建立。为加强司法规范,2018年3月,最高人民法院与最高人民检察院公布《关于检察公益诉讼案件适用法律若干问题的解释》。经过两年的试点,检察公益诉讼改革完整经历了顶层设计、法律授权、试点先行、立法保障、全面推进五个阶段,成为全面深化改革的典型样本。在各级党委领导、人大监督、政府支持下,检察机关和法院共同努力,工作进展顺利。

党的十八大以来的司法改革和国家监察体制改革,一方面将检察机关的自侦权转隶国家监察委员会,另一方面又赋予了检察机关公益诉讼职能。其意图有二:一是构建以监察委员会为核心的强有力的反腐败体制;二是强化以检察院为核心的专门的法律监督体制。自侦权转隶之后,社会各界表现出对"检察监督弱化"的担忧。赋予检察机关公益诉讼权,不仅能够很好地平抑这种担忧,而且有助于实现检察监督的专门化。

检察公益诉讼是以法治思维和法治方式推进国家治理体系和治理能力现代化的一项重要的制度设计,其创新性在于形成牵连广泛、多层嵌套的复杂网状治理结构。检察机关立足法律监督职能,以公益保护为切入点,通过公益诉讼这一全新的司法程序,形成对其他治理主体和治理体系的监督制约和协同配合,有效地堵塞原有治理体系中的漏洞,提升多元主体共治的整体效能。

自2017年7月至2020年7月,全国检察机关共立案办理公益诉讼案件31万件,诉前程序案件27万件,其中向行政机关发出诉前检察建议26万件、发出民事公益诉讼公告1万余件、提起诉讼1万余件。基于群众要求拓展公益诉讼保护范围的呼声,全国各地检察机关本着"积极、稳妥"的原则,在安全生产、公共卫生、生物安全、文物和文化遗产保护、特殊群体保护、公民个人信息保护等一系列群众反映强烈的领域开展了公益诉讼的实践探索,取得了较好的成效。

检察公益诉讼在实践中也面临一些困难和障碍,相关立法滞后的问题日益突出,难以适应形势发展的需要。例如,检察机关的调查取证程序目前尚无法可依,检察机关出席庭审、诉讼监督以及公益诉讼的判决执行具有特殊性,不宜适用一般的诉讼程序。在这方面,地方立法已经先行一步。在各地检察机关不断探索的基础上,浙江、重庆、上海、湖北、江苏等省、市人大常委会总结实践经验,制定了加强检察公益诉讼的地方立法文件,为本辖区内检察机关探索拓展公益诉讼提供依据。从长远来看,检察公益诉讼作为一项全新的诉讼制度,还需要在规范和实践层面与民事诉讼制度、行政诉讼制度、刑事诉讼制度进行体系性融合,构建符合司法规律的诉讼程序。法学界对于检察公益诉讼制度的理论基础、诉讼地位、诉讼规则以及公益诉讼单独立法等问题还应继续进行深入的研究,推动公益诉讼制度的进一步发展和完善。

第二辑

法治评论

凤凰树下随笔集

制定强制执行法势在必行[*]

多年来,民事、经济案件"执行难"严重困扰着法院,成为法院工作的老大难问题,给法院造成很大的压力。造成"执行难"的原因固然很多,但是最根本的原因,在于执行程序过于粗疏,执行立法严重滞后。现行《民事诉讼法》第三编"执行程序"仅有30个条文(而台湾地区"强制执行法"条文多达142条),其规定过于原则,缺乏可操作性,致使执行工作中许多事项无法可依或有法难依,司法实践中许多行之有效的执行措施(如股权执行)于法无据,难以推行。解决"执行难"的关键在于完善强制执行法律制度,其根本途径在于尽快制定独立的强制执行法。

审判程序是确认民事权利义务的程序,执行程序是实现民事权利义务的程序。确认的目的在于实现。执行程序有它特定的目的、原则、对象、方式,它与审判程序并非大同小异,而是小同大异。10余年来的执行实践表明,执行程序与审判程序合并于一部《民事诉讼法》,实际上是强制执行法"寄居"于《民事诉讼法》中,审判程序附带执行程序。这种立法体例助长了"重审轻执"的观念,导致执行程序未得到应有的重视,不利于其发展和完善。为从根本上扭转执行立法严重滞后、执行工作长期被动的局面,制定独立的强制执行法势在必行,其必要性可从以下几方面说明:

首先,民事诉讼体现的是国家的审判权,而强制执行体现的是国家的执行权。民事诉讼法的某些基本原则和制度不适用于执行程序。例如,民事诉讼强调调解原则,而执行程序中不得调解;民事诉讼强调双方当事人地位平等,强制执行则应强调保护债权人,强制债务人履行义务;民事诉讼强调当事人处分原则,强制执行则应加强国家干预;民事诉讼实行"谁主张谁举证",强制执行应实行举证责任倒置,由被执行人负担申报财产的义务,同时

---

[*] 本文原载《政治与法律》1998年第5期。

应强调法院依职权调查被执行人的财产。显然,只有通过单独立法,强制执行的特有原则才能得以体现。

其次,尽管可以通过最高人民法院的司法解释弥补现行立法的不足,体现强制执行的特点,将执行程序具体化,但最高人民法院毕竟不是立法机关,其司法解释也不具有普遍的约束力,更何况有些司法解释或者超出了授权的范围,或者偏离了立法原意,其效力存在争议。

最后,作为法院强制执行根据的法律文书,已不限于法院依据民事诉讼法作出的民事判决、裁定、调解书。最高人民法院《关于人民法院执行工作若干问题的规定》第 2 条规定,除民事判决、裁定、调解书外,刑事附带民事判决、裁定、调解书,行政处罚(处理)决定,我国仲裁机构作出的仲裁裁决和调解书,公证机关依法赋予强制执行效力的关于追偿债款、物品的债权文书,经人民法院裁定承认其效力的外国法院作出的判决、裁定,以及外国仲裁机构作出的仲裁裁决等,都是人民法院的执行根据。可见,强制执行不仅与民事审判相联系,而且涉及刑事审判、行政审判、仲裁、公证、国际司法协助等领域。如此复杂而广泛的强制执行法律关系,已难以为民事诉讼法所调整。

总之,制定一部独立的强制执行法,有利于借鉴外国执行立法和司法经验,确立适合我国国情的执行原则,吸纳经实践证明为行之有效的执行措施,规定具体可行的执行程序,从而为完善强制执行法律制度、解决"执行难"问题提供广阔的活动舞台和完备的法律保障。

证据制度的改革任重而道远[*]

20世纪80年代后期,我国法院系统开始进行民事审判方式改革。这一意义深远的改革,是以强化当事人的举证责任为切入点而逐渐展开的。由于证据制度是民事诉讼制度的核心,触及这一核心的改革立即就产生了"牵一发而动全身"的效应,最终引发了民事审判制度乃至整个司法制度的全面改革。

证据制度的完善一直是司法改革的焦点问题。1998年3月九届人大一次会议期间,陈华姣等32名代表联名提出建议制定证据法的议案;此后不久,司法实务部门和民间的立法准备工作即开始进行。1999年10月20日制定的《人民法院五年改革纲要》提出,要在总结经验的基础上,对证据适用规则作出规定。2001年10月22日,最高人民法院院长肖扬在会见挪威最高法院院长斯米特时介绍说,中国全国人大常委会正在起草《证据法》。在《证据法》颁布之前,最高人民法院准备制定一套证据规则,以适应目前的形势和加入WTO(世贸组织)后的需要。2001年12月21日,最高人民法院公布《关于民事诉讼证据的若干规定》(以下简称《证据规定》)。该规定自2002年4月1日起施行。

《证据规定》是在我国实行依法治国,加入世贸组织,推进司法改革的大背景下制定并实施的。证据是诉讼的基础。在民事诉讼中,无论是当事人、律师,还是法官,其诉讼活动都是围绕着举证、质证和审核认定证据进行的。因此,从某种意义上说,以事实为依据就是以证据为依据,没有证据就没有事实。然而长期以来,我国民事诉讼证据立法较为薄弱,现行民事诉讼法对

---

[*] 本文是我应《人民法院报》郭士辉编辑的邀请撰写的"民事诉讼证据研讨会"综述,原载《人民法院报》2003年3月11日第3版。由于原文篇幅较长,收入本书时略有删节。

证据的规定只有12条,且多为原则性的规定,可操作性不强,缺乏可供遵循的具体的证据规则,不利于对当事人诉讼权利的平等保护。这种状况已经成为制约审判方式改革、影响司法公正和效率的重要因素。最高人民法院在总结审判方式改革的经验和教训、广泛征求意见、深入调研论证的基础上制定的《证据规定》,立足我国国情,借鉴外国立法和学说,体现了民事证据制度的基本规律和发展趋势,对于统一证据规则,完善证据制度,进而实现司法的公正和效率,具有十分重要的意义和积极的促进作用。

为了掌握《证据规定》施行后的执行情况,统一思想认识,分析解决司法实践中存在的问题,更好地贯彻执行《证据规定》,保护当事人的合法权益,2002年9月至12月,厦门市中级人民法院、厦门市律师协会与厦门大学法学院联合组成课题组,进行了为期三个月的专题调研。在调研中,课题组制作下发了有关调查提纲和问卷表格,先后在厦门市各基层法院、中级法院和律师协会召开了11场座谈会。近百名法官、律师和学者参加了答卷和座谈,就《证据规定》实施中的具体做法和疑难问题发表了意见和建议。课题组对调研中所获得的材料进行了归纳分析,撰写了近10万字的6份专题调研报告。在经过上述充分准备之后,2002年12月21日,即《证据规定》发布一周年之际,课题组举办了民事诉讼证据研讨会。与会代表就当事人举证、人民法院调查收集证据、举证时限与证据交换、质证和证据的审核认定等方面的问题展开了热烈的讨论。

代表们普遍认为,《证据规定》弥补了民事诉讼法关于证据规定的不足,为我国民事审判实践设定了一套较为系统、完整的证据规则,构建了我国民事证据制度的基本框架,在一定程度上代表了民事诉讼证据制度的改革和发展的方向,对法院审理民事案件以及当事人参加民事诉讼都具有重要的指导意义。但与此同时,《证据规定》的某些具体制度仍不够明确,某些制度全面实施的条件还不够成熟和配套,某些制度与民事诉讼法的规定不够协调,在司法实践中产生了一些新的困惑。例如有的基层法官提出,对于贫困而且没有文化的当事人,仅仅因为他们未能在举证期限内提交证据,就判决其败诉,总觉得于心不忍,似乎有违司法公正;但若接受其迟延提交的证据,又违反了《证据规定》,有可能被二审法院发回重审或改判。有的法官说,对于《证据规定》与民事诉讼法的不一致之处,应如何处理,没有把握。如果按

《证据规定》作出判决,败诉方向党委、人大申诉,会不会被认定为错案,检察机关会不会以判决"于法无据"或"与法不合"为由而抗诉呢?这些法官的意见是值得深思的。它从一个侧面说明,法治的实现是一个艰巨的事业,需要社会全体成员几代人的持续不断的努力。所有的法官、检察官、律师,所有的政府官员,所有的民众,都应当不同程度地具备现代司法理念。然而,即使所有的法官对司法理念都有深刻的理解,如果周围的党政领导和广大人民群众对司法的本质、规律不接受或存在误解,法治仍然难以实现,司法权威也无法树立。由此看来,民事证据制度的完善仍然任重而道远。改革尚未成功,同志仍须努力。

环境保护：建立团体诉讼制度殊为必要[*]

我国自改革开放以来，经济发展取得了巨大的成就，始终保持着较快的经济发展速度，但长期沿袭的粗放型的经济增长模式造成了严重的环境污染，随着社会主体环境意识的逐步觉醒，环境纠纷的数量逐年递增。根据国家环保局的统计，从20世纪80年代中期到90年代中后期，我国的环境纠纷一直保持在每年10万件左右，但是自1998年以后，环境纠纷数量呈现急剧上升趋势，在短短6年多的时间里增加了约4倍，2003年突破了50万件。

环境保护与原告资格

按照传统的诉讼法学理论，社会公众不得对与自己无关的利益主张权利，只有当自己的合法权益受到违法侵害时，才具备起诉的资格，这种标准被称为"直接利害关系原则"。该原则对防止公民滥用诉权起到了十分重要的作用。我国立法对该原则有明确的体现，例如《民事诉讼法》第108条规定："原告是与本案有直接利害关系的公民、法人和其他组织。"据此，能够提起环境民事诉讼的主体必须是与环境纠纷有直接利害关系的公民、法人和其他组织，也就是说或者是自己的环境权益受到了侵害，或者是自己的环境权益与他人产生了争议的公民、法人和其他组织才能够成为环境诉讼的原告。虽然《环境保护法》《水污染防治法》《大气污染防治法》《固体废物污染环境防治法》都规定，公民对污染和破坏环境的单位和个人，有权检举和控告，但是这些规定并未在民法以及民事诉讼法中得到体现，诉讼实务中对于

---

[*] 2004年至2013年，我应《检察日报》刘金林编辑的邀请，撰写多篇评述民事司法改革、纠纷解决机制新发展的小文章。本文原载《检察日报》2006年3月6日第3版。

"控告"则是趋向于狭义的理解,即仅限于在行政措施层面上向环境行政主管部门告发,并不包括社会公众通过诉讼手段来制止、纠正破坏环境的行为。所以,我国普通民众对于空气被污染、旅游景点被破坏等行为提起的环境诉讼,大多由于"法无明文规定"而被驳回,或由于"空气和风景都不是个人的,个人对这些东西没有排他的使用权和所有权",而以起诉者败诉而告终。

在现代社会中,传统的诉讼制度已不能适应社会的发展需要。法谚云"有权利必有救济",法律既然赋予公民以环境权利,当公民的环境权利受到侵害时就必然应当给予救济。环境侵权与一般民事侵权相比,具有广泛性、长期性、隐蔽性、复杂性等特点,有时候发生环境侵权纠纷时并没有直接利害关系人,而传统的诉讼制度要求提起诉讼的原告必须是与案件有直接利害关系的当事人,这种状况必然导致国家环境公益、社会环境公益及不特定多数人的环境利益受到侵害却得不到救济,违背了法律的一般原则。

传统的诉讼制度对原告起诉资格的限制,与环境保护的要求是相矛盾的,因为环境权益作为一种特殊的财富,不仅属于私人利益,更属于社会公益。环境污染、生态破坏必然会直接或间接地损害到每一个社会成员的利益,社会公众拥有天然的保护环境的积极性,公众必然是环境保护的一种重要力量。为此,公众作为环境保护的一种基本力量已经在许多国家达成共识,许多发达国家出于保护环境的需要,扩大了公民诉权的范围,允许公民可以为保护环境而向排污者提起诉讼,而不再要求该公民是环境的所有权人。

在环境法领域,放宽能够提起环境诉讼的主体资格的限制,已成为世界各国环境立法的趋势。例如英国《污染控制法》规定,对于公害诉讼的原告认定,无须考虑资源的所有权归属,也无须考虑其是否属于某一污染或破坏行为的直接受害者,只要他有权使用或者享受某些资源或者他本人的生计依赖于这些资源,即可以"保护环境公益"为由提起环境诉讼。再如美国最高法院在环境诉讼中对原告资格也采取了一种比较自由的观点,美学上的损害即可以作为诉因,即原告除了遭受到身体伤害或财产损失等经济利益上的损失可以提起环境诉讼以外,还可以环境给予人们的舒适感受到破坏等非经济上的损失为由,向法院提起环境诉讼,只要原告能够提出某一行为将使其在美学性质上受到损害的事实,法院就可以受理案件。据此,当事人可以被告的行为破坏了自然景观,侵害了自己的优美环境享受权为由向法院提起诉讼。

原告资格的放宽最终将演化为公益诉讼制度。早在古罗马时期,其程式诉讼中就有了私益诉讼和公益诉讼之分。前者是保护个人所有权利的诉讼,仅特定人才有权提起,而后者是保护社会公共利益的诉讼,除法律有特别规定外,凡公民均可提起。随着资本主义工业经济、垄断经济的发展,一些政府部门、垄断集团有能力从自身利益出发挑战公共利益,使得保护公共利益成为公众的实际要求,为公共利益而进行诉讼的案例增多,促进了公益诉讼制度的发展和完善。20世纪中期以来,日益严重的环境问题和逐渐高涨的环保运动使环境权作为社会公共利益受到了公众的关注,欧美各国的环境法普遍建立了环境公益诉讼制度,以保护作为社会公共利益的环境权。因此,我国环境诉讼的主体资格的认定条件,已经不能再局限于《民事诉讼法》第108条规定的"原告是与本案有直接利害关系的公民、法人和其他组织"了,而应尽快扩大环境诉讼的主体范围。

检察机关与环境公益诉讼

就我国目前的诉讼制度而言,公益诉讼的主体还不可能一步扩大到一般民事主体,包括个人或非政府组织等,不过借鉴大陆法系国家的公益诉讼模式即由检察机关提起环境公益诉讼的方式,也许更为现实可行。

在一些大陆法系国家和地区,检察机关有权提起环境公益诉讼。比如法国,早在1806年法律就赋予检察机关在公法秩序受到损害时,有权为维护公法秩序而提起民事诉讼。检察机关是国家利益的代表,是社会公共利益的代表,凡是涉及国家利益、社会公共利益、公民的重大利益的民事活动,检察院都有权提起诉讼和参与诉讼。法国《新民事诉讼法典》除对以保护公益为目的的协会诉讼和个人诉讼有明确规定外,该法典还规定凡是在公共秩序受到危害的情况下,检察机关可以"代表社会"的名义,以"主当事人"或"从当事人"的身份参加公益诉讼。德国也确立了行政诉讼的公共利益代表人制度,检察官可以作为公共利益的代表人,可代表联邦或地方独立提起或参加行政法院的行政诉讼。在我国澳门特别行政区的《澳门民事诉讼法典》中，也规定检察官有权提起民事诉讼。

当然，赋予检察机关提起环境公益诉讼的权利并不意味着所有的环境纠纷都应当由检察机关代表国家、社会、大众来起诉。在涉及有直接利害关系人的环境利益时，完全可以由这些直接利害关系人自己行使起诉权；在涉及不特定多数间接利害关系人的环境诉讼中，则可以由间接利害关系人提起诉讼；在没有直接或间接利害关系人时的纯公益性环境损害情形下，检察机关则有权起诉。也就是说当涉及具体的利害关系人时，应当把诉权留给具体的利害关系人，国家没有必要干预。检察机关本身的性质和职责表明它实质上具有国家整体利益的维护者或公共利益代表人的身份，这种身份决定了它应当充当公共利益的代表，具有对无人控告的涉及国家利益、社会公益的环境违法行为提起公益诉讼的权力，从而保障国家利益、社会公益不受侵害。

集团诉讼与团体诉讼

随着现代工业的产生和发展，大规模的群体纠纷也随之发生。由于诉讼主体众多，依靠单一诉讼制度难以解决，共同诉讼制度也无能为力，集团诉讼作为一种新的诉讼模式便应运而生了。学界通常把集团诉讼定义为：一个或数个代表人，为了集团成员全体的共同利益，代表全体集团成员提起的诉讼。法院对集团所作的判决，不仅对直接参加诉讼的集团成员具有约束力，而且对于那些没有参加诉讼的主体，甚至对那些根本料想不到的主体，也具有约束力，即将人数不确定的但各个人所具有同一事实或法律关系的当事人拟制为一个群体，群体中的一人或数人提起诉讼视为代表整个群体提起，判决效力扩及群体中的每一个个体。它具有以下特点：其一，诉讼代表人成立方式简单；其二，诉讼主体无限扩大；其三，判决书效力的扩张；其四，救济功能强大。集团诉讼在英美法系国家得到长足发展，最初因保护消费者权利而产生，现已被广泛应用到保护环境权领域。

我国的代表人诉讼制度正是在吸收英、美等国集团诉讼制度优点的基础上建立起来的，它结合了我国的法律传统和发展水平，以共同诉讼制度为基础,吸收了诉讼代理制度的机能,在解决环境纠纷问题上有其独特的优势。

不过,代表人诉讼虽然也涉及众多的当事人,但实际上诉讼主体资格的要求并没有放宽,法律要求众多的当事人必须是与被诉事件有直接利害关系的人。由于环境侵权的性质特殊,个体受害者缺乏对抗企业或行政机关的能力,而且环境争议和生活质量问题多属于团体性纠纷,因此可以依赖公民团体的介入,由团体代替受损害的个别人或多数人提起诉讼,以实现公益和私益的社会保护。现代社会注重个人权利,但个人权利的实现往往通过其所在的社会团体来实现。在环境诉讼中,国家、社会团体的公益和公民的私益是统一的。法律可以明确授予环境保护团体诉权,赋予其直接提起侵权之诉和不作为之诉的权利。团体诉讼制度实际上是对代表人诉讼制度的一个有益的和必要的补充。

团体诉讼相对于其他群体诉讼模式,具有如下独特的优势:(1)能够有效克服因适用代表人诉讼而带来的复杂的诉讼技术问题,如代表人选任、权利登记程序等。团体诉讼不具有代表人诉讼那样复杂的内部关系,诉讼结构比较单纯简化。(2)团体诉讼以团体作为当事人,其实质仍然是一对一的诉讼。因此,它既能够有效减轻当事人的诉累,又能够实现解决群体性纠纷的目的。(3)由于团体作为某一方面的专门组织,熟悉有关的法律、法规、规章,由其参加诉讼,有利于及时收集、提供证据,协调众多当事人的诉讼请求,从而尽快地审结案件,平息纷争。

司法理念的更新:从对抗到协同[*]

司法理念是司法体制的精神构造。司法体制所赖以建立的观念、理论或哲学基础经过司法实践的长期贯彻会形成庞大的意识形态。构建公正高效的纠纷解决机制,其着力点不仅在于具体制度的重新设计,更在于摒弃与旧制度陈陈相因的司法理念,实现观念的更新。

人类解决争议的方式经历了私力救济到公力救济的发展过程,其过渡的标志就是诉讼形式的出现。诉讼过程实际上是争议的两造彼此对抗以及借助外部强力平息纠纷的过程。但当诉讼被过度使用于纠纷的解决,法院将不堪重负,从而导致诉讼迟延、诉讼成本过高及投入司法的资源无法与诉讼量增长的速度相适应等问题的产生。

20世纪末汹涌澎湃的ADR(即诉讼外纠纷解决机制)浪潮向世人昭示,西方发达国家的司法制度正在经历一场前所未有的变革。这种变革的核心就在于强化诉讼外纠纷解决方式的作用,解决当事人过度对抗所导致的诉讼拖延、成本高昂的弊病,形成一个优势互补的纠纷解决机制。而强化诉讼外纠纷解决方式的理由之一,就在于诉讼外方式所独有的和谐性。

"和谐"作为一个重要的哲学范畴,反映的是事物在其发展过程中表现出来的协调、完整和合乎规律的存在状态。纠纷解决方式多种多样,诉讼是最权威也是最具强制力的一种,但绝不是最和谐的一种。在对抗制诉讼模式下,两造在法庭唇枪舌剑,法官冷眼旁观,"坐山观虎斗",冷冰冰地根据事实(证据)作出裁判。在这一过程中,社会关系的对立和紧张在不断扩大,经济生活和市场运行的成本在不断增加,自治协商、道德诚信、传统习惯等一系列重要价值和社会规范遭到贬损,整个社会共同体的凝聚力在逐步衰退。家庭的温情、邻里的礼让、交易的诚信乃至社会的宽容和责任感,都在尖锐

---

[*] 本文原载徐昕主编:《纠纷解决与社会和谐》,法律出版社2006年版。

的利益对抗中消失殆尽,人们也因此丧失了对司法的信心。这就是西方所谓的"司法危机"。

在20世纪接近尾声之时,西方各国的司法改革风起云涌。以英国为例,沃尔夫勋爵(Lord Woolf)以其超凡的魄力领导了一场大刀阔斧的司法改革。面对被称为普通法之象征的、延续800多年的对抗制诉讼模式,他提出"尽可能避免诉讼","少一些对抗,多一些协同"的口号,提出了"公正地处理案件"的首要目标。根据1998年颁布的《民事诉讼规则》第1条的规定,"公正地处理案件"就是在切实可行的范围内确保当事人的平等地位,节省费用,根据案件涉及的金额、重要性、争议的复杂性,以及各方当事人的经济状况,快速公正地处理案件。1999年,英国法院还作出了一个在过去不可思议的判决。原告的律师忽略了向法庭提交一份重要文件,其内容是修改过去关于损失和费用的陈述,但上诉法院并未因此判决被告胜诉,而是判决被告部分败诉,其理由是,"被告试图利用原告律师的差错,而不是通过与其合作来澄清事实"。

尽管各国都在不遗余力地改革诉讼制度,但面对诉讼爆炸和价值多元的现实,任何一种"完美"的诉讼程序设计都难以在公正与效率之间求得平衡。特别是在社会剧变的转型时期,多元化的社会价值赋予"正义"和"权利"以丰富的内涵,当事人基于不同的诉讼动机追求不同的程序利益。根据纠纷的性质和繁简设置多种不同程序,并赋予当事人程序选择权,已被各国民事程序立法所普遍接受。旨在减轻诉讼制度的压力,促进纠纷解决机制合理化、多元化发展的ADR的兴起反映了程序法领域的这一变化。ADR的发展促进了一种时代理念和精神的变化,即从对抗走向对话,从单一价值走向多元化,从胜负斗争走向争取"双赢"。越来越多的人认识到,面对我国司法资源紧缺与案件数量剧增的尖锐矛盾,为维持司法运作中公正与效率的平衡,ADR是一个不可或缺的思路。

关注基层司法*

当代中国司法生长于乡村社会并扩展至城市社区,总体上呈现出乡土司法的特质。它既受到伦理观念的深刻影响,又反映出浓厚的政治色彩,因此最具有意义的问题往往在基层司法中更为突出。基层司法是中国司法的典型形态,代表了中国司法的具体状况,体现了中国司法的基本特征,反映了中国司法的主要内涵。从某种意义上说,关注基层司法就是关注中国法治的前途。实践已经证明,中国的法治之路必须立足本国国情,回应基层百姓的司法需求,重视利用本土的资源,注重中国法律文化的传统和实际。

为了解基层司法的现状,2009年3月以来,我先后访问了重庆市、浙江省、江苏省和福建省的多家基层法院。这些基层法院的实践和探索各有所长,各具特色。例如,江苏省姜堰法院汤建国院长勇于开拓,勤于思考,倡导将民俗习惯引入民事审判,其意义重大,影响深远;福建省晋江法院坚持司法为民,顺应社情,创设具有闽南特色的"茶桌调解法",千方百计促进司法和谐;重庆市荣昌法院在年轻院长王小林博士的带领下,锐意创新,运用社会力量合力解决纠纷;在著名的"廊桥之乡"福建省寿宁县,山区法官不辞辛苦地调处民间纠纷,为乡村和谐作出默默无闻的贡献。通过调研,我对基层司法的情况有了更为直接、全面的了解,也获得许多新鲜的体会和感受。乡土社会根深蒂固的文化传统,源远流长的风俗习惯、丰富多彩的本土司法资源,基层法院对司法规则的灵活运用、不拘一格的审判方式,基层法官的办案智慧和忧国忧民的赤子之心,都给我留下了深刻的印象。

基层法院是中国司法的根基,全国法院数量的80%、法官人数的80%、案件总数的80%在基层。近年来,随着社会的发展、农村经济体制的转变,基层民众的独立意识、权利意识逐渐增强,在其权益受到侵犯时,不仅逐渐

---

* 本文原载《东南司法评论》(2009年卷),厦门大学出版社2009年版。

倾向于采用司法手段寻求救济,即"上法庭讨说法",而且对司法的需求也开始带有明显的现代化因素。民事案件的类型既有传统的家长里短、赡养老人、相邻关系等纠纷,也有新型的民间借贷、土地承包、征地拆迁等矛盾。由于国家法律与风俗习惯等地方社会规范存在事实上的冲突,简单的司法化处理可能不利于基层社会秩序的维护,因此基层法官对纠纷解决方式的选择也有所转变。作为社会的普通成员,基层法官关注本地民众的特殊利益,通常采用调解、现场调查、巡回审判等非正式方式解决纠纷。

基层司法的上述鲜明特点决定其对中国现代法治的形成与发展具有不可或缺的价值、无法替代的作用。就整体司法制度而言,纠纷解决与规则之治同为司法制度的功能,不可偏废。要真正理解两者之间的区别,必须从基层司法实践中寻找答案。源自乡土社会的纠纷与争议往往更为直接、生动地体现法律与现实间的关系,但现代法律却在很大程度上更适于陌生人社会,当代法学也更倾向于规范性法律研究。为实现法律与社会的同构,许多基层法院勇于创新纠纷解决方式,在审判中融合司法权威和风俗习惯,通过裁判、调解等形式,以及在此基础上制定的一系列指导意见,对今后类似争议案件的司法适用形成一种约束乃至导向。这些尝试不仅强化了基层司法的程序性和正当性,而且使各种纠纷解决机制的运作更加协调,更有针对性。若能将上述司法实践进行归纳、深入研究并逐步上升为理论,以此来划分不同级别法院的功能,确定不同层级法官的任职标准,不仅有利于完善司法分工,推进多元化纠纷解决机制的构建,也有助于中国司法制度的发展。

研究基层司法不仅对司法制度的整体设计具有启示意义,而且对现代法治社会的构建具有重要价值。我国目前仍有人数众多的农村居民。据国家统计局发布的《2008年国民经济和社会发展统计公报》,2008年全国总人口为132802万,其中乡村人口数为72135万,占全国总人口比重的54.3%。乡土社会的文化积淀浓厚,民众的行为模式因此深受传统礼法意识与民情民俗的影响,更偏好以民间规范来解决纠纷。在某些情形下,国家法若强行介入,反而会引起严重的社会失序。为解决这一问题,关注基层司法实践成为关键。基层法官不是法律贵族或职业精英,他们生活在基层,了解乡土民情,凭借其丰富的地方性知识、朴实清廉的人格特质以及极具亲和力的个人魅力,在当地百姓中素具威望。由这些法官通过简便的方式接近乡民,指导调解,有助于增强民众对司法的可接受性,实际上它已成为转型时期乡土社会的一种治理方式和手段。

由此看来,关注基层司法,不仅有助于我们通过对基层审判人员经验智慧和知识结构的分析,了解基层法院及基层法官的司法实践,反思相关政策的利弊得失,探讨司法改革的经验教训;更有助于我们研究法律规定与现实情况间存在的非对称性问题,找寻理论与实践的契合点,实现法律在基层的有效适用,将大多数民事纠纷化解在萌芽状态,解决在基层法院,以减轻当事人的讼累,真正实现定分止争、案结事了。这对发掘纠纷解决的本土资源,有效节约司法资源、实现优势互补,达至法律效果与社会效果的统一将大有裨益。在这一方面,德国2001年民事司法改革中提出的"审级重心下移""强化一审功能"的口号和相关措施,值得我们研究借鉴。

令人欣喜的是,近年来,越来越多的学者走出书斋,深入司法的田野,结合基层司法实践,从不同角度,探索民间法与国家法的互动、多元化纠纷预防调处机制的构建以及多元调解、和谐司法的创新等问题,并为此展开相关制度的研究,促进了基层司法的完善和发展。

然而,应当清醒地看到,现阶段的基层司法仍面临许多亟待解决的问题。对基层法院来说,案多人少既是特点也是难点。2008年,全国各级法院受理的案件总数首次超过1000万件,但同期全国法院法官数量并没有明显增加,这一矛盾在基层法院尤为突出。在法院内部,从事行政管理和其他工作的法官人数过多,一线办案法官的比例偏低。许多基层法官承受着巨大的案件压力,普遍处于超负荷工作状态。由于基层法院的工作待遇、生活环境难以吸引优秀的法律专业人才,加上现有人员编制不合理、年龄结构明显老化等原因,一些贫困地区基层法院人才流失的现象十分严重,出现明显的断层,法官队伍的状况令人担忧。

基层司法的困顿还体现在司法制度的设计上。法律是一种"人为"理性,司法知识本身亦具有地方性的特点,现代司法改革的观念与乡土社会传统文化间往往冲突不断。国家法与民俗习惯在某种程度上的互动缓解了这一冲突,但由于基层法院在司法实践基础上制定的各类指导意见缺乏普遍适用性,难以形成制度性保护,以致司法效力不足,直接影响法律效果与社会效果的有机统一。除此之外,受所在地区经济文化发展状况等因素的影响，各基层法院的基础设施、人员编制、队伍建设千差万别，亦成为制约基层司法制度发展和完善的现实因素。此类问题不仅严重阻碍了基层司法的有效运作，也直接影响了司法改革的成效。

逐步帮助基层司法走出上述困境，促进基层司法制度的构建及完善，是当前司法改革的当务之急。司法为民是新时期审判工作的口号和目标。完善基层司法对于推进司法改革、实现司法公正具有重要意义。法律的生命不仅在于逻辑，更在于实践。10余年来的司法改革已经取得初步的成效，但也应当看到，由于缺乏经验、急于求成等原因，某些改革措施脱离国情，"水土不服"，出现了偏差，导致成效甚微，未能达到预期的目的。

司法是由司法官员、司法组织、司法过程、司法程序、司法手段等要素组成的一个系统，是法治的一个部分，是社会的一个领域。司法制度的形成，取决于国家的政治经济体制和国家性质与结构，受到经济基础、政治体制、社会需求、利益平衡、传统习惯、文化等社会因素以及特定的历史条件的制约。无论是司法改革的自身，还是相对于社会改革，司法改革都具有整体性。只有立足于司法改革的整体性才能使改革卓有成效。我国的司法改革正在自上而下地整体推进。为建设符合中国国情的法治，对基层司法的探索和研究必须更为具体。例如，如何将基层法官的审判实践转化为更具理论性的言语表述，使之成为更多法律人得以分享、借鉴的系统知识；如何通过技术性改革与创新，实现国家法与民间法的融合，满足程序正义与实体公正的需求，真正使单一的国家权力支配格局逐步转变为多元权威共处于同一社会权力网络中的支配格局等。

现代各国的法治实践表明，法律与社会同构，是法治得以实现的理想状态。改革开放以来，中国社会的整体转型对法治和司法提出了更高的要求。为实现中国社会法治化而进行的司法改革不应是高高在上、可望而不可即的，而应是植根于基层民众的生活，致力于解决目前百姓最关注的问题的实践。因此，未来司法制度的设计和改革，必须重视并回应普通民众的呼声和需求，关注并解决基层司法的困难。可以预见，随着社会经济、文化以及科技的快速发展，今后一个时期基层纠纷解决及法律需求将逐步增长。在此背景下，完善基层司法制度建设时不我待，任重而道远。

重返校园
第二辑 法治评论

司法改革与中国国情[*]

2010年10月下旬,全国民事诉讼法学年会在浙江湖州隆重举行。当地党政官员在致辞时一再自豪地提及,湖州是清末修订法律大臣沈家本的出生地。法学界的人士都知道,沈家本主持的清末修律影响巨大,意义深远,被称为中国近代史上的第一次司法改革。如果从那时算起,中国的司法改革已走过100年的历程了。

百年风雨,沧桑巨变。司法如同一面镜子,映照着法治发展历程的跌宕起伏。作为国家上层建筑一部分的司法制度建立在一定经济基础之上,并服务于经济基础,因此,它必须随着社会的发展而进步,随着时代的前进而完善。1978年中共十一届三中全会以来,伴随着我国从"以阶级斗争为纲"到民主政治,从计划经济到市场经济的转型和社会的急剧变迁,现行司法制度日益不适应社会经济生活的需要,显露出诸多弊端。1997年,中共十五大确立了依法治国的基本方略和建设社会主义法治国家的目标,明确提出"推进司法改革"的任务,从而全面正式启动我国的司法改革。党的十五大报告指出:"发扬民主必须同健全法制相结合,实行依法治国。依法治国,就是广大人民群众在党的领导下,依照宪法和法律规定,通过各种途径和形式管理国家事务,管理经济文化事业,管理社会事务,保证国家各项工作都依法进行,逐步实现社会主义民主的制度化、法律化,使这种制度和法律不因领导人的改变而改变,不因领导人看法和注意力的改变而改变。"1999年,九届全国人大二次会议通过的《宪法修正案》将"依法治国,建设社会主义法治国家"写入宪法。2002年,中共十六大报告在第五部分"政治建设和政治体制改革"中,对"推进司法体制改革"作了专门论述,进一步推动了我国的司法体制改革。在全面建设小康社会的新的历史条件下,2007年,中共十

---

[*] 本文原载《司法改革论评》(第12辑),厦门大学出版社2011年版。

七大报告提出："深化司法体制改革，优化司法职权配置，规范司法行为，建设公正高效权威的司法制度，保证审判机关、检察机关依法独立公正地行使审判权、检察权。"党的十七大明确了司法改革的目标要求，提出了权力的优化配置和司法行为规范化的具体路径，推动司法体制内部和外部两方面的改革向纵深发展。

2008年2月28日，中华人民共和国国务院新闻办公室发布了首部《中国的法治建设》白皮书。白皮书全面介绍了新中国成立近60年来，特别是改革开放30年来，在建设中国特色社会主义的伟大实践中，我国的法治建设所取得的巨大成就，包括建立健全了审判制度，完善了民事、行政和刑事三大审判体系，形成了符合建设社会主义法治国家要求的现代司法制度，完善了公开审判、合议、人民陪审员、辩护、诉讼代理、回避、司法调解、司法救助、两审终审、死刑复核等审判和检察制度，制定了《仲裁法》《律师法》《公证法》《劳动争议调解仲裁法》等法律，建立了法律援助和司法考试等制度。白皮书指出，近年来，中国加快了深化司法体制改革的步伐。中国的司法体制改革坚持从国情出发，注意借鉴国外有益做法，以维护司法公正为目标，从人民不满意的问题入手，以加强权力制约和监督为重点，优化司法职权配置，规范司法行为，推进司法民主和司法公开，努力建设公正高效权威的社会主义司法制度，保证审判机关、检察机关依法独立公正地行使审判权、检察权。这些改革成效主要有：第一，通过加强对司法权的监督制约，一些影响司法公正的突出问题得到有效解决。第二，通过完善刑事司法制度，在尊重和保障人权方面取得新进展。第三，通过改革和完善工作机制，司法效率进一步提高。第四，通过加大司法救助和法律援助力度，诉讼难、执行难问题得到有效缓解。第五，通过改革和完善干部管理体制和经费保证机制，司法公正得到更充分保障。

中华人民共和国60余载艰难曲折的历程，带给司法制度诸多弥足珍贵的历史经验，其中的教训同样是深刻的。实践证明，国情是司法改革的现实基础和前提条件。中国的法治必须立足本国国情，回应基层百姓的司法需求，重视利用本土的资源，注重中国法律文化的传统和实际。

国情是一国政治制度、经济基础、社会发展和文化传统等基本现象或实际情况的总和，具有明显的地域性和个体特征。法学家从广义的"国情"范畴中抽象提炼出"司法国情",以此作为构建和完善司法体制的基本框架和现实背景。司法国情,即那些促进或制约司法制度长远发展的基础条件与框架结构,集政治、经济、文化等内生性传统因素于一体,往往决定了一国法治发展的路径与走向。改革开放30余年来,社会秩序在现代化的话语刺激下不断地进行自我调适和重构,悄然变化的宏观环境构成了中国司法的国情基础。

政治要素是司法国情的基石,主流政治意识形态影响着司法的实际运作和发展。中国特色社会主义的国家性质和政治制度决定了国家权力的基本架构和司法制度发展的根本方向。司法权的性质、司法机关的权力配置与职能定位统摄于现有政治体制格局之下,审判权、检察权由国家权力机关并列派生,担负着维护党的执政地位、国家安全和人民根本利益的政治任务。然而,伴随着现阶段政治体制弊端的日益显现,徘徊于历史和现实之间的政治体系、政治结构和政治机制酝酿着复杂的体制内变革,以回应社会纵深发展的需要。与之相适应,司法应当在其与政治的理性互动中找寻自身定位的平衡点,以免步入司法去政治化或泛政治化,抑或司法政治职能弱化或异化等极端。

经济和文化要素是推动司法改革的基础保障与动力源泉,其发展水平在一定程度上折射出司法国情的内在底蕴。20世纪末,经济体制由计划向市场转轨的跨越性发展,引领中国经济进入腾飞的新时代,并使其当之无愧地成为带动社会进步和发展的强大引擎。生产力的解放和发展逐步迎合了人民日益增长的物质文化需求,但同时也遭遇诸如经济安全问题、区域经济发展不平衡、资源"瓶颈"和产业结构转型升级等一系列难题。2008年国际金融危机的爆发和蔓延,更加凸显了经济全球化所带来的严峻挑战。在这种情势下,司法机关一方面汲取了经济发展带来的丰富物资和先进科技的营养供给,拓展了司法领域的广度和深度,另一方面也承担着从法治路径中探寻良方反哺经济发展的历史重任。当代司法不得不直面传统机制应对转型社会纠纷失灵的现实。全球化背景下的异域经济交往与文化对流引发激烈的交锋,导致纠纷数量剧增、新型疑难案件频发,人民日益增长的司法需求同司法资源匮乏、司法能力不足之间的矛盾日益紧张。司法亟须在资源总量有限的条件下寻求效益最大化的配置方式,以实现通过法定渠道预防和解决社会纠纷的重要目标。

　　司法是一种特殊的文化现象,其本身的渗透与发展亦深受整个主流文化体系的影响。历史法学家萨维尼指出,一个民族的法律制度,像艺术和音乐一样,都是该民族文化的自然体现,不能从外部进行强加。在任何地方,法律都是由内部力量推动的,而不是由立法者的专断意志推动的。中国几千年历史积淀的法律文化传统具有地方性、民族性和传承性。人类社会历史实践过程中固定下来的行为方式、思维习惯和普世价值内化为历史文化力量,对法治社会形成的各种制度化样态施加影响。与此同时,人们习惯于套用内心确信的价值标准来评判司法的过程与结果,"重情理""重实体"等刻有传统烙印的法律观念在乡土社会中依然故我,纵然经历巨大的变革和冲击也难遭撼动,致使法律技术性经常遭遇道德伦理性的对抗,精英意识与大众诉求之间缺乏有效沟通,现代司法理想与传统社会观念格格不入。欲在本土社会中剥离阻碍法律规范价值导向的固有传统,协调多元绽放的地域文化,从而孕育统一的现代司法体系,其操作难度可想而知。

　　中国司法改革的生成与推进的动力不仅来自本国内部宏观环境的演变,世界政治经济形势的巨大变化、人权保障理念的弘扬、诉讼模式之间的交融也在悄然但迅速地进行。全球性法律文明的巨大变迁,对当代中国的社会变革与法律发展产生日益复杂的冲击和影响,致使司法改革进程难以沿着自身固有的逻辑孤立前行。伴随着社会结构从封闭走向开放的历程,司法制度在逐步走向现代化的同时,也迎来了国际化与本土经验之间的空前碰撞。但是,无论是强调"接轨"西方后现代法学的理论和改革实践,还是呼吁从中国人的社会生活中创造中国的本土法制,国情始终是司法改革不可忽视的因素。扎根于特殊国情背景下的司法改革,其系统性、长期性和复杂性可见一斑。

　　事实上,"司法国情"不外乎是对一国司法体制生存基础和发展状况的客观描述,与其说是沉重的历史包袱,不如说是改革进程中的理性"束缚"。司法改革的过程理应是国情意识下释放主观能动性并作用于客观实际的动态过程,国情的柔性嵌入有助于促使制度化成果更加符合司法规律,彰显社会发展与人民生活的真实需求。各国司法改革的实践经验清晰地表明,一国法律的制定和修改必须从本国的实际国情出发,充分考虑本国的历史传统和现实需要,关注本国的政治、经济、文化等各方面的状况,尤其应考虑社会公众的承受力和适应力。10多年前就有学者指出:"中国的法治之路必须注重利用中国本土上的资源,注重中国法律文化的传统和实际。""本土资源并非只存在于历史中,当代人的社会实践中已经形成或正在萌芽发展的各种非正式的制度是更重要的本土资源。"① 就此意义而言,司法改革的探求者必须首先成为国情的体察者。否则,改革方案的设计虽然十分符合工具理性,但却可能因为失去中国本土资源的支持而在实践与操作层面变得窒碍难行。

我们注意到,目前官方的司法改革的话语与地方实践仍存在一定的差距,一些改革措施从学理上看似乎符合诉讼规律,但由于忽视中国社会发展的阶段性特征和民众的心理特质而难以在实践中奏效,甚至可能因为影响既有的社会秩序而遭干涉或抵制。经过几千年历史沉淀的文化传统凝聚了人们调整行为及制度安排的丰富经验,在一定程度上具有存在的合理性与历史必然性。强行抑制传统文化的生存空间,无异于削足适履,其结果必然导致司法的掏空甚至沦陷。

法律的生命不仅在于逻辑,更在于实践。10余年来的司法改革已经取得初步的成效,但也应当看到,由于缺乏经验、急于求成等原因,某些改革措施一度脱离国情,呈现"水土不服"的病症,成效甚微。② 由于实践中的诸多偏差与反复,致使预期目的未能达到,与公平正义的目标仍有较大的差距。改革开放以来,中国社会的整体转型对法治和司法提出了更高要求。为实现中国社会法治化而进行的司法改革不应是高高在上、可望而不可即、仅仅少数人关注的宏伟目标,而应是植根于基层民众的生活,致力于解决目前基层民众最关注的问题的实践。

---

① 苏力:《法治及其本土资源》,中国政法大学出版社1996年版,第6页、第14页。
② 例如,作为我国民事证据制度改革重大举措之一的证据失权,就由于脱离了国情而招致当事人的抵制和法官的质疑,处于进退两难的境地。参见郭士辉:《〈证据规定〉运行八年得与失》,载《人民法院报》2010年5月5日第5版。

执行程序单独立法
是解决执行难的根本途径[*]

一、"执行难"长期困扰法院

民事案件"执行难"多年来困扰各级审判机关,当事人及社会各界对此反应强烈,已成为推进依法治国进程中的"瓶颈"问题。

"执行难"是一个较为典型的带有中国特色的现实问题,它既反映了法院执行工作面临的困境,也反映了申请执行的债权人实现债权面临的困难。在实践中,执行难主要表现为被执行人难找、特殊主体难动、执行财产难寻、应执财产难动、协助执行难求、抗拒执行难究等方面。

"执行难"问题的存在,不仅意味着民事主体之间的冲突状态并没有得到真正的化解,被冲突破坏的经济社会秩序没有得到有效的修复,导致作为市场经济基础的社会信用关系和商品交易安全缺乏保障,而且会损害司法机关的威信,甚至动摇人们对于法律制度的信心,阻碍和谐社会的构建。换言之,"执行难"实际上是经济社会发展过程中法制保障不足的问题,它已经成为制约我国经济健康和持续发展的一项重要因素,与建设公正高效权威的社会主义司法制度要求格格不入。

执行行为的规范程度也在很大程度上决定着强制执行功能的发挥。综合分析执行行为失范的各种表现可以发现,对执行权缺乏有效的监督制约,乃是民事执行面临的重要问题,而这一问题又与强制执行制度不健全有着内在的联系。

"执行难"是一个复杂而深刻的社会问题,也是社会各方面矛盾在司法领域的综合反映,其中既有法律原因,也有社会原因。"执行难"是各种观念

---

[*] 本文原载《人民法院报》2011年1月26日第8版。

因素、利益因素所扭曲综合作用的结果,反映了各种不规范的社会行为,如当事人民商事活动不规范、寻求司法救济方式不规范、社会管理制度不规范、权力机关行使职权行为不规范、法院执法行为不规范等等。其中相当一部分难以执行的案件是由于强制执行法律制度本身滞后而造成的。改革强制执行制度已成为解决"执行难"的重要内容。

近年来凸现的"执行难"问题以及因执行行为失范而导致的"执行乱"问题,有其深层次的社会原因,暴露出了我国强制执行法律制度在体制上的种种缺陷和不足。其形成的原因是多方面的,既有交易信用的缺乏和司法权威的不足,也有地方保护主义、部门保护主义的干扰。面对各种复杂的关系,法院力不从心,不堪重负,甚至难以独善其身。从根源上看,"执行难"问题与中国社会由传统计划经济向市场经济转型、由"熟人社会"向"陌生人社会"转变的过程中,社会诚信的缺失有直接的关系。社会诚信的缺失使人与人之间相互合作的机制遭受破坏,社会存在很大的信任危机,不仅陌生人之间缺乏信任,而且熟人中的信任也日益丧失。为重建高度信任的社会,必须从有效保护私有产权、规范政府行为、加强法制建设、培育中介机构、提高教育水平、复兴中华文化等多个方面入手。"执行难"问题的解决,一方面取决于通过上述手段实现社会信任的恢复,另一方面有赖于在重新认识强制执行与审判的关系、强制执行权的性质等观念性问题的基础上,对现行执行制度进行改革,制定出适合中国国情的强制执行法。

二、执行制度改革不断深入

党中央十分重视"执行难"问题的解决。1999年7月,中共中央转发《最高人民法院党组关于解决人民法院"执行难"问题的报告》(中发〔1999〕11号文件),提出:"各级党委、人民政府要切实加强对人民法院执行工作的领导和支持,要站在推进社会主义民主和法制建设进程的战略高度,充分认识解决人民法院'执行难'问题的重要意义,积极支持人民法院依法独立地行使审判权、执行权,排除人民法院在执行工作中遇到的阻力,积极协调处理人民法院在执行工作中遇到的复杂疑难问题,保证执行工作顺利进行。"该文件还提出要"制定强制执行法"。2002年11月,中共十六大报告明确提出要"切实解决执行难问题",并将其作为推进司法体制改革的一项重要内容。2004年12月,中共中央转发了中央司法体制改革领导小组《关于司法体制和工作机制改革的初步意见》,明确提出:"各级人民法院设立执行机构,专司民事、行政案件的执行实施工作。最高人民法院执行机构监督和指导全国法院的执行工作。省、自治区、直辖市高级人民法院执行机构统一管理、统一协调下级人民法院的执行工作。"2005年2月,中共中央办公厅、国务院办公厅《印发〈中央政法委员会关于贯彻落实中央司法体制改革领导小组关于司法体制和工作机制改革的初步意见的分工方案〉的通知》明确规定:"改革和完善民事、行政案件执行体制,在各级人民法院设立执行机构,专司民事、行政案件的执行实施工作。"2006年5月,中共中央下发的《关于进一步加强人民法院、人民检察院工作的决定》要求"完善执行工作机制,加大执行工作力度,让打赢官司且有条件执行的当事人及时实现权益,维护国家法律权威"。2006年10月,中共中央十六届六中全会《关于构建社会主义和谐社会若干重大问题的决定》提出:"完善执行工作机制,加强和改进执行工作。"根据党中央的要求,2005年12月中央政法委于2005年12月和2007年11月先后下发《关于切实解决人民法院执行难问题的通知》《关于完善执行工作机制,加强和改进执行工作的意见》,要求进一步落实执行工作领导责任制,完善执行工作的协调配合机制,完善执行工作管理制度,加强对执行活动的监督,落实执行工作的保障措施,确保执行工作顺利进行。

党的十七大提出要"深化司法体制改革,优化司法职权配置,规范司法行为,建设公正高效权威的社会主义司法制度"。执行制度的改革是我国司法体制改革的组成部分,也是一个庞大的系统工程,它既包括执行管理体制和执行机构的改革,也涉及执行权运行机制的完善。通过实践基础上的理论创新,将经过执行理论论证的、执行实践证明行之有效的执行管理新体制、执行工作新机构、执行权运行新机制上升到制度层面,把实践中探索解决执行难问题的诸多措施和方法转化为执行制度,进一步规范执行实践,不断推动执行工作的发展与创新,是执行制度改革与完善的应有之义。

20世纪80年代末以来,全国法院以解决执行难为切入点,以规范执行行为为突破口,在司法改革的有序推动下,针对传统执行管理体制、机构设置和工作机制等方面存在的弊端,开展了全方位、系统化的执行制度改革。

2007年10月28日,十届全国人大常委会第三十次会议通过了《关于修改〈中华人民共和国民事诉讼法〉的决定》,将"执行难"作为着力解决的问题之一,对执行制度上的诸多漏洞和不足进行了若干修补。此次修改建立了立即执行、被执行人强制报告财产等制度,加大对被执行人和协助执行人的制裁力度;增加被执行的财产所在地为执行管辖的连接点,延长申请执行期限,增强执行行为的强制性;建立执行异议和案外人异议之诉制度,赋予申请执行人申请变更执行法院的权利,完善执行救济制度;构建执行威慑机制,寻求社会联动破解执行难;将执行机构的设置扩大到各级人民法院,为此后执行制度的进一步改革提供了法律上的依据。新法施行后,"执行难"的问题得到了一定程度的缓解,但远没有达到妥善解决的程度,执行制度仍有进一步完善的必要。

三、执行程序单独立法势在必行

在民事诉讼法整体不修订的情况下,强制执行立法难以形成系统化体例。从域外立法实践看,制定单独的强制执行法是一种普遍选择和发展趋势。奥地利、瑞士、瑞典、日本、韩国、法国、俄罗斯等国家先后制定了独立的强制执行法。日本、越南、韩国分别于1979年、1989年和2001年将民事诉讼法中的"强制执行编"予以删除,另行制定了民事执行法;法国、俄罗斯亦分别于1991年和1997年制定了单独的民事执行程序法。实践表明,解决执行难的问题的根本途径之一,就是要改变强制执行立法滞后的现状,尽快制定出适合实际需要的、独立的强制执行法。

自20世纪90年代以来,最高人民法院一直在积极加强对执行实践经验的研究和总结,先后制定了一系列司法解释或司法解释性文件。有关执行的司法解释,其数量巨大,措施具体,责任严格。但是,"执行难"的状况并未得到根本的改观。这是因为,司法解释的颁行未经过规范的立法程序,难以成为全社会普遍接受的行为准则;并且,司法解释往往不具有立法的科学性、严谨性、体系性和相对稳定性,有些司法解释甚至与法律的规定相冲突,使得执行人员和当事人无所适从。按照依法治国的要求,以司法解释作为法院执行工作的依据仅仅是一种权宜之计而非长久之计。法院的执行工作涉及众多部门和关系，需要有相应的法律规范为根据，只有通过立法对执行制度进行整体布局，才能适应社会经济的发展变化，转变执行理念，改革执行体制，完善执行机制，规范执行活动，最终解决"执行难"和"执行乱"的问题。

在执行改革过程中，各地法院通过对执行工作管理体制、执行权运行机制、执行机构和执行方式方法的改革探索，为制定强制执行法提供了实践经验。随着民事执行权理论研究的深化，民事执行权性质逐步明确，民事执行理论不断完善，为制定单独的强制执行法提供了理论依据。受全国人大常委会委托，从2000年起，最高人民法院成立专门小组，着手起草民事强制执行法草案。经过对国内外执行工作、执行立法、执行理论的广泛调研与论证，已完成了强制执行法送审稿，形成253条的立法草案。中国政法大学等院校的专家起草了民事强制执行法专家意见稿。强制执行立法已有充分的准备和条件，制定独立的强制执行法的时机已经成熟。为此，建议国家立法机关尽快启动立法程序，尽早制定符合我国国情的强制执行法，为从根本上解决"执行难"和"执行乱"提供制度保障。

调解优先与诉权保障[*]

在中国近年的司法改革过程中,民事调解制度受到前所未有的重视,得到迅速的发展。2009年3月9日,最高人民法院公布《人民法院第三个五年改革纲要(2009—2013)》,提出要"建立健全多元纠纷解决机制。按照党委领导、政府支持、多方参与、司法推动的多元纠纷解决机制的要求……加强诉前调解与诉讼调解之间的有效衔接,完善多元纠纷解决方式之间的协调机制,健全诉讼与非诉讼相衔接的矛盾纠纷调处机制"。2009年7月召开的全国法院调解工作经验交流会要求全面理解和正确把握"调解优先、调判结合"的原则,推动人民法院调解工作的新发展。2009年8月,最高人民法院公布《关于建立健全诉讼与非诉讼相衔接的矛盾纠纷解决机制的若干意见》(以下简称《衔接意见》),鼓励行政机关、社会组织、企事业单位以及其他各方面的力量积极参与纠纷解决,完善诉讼活动中多方参与的调解机制。2010年6月,最高人民法院印发《关于进一步贯彻"调解优先、调判结合"原则的若干意见》,提出将调解、和解及协调案件的范围从民事案件逐步扩展到行政案件、刑事自诉案件、轻微刑事案件、刑事附带民事案件、国家赔偿案件和执行案件。

2010年8月,全国人大常委会通过了《人民调解法》。这部新法律坚持人民调解的群众性、民间性和自治性,突出调解优先,明确了人民调解协议的效力,规定了调解协议的司法确认制度。2011年5月,中央社会治安综合治理委员会、最高人民法院、最高人民检察院、国务院法制办公室、公安部等16个部门联合印发了《关于深入推进矛盾纠纷大调解工作的指导意见》。

2011年10月,全国人大常委会首次审议《民事诉讼法修正案(草案)》。该草案从两个方面完善调解与诉讼相衔接的机制:一是增加先行调解的规

---

[*] 本文原载《司法改革论评》(第14辑),厦门大学出版社2012年版。

定,即当事人起诉到人民法院的民事纠纷,适宜调解的,应先行调解。二是增加民事诉讼法和人民调解法相衔接的规定。草案在特别程序中专节规定"确认调解协议案件",明确规定当事人申请司法确认调解协议的程序和法律后果。

实践证明,为有效应对转型时期多元化的利益冲突,需要一种多元化的思路。应当充分认识到,无论是公平、效率和利益本身都是多元化的,有关社会公平和效益的标准并不是绝对和唯一的。为了构建和谐社会,不能采取单一化的思路,只追求一种片面的公正,而应尽可能地使多种相互冲突的利益最大限度地达到相对公平与协调。社会公平是实现社会和谐的前提。我们不仅要求制定相对公正的法律,也需要在纠纷解决时兼顾不同群体的特殊利益,更好地进行协调,而不是简单地作出非此即彼的判断。为此,必须构建一种具有更大包容性和灵活性的纠纷解决机制。

法院调解制度是中国土生土长的纠纷解决方式,是现代司法制度的重要组成部分。长期以来,调解以其灵活、便捷、低成本和社会效果好的特点,一直在我国民商事审判中发挥重要的作用。近年来,随着民事司法改革的日益深入,法院调解制度再次引起人们的极大关注,成为司法改革的一个热点问题。学者纷纷发表文章和出版著作,提出各种见仁见智的学术观点,并一度形成有关法院调解存废的激烈论争。在实践中,各地人民法院不断探索新的法院调解方式,以期充分发挥其制度价值和独特的功能。

我国法院调解制度近年来经过不断改革和发展,成绩巨大,作用显著,但也存在一些不足之处。诉调对接作为地方法院应对外界压力的一种实用主义思路,不可避免地带有某些片面性。各地实践中普遍存在一些不良倾向,如分流了审判压力却忽视了执行压力,重调解数量而忽视程序规制,重纠纷解决而忽视当事人程序选择权等。这些问题有可能会对诉讼与非诉讼衔接机制的发展产生一些不利的影响,应当予以重视并统筹解决,加以完善。

在纠纷解决过程中,应当切实保障当事人程序选择权。广义的民事程序选择权是指当事人在法律规定范围内,选择民事纠纷解决方式以及在纠纷解决过程中选择程序及有关程序事项的权利。由此可见,程序选择权是以存在两种或两种以上功能相当的程序机制为前提,既包括当事人选择纠纷解决方式的权利,也包括在同一纠纷解决方式内选择适用不同程序的权利。在诉调对接的实践中,只有切实保障当事人的程序选择权,特别是当事人选择纠纷解决方式的权利,才能防止调解过程中当事人合意的不纯粹,避免"以判压调"、违反当事人真实意思强行调解,或在调解过程中无原则地放弃程序规制,导致强势一方在程序中非法获利的不公正现象。

程序规范具有保障当事人权益和防止司法权力滥用的功能,在强调当事人合意的调解程序中,一定的程序规制同样是不可或缺的。合意型程序区别于决定型程序的特点就在于前者没有一个享有强制决定权的主体可以对纠纷作出有法律效力的判断,在调解程序中,虽然调解人有权主持程序,但其只能对当事人进行引导,并对纠纷的基本情况作出判断和评估,调解能否成功最终还是要取决于当事人的同意。一方面,调解程序当事人的意思表示容易受到外界干扰而偏离真实,特别是纠纷中处于实际弱势的一方,更容易在各种现实困难面前退让自己的立场,而这种退让往往是有违其本意的;另一方面,调解人没有强制决定权并不意味着其完全没有左右程序进程和当事人的权力,专业调解机制的调解人具有解纷所需的专业知识优势,基层调解机制的调解人往往在基层享有一定的民间权威,诉讼调解或设置在法院的调解机制则可在一定程度上借助司法机关的权力——调解人的这些权力或权威资源虽然没有现实的强制性,但仍可以对大部分当事人造成一定的心理强制,如果缺乏对调解人的程序规制同样可能引发腐败。

纠纷解决方式的多元化已成为当今国际社会司法改革的主要趋势之一。最近几年,英、美、德等国的民事司法改革已经或正在跨越单纯改革诉讼程序的狭隘思路,而从重构整个纠纷解决制度,尤其是重视诉讼外纠纷解决方式(ADR)的宏观角度追求司法效益。近年来,ADR制度已逐渐为中国法律界所熟悉,法院附设ADR在中国的司法实践中不断发展。通过这种方式,法院将诉讼外的纠纷解决管道与司法的强制力和正式的诉讼程序有机结合在一起,成为司法制度的组成部分。法院附设ADR在协调公正与效率、当事人自治与法律强制等方面具有独特的功能和价值,其意义表现在以下几个方面:(1)有利于使大量的纠纷不经过审判程序就可以得到解决,减少司法资源的投入;(2)由于调解、和解等方式是通过充分调动当事人的意愿,依靠当事人之间的"合意"解纷,因此能使纠纷得到实际上最终的解决;(3)通过建立多元的纠纷解决机制,赋予当事人根据自身利益的需要来选择程序;(4)扩大普通民众参与司法的运行,可以弘扬司法民主化的理念;(5)通过基本的程序保障和保留司法对 ADR 结果的审查权,有利于防止恣意 ADR 以及由此产生的自治性规范与国家法律体系发生根本的冲突。

宪法和法律赋予国民自由权、人身权和财产权等权利,同时也相应地保障国民在这些权利受到侵害或发生争议时,平等而充分地寻求诉讼救济的途径。如果某一权利在受到侵犯之后,受害者根本无法诉诸司法裁判机构,也无法获得任何有效的司法救济,那么,该权利的存在将毫无意义。为此,国家有义务为国民提供司法保护,即以国家的审判权保护国民的合法权益。换言之,为实现民事诉讼的目的,必须对国民开放诉讼制度,使国民享有向国家请求利用这一制度的权能,即诉权。诉权是当事人获得司法救济,实现权利的前提和基础,也是当代社会的一项基本人权。因而,民事诉讼制度应当以诉权保障作为最高目标。

为保障当事人诉诸司法的权利,即保障每一个权利受到侵害或与他人发生争执的人都能够容易地诉诸独立的法院,获得司法救济,应当通过民事司法改革努力做到以下几点:

第一,扩展纠纷的可诉性范围。纠纷的可诉性范围不应局限于民事法律关系的争议,只要是平等主体之间的权利义务争议,当事人都可以诉诸法院。纠纷的可诉性范围应当包括以下方面:(1)民事法律所调整的民事法律关系发生的争议;(2)应当受民事法律保护的权利或利益受到侵害引发的争议;(3)因宪法权利受到私法主体的侵害所引发的纠纷。

第二,改革和完善起诉受理制度。裁判请求权欲从应然状态走向实然状态,其前提是当事人的起诉,并由此而引起诉讼系属。为保障当事人的诉诸法院的权利,应当通过修改民事诉讼法,改革现行的起诉受理制度:(1)将负责审查起诉的立案机构改为民事案件登记性质的机构;(2)将"起诉条件"改为"起诉必须符合法定的程序";(3)将现行起诉条件改造成为诉讼要件,并由审理案件的法官进行审查。

第三,健全司法救助制度和法律援助制度。现代国家应当保障民众平等地享有诉诸司法的权利,使人人都能够获得司法救济。如果某一当事人因经济困难而被法院拒之门外,那就违背了司法公正的要求。为此,应当健全和完善法律援助和司法救助制度,以保障贫困当事人平等地诉诸法院,平等地使用诉讼制度。

第四,重视并构建多元化纠纷解决机制。在社会急剧变化的转型时期,多元化的社会价值赋予"正义"和"权利"以丰富的内涵,当事人基于不同的诉讼动机往往追求不同的程序利益。根据纠纷的性质和繁简设置多种不同的程序,并赋予当事人程序选择权,已被各国民事程序立法所普遍接受。旨在减轻诉讼制度的压力,促进纠纷解决机制的合理化、多元化发展的替代性纠纷解决机制(ADR)的兴起反映了程序法领域的这一变化。通过 ADR,争议双方可以使纠纷在协商和解的基础上得到解决,并实现和平解决纠纷的愿望。

20 世纪 80 年代末以来,我国对司法制度进行了一系列的改革,取得了相当大的成绩。然而,由于理论准备的不足和实际经验的缺乏,许多改革措施明显带有中国改革过程常见的特点,即每一项改革措施彼此分离,各自针对特定的问题,与整体制度设计无关。这种各自孤立的改革措施虽然在特定的时间里对特定的问题有一定的作用,但它们最大的缺陷在于无法解决整个系统的有序运转,无法使各项改革措施相互促进。这次民事诉讼法的修改再次暴露出这一问题。从法工委的立法说明中,我们未能看到有关整体性修法工作的最高目标或指导思想的任何表述,而过去的实践证明,缺乏总体纲领的局部改革,很难避免"头痛医头、脚痛医脚"的弊端。尽管司法改革有必要解决目前的一些迫切问题,满足人民群众对司法公正的渴望,但是,司法改革的重点应是从根本上建立一个良好的系统和结构。

在当今中国,调解优先已经成为各级法院解决民事纠纷的基本原则。在此形势下,仍应坚持司法审判的重要性和不可替代性。替代性解纷方式不能也无法取代司法审判在权利保护、公权力监督方面的作用。因此,在把握法院调解的未来走向时,除应坚持调解的基本特性外,还应充分认识并发挥司法审判对于依法治国的重要作用。只有这样,法治的实现才有保障。这就要求决策者和司法者将调解制度置于整个司法体系的适当位置,反对片面追求调解率,充分发挥审判权的作用,保障民众获得司法救济的权利(即诉讼权);与此同时,还应尽力完善司法对于非诉讼纠纷解决方式的监督机制,使之既能蓬勃发展又不致偏离法治的轨道。

关注民事诉讼法修改[*]

2011年10月29日,在经过全国人大常委会首次审议之后,《民事诉讼法修正案(草案)》向社会公开征集意见。此次修法汲取了近年来民事司法改革的理论成果和实践经验,所涉修改达54处,主要内容包括七个方面:完善调解与诉讼相衔接的机制;进一步保障当事人的诉讼权利;完善当事人举证制度;完善简易程序;强化法律监督;完善审判监督程序;完善执行程序。其中公益诉讼、小额诉讼等新规定受到了社会各界的高度关注。

这场20年来的首次全面修法承载着破解众多制度难题的历史重任,同时也在一定程度上触及了诸如公证等外围制度的"神经"。这是基于不同立场和定位的制度之间寻求契合与对接的必要性使然,也是任何制度难以"独善其身"的逻辑规律。以公证和民事诉讼的关系为例,前者以国家证明权为依托,赋予民事证据在诉讼中相对优势和强势的证明效力,从而为私权的公共化表达创造法定、低廉的公信力获取平台。在此种制度策略之下,公证被认为是"预防民事纠纷的第一道防线"。公证制度在实践中还直接或间接地体现出纠纷解决的功能,由此有助于弥补ADR在适用规范方面的缺失。即使纠纷进入诉讼程序,证据的先期提存或固定也往往足以保证当事人举证的便捷性和充分性,使其在诉讼中最大限度地揭示和再现待证事实的原始状态,由此降低法官认定事实的难度,实现审判的公正性与经济性。民事诉讼则以国家强制力为后盾,为经公证而被赋予强制执行效力的债权文书提供权利救济的公力途径,成为民事诉讼"反哺"公证制度,借以提升公证公信力的主要入口。在债务人逾期未履行或

---

[*] 本文是我应《中国公证》齐祥春主编之邀而撰写的"卷首语",原载《中国公证》2012年第5期。

未充分履行的情况下，债权人得以绕开多余的程序耗费，依据双方事先的约定和承诺直接进入强制执行程序，从而大大降低了实现债权的经济成本，并为疏减讼源、节约司法资源另辟蹊径。这是两者在规范与价值层面上的协调与衔接。

20世纪90年代以来，我国通过审判方式的改革进一步弱化法院职权，为当事人充分参与诉讼程序释放了有利的空间，但民事证明权的实现却成为横亘在当事人面前的一大难题。为克服作为中立裁判者的法院依职权进行调查取证所引发的正当性缺失，及时疏通社会主体自行取证的渠道，公证的利用成为保障当事人权利的重要途径。近年来，社会需求的不断膨胀为公证制度的发展注入了不竭的动力，也加速催化了公证制度的自我调适与完善。公证与民事诉讼之间以法定效力为纽结所形成的密切交织、互为补充的关系得以不断地延续和深化。

在这种背景之下，公证制度改革对于民事诉讼法修改的关照和回应就显得尤为迫切和必要。这是民事法律体系内部达致协调统一的基本要求，对公证而言，更是机遇与挑战并存的发展节点。例如，此次民事诉讼法修改虽将"电子数据"纳入法定证据种类，并增设了法院诉前证据保全制度，但由于网络世界的虚拟性、电子数据可随意篡改等特点，即使是司法经验丰富的法官也难以保证其形成证据时的技术安全。尤其在实名制的网络诚信体系尚未建立或健全之时，有关网络名誉侵权、知识产权、网络购物等纠纷呈现爆炸式增长的态势，我国公证行业在电子数据保全公证领域着力跨越网络技术乃至规范缺失的障碍，进而搭建电子数据保全公证服务平台，已成为契合社会发展的必经之路。

不仅如此，来自公证制度本身和民事诉讼制度两方面的问题都可能对公证法律作用的发挥产生阻力。诸如公证制度理论研究薄弱、法律关于公证业务范围的规定尚无法满足公证业务发展的实际需求，公证行业的管理存在障碍和缺陷，公证赔偿责任制度仍不甚明晰。与此同时，司法对于公证的保障力度不足，公证与民事诉讼法在采证和强制执行等方面未能有效衔接，这些都已成为公证制度走向国际化以及可持续发展的障碍。事实证明，司法改革是一项庞大的系统工程，沿袭多年的"头痛医头、脚痛医脚"的局部性改革方式只能奏效于一时，而非长久之计。随着司法改革的深入推进，每前进一步都会引起"牵一发而动全身"的连锁反应。为此,有必要在借鉴外国经验、立足我国国情的基础上进行全面的论证,将公证制度纳入司法改革的整体方案,从而实现改革的最高目标。

关注民事诉讼证据制度的立法完善[*]

2012年4月24日,全国人大常委会二次审议民事诉讼法修正案(草案),有关证据制度的改革再次成为社会各界关注的焦点。此次民事诉讼法的全面修订,既是客观反思现行法粗线条式的简约规定的良好时机,也是系统总结最高人民法院《关于民事诉讼证据的若干规定》(以下简称《民事证据规定》)实施10年所取得的经验教训的重要节点。而后者无疑为民事证据制度的改革提供了鲜活的素材和样本。我国多年的司法实践经验已经表明,证据制度的设计不能仅仅着眼于条文本身逻辑的周延性和法律体系内部的统一性而应当充分考虑国情的因素,紧密结合本国的历史传统和现实需要,尤其应考虑社会公众的承受力和适应力。在司法公信力不足、民众诉讼理性低迷的现实背景下,草案从法定证据种类、举证时限、证人制度、鉴定人制度以及证据保全等方面对现行的证据规则进行细致、务实的修补,同时也在一定程度上承载着纠偏的使命。

在民事诉讼中,当事人是收集和提供证据的主要主体,绝大多数证据都应当由其负责收集并向法院提供。为便于法院在开庭审理前整理双方当事人的争点并固定证据,草案第65条明确规定配套的惩罚措施以促使当事人及时提供证据,体现了改革者在证据随时提出主义和严格适用证据失权制度之间寻求合理平衡的理念。在过去相当长的时期内,无论在民事诉讼理论上还是司法实践中,都认为当事人可以随时提出证据。此种"证据随时提出主义"虽然充分考虑了提出证据的一方当事人的权益保护,但在实践中也暴露出一些弊端:(1)由于当事人随时可提出证据,导致争点不能尽早确定、开庭时间延长、开庭次数增加,影响了诉讼效率并增加了诉讼成本。(2)证据可以随时提出,可能成为一方当事人进行"证据突袭"的手段,使对方当事

---

[*] 本文原载《中国审判》2012年第6期。由于原文篇幅较长,收入本书时略有删节。

人措手不及，无法有效地进行质证。（3）当事人可以随时追加新证据，有损于程序的安定性和生效裁判的稳定性。有鉴于此，《民事证据规定》突破了现行民事诉讼法的规定，引入了举证时限制度，明确了当事人提供证据的时限和证据失效问题。该制度符合诉讼制度的发展规律，旨在提高诉讼效率，保障司法公正。但由于该制度全面实施的条件尚不够成熟，缺少配套措施，在司法实践中产生了一些新的困惑。由于我国的具体国情，在一些案件中，如果严格适用证据失权的规定将导致一些认定事实的关键证据被人为地滤过，裁判的结果将可能严重背离客观真实，法院的判决将面对巨大的质疑和挑战。这是一种风险相当大的选择，因为据此产生的结果极有可能是，原本享有合法权益的一方当事人由于诉讼丧失了权利，而违法者却轻松逃避了法律的制裁，甚至从中得到意外的收获。长期以来，追求客观真实的诉讼价值观一直是民众和司法界难以逾越的障碍，举证时限和证据失权的规定因此被界定为具有"阻碍正义"的性质。2008年12月，最高人民法院发布《关于适用〈关于民事诉讼证据的若干规定〉中有关举证时限规定的通知》，修正了过去对于举证时限的严苛规定，试图通过重新定义新证据、扩大新证据的范围，缓解司法解释与审判实践之间的紧张关系。

应当看到，草案第65条对于避免证据失权制度的矫枉过正有着积极的意义，这项"刚柔并济"的规定是立法面对"上访潮""申诉潮"而采取的较为理性的妥协策略，在现实国情下将具有更强的操作性和生命力。从某种角度看，这种妥协也是对证据失权制度在基层实践中被自觉或不自觉软化的适时回应，更是对近年来悄然产生的"地方性证据规则"的抑制和摒弃。但不足之处在于，草案第65条对于迟延举证的法律后果规定不甚明确，即当事人提供的理由不成立的，人民法院有权采取包括训诫、罚款、赔偿拖延诉讼造成的损失、不予采纳该证据等措施。草案对于前述措施之间的逻辑关系未予明晰，容易引起实务操作的混乱。同时，证据失权作为一项限权性的规定，其确立的正当性必须建立在当事人调查取证渠道通畅的前提之下，但实际情况往往并不理想。一方面，由法院依职权介入调查容易使法官产生先入为主的偏见并增加公共成本的负担而广受诟病；另一方面，当事人及其诉讼代理人的调查取证面临重重困难。为切实保障当事人及其诉讼代理人的调查取证权，缓解客观存在的取证难问题，可以考虑建立证据调查令制

度。人民法院可以根据当事人或其诉讼代理人的申请,决定是否签发证据调查令。当事人或其诉讼代理人持法院签发的调查令调查案件情况时,有关单位和个人应当予以配合。

就整体而言,此次民事诉讼法修正案(草案)进一步明确了人民法院接收当事人提交证据材料的手续,增设了当事人及时举证的义务,完善了司法鉴定程序及鉴定人出庭作证制度,确立了专家辅助人制度,对于缓解诉讼拖延、推进民事审判活动的有序进行具有深刻而重大的意义。长期以来,我国立法机关对于当事人举证制度重视不够,有关法律的规定过于粗疏,这与该制度在民事诉讼中的重要性和复杂程度极不相称。曾经被最高司法机关和法学界寄予极大期望的《民事证据规定》在实践中却遭到了地方一些法院不同程度的抵制,进退两难。令人欣喜的是,草案立足于我国国情,吸取前一阶段证据制度改革的教训,总结实践中的成功经验并上升为法律制度,在具体制度重构的问题上更为务实和稳妥,这在一定程度上预示着民事证据制度渐进式发展的新开端。

小额诉讼：从理念到规则[*]

2012年8月31日，全国人大常委会审议通过《中华人民共和国民事诉讼法修正案》，明确规定了小额诉讼制度。本文结合小额诉讼程序的特点及法理，对该程序的运行提出相关建议。

小额程序之特点

在现实生活中，除了一般的简单民事案件以外，还存在着大量争议标的额较小的民事纠纷，小额程序就是专门为解决这类纠纷而设立的。它比简易程序更为简便、快捷、灵活，能够更迅速地审结案件，节约当事人和法院的诉讼成本，使小额纠纷的当事人能够"接近正义"（access to justice），获得法律救济。

各国和地区关于小额诉讼的规定有着以下共同的特点：

1.以低成本和高效率为价值取向。小额程序以追求效率为根本原则，是在平衡诉讼的两大基本价值，即公平和效益之后，选择效率和效益优先的结果。

2.一般都设有专门的小额法庭。例如美国的小额法庭、日本的简易裁判所、我国香港的小额钱债审裁处、我国澳门的小额钱债法庭等。

3.对讼争金额都有明确规定。例如，美国多数州规定为5000美元以下，英国规定为1万英镑以下，德国规定为5000欧元以下，法国规定为4000欧元以下，日本规定为60万日元以下，韩国规定为100万韩元以下。我国台湾地区规定为10万元新台币以下，香港地区规定为5万元港币以下，澳门地区规定为5万元澳门币以下。

---

[*] 本文原载《人民法院报》2012年9月19日第7版。

4.程序简便,易于操作。小额诉讼请求程序所追求的是不需要法律技巧的简易和效率。在美国的小额诉讼中,程序的简便表现在诉讼过程的每一个环节:起诉和答辩可以采用法院印制好的表格,也可以口头进行;当事人不必聘请律师;可以在休息日及晚间开庭;不进行证据开示;不设陪审团;调解与审判一体化;判决只是宣布结果,不必说明理由。即便没有法律常识的民众也能利用该机制解决纠纷。此外,各国和地区还通过限制当事人的反诉权、上诉权等来达到及时解决纠纷、提高诉讼效率的目的。

5.注重调解。小额诉讼一般采取调解与审判一体化,在审理过程中可通过谈话的方式,让原被告直接对话;法官也不使用晦涩难懂的"法言法语",而是循循善诱、积极规劝,以促成当事人和解;在听取了双方当事人的主张之后,往往会在他们争执不下时,直接提出和解建议,鼓励当事人以协商方式解决争议。还有一些小额法院则专门设置独立的调解程序,实行调解前置。

6.法官享有较大的职权。程序的简易化程度总是与法官的职权行使程度成正比。为了提高效率,法官必定要运用职权使程序相对灵活,以加快诉讼的进程。因此,小额程序与普通程序和简易程序相比,法官往往更为主动地介入诉讼,而当事人双方的对抗则受到一定的限制,例如,鼓励当事人本人进行诉讼甚至禁止律师代理小额诉讼案件,不适用严格的证据规定,限制交叉询问,法官积极促进当事人和解等等,以缩短诉讼周期。我国台湾地区"民事诉讼法"第436条之十四规定,"调查证据所需时间、费用与当事人之请求显不相当者……法院得不调查证据,而审酌一切情况,认定事实,为公平之裁判"。

从形式和性质上看,小额程序仍属于一种民事诉讼程序,原则上由职业法官主持审判,因而与各种非诉讼程序(ADR)存在明确的区别。然而,近年来在实际运作中,有些小额程序逐渐开始与非诉讼程序接近和融合,二者的区别已经趋于模糊,从而加大了小额程序与普通程序的背离。

小额程序之法理

当事人价值追求的多元化、纠纷类型的多样性等因素决定了民事诉讼程序的多元性。"程序相称"是构建多元化的民事诉讼程序的基本原理。据此,程序的设计应当与案件的性质、争议的金额、争议事项的复杂程度等因素相适应,由此使案件得到妥当的处理。

费用相当性原理同样要求民事纠纷解决程序的设置应与案件的类型相适应,承认案件类型审理的必要性,并肯定程序法理交错适用的可能性。由于民事案件的类型多种多样,而有互不相同的个性、特征,需要分别适用内容不尽相同的程序法理。同时,还应根据案件的难易程度、适用程序复杂度以及结案方式的不同向当事人收取不同的诉讼费用,以鼓励当事人选择更简便、灵活同时成本也更低的程序来解决纠纷。

根据传统的程序法理二元分离适用理论,对于诉讼事件仅能适用诉讼法理、按照诉讼程序进行审理;对于非讼事件仅能适用非讼法理按照非讼程序进行审理。因此,对于私权争议事项,法院在审理时应当遵循辩论主义、直接言词原则、公开原则,并给予当事人充分的程序保障。对于非讼事件,法院在审理时原则上不奉行辩论主义而采取职权主义。小额争讼案件属于私权争议的诉讼,本应适用诉讼法理,然而,为了达到简易、灵活、迅速处理的目的,法院对小额争讼案件的审理应当部分地适用非讼法理,例如,强化法官的职权、实行不公开审理甚至可以书面审理,等等。

在法治社会,接受司法裁判权是人民享有的一项由宪法保障的明示或默示的基本权,这种权利的宪法化是当事人基本程序保障权的内容之一。在现代社会,当事人实效性接近司法救济的障碍主要有律师费用、法院的成本和其他经济负担、小额请求(诉讼的必要费用与诉讼金额的比例不均衡)、诉讼迟延、缺乏法律援助以及当事人缺乏法律常识等。简速而经济的诉讼程序有助于克服这些障碍。小额程序正是通过简易化的努力,使一般国民普遍能够得到有程序保障的司法服务,从而最大限度地消除上述障碍而解决民众实效性接近正义的问题。

小额程序之规则

《中华人民共和国民事诉讼法修正案》规定:"基层人民法院和它派出的法庭审理符合本法第一百五十七条第一款规定的简单的民事案件,标的额为各省、自治区、直辖市上年度就业人员年平均工资百分之三十以下的,实行一审终审。"从条文结构上看,新法将小额程序规定在简易程序中,予以特别规定,带有一定程度的"以解决问题为导向"的色彩。为彰显小额程序简便快捷解决纠纷的价值和功能,有必要在总结一年多来试点经验的基础上,根据小额程序的特殊原理,借鉴外国立法例,通过司法解释制定专门适用于小额程序的诉讼规则。为此,提出如下建议:

1.明确界定适用小额程序审理的案件种类。可考虑继续适用最高人民法院的有关规定,将适用小额程序的案件类型限定为权利义务关系明确的借贷、买卖、租赁和借用纠纷;身份关系清楚,仅在给付的数额、时间上存在争议的抚养费、赡养费、扶养费纠纷;权利义务关系明确的拖欠水、电、天然气费及物业管理费纠纷;责任明确、损失金额确定的道路交通事故损害赔偿和其他人身损害赔偿纠纷案件。

2.明确规定小额纠纷的金额。根据国家统计局的有关数据,2011年全国城镇单位就业人员平均工资标准为41799元。据此推算,全国大多数省市区小额诉讼案件的标的额约为12000元。今后该数额将随着未来各地职工年平均工资的波动作出相应调整。相较于草案一审稿的"5000元以下"和二审稿规定的"1万元以下",新法摒弃一刀切的绝对标准,有助于缓和规制本身与制度环境之间难以协调的内在矛盾,从而提升新规则在基层的适应度和可行性。今后可由最高人民法院每年公布各省审理小额诉讼的标的额,或者授权各高级人民法院公布适用于本辖区的小额诉讼标的额。对于超过小额纠纷标的额的案件,应当允许当事人合意适用小额程序。

3.坚持小额程序的强制适用。为此,应对当事人的程序选择权予以一定限制;对于一定金额以下的金钱债务纠纷,除了法官认为适用小额程序不适当者外,不得由当事人任意排除适用。

4.赋予法官较大的自由裁量权。允许法官积极主动地介入纠纷的解决,采取自由灵活的方式认定案件事实,提出解决纠纷的方案。

5.提倡当事人亲自参加审理活动。根据某试点法院的报告,2011年5月至2012年3月,共受理小额案件343件。其中3件超过1个月的审理期限,转入其他程序处理。这3件案件都是有律师参与的。为此,可考虑在条件成熟时,征得律师协会的支持,在一定条件下限制律师参与小额诉讼。

6.注重调判结合,强调调解优先。根据试点法院的报告,将近70%的小额案件以调解方式结案,所以未来的小额诉讼程序,可规定调解优先。

7.提供适当的救济途径。在坚持一审终审的前提下,可考虑允许当事人以某些特定的事由向原审法院申请复议一次。

另外,对小额案件收取低廉的诉讼费用,鼓励当事人利用小额诉讼机制解决纠纷。

公益诉讼与当事人适格之扩张[*]

根据 2012 年 8 月 31 日修改后的《民事诉讼法》的规定,法律规定的非实体利害关系人具有为公共利益提起民事诉讼的主体资格。这就表明我国立法已经承认公益诉讼适格当事人的扩张,其意义十分重大。

所谓当事人适格,是指在具体事件的诉讼中,能够作为当事人起诉或被诉,且获得本案判决的诉讼法上的权能或地位。根据传统的诉讼法理论,只有自己的合法权益受到侵害或与他人发生争议的人,才能成为正当当事人,从而具备起诉的资格。这种标准被称为直接利害关系原则。该原则在我国法律中有明确的体现,它对于避免当事人滥用诉权以节省司法资源具有积极的意义,但是随着社会的进步和现代法治的发展,严格的直接利害关系原则越来越不利于对公共利益的保护。

修改后的《民事诉讼法》第 55 条规定:"对污染环境、侵害众多消费者合法权益等损害社会公共利益的行为,法律规定的机关和有关组织可以向人民法院提起诉讼。"根据这一规定,社会普遍关注、学界呼吁多年的公益诉讼制度"千呼万唤始出来",终于从理念成为立法,并即将付诸司法实践,成为"行动中的法律"。这是我国民事司法改革的一项重要成就。

公益诉讼是相对于私益诉讼而言的。凡是为保护公共利益的诉讼,即为公益诉讼。但仔细分析,无论在理论上还是在实践中,公益诉讼迄今为止都是一个不确定的概念。我国法学界、司法界以及媒体在使用公益诉讼一词时,主要有三种理解:第一,"公共利益+诉讼"。即凡含有"公共利益"内容的诉讼都被称为公益诉讼。按此定义,检察机关提起的刑事公诉、德国行政法上的公益代表人制度、日本行政法上的民众诉讼等都属于公益诉讼。第二,诉讼法上的公益诉讼。即原告起诉并非由于自己的权利受到某种直

---

[*] 本文原载《检察日报》2012 年 10 月 11 日第 3 版。

接的侵害,而是为了客观的法律秩序或抽象的公共利益,从诉讼法的技术层面,特别是从原告与案件之间的利益关系层面出发而指称的某种新的诉讼类型。在这类案件中,原告与案件利益关系的特殊性,导致原告起诉资格之障碍,并进而产生一些诉讼法技术上的问题,如诉讼中的处分权、法院裁判之拘束力等问题。据此理解,如果案件没有起诉资格之障碍而可以利用现有的制度加以解决的诉讼,即使涉及公共利益,也不被视为公益诉讼。第三,民权运动意义上的公益诉讼。从这个角度理解的公益诉讼,关注社会转型时期之利益多元化背景下尚未被主流意识关注的问题,强调案件对于社会的影响,其基本理念是公共利益、人权保护与社会变革,重点在于关注社会弱势群体的权益保护。

公益诉讼除了具有民事诉讼的一般特征外,还具有如下特征:(1)原告是无直接利害关系的不特定主体。公益诉讼的原告不以直接利害关系为基础,可以是与侵害后果无直接利害关系的公民、公益组织或法定的国家机关。只要有社会公众的民事权利受到某种侵害,原告就有权利向法院主张司法救济。(2)原告起诉具有公益性。原告起诉是为了维护社会公共利益,而非一己私利。(3)诉讼中国家干预较强。由于公益诉讼的目的是维护国家利益和社会公众的民事权利,因此,诉讼中当事人自由处分权受到较多的国家干预的限制。如公益诉讼原告不得随意撤诉、与对方当事人任意和解等。(4)判决效力具有扩张性。权利受害人并不一定直接参加诉讼,而是由国家机关或公益组织等代表民事公益受害人进行诉讼,这种代表资格是由法律规定的,无须征得受害人同意。法院的裁判不仅对参加诉讼的当事人,而且对社会公众、特定的国家机关、公益组织具有拘束力。

公益诉讼作为一种公共利益的补充代表机制,有助于维护遭受损害的公共利益,及时制止损害公共利益的违法行为。它具有传统事后救济方式所不具备的预防性功能,其提起不以实际发生损害为前提,也不以直接利害关系者为提起要件,因而能够及时制止违法行为,有效防范损害后果的发生或者进一步扩大。公益诉讼制度还有助于保障民众的诉权,扩大司法解决纠纷的功能。

关于公益诉讼的适用范围,即哪些案件应当属于公益诉讼,一直是国内外学者争执的话题,迄今尚未有定论。理论上,凡是"损害公共利益"的案件均可纳入公益诉讼的适用范围。但是,何谓"公共利益",仍是一个模糊不清的概念。随着社会的不断发展进步,社会利益呈多元化趋势发展,在公共利益的界定上出现了"众口难调"的局面。公共利益在外延上具有不确定性,与个人利益在边缘上呈交织状态。

在我国,学理上经常被提及的民事公益纠纷主要包括以下几类:(1)因破坏环境导致环境污染引发的纠纷;(2)侵害众多消费者权益所引发的纠纷;(3)国有资产流失所引发的纠纷;(4)其他侵害公共利益所引发的纠纷,例如违法、违规收费,对学校周边环境造成精神污染的行为引发的纠纷,不正当竞争、不当政府采购等行为引起的纠纷等。

因环境污染以及侵害消费者合法权益所发生的纠纷属于公益纠纷。这两类纠纷是我国当前实践中出现的数量最大的公益纠纷。至于其他纠纷是否应纳入公益纠纷的范畴,法律尚无明确的规定。不过,该条文使用了"等损害社会公共利益的行为"这样的文字表达,属于兜底条款,这就为以后立法和司法扩大解释公益纠纷留下了空间。

在理论上,关于哪些主体可以作为原告提起公益诉讼,有很大争议。概括言之,大体涉及三大类主体:一是检察机关和行政机关。检察机关和法定行政机关代表国家利益和社会公共利益提起公益诉讼,不仅具有法律地位的保障,而且相较于社会团体和公民个人,具有人财物等方面的优势。二是社会团体。相对于被告而言,公益纠纷中的普通受害者无论在起诉的专业知识还是在物质保障上通常都处在弱势地位,难以与被告进行诉讼抗衡,而社会团体在我国也处在不断的发展状态之中,其参与社会管理的能力和积极性与日俱增;社会团体在其性质和职能范围内,应有权提起公益诉讼。三是公民个人。赋予公民以公益诉权可以有效地补充公共执法所存在的不足,同时对公共执法状况进行监督。不过,为了避免公民个人滥用公益诉权,对公民个人提起公益诉讼应当加以适当限制,并设置相应的前置程序,对于滥用公益诉权的行为规定相应的法律责任。

修改后的《民事诉讼法》第55条确定了两类主体,即"法律规定的机关和有关组织"。至于哪些机关和组织有权提起公益诉讼,法律并未予以明确规定。民事诉讼法认可"有关组织"的公益诉讼原告资格,而未采纳"有关社会团体"的用语,根据立法者的解释,是因为各界对"社会团体"的范围有不同的认识。但是,并非所有的"有关组织"都适宜作为原告提起公益诉讼。对此,立法机关负责人解释说,合理框定适宜提起公益诉讼的组织的范围,今后将依赖两条路径。其一,在未来制定相关法律时予以进一步明确。例如,如果消费者权益保护法经过修改,明确规定消费者协会等作为消费者权益保护组织,该法定组织即可就侵害众多消费者权益的公益纠纷提起公益诉讼。其二,在司法实践中逐步探索。例如进一步细化社会组织的管理规范,对社会组织的规模、经费等条件进行限定等。

对于具体的制度设计,笔者认为,首先,为解决人事诉讼、环境诉讼以及其他有关公益性或国家政府的财产诉讼等,应当设立一些专门的政府机关,赋予其职务上或者公益上的当事人资格。这类机关可以是检察官,如德、日、法、英、美等国公益诉讼中的检察官,可以是政府相关部门之下的一个特别的部、局,如美国的司法部反托拉斯局等;也可以从政府中分离出来成为相对独立的一个机关,如针对侵害消费者利益的行为和违反公益的限制性商业协议行为提起诉讼的英国公平交易局、针对反托拉斯法的竞争行为和侵害消费者利益的行为提起诉讼的美国联邦交易委员会等等。这些机关有权以当事人名义为公共利益提起诉讼,为受害公众提请损失赔偿。

其次,借鉴国外已有的经验,如法国和德国赋予具备一定要件的团体(如消费者团体、商业或工业团体)以起诉权的做法,我们可以赋予妇女团体、消费者团体、劳动者团体以及各种产业组织、专业团体等在环境保护及公众消费等领域的当事人资格。这些团体可以是具有法人资格的组织,也可以是不具备法人资格的社团;可以基于团体章程以公益事业为目的为追求自身整体利益而直接起诉,也可以基于共同利益的多数成员的委托,代替其成员行使诉讼实施权,进行任意的诉讼担当;可以是长期持续存在的组织,也可以是为了实行特定的诉讼而临时组织起来的团体。总之,由这些团体充当公益诉讼的适格当事人,可以有效地解决卷入纠纷的当事人众多和个人起诉"搭便车"等问题,并能使社团的监督权力获得司法强制的有力保障。

现代的诉讼政策不是把民事诉讼目的完全局限于争议的相对解决或个别解决,而是应当顾及争议的整体解决。因为"个别解决"仅仅是争议的"相对解决",而争议在整体上并未得到彻底解决,以致造成诉讼的浪费,增加诉

讼成本。因此,通过放宽当事人适格要件,可以形成诉讼政策,使得判决效力最终得到扩张。其形成政策的效果首先表现为在同类事件裁判上形成先例,使那些没有参加诉讼的人的权益也受到维护,将当事人未来为判决产生的纷争事项视为在该诉讼上一并存在,从而兼顾潜在的纷争而作出判决,节约诉讼成本;其次是在法律滞后的情况下,公益诉讼案件的判决能形成对某种社会价值的肯定,该正义性一旦获得公认,将对全社会发生影响并形成某种压力,进而促成立法机关或行政机关调整公共政策。

司法改革任重而道远[*]

20世纪80年代以来，全球范围内的司法改革运动蓬勃兴起，波澜壮阔。在中国，肇始于20世纪80年代末的审判方式改革经过司法系统多年的经营和民间话语的推动，已经由单纯的诉讼制度改革发展成为牵涉广泛的司法体制改革，并在全国上下致力于建设法治国家的伟大实践中被赋予新的政治内涵。

1997年9月，党的十五大不仅提出了"依法治国"的基本方略，而且明确提出必须"推进司法改革，从制度上保证司法机关依法独立公正地行使审判权和检察权"。这是自我国实行改革开放政策以来，执政党首次在正式工作报告中提出司法改革的要求，其意义十分重大。

2013年11月，中共十八届三中全会通过《关于全面深化改革若干重大问题的决定》(以下简称《决定》)，进一步将深化司法体制改革作为推进法治中国建设的重要内容。司法改革包含从观念到制度、从理论到实践各方面的变革与创新。基于经济的发展、社会的变迁，在世界司法改革潮流的冲击、国际人权公约的推动下，我国司法改革正朝着优化司法职权配置、加强人权保障、提高司法能力、满足人民司法需求等方面进行努力。

以党的十一届三中全会的召开为标志，我国拉开了改革开放的帷幕，当代中国法制与司法由此进入了一个恢复与重建的新时期。从2004年开始，我国启动了统一规划部署和组织实施的司法改革，着力完善司法机关的机构设置、职权划分和管理制度。2008年以来，以中共中央转发《中央政法委员会关于深化司法体制和工作机制改革若干问题的意见》为标志，我国启动了新一轮司法改革，从优化司法职权配置、落实宽严相济刑事政策、加强司法队伍建设、加强司法经费保障等四个方面提出具体的改革任务。2012年

---

[*] 本文原载《司法改革论评》(第17辑)，厦门大学出版社2014年版。

10月9日,国务院新闻办公室发表《中国的司法改革》白皮书。该白皮书称:"本轮司法改革的任务已基本完成,并体现在修订完善的相关法律中。"白皮书发布一个月之后,中共十八大报告指出:"进一步深化司法体制改革,坚持和完善中国特色社会主义司法制度,确保审判机关、检察机关依法独立公正行使审判权、检察权。"党的十八大对司法体制改革的表述,被视为中国启动新一轮司法体制改革的发轫。根据党的十八大的要求,十八届三中全会对司法体制改革作出全面部署,着力解决司法权地方化、司法行政化以及司法领域的人权保障问题。

地方人民法院、检察院作为地方司法机关,依法独立地享有司法权,不受行政机关、社会团体及个人的干涉。《宪法》第126条、第131条以及《刑事诉讼法》《民事诉讼法》《行政诉讼法》对此均予以明确规定。但从司法权的实际运行情况来看,由于我国司法辖区与行政辖区的高度重合,人财物高度依赖于地方,审判权与检察权难免受到当地政府的影响与干预。司法权地方化问题较为严重,已成为司法改革亟须解决的问题。《决定》指出:"推动省以下地方人民法院、检察院人财物统一管理,探索建立与行政区划适当分离的司法管辖制度,保证国家法律统一正确实施。"具体而言,可从人财物保障及案件管辖方面逐步改革司法管理体制:将省以下地方人民法院、检察院的人财物交由省一级统一管理,地方各级人民法院、检察院和专门法院、检察院的经费由省级财政统筹,中央财政保障部分经费;在现行宪法框架内,探索与行政区划适当分离的司法管辖制度,通过提级管辖、集中管辖,审理行政案件及跨地区民商事案件。在此基础上,加大最高人民法院及高级人民法院的监督力度,探索设立巡回法庭,充分运用再审之诉,统一法律的适用标准。

法院、检察院依法独立行使职权,不仅需要挣脱地方利益的掣肘,还应去除司法行政化的影响。以法院为例,由于法院内部的层级管理和呈报审批制度,导致司法裁判责任不清、效率不高等问题,也引发了外界对"审者不判、判者不审"模式的质疑。行政化的司法模式违背了司法的亲历性、独立性原则的双重要求,"去行政化"成为司法体制改革的关键。

《决定》指出:"应当改革审判委员会制度,完善主审法官、合议庭办案责任制,推行法院内部人员分类管理改革。"此前,最高人民法院已于2013年

10月下发关于深化司法公开、审判权运行机制改革的试点方案,要求在上海、江苏、浙江、广东、陕西等省市部分法院开展上述改革的试点工作。试点于2013年12月正式启动,为期两年,旨在建立符合司法规律的审判权运行机制,优化配置审判资源,严格落实独任法官、合议庭、审判委员会办案责任。为达致司法"去行政化"的目标,应当改革审委会制度,严格缩限审委会讨论案件的范围,建立审委会讨论案件的过滤和分流机制;探索审判组织新模式,择优运作,不断提高审委会委员、法院庭长参加合议庭审理案件的比例;着力推进司法人员分类管理改革,完善法官、检察官、人民警察选任招录及任免、惩戒制度,强化司法人员的职业保障制度。同时,应当落实办案责任,建立并完善科学合理的法官审判实绩考核制度,推进审判流程公开平台及裁判文书公开平台建设,督促法官职业技能的提高。此外,还应不断完善裁判文书签发制,规范院长、庭长审批案件的范围和程序,充分尊重独任法官与合议庭的意见。要言之,就是从审判的组织形式与工作机制两个层面进行重点改革,双管齐下,最终实现"让审理者裁判、由裁判者负责"。具体到操作层面,不仅应将司法机关与一般行政管理机关区别管理,而且应当严格区分司法机关内部的审判、检察工作岗位与行政管理岗位、后勤服务岗位,落实法官法、检察官法规定的不同于公务员序列的职务级别要求,提高法官职级、工资和福利待遇,确保法官享有任期保障、人身安全保障及职务行为豁免保障,建立法官、检察官单独序列制度及身份保障制度。法官、检察官非因法定原因、非依法定程序,不得被免去职务,不得被调离岗位或者剥夺其审判权和检察权,以保障其依法独立行使审判权和检察权。

　　我国司法改革的内发性动力来自正义对司法运行的要求。该动力不仅源于影响当事人诉权行使,并与公正、效率相违背的诉讼迟延、诉讼成本过高、执行难等问题,而且更主要地源起于旧的司法体制及其运行过程中暴露出来的种种弊端,包括司法活动中地方保护主义的产生、蔓延;现行法官管理机制导致法官整体素质难以适应审判工作专业化的要求;审判、检察工作的行政管理模式,不适应审判、检察工作的特点和规律等等。因而,司法权地方化与司法行政化已经成为目前司法改革面临的主要问题。法院、检察院要确保其职权行使的独立性,既要寄希望于外部司法环境的改善,又要大力开展内部改革创新,提升司法人员的职业化、专业化水平。在我国司法改革的进程中,官方的决策不仅是推动改革的重要动力,也是关系改革方向及成效的决定性力量。为此,必须确保司法机关依法独立公正行使审判权、检察权,健全司法权力运行机制、完善人权司法保障制度。十八届三中全会为建设法治中国勾勒了改革的整体框架,加强人权的司法保障成为此次改革的另一项重要内容。

2004年,我国将"国家尊重和保障人权"写入宪法。2010年9月26日,国务院新闻办公室发布《2009年中国人权事业的进展》白皮书,强调"完善人权的司法保障体系"。2012年6月11日,国务院新闻办公室发布《国家人权行动计划(2012—2015年)》,将民众获得公正审判的权利作为人权的重要内容纳入宪法保护的范畴。在此背景下,尊重和保障人权必然成为司法改革的题中之义。围绕这一改革目标,司法机关依法采取有效措施,防范和遏制刑讯逼供,保障犯罪嫌疑人、被告人的辩护权,严格控制和慎用死刑,完善国家赔偿制度。"人权保障"理念贯彻改革始终。《决定》从司法程序、责任追究机制、犯罪嫌疑人、被告人保障机制、证据采纳以及死刑适用等方面作出了具体安排,并强调发挥律师的重要作用,进一步完善司法救助及法律援助制度。值得一提的是,为避免个人自由因行政权的滥用而受到损害,十八届三中全会还正式作出了废除劳动教养制度的重大决定。

司法体制改革必须统筹协调中央和地方、司法机关和其他部门的关系,统筹司法机关上下级之间、司法机关内部各部门之间的关系,确保改革积极稳妥推进。为此,《决定》提出中央成立全面深化改革领导小组,负责改革总体设计、统筹协调、整体推进、督促落实。这意味着本轮司法改革不仅具有明确的路线图,更具有使改革措施得以落实的保障。

党的十八大报告提出要将法治作为治国理政的基本方式,强调用法治思维和法治方式深化改革、化解矛盾。改革的总目标是发展中国特色社会主义制度,推进国家治理体系和治理能力现代化。国家治理体系和治理能力的建设与法治中国建设一脉相承,法治既是目标与保证,也是其重要内容。只有建立符合社会经济发展要求的司法制度,法治中国之梦才有可能实现。从司法能力来说,满足人民日益增长的公平正义需求,不仅是司法自身的发展要求,也是衡量国家治理能力的重要标尺。本轮司法改革涉及司法理念的调整、司法功能与作用的重新定位、司法管理模式与运行方式的变革以及司法制度的现代化等重大问题,从一定意义上而言是对我国的司法体制的重构。推行如此全面的司法改革也从侧面说明了当前中国司法领域存在的问题的深度与广度。

回顾司法改革之路,我们不仅要看到改革取得的阶段性成果,总结实践经验,还应看到影响司法公正、制约司法能力的机制性、保障性障碍。随着改革步伐的不断加快和改革程度的逐步深化,我国的司法改革将步入新的历史阶段并迎接更多更难的挑战。司法制度是一个整体,其改革与完善的任务艰巨,道路曲折而漫长,不可能一蹴而就,毕其功于一役。实践证明,只有目标坚定、锲而不舍地坚持改革,深化改革,全面改革,才能实现改革的目标——建设公正高效权威的社会主义司法制度,维护人民权益,努力让人民群众在每一个司法案件中都感受到公平正义。

依法治国与民事诉讼制度的完善[*]

司法制度是维护社会公平正义的最后一道防线。司法公正对社会公正具有重要的引领作用。深化司法体制改革、建设公正高效权威的社会主义司法制度,是推进"法治中国"建设的必然要求与政治体制改革的重要组成部分。2012年11月召开的中共十八大对全面推进依法治国作出重大部署,强调进一步深化司法体制改革,坚持和完善中国特色社会主义司法制度。根据党的十八大的要求,2014年10月召开的中共十八届四中全会首次以全会的形式专题研究部署全面推进依法治国,审议通过《关于全面推进依法治国若干重大问题的决定》(以下简称《决定》)。《决定》既是新形势下依法治国的蓝图,也是司法改革的纲领。

这次司法改革的程度之深、范围之广、力度之大、决心之坚、信心之强,可谓前所未有。对于我国民事诉讼制度的完善而言,这既是一个机遇,更是一个挑战。《决定》对我国民事诉讼制度的发展必将产生重大深远的影响,这种影响涉及民事司法理念、民事诉讼立法、民事审判实务乃至民事诉讼教学和学术研究等诸多方面。

根据中央《决定》的要求,我国民事诉讼法即将展开新一轮的全面修改。在此,我们对民事诉讼法今后的修改提出以下几点建议。

1.司法改革需要顶层设计。民事诉讼法的修改也应当重视顶层设计,协调诉讼公正与诉讼效率的关系,诉讼与非诉讼的关系,审判与执行的关系,一审与二审的关系,再审制度与维护既判力的关系,检察监督与法院独立审判的关系。民事诉讼法的修改应有最高目标和整体规划,循序渐进,分

---

[*] 本文原系我在中国法学会民事诉讼法学研究会2014年年会开幕式上作主旨发言的提纲,后经修改补充,刊登于《司法改革论评》(第19辑,厦门大学出版社2015年版)。由于原文篇幅较长,收入本书时略有删节。

阶段完成。

2.建议以诉权保障作为民事诉讼法修改的指导思想和民事诉讼制度的最高目标。二战以后,随着诉权理论研究的逐渐深入,传统的诉权概念逐渐被裁判请求权、诉诸司法权、程序保障请求权、接近正义权、接近司法权等现代话语所取代。在诉权现代化转型的过程中,世界各国在诉权保障的问题上逐渐达成共识,诉权保障呈现宪法化与国际化的趋势。作为完善立法的必要条件与公正司法的当务之急,我国应当顺应这一趋势,遵循诉权理念的发展规律,全面修改民事诉讼法,对民事诉讼制度作出适时、全面的调整。此举不仅有助于进一步提升人权保障的制度化和法治化水平,而且对于保障人民的各项基本权利,实现人权事业的全面发展均具有重要而深远的意义。

3.通过修改民事诉讼法,引入纠纷解决、民事司法的新理念,例如繁简分流、依法纠错、协同原则、比例原则等。司法理念是司法体制的精神构造。民事司法改革是一种对制度渐进性的内省,其自身重组和变革的助力不仅源自司法对社会现实的深度关照和反思,更在于制度基底之下关联价值取向和司法理念的演进和变迁。因此,构建公正、高效的纠纷解决机制,其着力点不仅在于具体制度的重新设计,更重要的是摒弃与旧制度陈陈相因的司法理念,实现观念的更新。我国民事诉讼法要实现现代化转向应该进一步引入纠纷解决、民事司法的新理念,促进人们从对抗走向对话,从单一价值走向多元化,从胜负决斗走向争取"双赢"。

4.实行调审分离,设立独立的调解程序,确立调解制度的新原则,如保密原则。在我国近年的司法改革过程中,民事调解制度受到前所未有的重视,得到迅速的发展。实践证明,为有效应对转型时期多元化的利益冲突,需要一种多元化的思路。民事诉讼法的修改应当充分认识到,公平、效率和利益本身都是多元化的,有关社会公平和效益的标准并不是绝对和唯一的。我们不仅要求制定相对公正的法律,也需要在纠纷解决时兼顾不同群体的特殊利益,更好地进行协调,而不是简单地作出非此即彼的判断。为此,必须通过修法设立独立的调解程序,使纠纷解决机制中具有更大包容性和灵活性的调解制度得到逐步完善。

5.设立独立的审前程序,实行繁简分流,使多数案件在审前程序得到解决。相对于分案上的"繁简分流",审前程序与开庭审理可谓过程上的"繁简分流"。审前程序以非讼法理处理无争议焦点、双方一致同意之事实证据,促成当事人的和解,法官扮演的是类似于公证人、调解人等非讼角色。开庭审理时,则对有争议焦点和证据的审理赋予可资达成慎重、准确裁判之程序保障。二者之区分,正是讼争对立性阶段化显现而案件适用不同程序法理在审理结构上的体现。审前程序应具有促进审理集中化与促进和解的功能,以实现使案件达到适合审理状态以促进诉讼,以及寻求替代性纠纷解决(ADR)的可能的目标。为了使审前程序更好地发挥上述功能,新一轮的民事诉讼法修改应该考虑从建立民事诉讼失权制度、诉答程序、初步审理三个方面作出努力。

6.小额诉讼程序应当从简易程序中独立出来,制定专门的小额诉讼程序规则。2012年修改的《民事诉讼法》第162条对小额诉讼程序作了规定。从条文结构上看,立法者并未将小额程序视为一种独立于简易程序的诉讼程序,而是将其"挂靠"在简易程序中予以特别规定。这种立法体例既不能适应司法实践的需要,也不符合诉讼法理,由此引发学界对小额诉讼产生不少争议,也导致该制度在实践中步履维艰。依据程序相称和费用相当的原理,有必要在民事诉讼法中创设独立的小额程序,使之与普通程序、简易程序共同构成三足鼎立的第一审程序。为彰显小额程序简便快捷解决纠纷的价值和功能,应当在总结2011年以来各地试点经验的基础上,根据小额程序的特殊原理,借鉴外国立法例,通过司法解释制定专门适用于小额程序的诉讼规则。

7.在制定独立的《强制执行法》的同时,修改民事诉讼法,两者同时进行。我国目前未制定独立的强制执行法,有关强制执行制度的立法体例采用"审执合一"的模式。无论是从理论还是从实践上看,这种立法体例都不是一种最佳的选择。按照依法治国的要求,以司法解释作为法院执行工作的依据并非长久之计。法院的执行工作涉及众多部门和关系,需要有相应的法律规范为根据。因而从各方面来看,在立法体例上采取分别立法的方式,将民事执行程序从民事诉讼法中分离出来,制定独立的强制执行法,已属必要和可能。只有通过立法对执行制度进行整体布局,才能适应社会经济的发展变化,转变执行理念,改革执行体制,完善执行机制,规范执行活动,最终解决"执行难"和"执行乱"的问题。

8.在今后条件成熟时,设立三审终审制,第三审为法律审,实行上诉许可制。针对立法与实践中的问题,参鉴多数国家的立法例,我国应当实行有限的三审终审制。在三审制架构下,第三审法院一般是最高法院。第三审作为法律审的终审,专就下级法院裁判之解释适用法律有无违背法律为审理内容,不再审理事实问题。第三审作为法律审,最重要的功能是确定法律原则与统一法律解释。我国构建该制度应考虑的基本内容包括:第三审审理范围的限制,第三审提起条件的限制,第三审程序规则的限制以及实行飞跃上诉制度等。所谓上诉许可制,是指当事人提起上诉须经原审法院或上级法院审查,若该案件被认为具有法律规定的重要性时,方能获准进入第三审程序。

9.借鉴2001年德国民事司法改革的经验,实行审判重心下移,强化一审审理,以一审为中心。对第一审程序应当作出更加精细的规定。习近平总书记关于中央《决定》的起草说明指出:"审判机关重心下移,就地解决纠纷,方便当事人诉讼。"德国在2001年司法改革中提出审判重心下移,强化一审,以一审为中心,这一经验值得我们研究和借鉴。我国应当科学合理地设计审级制度,遵循世界各国审级制度的通行规则,将审级重心向下倾斜,充分重视审前程序的构置和运用,充分发挥第一审程序定分止争的功能和作用。通过完善审前程序、证据开示程序、争点整理程序,为一审法院的开庭审理打下良好的基础,同时促进当事人和解。

10.修改再审事由,限制再审案件的范围,实行依法纠错,维护判决的既判力。当我国最终确立起三审终审制度时,作为支撑我国再审程序存在的现实理由将大为削弱,因此,应当严格限制再审程序的启动,以保障诉讼程序的安定性与生效裁判的权威性。而要达成此目标,必须在深刻反思我国再审程序理念的基础上,重构我国民事再审程序规则。首先,应当从观念上转变所谓的"有错必纠"的观念。其次,应当明确列举再审事由,使有关再审事由的规定体现相对的封闭性而非开放性,避免因法律规定富于弹性可以作扩大解释而导致再审程序的随意启动。与此同时,应对法院自行再审和检察机关抗诉的民事案件的范围加以明确界定。

2007年、2012年两次修改民事诉讼法,顺应了诉权保障宪法化和国际化的趋势,是"接近正义"理念在司法改革过程中的具体体现,但两次修法均属于对民事诉讼法的修修补补,缺乏整体规划和细致的考虑,因而难免顾此失彼。在中央《决定》已为我国今后依法治国与司法改革描绘出具体行动纲领的新形势下,为更有效地保障公民"获得公正审判的权利",今后的司法改革应更加注重制度设计的整体性与统筹性,从而实现司法各要素全方位的变革。换言之,在未来民事诉讼法的修改过程中,我们仍然需要综合考虑公正与效率的兼顾问题、司法民主化与专业化并进问题、限制权力与保障权利相结合问题、诉讼主体合作与程序多元互补问题等等,制定出一部符合我国大国地位、适应新时期依法治国的需要、体现民事司法新理念、具有可操作性的民事诉讼法。

图1 到广州调研,与学生聚会(2014年11月)

再审程序：从"有错必纠"到"依法纠错"[*]

再审程序的设立是对两审终审制的一种必要的补充。多数国家对民事案件的审理实行三审终审制，相对而言，三审终审制较之两审终审制有更多的纠错机遇。我国实行两审终审制，且终审法院的层级偏低，设立再审程序用以救济生效裁判的错误是必要的。

一、"有错必纠"原则的局限性

长期以来，我国的再审制度以"有错必纠"作为指导原则。民事再审案件的数量每年多达4万至5万件，大量生效的判决进入再审程序，有些案件反复再审，终审不终，判决的既判力、司法的终局性荡然无存。长此以往，司法的权威何在？实践证明，"有错必纠"这一原则在民事诉讼领域中的适用，受制于以下几个因素：(1)民事纠纷解决的时限性。民事诉讼活动是对已经经过的事件进行证明并作出判断的一个过程。严格依照法定程序彻底完整地重现案件"原貌"虽然是一种最为理想的状态，但是，诉讼要受到一定的时间、空间、证明方法、主体的认识能力、解决成本等多方面因素的限制，不可能无止境地去探求某一具体案件的"客观真实"，否则民事权利义务关系会长久地处于一种不确定的状态，从而严重地危及整个社会的稳定与发展。(2)法院的民事判决是基于在一定的时间内、一定的场合里所形成的诉讼资料的基础上所作的判断。这种作为法官对案件作出最终判断基础的诉讼资料的形成，应具有程序(过程)的约束力，除非存在重大瑕疵否则不能随意动摇。(3)对于诉讼成本的考虑。在诉讼中，不但当事人要投入相当的人力、物力，法院(国家)也会有大量的投入。司法资源是有限的。由于受制于证

---

[*] 本文原载《中国社会科学报》2015年9月16日第5版。

明手段、主体认识能力等多方面因素的影响,法院对案件事实的认定具有一定的相对性。若按照"实事求是、有错必纠"原则的要求来探求案件的"客观真实",必将会造成已经进行过的诉讼程序被重复多次地进行,使得法院、当事人以及其他诉讼参与人已经实施的诉讼行为和经过的诉讼程序,可能会因此而毫无意义。因此,基于对诉讼时限、诉讼成本、认识手段及主体认识能力的考虑,民事诉讼再审程序的指导原则应当从"有错必纠"转变为"依法纠错",从"无限再审"转变为"有限再审"。

二、再审制度与既判力的关系

法院对具体案件所作出的判决生效后将会产生终局性的效力。关于判决的终局性效力,一般认为具有以下几方面的内容:一是判决的拘束力,是指在诉讼的最后阶段,法院必须基于已形成的诉讼资料作出权威性的判断,该判断一旦生效,则作出该判断结论的人即法院便受此拘束,除非有特殊理由,否则不得任意加以变更或取消。二是判决的确定力,是指当事人不能以上诉方式请求推翻或变更判决,也不能就判决决定的法律关系另行起诉,也不得在其他诉讼中就同一法律关系提出与本案诉讼相矛盾的主张,同时禁止处理后一事件的法院作出与前裁判相矛盾的判决的约束力。这是一次性纠纷解决的要求,也是"一事不再理"原则的体现。三是执行力,即生效判决具有可依法请求法院强制实现的效力。再审程序的制度设计以追求结果正确为宗旨,但可能因此影响生效裁判的终局性效力。这实际上是隐含于裁判中之二律背反的价值要求所致。在判决被确定后,如仅仅因为判断不当或发现新的证据就承认当事人的不服声明,则诉讼是无止境的;但是,从追求公正裁判的目标来说,不管有什么样的错误,坚持维护生效的判决,也是不合理的。因此,在维护生效裁判的终局性效力的同时,适度考虑案件的再审是必要的。

再审程序正是为了补救已经生效裁判及调解协议的错误而设立的一项程序制度。在通常情况下,裁判一旦生效,就必须维护其稳定性和权威性,当事人不得再对该裁判确认的实体法律关系进行争议,法院也不得随意撤销或者变更该裁判。但是,即使法官十分谨慎地进行审理和判决,也难以避免在认定事实和适用法律方面发生某些错误,这就使得某些裁判已经发生法律效力的案件有必要再次进入诉讼程序。再审制度正是在裁判的稳定性、权威性与裁判的正确性、公正性之间寻求平衡的结果。它的确立体现了法治社会既要维护司法权威,又要追求裁判公正的价值取向。为消除生效裁判中的错误,民事诉讼法设立再审程序予以补救。因此,再审程序并不是每一个案件所必经的,只是在发现生效裁判有错误的情况下,才需要适用该程序进行再审。

三、《民诉法解释》体现了依法纠错的新理念

在现代社会,人们推崇司法权威进而尊重司法既判之效力;与此同时,人们凭借申诉权排斥非正当地获得既判力的裁判,从而确保既判力的司法权威始终朝着符合现代人权理念的方向发展。基于申诉权的现代再审程序,其实质是为了更好地维护既判力原则。但是,这种方式只具有补充的意义,只能是例外而有限的。长期以来,由于民事诉讼法规定的再审程序规则过于简略,在司法实践中产生了一些问题,一方面造成当事人申请再审权难以实现,产生了"申诉难"的问题,另一方面对法院、检察院两家再审启动权缺乏必要的、有效的制约,造成一些案件反复再审,这既浪费了国家及当事人的人力、物力,又使得法院生效裁判的稳定性遭受了极大的损害。这些问题的存在虽然有多方面的原因,但制度设计本身的缺陷却是本源性的。法律界人士对此展开了热烈的讨论,取得了一定的成果。通过构建民事再审之诉改革现行再审制度,以诉权的形式来确保当事人的合理再审需求,并有效控制申诉泛滥的局面,已经成为学界的共识。

应当认识到,如果过分强调裁判的正确性、公正性而忽视判决的终局性,则诉讼会无休止地进行下去,社会所赖以存在和发展的稳定秩序会被瓦解;而过于注重裁判终局性的考虑,无论存在什么错误都不予再审纠正,又势必会威胁到司法的公正性,使人们对司法产生"专断"的疑虑。完善审判监督程序的目的不但在于解决"申诉难",还在于解决生效判决的既判力受到严重冲击而缺乏终局性的问题。正确理解和处理再审制度与既判力的关系,是完善再审制度必须解决的问题。

2014年10月《中共中央关于全面推进依法治国若干重大问题的决定》指出:"完善审级制度,一审重在解决事实认定和法律适用,二审重在解决事实法律争议、实现二审终审,再审重在解决依法纠错、维护裁判权威。"这就要求改革现行的审级制度,纠正目前一审、二审、再审定位不清,功能交叉的状况。2015年2月最高人民法院《关于适用民事诉讼法的解释》为协调再审制度与既判力的关系作出了可贵的努力。该解释的第十八部分"审判监督程序"用52个条文对再审制度予以规范,处处体现了"依法纠错"的精神,即既要依法纠正原裁判的错误,又要理直气壮地维护司法的权威。例如,第395条规定:"当事人主张的再审事由成立,且符合民事诉讼法和本解释规定的申请再审条件的,人民法院应当裁定再审。当事人主张的再审事由不成立,或者当事人申请再审超过法定申请再审期限、超出法定再审事由范围等不符合民事诉讼法和本解释规定的申请再审条件的,人民法院应当裁定驳回再审申请。"

从长远来看,再审程序的完善应当围绕再审之诉的构建而展开。解决"申诉难"不应单纯寄希望于扩大再审事由的范围,放宽再审的准入条件,而应当从源头上把关,即着力于完善诉讼程序,尤其应当充实和强化一审程序,实现审判重心下移,提高审判质量,从而抑制再审案件的数量,树立司法权威。在此基础上,实现再审提起方式从职权主义向当事人主义的转型,只有这样,才能标本兼治地解决"申诉难"问题。

行政裁决制度：反思与重构[*]

随着经济社会的发展，专业性强、与行政管理活动密切相关的民事纠纷层出不穷，传统的审判方式显得力不从心，司法资源的有限性进一步凸显。基于对司法中心主义的反思及司法危机的倒逼，西方法治发达国家有针对性地发展多元化纠纷解决机制。美国、英国、日本等国的司法实践证明，行政裁决作为一种行之有效的替代性纠纷解决方式，能够有效地弥补司法资源的不足，缓解、分担审判机关的压力，降低纠纷解决的成本，及时调整社会关系。

2014年10月，中共中央十八届四中全会作出的《关于全面推进依法治国若干重大问题的决定》提出，要"健全行政裁决制度，强化行政机关解决同行政管理活动密切相关的民事纠纷功能"。这是健全完善我国社会矛盾预防化解机制的一项重要决策，对于新形势下化解民间矛盾纠纷、维护社会和谐稳定具有重要的指导意义。在此背景下，行政裁决的制度价值逐渐得到各界的关注与重视。

依通说，行政裁决是指行政机关依照法律的授权，对当事人之间发生的、与行政管理活动密切相关的民事纠纷进行审查，并作出裁决的行政行为。目前我国的行政裁决主要有权属纠纷裁决、侵权纠纷裁决、损害赔偿纠纷裁决等类型。有关行政裁决的规定散见于法律、法规和部门规章中，尚未形成统一的制度体系。

相比之下，西方法治发达国家"行政裁决"的范围则更加广泛。美国的"行政裁决"又称"委任司法"，是由独立管制机构与一般行政机关行使准司法裁判权，对公法上与私法上的争议进行广泛裁决的制度。近年来，相较于普通法院，美国独立管制机构的受案数量更多，裁决效率更高。英国则通过

---

[*] 本文原载《司法改革论评》（第21辑），厦门大学出版社2016年版。

2000多个审裁处(tribunal,又译行政裁判所)对民事、行政纠纷进行裁决,每年处理的此类案件约100万件。审裁处是指在普通法院之外,根据法律规定而设立某些专门裁判组织,用以解决行政上的争端和公民相互间某些和社会政策有密切联系的争端。

各国行政裁决制度虽然在内涵与范围方面不尽相同,但仍体现出一定的制度共性:一是主体专门,只有具备一定条件、符合法律授权的机构方可成为裁决主体。二是裁决专业。裁决机关在解决纠纷时,需要综合运用特定领域的专业知识、行政政策及法律经验。三是程序设计上兼具司法程序的自然公正属性与行政程序的快捷简便特征。一方面,行政裁决不断吸收司法程序的特点,强调程序正当与自然公正;另一方面,行政裁决程序不受诉讼程序的拘束,可以根据纠纷性质的不同设计有针对性的程序规则,因此具有灵活简便、费用低廉的特点。

长期以来,我国行政裁决制度存在定位不明确,程序规则缺乏司法特征,救济路径混乱等短板,影响了制度优势的发挥。

一是裁决主体缺乏独立性。行政执法是执法主体依职权对违法行为进行积极追诉的制度,而行政裁决是特定主体依申请对民事纠纷进行居间裁决的制度,两者价值目标的显著差异决定了行政执法主体与行政裁决主体应当实现分离,否则裁决的居间性难以保障。目前我国行政裁决主体分散,尚未形成统一的体系,多数裁决机关未设置专门的裁决机构,行政执法权与行政司法权由同一主体行使,不符合自然公正的基本要求。

二是裁决范围不断缩减。行政机关为避免成为行政诉讼的被告,在实践中对民事纠纷"只调不裁",加之程序规则可操作性不强,制度运行效果日渐式微,这一制度迅速萎缩。原有法律中的行政裁决规定不断被废止,新颁布的法律不再规定裁决,而改为规定行政调解。行政机关往往将社会管理中遇到的民事纠纷拒之门外,导致大量的民事纠纷得不到及时解决。

三是程序规则不规范。受程序工具主义观念的影响,我国规定行政裁决的法律多以实体性授权为主,具体的程序性规则极少。多授权少控权的立法现状,导致行政裁决在实践中操作混乱,对权力运行的约束不足。

四是救济体系不完善。从法律层面看,我国行政裁决的救济方式主要有行政诉讼和民事诉讼两种。由于缺乏统一、明确的规定,实践中当事人对行政复议、行政诉讼、民事诉讼、行政附带民事诉讼的救济手段使用混乱，法院的态度与处理方法也不尽相同。

　　行政裁决是行政机关在纠纷解决中进行利益再分配的过程，只有严格规范裁决程序，突出行政裁决的"准司法"性质，才能补齐制度短板，防止权力恣意运作。

　　设立行政裁决事项应当着眼于社会现实需求，保持规模适度，在满足纠纷解决需要的同时，避免由于滥设行政裁决机构，造成资源浪费。考虑到我国民事纠纷的现状、救济途径的有效性以及国家权力配置等情况，可以设立行政裁决事项的民事纠纷应当包括自然资源权属纠纷、知识产权纠纷、环境污染损害赔偿纠纷、医疗事故纠纷、交通事故纠纷、消费者权益纠纷、物业管理纠纷、保险纠纷以及其他与行政管理活动密切相关或政策性较强的纠纷。

　　司法的公正根植于司法主体的独立性。行政裁决是一种具有"准司法"性质的行政行为，其裁判的公正同样需要以裁决主体的独立性为保障。目前，我国司法体制正在进行重要改革，在此背景下，因势利导地对行政裁决主体缺乏独立性的尴尬局面进行改革，将有利于提高行政裁决的裁判权威。今后可考虑在行政裁决申请受理量大的领域设立相对独立的裁决机构，裁决机构的人事管理、经费薪酬独立于行政机关，裁决人员依法独立裁决，不受行政机关的干涉，非经任职机关评议不得降职、免职。在案件受理量较小的领域，裁决机构也应当与执法机构相分离。

　　申请行政裁决与提起民事诉讼是彼此独立的纠纷解决方式。关于设立行政裁决的事项是否可以不经裁决而直接向法院提起民事诉讼，我国法律主要规定了两种形式：一是行政裁决强制先行，二是当事人自主选择。结合我国目前的现实情况将部分行政裁决设置为强制先行，有利于弥补法院专业知识的不足，确保行政政策的统一、连贯。如自然资源权属纠纷、知识产权纠纷、医疗事故纠纷等案件量大、专业性强的领域，均可考虑将行政裁决设置为前置程序。

　　重构行政裁决的程序规则应充分考虑其"准司法"属性及其特殊的价值取向。一方面，应强调程序正当，规范行政裁决程序中的通知、回避、陈述、答辩、听证、送达等环节。另一方面，应强调裁判经济，程序的设计应避免过度司法化导致的程序臃肿，行政裁决所耗费的社会资源与当事人所需要负担的成本应当显著低于司法程序的消耗。在程序设计上,应简化相关手续,提高运转速度。裁决主体在裁决程序中可以适用职权主义审查模式,为查清案件事实,必要时可主动调取证据。此外,应明确不同类型行政裁决的审理期限,确保裁决主体迅速、及时地解决纠纷。

《行政复议法》第8条第2款规定:"不服行政机关对民事纠纷作出的调解或者其他处理,依法申请仲裁或者向人民法院提起诉讼。"这一规定排除了当事人对行政裁决获得复议救济的可能性,导致行政机关自我监督机制的缺位。相对于诉讼而言,行政复议程序简单、迅速、及时、便民,对于快速解决民事纠纷有不可替代的作用。因此,应尽快修正《行政复议法》,将行政裁决纳入行政复议的范围内,建立由上一级行政裁决主体对行政裁决进行复议的制度,并明确对行政裁决提起行政复议与行政诉讼的关系。

为行政裁决构建司法救济体系,应以实现当事人权利救济为基本目标,根据有利于实现权利保护的标准来确定争议的解决路径。在现有的制度空间内,法律有明确规定的,应依其规定;法律无明确规定的,应针对不同类型的行政裁决,提供相应的司法救济。

首先,对确权类行政裁决不服的,当事人可以提起行政诉讼。例如,在行政裁决主体对自然资源权属纠纷、专利纠纷、商标纠纷作出的确权类裁决中,当事人对裁决不服的,将产生以行政争议为主,涉及民事争议的关联案件。在此类行政裁决之诉中,行政争议居于核心地位,民事争议的解决以行政争议的解决为先决条件,因此适宜提起行政诉讼。《行政诉讼法》第61条规定:"在涉及……行政机关对民事争议所作的裁决的行政诉讼中,当事人申请一并解决相关民事争议的,人民法院可以一并审理。"由于行政裁决具有预决效力,人民法院在审理案件的过程中应先就行政裁决的合法性进行审查。行政裁决合法的,判决维持行政裁决,驳回原告提出的一并审理民事争议的诉讼请求,行政裁决成为解决民事纠纷的最终依据;行政裁决违法或无效的,应遵循先行政后民事的程序,判决撤销行政裁决或确认行政裁决无效,再对民事纠纷进行审理并作出裁判。

其次,对非确权类行政裁决不服的,当事人可以提起民事诉讼。如在行政裁决主体对环境保护、医疗卫生、交通事故等损害赔偿纠纷,消费者权益纠纷等侵权纠纷作出的非确权类裁决中,当事人对裁决不服的将产生以民事争议为主,涉及行政争议的关联案件。在此类裁决之诉中,民事争议居于核心地位,行政裁决权的行使虽然产生了行政争议,使民事争议变得更为复杂,但案件主要争点仍然是平等主体之间的民事纠纷,因此适宜通过民事诉讼予以解决。在民事诉讼过程中,行政裁决具有证据效力。根据证据审查规则,法院应当审查行政裁决的客观性、关联性与合法性。原告应当提供证据证明行政裁决违法或无效,举证成立的,人民法院依法对民事争议进行审理并作出裁判,并在判决理由中对行政裁决是否违法或无效作出说明;当事人不能举证说明行政裁决违法或无效的,应判决驳回原告的诉讼请求。

我国多元化纠纷解决机制的新发展[*]

20世纪中期以来,西方国家以"接近正义"为目标的民事司法改革进入了第三阶段,并迅速与ADR运动汇聚为建构多元化纠纷解决机制的潮流。从理念层面上说,ADR的发展使人们对"正义"的丰富内涵有了更深刻的理解,即将正义与司法(法院)区分开来,重新理解和解释正义的内涵,让民众有机会获得具体而符合实际的正义,即纠纷解决的权利。在中国,经历了改革开放以来30余年的曲折发展之后,面对社会治理和纠纷解决的需求与挑战,法制建设和司法改革也在探寻自身的经验和道路,出现了构建多元化纠纷解决机制的契机。时至今日,人民法院已成为构建多元化纠纷解决机制的核心力量,其表现出的积极态度和相关政策既是对我国社会治理现实的理性回应,又与世界司法改革和ADR运动的潮流殊途同归。

多元化纠纷解决机制改革是中央部署的重要司法改革任务之一。从2004年到2014年,最高人民法院牵头这项改革任务,带动了各种纠纷解决机制的发展,使多元化纠纷解决机制成为国家治理体系和治理能力现代化的重要方式之一。在此背景下,近年来我国多元化纠纷解决机制得到不断发展。

2004年,最高人民法院《人民法院第二个五年改革纲要(2004—2008)》首次提出"建立多元化的纠纷解决机制"。同年发布的《关于人民法院民事调解工作若干问题的规定》和2007年发布的《关于进一步发挥诉讼调解在构建社会主义和谐社会中积极作用的若干意见》进一步强调了诉讼调解的作用。2007年下半年,最高人民法院确定了第一批多元化纠纷解决机制改革试点法院。这些试点法院在实践中勇于探索并积累了丰富的司法经验,为此后的多元化纠纷解决机制改革奠定了坚实的基础。

---

[*] 本文原载《东南司法评论》(2016年卷),厦门大学出版社2016年版。

2008年,中央政法委员会下发《关于深化司法体制和工作机制改革若干问题的意见》对新一轮司法改革任务作出了部署。"建立诉讼与非诉讼相衔接的矛盾纠纷解决机制"作为其中一项重要项目在全国人大常委会法工委、中央政法委、中央综治办的指导下,由最高人民法院牵头实施。中央批准了最高人民法院提出的多元化纠纷解决机制"三步走"的改革步骤,即"法院做好诉调对接、中央出台相关政策、改革成果转化为立法"。

2009年3月,最高人民法院公布《人民法院第三个五年改革纲要(2009—2013)》,提出要"建立健全多元化纠纷解决机制……加强诉前调解与诉讼调解之间的有效衔接,完善多元化纠纷解决方式之间的协调机制,健全诉讼与非诉讼相衔接的矛盾纠纷调处机制"。同年8月,最高人民法院公布《关于建立健全诉讼与非诉讼相衔接的矛盾纠纷解决机制的若干意见》,旨在鼓励行政调处、人民调解、商事调解、行业调解的发展,促进多元化纠纷解决机制的完善。

2010年8月,全国人大常委会通过了《中华人民共和国人民调解法》(以下简称《人民调解法》)。这部新法律坚持人民调解的群众性、民间性和自治性,进一步完善了人民调解的组织形式,体现了人民调解的便利性和人民性,明确了人民调解协议的效力和司法确认制度,突出了调解优先原则。据报道,目前全国有82万个人民调解组织,422.9万名人民调解员。2013年,人民调解组织共化解各类矛盾纠纷943.9万件。

2012年4月,《最高人民法院关于扩大诉讼与非诉讼相衔接的矛盾纠纷解决机制改革试点总体方案》。该方案进一步扩宽了试点内容,探索建立纠纷解决新方式;扩大了试点范围,在全国确立了第二批试点法院。

2015年2月,最高人民法院公布修订后的《人民法院第四个五年改革纲要(2014—2018)》,提出"健全多元化纠纷解决机制。继续推进调解、仲裁、行政裁决、行政复议等纠纷解决机制与诉讼的有机衔接、相互协调,引导当事人选择适当的纠纷解决方式。推动在征地拆迁、环境保护、劳动保障、医疗卫生、交通事故、物业管理、保险纠纷等领域加强行业性、专业性纠纷解决组织建设,推动仲裁制度和行政裁决制度的完善"。

2015年4月9日,最高人民法院在四川眉山召开全国法院多元化纠纷解决机制改革工作推进会,提出了"国家制定发展战略、司法发挥保障作用、推动国家立法进程"新"三步走"战略,强调要加快推进中国多元化纠纷解决机制改革的进程,在全社会树立"国家主导、司法推动、社会参与、多元并举、法治保障"的现代纠纷解决理念,同时要积极推动六大转变,即诉调对接平台从单一平面的衔接功能向多元立体的服务功能转变;推动诉调对接机制从单向输出向双向互动转变;推动诉调衔接对象从重点突破向全面启动转变;推动诉调对接操作规范从零散差异向系统整合转变;推动解纷人才的培养从经验型向职业型转变;推动法院内部调解机制从粗放型向精细型转变。这既是对我国多元化纠纷解决机制10年探索之路的总结,亦是为我国未来法院附设调解的发展提出的明确目标。

10余年来,最高人民法院按照中央部署牵头多元化纠纷解决机制改革,从试点中总结可推广、可复制经验,从探索中寻找纠纷解决的一般规律,从实践中更新理念和方法,从理论上丰富社会治理体系的基本问题。一步步改革措施的落实,一个个改革成果的展示,标志着中国多元化纠纷解决机制从初创走向成熟,从单一走向复合,从后台走向前台,走出了一条尊重规律、循序渐进、务实稳妥的多元化纠纷解决机制改革之路。在这一过程中不断进行的制度创新为建立系统完备、科学规范、运行有效的纠纷解决制度体系打下了坚实的基础。

一是搭建诉调对接平台,负责与社会各种纠纷解决机制进行衔接。形成人民法院与社会调解组织在职能上的良性互动、在作用上优势互补,形成法院诉前调解机制、民商事案件速裁机制与传统审判机制的纵向流程对接;形成非诉调解协议司法确认与各类社会解纷资源的横向结合,以整合各种纠纷解决资源,建立立体化的多元化纠纷解决机制。

二是赋予调解协议合同效力。2002年最高人民法院发布《关于审理人民调解协议的民事案件的若干规定》,确认"经人民调解委员会调解达成的、有民事权利义务内容,并由双方当事人签字或者盖章的调解协议,具有民事合同性质"。此后,我国又通过《人民调解法》《民事诉讼法》等法律的规定,赋予调解协议以民事合同效力,有力地支持和推动社会调解力量开展工作。这项制度的确立解决了以往民间调解协议缺乏法律保障的问题。

三是创设司法确认制度。司法确认制度是2012年《民事诉讼法》确立的一项新制度,也是运用司法制度对人民调解予以支持的重要保障性措施。

《人民调解法》和2012年《民事诉讼法》明确规定,双方当事人通过调解组织解决纠纷,达成调解协议后,可以向法院申请确认调解协议的效力。法院经审查认为合法有效的,可以作出确认裁定书,从而赋予调解协议以强制执行力。

四是发展委派调解和委托调解制度。委派调解和委托调解是近年来人民法院与其他非诉讼纠纷解决方式衔接的一项比较成熟的制度。委派调解是指人民法院在立案登记前,经双方当事人的申请,将纠纷委派给特邀调解组织或特邀调解员进行调解的活动。委托调解是指人民法院在立案登记后,经双方当事人同意,委托特邀调解组织或特邀调解员进行调解的活动。委派调解与委托调解的最大区别是委派调解达成协议的,可以申请法院司法确认,而委托调解的案件是法院已经登记立案的案件,委托调解成功的,由法院出具调解书。

五是构建法院附设ADR制度和专职调解员队伍。近年来,我国法院设立附设调解机构,由法院主导或受法院指导,当事人双方在法院附设的特邀调解组织或特邀调解员的主持下,通过委派调解或委托调解化解大量纠纷。与此同时,各地法院还探索建立了法院专职调解员制度,即在立案登记后,由具有调解能力的法官或者法官助理担任专职调解员,专门从事调解工作。以此分流大量案件,保证审判法官集中精力审理重大、疑难和复杂案件,合理配置司法资源,又能防止出现调判不分、以判压调、强迫调解等问题。

六是建立特邀调解组织和特邀调解员名册。特邀调解组织和特邀调解员名册制度,是指法院按照一定标准通过筛选、选拔等方式,确定一些调解组织和调解员承担法院委派或委托调解工作,或者协助法院进行调解的制度。将符合条件的调解组织或调解人员纳入名册管理不属于许可、审批活动,而是法院利用"外力"化解纠纷的一种工作机制。通过特邀调解组织和特邀调解员名册制度,可以建立并培育一批业务素质精良、具备一定职业调解水准的"编外解纷队伍"。

七是探索无异议调解方案认可机制。无异议调解方案认可机制在国外是一种比较成熟的纠纷调解机制。在调解实践中,时常出现当事人对主要权利义务已达成一致,仅对调解金额存有细微差别,却因积怨或碍于面子,均不愿继续磋商的情况。无异议调解方案认可机制就是针对这一情形设立的。在给付之诉中,当事人未能达成调解协议但分歧不大的,经当事人各方书面同意后,可由调解人员提出书面调解方案并送达当事人,同时告知提出异议的方式、期限及法律后果。当事人在规定期限内对该调解方案提出异议的,视为调解不成立;未提出异议的,该调解方案即视为双方自愿达成的调解协议。

八是探索无争议事实记载机制。无异议事实记载机制是指当事人未达成调解协议的,调解员在征得各方当事人同意后,可以用书面形式记载调解过程中双方没有争议的事实,并告知当事人所记载的内容。经双方签字后,当事人无须在诉讼过程中就已记载的事实举证。

2014年10月23日,中共中央十八届四中全会《关于全面推进依法治国若干重大问题的决定》提出:"健全社会矛盾纠纷预防化解机制,完善调解、仲裁、行政裁决、行政复议、诉讼等有机衔接、相互协调的多元化纠纷解决机制。"2015年10月13日,中央全面深化改革领导小组第十七次会议审议通过《关于完善矛盾纠纷多元化解机制的意见》,并于同年12月6日由中共中央办公厅、国务院办公厅联合印发"中办发〔2015〕60号文件",明确了完善矛盾纠纷多元化解机制的指导思想和基本原则,提出了健全工作格局、推进制度建设、搭建化解平台、促进各类非诉讼矛盾纠纷解决方式健康发展等工作任务。

2016年6月28日,最高人民法院发布《关于人民法院进一步深化多元化纠纷解决机制改革的意见》,提出如下主要目标:根据"国家制定发展战略、司法发挥引领作用、推动国家立法进程"的工作思路,建设功能完备、形式多样、运行规范的诉调对接平台,畅通纠纷解决渠道,引导当事人选择适当的纠纷解决方式;合理配置纠纷解决的社会资源,完善和解、调解、仲裁、公证、行政裁决、行政复议与诉讼有机衔接、相互协调的多元化纠纷解决机制;充分发挥司法在多元化纠纷解决机制建设中的引领、推动和保障作用,为促进经济社会持续健康发展、全面建成小康社会提供有力的司法保障。同日,最高人民法院发布《关于人民法院特邀调解的规定》,以司法解释的形式,对人民法院特邀调解制度予以系统的规范,拓展了纠纷解决的渠道。

截至目前,我国多元化纠纷解决机制改革已实现了两个重要跨越:一是从部分法院与调解等非诉讼机制对接的探索,升级为全国范围内受到各界普遍认可的制度体系;二是从法院缓解办案压力的"权宜之计",升级为国家治理体系和能力现代化的战略行动。多元化纠纷解决机制的改革对于化解社会纠纷、节约司法资源、发挥各种解纷方式的功能发挥了重要作用。在人民调解组织蓬勃发展的同时,各类行业协会、商事调解组织等 ADR 机构在全国各地茁壮成长,在整个社会纠纷解决领域起到了助推的效果。我国法院有关多元化纠纷解决机制的政策和实践,既符合我国的现实需要,同时也顺应了当代世界善治之大势。

当代社会的多元化纠纷解决机制必然是社会生成(自然形成)与国家理性建构相结合的产物——其需求来源于社会,其形式往往是对传统资源的创新,其运作则须适应特定社会或社区公众的生活习惯以及精神文化需求,满足当代社会纠纷解决和社会治理的需要。这种机制及具体制度建构或改革,通常是针对现实问题,通过局部或自下而上的实践和尝试而开始的,当经验积累达到一定程度后,决策者就应当对这种需求及时作出反应:或者通过立法加以确认,或者进行合理的制度设计,通过政策自上而下地加以推广,从而将个别和局部的经验纳入制度化的多元化纠纷解决机制之中。

毫无疑问,当代世界不同的国家和文化之间的相互借鉴是极其自然和频繁的。我国的人民调解制度曾对西方国家的纠纷解决机制提供了启示,而当今我国多元化纠纷解决机制的建构,同样也受到当代世界 ADR 运动的影响。我们所处的时代是全球化时代,按照一般的理解,全球化指的是经济的全球化,但全球化的内容无论如何也不仅仅是,甚至不主要是关于经济上的相互依赖。这一特点决定了中国正在发展的多元化纠纷解决机制不能独立于世界 ADR 发展的潮流,我们不仅要以"文化持有者的内部眼界"来看待当前中国多元化纠纷解决机制的发展,更要以他者的眼光来观察其他国家和地区已取得的 ADR 制度的新经验。我国正在全力构建多元化纠纷解决机制,各国 ADR 的成功经验为我们提供了可资借鉴的域外资源,也为我们少走弯路提供了值得参考的方向。

陪审制度改革行稳致远[*]

陪审制是指司法机关吸收法官以外的普通人组成审判组织,参与案件裁判活动的制度,其目的在于避免法律和司法脱离社会。现代社会法律及其运作体系已经越来越专业化、技术化,成为律师、检察官和法官等职业法律人把持的专门知识。如果任其发展,司法制度和法律职业容易走向封闭,审判可能变得过于追求学术探究和理论论证而逐渐脱离社会。而法律与社会是不可分开的,脱离社会的土壤,不了解民意,法律与司法的生命力会有枯竭的危险。陪审制的优势就在于非专业化的陪审员比职业法官更接近大众生活,更具有基层实践和生活的经验,更重要的是,他们拥有社会一般人关于公平与正义的朴素观念。他们的参审使得审判更贴近社会,使法院的裁判能够与民意相沟通,更容易获得社会的支持与认同。因此,陪审制不仅是一种具体的审判制度,更是一种审判权力结构的配置制度,是一种国家制度和社会制度,它关系到司法权的正当行使,关系到纠纷解决过程中的社会利益与基本价值。

陪审制度首先是一种政治制度,其次才是一种司法制度,它最初是为了让公众参与国家管理实现民主而设立的。陪审制度主要有两项功能:其一,为社会分享审判权力提供途径,并因此使公众对司法的监督作用得以充分发挥。其二,在审判组织中产生制约与配合效果。陪审员作为公众中的一员直接参与法律的执行,其行为代表了公众的意志。他在诉讼中不仅考虑法律上的明文规定,而且比法官更注意当时社会的一般行为和道德标准,从而弥补了法条的不足。

现代意义上的陪审制起源于英国。英美法系陪审制经历了一个由协助司法到决策司法,由证人到裁判者的角色转变过程。陪审员的功能由证人

---

[*] 本文原载《司法改革论评》(第 25 辑),厦门大学出版社 2018 年版。

向事实调查者的角色转化;由平民百姓中挑选出适当人士组成陪审团,听取证词、查看证据,根据他们的生活经验和常识进行讨论,最终作出有罪或无罪的判断。这项古老的司法制度经过上千年的生长,在不同时期和不同的法律传统、文化的影响下不断演变,但作为其理念核心的诉讼参与原则以及司法公正价值却始终没有被动摇,成为现代司法民主和公民权利的保障制度。

除了英美法系国家沿袭英国的陪审团制度外,大陆法系的一些国家也曾采用过英国的陪审团制度。如在法国,虽然陪审团最初作为邻里证人的做法是从法国引入英国的,但是由于历史条件的差异,陪审团制度在法国一直没有获得充分的发展,并在12世纪末、13世纪初就逐渐为教会法的纠问式程序所取代。1789年大革命之后,出于对司法民主化的渴求,法国开始实行被称为"民众自由守护神"的陪审团制度,但是由于陪审团制度并没有达到人们所预想的目的,法国不久就废除了英国式的陪审团制度。到了19世纪,德国、俄国、西班牙、日本等大陆法系国家也曾尝试实行英国的陪审团制度,但是由于人们对陪审团缺乏信任、陪审团制度不适应大陆法系的诉讼模式等原因,多数以失败而告终。不过,移植英国陪审团制度失败后的法国、德国等大陆法系国家在保持英国陪审团制本身应具有的价值功能的基础上,按照本国特定的历史传统以及诉讼文化不断地对陪审团制进行本土化的改革,对陪审理念的表现形式加以改造,创造了独具特色的陪审制。这就是所谓的参审制(assessor system),即陪审员从当地选民中产生,与法官一起审理案件,共同作出判决。这一做法对大陆法系国家的司法制度产生了重大的影响。

进入20世纪以后,陪审团制在现代社会中的缺憾使得其得以实施的空间大大缩减。在世界范围内,陪审团制度的衰落已是不争的事实。目前,在民事案件的审理中,除了美国以及加拿大的部分州,大多数国家和地区在大部分的民事案件中废除了陪审团审判,仅将陪审团审判限于极少数的特定类型的案件中。在刑事案件的审理中,仍保留了陪审团审判的有英国、美国、澳大利亚、加拿大、爱尔兰、新西兰等40多个国家,但即使是在这些保留了陪审团制度的国家,陪审团在案件审理中的运用总体上也呈现出衰落的趋势。不过,尽管对陪审团制度批评的声音越来越多,陪审团制度的适用从总体上来说呈现出逐渐减少的趋势,但它仍然在保障自由、制约国家权力等方面发挥着不可替代的作用,显示出旺盛的生命力。值得注意的是,一些原来已经废除陪审团审判的国家正在恢复或试图恢复这一制度,如俄罗斯于1994年、西班牙在1995年恢复了陪审团审判制度,日本也正在考虑重新引进陪审团审判制度;仍然保留了陪审团制度的国家也正在积极地对该制度的各方面进行完善,使之能够适应现代司法制度的要求。

人民陪审员制度是我国现行陪审制度。长期以来,人民陪审员制度在推进司法民主、促进司法公正、提高司法公信等方面发挥了重要作用,但仍存在一些需要改进和完善之处,如人民陪审员的广泛性和代表性不足,"驻庭陪审、编外法官""陪而不审、审而不议"现象仍然存在,管理机制不健全,履职保障机制不完善等。保障普通民众广泛参与司法运作过程,有助于扩大司法的社会基础,促进社会对司法的理解与认同。在这方面,陪审制的作用是不可替代的。因此,对于人民陪审员制度,不是保留或取消的问题,而是如何改革完善的问题。为此,第十届全国人大常委会第十一次会议于2004年8月28日通过了《关于完善人民陪审员制度的决定》(自2005年5月1日起施行),为进一步加强和完善我国人民陪审员制度提供了法律依据,也赋予了这项古老的制度新的生命力。

陪审员制度的改革是我国司法改革的重要组成部分。中共中央2014年10月作出的《关于全面推进依法治国若干重大问题的决定》明确要求:"完善人民陪审员制度,保障公民陪审权利,扩大参审范围,完善随机抽选方式,提高人民陪审制度公信度。逐步实行人民陪审员不再审理法律适用问题,只参与审理事实认定问题。"最高人民法院2015年2月发布的《人民法院第四个五年改革纲要(2014—2018)》提出,要落实人民陪审员"倍增计划",拓宽人民陪审员选任渠道和范围,保障人民群众参与司法,确保基层群众所占比例不低于新增人民陪审员2/3。进一步规范人民陪审员的选任条件,改革选任方式,完善退出机制。明确人民陪审员参审案件职权,完善随机抽取机制。改革陪审方式,逐步实行人民陪审员不再审理法律适用问题,只参与审理事实认定问题。加强人民陪审员依法履职的经费保障。建立人民陪审员动态管理机制。2015年4月24日,第十二届全国人大常委会第十四次会议通过《关于授权在部分地区开展人民陪审员制度改革试点工作的决定》。

根据全国人大常委会的授权,黑龙江、广西、重庆等地50个法院开展了人民陪审员制度改革试点。2017年4月,最高人民法院向全国人大常委会报告试点工作开展情况,在充分肯定成绩的同时,指出试点中存在的问题。根据最高人民法院的建议,2017年4月27日,第十二届全国人大常委会第二十七次会议决定,人民陪审员制度改革试点期限延长一年。

制定一部专门的人民陪审员法,有利于扩大司法领域的人民民主,形成法官和人民陪审员的优势互补,实现司法专业化判断与群众对公正认知的有机统一,让人民群众在每一个司法案件中感受到公平正义。在试点期间,各试点法院积极扩大选任范围、完善参审机制、合理区分事实审和法律审、健全保障机制,试点工作成效显著。在试点中,各地法院探索出许多可复制、可推广的经验做法,对其中所涉重点难点问题也基本达成共识,立法条件已经具备。在上述基础上,2018年4月27日,十三届全国人大常委会第二次会议审议并通过《中华人民共和国人民陪审员法》,同日公布,自公布之日起施行。

为了贯彻司法改革的精神,有效提高参审质效,《人民陪审员法》在总结改革试点的经验、合理界定并适当扩大参审范围的基础上,将人民陪审员的学历要求从原有的大专以上降低到一般具有高中以上文化程度,以便让更大范围的群众有机会选任人民陪审员;考虑到提高年龄要求有利于更好地发挥陪审员富有社会阅历、了解社情民意的优势,将担任人民陪审员的年龄从23周岁提高到28周岁;将案情复杂的案件、公益诉讼案件和社会影响重大的死刑案件列入参审案件范围,扩大了人民陪审员参审案件范围;确定三人合议庭和七人合议庭两种审判组织模式;人民陪审员参加三人合议庭审判案件,对事实认定、法律适用独立发表意见、行使表决权;人民陪审员参加七人合议庭审理社会影响重大的案件,只参与审理事实认定问题,不再审理法律适用问题,以充分发挥人民陪审员熟悉社情民意,长于事实认定的优势。《人民陪审员法》还专门作出规定,特别强调了审判长对人民陪审员的指引、提示等义务,但不得妨碍人民陪审员对案件的独立判断。

法律的生命在于实施。然而,天下之事,不难于立法,而难于法之必行。《人民陪审员法》是一部符合社会规律、源于司法实践、体现时代潮流的法律,它的颁行必将为我国陪审制度的改革指明未来的方向,提供强大的动力,开辟前进的道路。

推进少年审判与家事审判的深度融合[*]

在家事司法改革的推动下,各地法院尝试统合少年审判与家事审判,以期为儿童利益、家庭福祉提供新的程序保障,不断推出新的实践经验。然而,我们在调研中发现,目前各地法院专门审理家事案件的机构,有"少年法庭""少年与家事审判庭""少年家事审判庭""家事法庭""家事审判庭"等名目繁多的称谓。不同的机构名称折射出基层自主试验的无序化,亟须予以必要的规范和引导。

一、两审融合的新实践

当前,构建独立编制的少年法院(庭)、家事法院(庭)短时间内在我国无法全面施行。现行符号化的少年法庭、家事法庭呈现"疲态应对"的颓势。少年审理和家事审判出现空转现象,丧失了家事纠纷解决与儿童权益保护所应具备的温情和精致。有鉴于此,最高人民法院于2016年在全国选择100个左右基层法院或者中级法院,开展家事审判改革试点。在这一改革的推动下,不少地方法院尝试统合少年审判与家事审判。如江苏省徐州市两级法院、福建省三明市两级法院等积极试点"两审融合",组建了新的司法机构,如"少年家事法庭""综合性家事法庭"等。在各地初步的探索中,"两审融合"形成了一体两翼的审判格局,并孵化了少年家事司法的新形态,以实现家事纠纷解决与儿童权益保护的良性互动。

---

[*] 本文原载中国政法大学司法文明协同创新中心编的《成果要报》(第121期,2019年1月29日)。2016年1月,厦门大学诉讼法学科与福建省高级人民法院研究室合作,由我和石志藩主任带队,就"少年与家事审判机制改革"问题,到福州、宁德、三明、泉州等地中级人民法院和若干基层法院调研,收集了大量的资料,撰写了多篇调研报告。本文在上述调研活动的基础上写成。

二、两审融合的必要性

(一)理念同质

不同类型纠纷的圆润解决均需要与之相适应的理念或原则。儿童案件与家事案件即属其中的特殊一类。基于对既有研究资料的分析,比较"两审"的司法理念,我们发现儿童最佳保护与儿童利益最大化、恢复性司法与治疗式司法在内涵上基本是同质的。事实上,基于"家"的特定格局,少年审判与家事审判的司法理念天然亲和,如国家亲权理论、追求儿童最佳利益与治疗性司法,由此"两审融合"具有机能上的可能性。

(二)程序共通

司法理念是制度建构的基石,程序设计则是践行理念的手段。司法理念同质化使两审的程序制度存在共通性。两审的程序共通主要体现在诉讼模式、法庭设施、专业法官、辅助群体等。首先是诉讼模式共通。少年审判与家事审判应采取职权主义模式,通过法官的积极介入、对抗性的降低、调解的大力倡导与治疗的高频使用来妥适解决纠纷。其次是审判法官共通。儿童案件与家事案件均属复合性的疑难纠纷。专门审理此类案件的法官如果仅仅具有法律知识,是远远不够的,还需具有丰富的人生阅历以及处理人际关系的经验,并最好掌握心理学、行为学、社会学等跨学科知识。最后是社工群体共通。30多年来,少年审判的社工资源已初具规模,并取得了较好的成效,因此家事审判可直接利用现有的社工资源。

(三)全球趋势

综观世界各国(地区)的法制发展进程,"两审融合"已成为全球司法改革一个显著趋势。无论是大陆法系国家(地区)还是英美法系国家(地区),都经历了或正在经历一个不断扩充、整合乃至将全部家庭纠纷都纳入统一的司法程序及司法机构处理的过程。目前,除澳大利亚和美国某些州外,大多数国家(地区)均选择将少年审判与家事审判进行统合,并创设少年家事法院(庭)或少年法院(庭)或家事法院(庭)。例如,韩国家事法院和我国台湾地区少年家事法院均将儿童案件和家事案件统一管辖处理。

三、深度推进"两审融合"

(一)法源完备

没有那些分配资源和参与决策的人支持,任何改革都无法变成法律制度。2005年,建立少年法院的议案未能获得全国人大常委会的通过,这一改革自此陷入缓慢发展的局面。因此,法源欠缺是两审融合全面展开所面临的最大阻碍。立法的优势是拥有丰富的权力资源,可以调动强大力量来推进司法改革,及时将司法改革的目标、原则、程序以及机构设置、机构权限等基本问题确定下来,提高司法改革的稳定性与权威性。合法性是两审融合改革持续推进及其制度稳步组构的基础。当前,推行这一新制度受改革合法性、资源配置的制约,延缓了两审融合的试点推广与制度建构。因此,我国宜从速推动"两审融合"的立法工作,总结实践经验,使相关的改革有法可依,有章可循。参鉴《关于在北京、上海、广州设立知识产权法院的决定》《关于授权在部分地区开展刑事案件速裁程序试点工作的决定》的经验做法,全国人大常委会可以适时制定《关于授权在部分地区开展少年审判与家事审判融合试点工作的决定》。此外,我国还需制定《家事审判法》《少年审判法》等程序法,及时填充少年家事司法领域程序规范的真空。

(二)理念转型

家庭观是家庭法的元问题。家庭法的革新需以现代家庭观为基底,以调适家庭自治与法律干预的关系。传统家庭观要求国家坚守家庭问题上的法律克制主义立场,现代家庭观则强调国家转向审慎而开放的法律能动主义立场。我国尚缺失现代化的"家庭观",亟须形塑现代家庭观并内嵌于现实生活之中。家庭观涵摄家庭内部关系与外部关系,既鲜明表达特定关系结构,又参与改造既定关系结构。基于经济的发展、社会的变迁,前述两类关系已发生重大变化,与之相对应的是家庭观需要现代化转型。保障儿童利益与促进家庭福祉是现代家庭观的核心内容。立法者和司法者均以现代家庭观为理念指导,超越文本泥淖和既有组构,尝试用一种全新的、多元的方式解决家庭问题,进而从根本上革新家庭法的文本与实践。作为家事司法改革新动态的"两审融合"应在现代家庭观的指针下进行试点推广和制度建构。当前,保障儿童利益、促进家庭福祉的转型理念尚未充分渗透至法官、当事人与律师以及社会大众,挣脱传统观念的桎梏并塑造新的司法文化环境,尚需一定的时日。

(三)机构革新

专门法院(庭)是司法现代化的重要载体,也是司法现代化的必然产物。"两审融合"的切实推进有赖于一个更强有力的司法机构,集司法专业化与社会化于一体,设立少年家事法院(庭)是一项理性的选择。在分别设立少年法院和家事法院尚不具备现实条件的情况下,这一全新审判机构将统摄少年法院和家事法院两大改革愿景,既能传承少年审判旨趣,又能创新家事审判机制。少年家事法院(庭)是一个社会性的法院(庭),由数量不多但经验丰富的专职法官和心理专家、纠纷解决专家组成的高度组织化的社工团体作为基础框架。家庭法院是一个非司法性的法院(庭),所采用的程序规则更为灵活变通,较少具有对抗性和更多的专业帮扶。家庭法院是综合性的法院(庭),其受案的范围较广。一方面需要充分的案源来保障少年家事法院(庭)足以与其他普通法院(庭)"分庭抗礼";另一方面又必须对其进行合理界分,防止少年家事法院(庭)的特色因为受案范围的无限度扩张而被冲淡。以全面保障儿童利益和有力促进家庭福祉,但应避免因受案范围的不合理扩张而冲淡少年家事司法的特质。事实上,2009年《关于进一步规范试点未成年人案件综合审判庭受理民事案件范围的通知》的"全面保护"色彩浓重,由此模糊了司法与福利的界线,导致少年审判综合庭因案量过大、资源紧缺而陷入"麦当劳化"的窘境。

(四)资源充实

与普通法院(庭)不同的是,为了促进家庭福祉与保障儿童利益,少年家事司法的运作需要更多的资源投入。单靠法院内部力量,无法充实温情司法所需的资源,亟待从社会角度寻求破解资源匮乏问题的可能路径。这一努力可以称为司法社会化,即在司法中导入社会力量。我国台湾地区学者苏永钦教授指出,司法社会化改革可分为六个方面:角色的社会化、人事的社会化、管理的社会化、审判的社会化、沟通的社会化和方法的社会化。其中,审判的社会化的核心在于人民如何参与审判。司法社会工作是促进审判社会化的有效路径。随着社会工作专业性的逐渐确立,越来越多的机构或人员进入司法场域,不断拓展社会工作的实践权。司法与社会工作的集合物即司法社会工作(forensic social work),系指运用社会工作于司法场域的相关议题与问题中,以推动社会变革、改善人际关系和促进问题解决。截至2018年5月,我国依法登记的社会组织达81.6万个。数量庞大、类型多样的社会团体是创新国家治理体系、提升国家治理能力的重要力量。社会团体如何参与两审融合的制度建构?司法社工化是可行的路径选择。我国法院应通过司法社工化来整合社会力量。例如,法院可以对具有专业知识的民间组织及人员尽早建立"司法社工库",以借助其专才。

推窗架桥　勾连贯通
——读柳经纬教授新作《标准与法律释论》[*]

得知老朋友柳经纬教授的专著《标准与法律释论》近日由厦门大学出版社出版，为之欣喜。阅读之后，不由得浮想联翩，思绪万千。30多年前，我们曾一同到歌乐山下的西南政法学院，参加司法部举办的全国民法民事诉讼法师资进修班。彼时的他是厦门大学法律系的民法研究生，我是厦门大学法律系的助教，年龄相仿。我们4个月朝夕相处，无话不谈。他于1985年研究生毕业后留校工作，我们成了同事，直至他2005年调离厦门大学，到中国政法大学任教。

据我所知，柳经纬教授与标准问题的缘分始于2013年受邀参与《标准化法》修订的论证工作，以及承担标准著作权保护的研究课题。此后10年，他沉浸于"标准与法律"关系的思考之中，成果频出，体系渐成。这部新作集中展示了他在标准与法律关系领域取得的学术成果。全书共30万字，内容丰富，条理清晰，读者能够轻松地依据书中所呈现的逻辑结构，勾画出有关标准与法律关系的完整图谱。作者从标准著作权保护的探讨入手，延至标准与法律关联的研究，落脚在私法体系与标准体制的细微之处，最终将标准与法律、标准化与法治化的研究置于国家治理能力与治理体系的大背景下，回归依法治国的本源思考。

该书的第一重维度是微观层面对标准与法律区别与联系的剖解。针对理论界和实务界对《标准化法》有关"强制性标准必须执行"规定的误读，作者解答了何为标准的规范性、标准的规范效力从何而来等问题，并逐一分析了标准与法律、标准与具有一定法源性的规范性文件的区别。在区分标准与法律的前提下，作者肯定标准与法律难以割裂的联系，认为标准对法治具有特殊的支撑作用。这种作用体现在标准以其特殊的构成要素、表达方式

---

[*] 本文原载《中华读书报》2023年2月1日第20版。

及体系构成,为法律治理提供了强有力的规范性基础。

该书的第二重维度则是从宏观层面对标准法治与标准法制的动静态展示。柳经纬教授从一位民法学者的角度,侧重分析了标准在私法中的作用。一方面,透过标准的视域,悉数不同类型标准之间的制约关系,及不同类型标准进入私法领域的路径与效力上的差异;另一方面,站在法律的角度,辨析标准对物权、合同和侵权责任等私法领域产生的不同影响。例如,作者指出原《合同法》第62条第1项体现了标准通过当事人的约定成为合同的"标准条款",但表述上却与现行标准体系脱轨,应当在制定《民法典》时予以调整。

在形成该书之前,柳经纬教授关于标准与法律的系列研究成果已经获得广泛关注和高度认可。他主持完成的有关加强标准版权保护的咨询报告、完善标准化法律体系的智库建议已被有关部门采纳,《民法典》第511条第1项的规定也印证了作者有关合同与标准关系的观点。当一位学者的研究既能有助于立法决策,又能普惠读者时,这应该是对作者辛勤笔耕的最好回报。从获聘中国标准化专家委员会委员,到主持技术法规主题的国家社科重大课题,柳经纬教授始终秉持对学术的敏锐与自觉,持续而深入地阐释标准与法律的关系。他在该领域的探索和贡献,勾连了标准与法律的桥梁,开启了法治研究的新视界。

久久为功,水滴石穿。该书对标准与法律融合现象的揭示、对标准对法律的支撑作用及其规范基础的分析、对标准私法效力的理论阐释以及"违标"行为法律评价模式的构建等研究均富有原创性和开拓性。该书集中展示了作者在标准与法律关系领域取得的学术成果,这项研究无论是对正确理解我国立法中普遍存在的引用标准的法律现象,还是对司法中正确适用标准处理纠纷,均具有重要的理论意义和实践价值。

第三辑

环球视野

凤凰树下随笔集

菲律宾共和国的继承制度[*]

菲律宾共和国的继承制度由以下四个部分组成:《菲律宾民法典》第三卷第四编,即"继承"编;《菲律宾家庭法典》中与继承制度有关的规定;《菲律宾法庭规则》中与继承制度有关的规定;菲律宾最高法院关于继承案件的判决。

一、关于遗嘱继承

遗嘱继承的前提条件是被继承人生前依法立有遗嘱。"遗嘱人被允许依照法律规定的形式,在一定程度上支配对他的财产的处分,并在他死后发生效力"(《菲律宾民法典》第 783 条)。遗嘱人设立遗嘱时必须具有法定行为能力,即符合菲律宾法律的如下规定:(1)年满 18 周岁;(2)订立遗嘱时精神健全。在没有相反证据的情况下,法律推定每个人都是精神健全的。主张遗嘱人在立遗嘱时精神失常的人须负举证责任。但是,如果在立遗嘱前的 1 个月内,遗嘱人的精神失常是众所周知的事实,主张遗嘱有效的人必须证明遗嘱人立遗嘱时处于神志清醒的状态。确定公民是否有遗嘱能力,以立遗嘱时的状况为准。事后丧失行为能力,不因此影响遗嘱的效力。事后

---

[*] 本文原载《法学杂志》1994 年第 3 期。1989 年 6 月至 1990 年 5 月,我受教育部派遣,以访问学者的名义赴菲律宾雅典耀大学(Ateneo de Manila University)进行学术交流,重点研究菲律宾司法制度和婚姻、家庭与继承制度。1990 年 8 月,我撰写的硕士学位论文《菲律宾继承法研究》(导师为薛景元教授)通过答辩(答辩委员会由 5 人组成,主席为时任厦大法律系副主任朱崇实教授),获得厦门大学法学硕士学位。1991 年,我应泉州市中级人民法院的邀请,以菲律宾法律专家的名义,为该院正在审理的一个涉菲继承案件出具专家意见。1993 年,我在福建省高级人民法院审理的一个涉菲继承案件中担任法庭调查阶段的翻译。1997 年,梁慧星教授主编的《民商法论丛》第 10 卷全文刊登我的硕士学位论文《菲律宾继承法研究》。

取得遗嘱能力,不因此使无效遗嘱发生效力。菲律宾法律只承认公证遗嘱和自书遗嘱两种形式。自书遗嘱与公证遗嘱具有同等的效力,遗嘱人可以以自书遗嘱撤销或变更公证遗嘱。

公证遗嘱必须具备如下形式要件:(1)具有书面形式;(2)使用遗嘱人所懂得的语言或方言;(3)遗嘱的末尾必须有遗嘱人本人的签名,或由遗嘱人授权他人,在遗嘱人的面前以遗嘱人的名义签名。(4)有4名以上的合格见证人与遗嘱人同时在场,并在遗嘱上签名。遗嘱的每一页必须按页数编号,并将其号码写在每一页的顶部。遗嘱人或代签人以及所有见证人必须同时在场并在遗嘱每一页的左边空白处签名。遗嘱必须附有一份证明书,由见证人证明该遗嘱是遗嘱人在他们的面前按照法律的要求制作的。证明书由见证人签名。遗嘱人和见证人在公证员面前承认该遗嘱的真实性。公证员不必参加遗嘱的制作过程。公证员对遗嘱进行公证,并在公证书上签字。遗嘱见证人的条件如下:(1)年满18周岁;(2)精神健全;(3)不盲、不聋、不哑;(4)有阅读和书写能力。曾因伪造文书罪、伪誓罪或伪证罪而受过刑事处分的人不得作为遗嘱见证人。如果见证人本人或其配偶、父母、子女是该遗嘱的受遗赠人,这部分遗赠因此而无效,除非另外还有3名合格的见证人对该遗嘱进行见证。

自书遗嘱必须具备如下形式要件:(1)遗嘱全文由遗嘱人亲自书写,不得使用打字、印刷的方式;(2)使用遗嘱人所懂得的语言或方言;(3)由遗嘱人本人签名并注明年、月、日。

《菲律宾民法典》继承罗马法的传统,规定了特留份制度。"特留份是指法律为某些特定的继承人,即强制继承人,所保留的部分遗产。对这部分遗产,遗嘱人无权处分"(《菲律宾民法典》第886条)。特留份是法律对遗嘱自由的限制和对强制继承人继承权的特别保护,具有如下的效力:(1)遗嘱人除非具有法律明文规定的理由,不得剥夺强制继承人的特留份。(2)遗嘱人不得为特留份设定任何条件或负担。(3)遗嘱人在遗嘱中如遗漏强制继承人,将导致继承人指定的无效。(4)赠与或遗赠不得损害特留份,否则必须减少其数额。(5)放弃将来可得到的特留份的声明或协议均为无效。

菲律宾法律规定的"强制继承人"(compulsory heir)有四种:(1)合法子女(包括婚生子女、养子女和合法化的子女,即受孕并出生于婚姻关系之外,或受孕时其父母之间不存在结婚的任何障碍,或出生后其父母缔结有效的婚姻关系)或其直系后代;(2)合法父母或其直系长辈;(3)生存配偶;(4)非婚生子女。确定强制继承人的特留份份额,其基本原则是合法子女的特留份为全部遗产的1/2。每个非婚生子女的特留份为每个合法子女特留份的1/2。在未有合法子女或其直系后代的情况下,合法父母的特留份为全部遗产的1/2。根据强制继承人的不同情况,法律对特留份的份额作出许多具体规定。例如,当合法子女与生存配偶并存时,如合法子女为一人,其特留份为全部遗产的1/2,配偶的特留份为全部遗产的1/4;如合法子女为两人以上,配偶的份额与每个子女的份额相同。又如,当非婚生子女与配偶并存时,非婚生子女的特留份为全部遗产的1/3,配偶亦同。

二、关于法定继承

法定继承又称无遗嘱继承,适用于被继承人未有遗嘱、虽有遗嘱但遗嘱全部或部分无效以及遗嘱只处分了部分遗产等情形。菲律宾的法定继承有六个顺序,顺序在先者优先继承,但某些不同顺序的法定继承人可以依照法律规定的份额,共同继承遗产。

第一顺序:合法子女包括婚生子女、合法化的子女和养子女及其后代。合法子女有数人时,每人的继承份额均等。如果合法子女先于被继承人死亡,则按代位继承的规定办理。

第二顺序:直系长辈。在未有第一顺序继承人的情况下,由被继承人的父母或其他直系长辈继承遗产。

第三顺序:非婚生子女。在没有第一、第二顺序继承人的情况下,非婚生子女有权继承全部遗产。如果非婚生子女与第一顺序继承人并存,在不损害合法子女特留份的前提下,每个非婚生子女的继承份额为每个合法子女继承份额的1/2。如果遗产不足以这样分配,则应先拨出1/2的遗产给合法子女,余下的1/2由非婚生子女平均分配。在非婚生子女与第二顺序继承人并存的情况下,非婚生子女不论人数多少的继承份额为遗产的1/2,余下的1/2由直系长辈继承。

第四顺序:生存配偶。如果被继承人没有上述三个顺序继承人,又无兄弟姐妹，由配偶继承全部遗产。配偶与合法子女并存时配偶与每个合法子女的继承份额均等。配偶与第二顺序或第三顺序继承人并存时，前者与后者各得1/2的遗产。配偶与第二顺序、第三顺序继承人并存时，第二顺序继承人的继承份额为1/2，配偶与第三顺序继承人各为1/4。配偶与兄弟姐妹或兄弟姐妹的子女并存时，前者与后者各继承1/2的遗产。但是，如果配偶与被继承人已经合法分居（菲律宾法律不承认离婚，只承认夫妻的合法分居），而且合法分居是由于配偶方面的原因造成的，该配偶便不享有上述规定中的继承权。

第五顺序：旁系亲属。如果没有上述四个顺序的继承人，兄弟姐妹及其子女或其他五亲等之内的亲属有权继承全部遗产。亲等较近的亲属有优先权。

第六顺序：国家。如果上述有法定继承权的人都不存在，由国家继承全部遗产。

关于代位继承的规定："代位是根据法律的拟制而产生的权利，代位人据此被提升到他所代表的人所处的地位，并取得后者如果生存或者能够继承所能得到的权利"（《菲律宾民法典》第970条）。代位权的法律特征是代位人所继承的是死者的遗产，而不是被代位人的遗产。因此，某人声明放弃继承其父亲的遗产后，仍可代位继承其祖父的遗产。代位人的人数不论多少，都只能取代被代位人的地位，取得或平分被代位人本应依法得到的遗产份额。只有晚辈直系血亲才享有代位权。代位继承的方式不适用于长辈亲属。代位人本人必须具有继承死者遗产的能力。儿子被其父亲取消特留份的事实，并不影响儿子代位继承其祖父遗产的能力。声明放弃继承的人不得被他人代位。

菲律宾法律规定的代位继承发生于以下三种情形：继承人先于被继承人死亡；继承人无继承能力；强制继承人被取消特留份。前两种情形既可发生于遗嘱继承，也可发生于法定继承。第三种情形只能发生于遗嘱继承。

德国民事司法改革的新动向[*]

在德国,关于民事诉讼制度的改革长期以来一直是各界争议的焦点,但联邦政府始终未下决心对现有的民事程序规则进行一场全面的变革。直到德国社民党政府上台之后,才第一次把民事诉讼制度的改革列入执政党的政治日程表上。

2000年9月6日,由联邦司法部所提出的《民事诉讼改革法案》终于在联邦参议院会议上获得通过,并于2002年1月1日起正式生效。

一、理念:德国民事诉讼的改革目标与原则

世界范围内的民事司法改革实践已经证明,任何国家的诉讼制度改革要想取得成功,必须首先结合本国的国情确立改革的目标与原则,并在该目标与原则的指引下逐渐展开改革措施。德国改革法案的起草者在审视了德国民事诉讼制度的运行状况之后,提出了改革的基本目标:使民事诉讼更具透明度,更加高效并且更易为一般民众所理解。

为达到这一目标,必须遵循以下一些基本原则:应当强化民事诉讼中的和解理念;通过审判作出裁判的过程应当尽可能透明,并且更易为当事人所理解;第一审程序的强化应当与上诉审程序的重构结合起来;第二审程序的进程应该加快;上诉救济的许可不应当与案件的标的价额相挂钩。

---

[*] 2000年1月,我应邀赴德国弗莱堡大学访问,通过精通德语、正在该校访学的南京大学邵建东教授的帮助,与著名民事诉讼法学者Rolf Stuerner教授等座谈,并到弗莱堡地方法院旁听开庭,了解德国民事司法制度的基本情况。2002年8月,我与德国司法部联系,表明希望获得德国民事司法改革的最新资料。德国司法部表示支持,通过邮件向我提供有关德国民事诉讼法修改的英文资料。本文的写作主要依据德国司法部提供的英文资料,原载《人民法院报》2002年10月22日第3版。

二、现状：德国民事诉讼的结构性缺陷

与改革法案的起草者所勾勒的民事司法的理想蓝图相比，德国当前的民事诉讼显然不能满足这些要求。这些改革措施最终被证明是治标不治本，未能有效地减轻法院系统的工作压力，对提高民事诉讼的效率、透明度以及可理解性也助益不大。相反，德国民事诉讼的结构性缺陷日益暴露，并且逐渐发展到令人难以容忍的地步。主要表现如下：

通过诉讼来形成当事人双方都可以接受的纠纷解决结果，也就是快速、经济以及有助于保持当事人和谐关系的结局显然要比法官简单、直接的裁判更为有利。然而，这一理念在德国当前的民事诉讼制度中并没有得到足够的体现。在德国民事诉讼实践中，一审案件以和解结案的比例始终不高。

德国过去10年的诸多民事诉讼改革措施，比如逐渐提高上诉案件标的额的门槛、逐渐提高州法院一审案件的标的限额、设置特殊的救济方式以及为某些特定案件（如家事案件）制定特别的条款等，使程序规则越来越复杂，难以为普通人所理解。

以案件争议价额作为当事人获得上诉救济的标准的传统做法缺乏正当性，因为对于那些寻求司法救济的普通市民来说，仅仅由于其案件标的额较小就无法获得上诉救济是难以令人信服的。事实上，由于现行的价额门槛较高，在普通法院提起的民事案件有40%以上从一开始就未能获得上诉救济，而最终能够进入联邦最高法院获得上诉审的案件只占所有民事案件的5%。这就使那些纠纷标的价额较大的当事人实际上获得了不当的特权。德国的民事上诉制度因此受到了社会的广泛批评。

按照德国民诉法的规定，当事人在诉讼中有义务在适当的时候提出其攻击与防御方法，未在规定期限内履行此义务且又无迟延的充分理由，法院将排除其主张。但司法实践中当事人可以通过上诉来规避这一规则，即只要在二审程序中提出新的证据，新证据将会被法院所接受。

对于那些显无胜诉希望的案件，当事人提起上诉往往只是为了拖延时间并达到损害对方当事人利益的目的。现行的法律缺乏一种简易的程序来处理那些无实质意义的上诉。

德国现行法院体制在一审与二审法院之间的人员配置是难以令人满意的。1998年,初级法院一审法官与州法院上诉法官的比例为2.8∶1;而州法院中审理一审案件的法官与州高等法院法官的比例则达到2.4∶1。考虑到与一审案件相比,上诉案件相对较少,并且上诉案件胜诉率不高,分配到上诉机构的法官人员显然过多。为了更好地发挥审判人员的作用,改革法案提出应加强一审程序中的审判力量。这样,一审法院中的法官就有更多的时间来处理案件、提出和解建议并作出容易为当事人所理解的裁判。

三、改革:德国民事诉讼的新规则

认识到民事诉讼制度(特别是上诉制度)的结构性缺陷,改革法案的起草者对近10年来德国民事诉讼的改革进行了反省,指出这些措施并未触及德国民事诉讼制度的深层次问题,因此全局性的改革事实上是被回避了。通过提高上诉案件争议价额来限制上诉并缓解司法制度压力的做法,更是遭到了强烈的反对。改革法案的起草者意图通过一场结构性的变革来推动民事诉讼制度的现代化,而要实现这一目标,必须依托以下几项关键的改革措施:

(一)一审程序的强化

为实现在一审程序中解决民事争议并加快程序进程的目标,必须特别重视一审程序的强化。在德国现行的法院体系之下,审理民事案件的一审法院包括初级法院与州法院,而当事人究竟应向哪一个法院起诉取决于案件的诉讼标的额,这一区分在改革法案中得到保留。强化一审程序的改革措施主要包括以下方面:

法官推进诉讼的职责是指法官应该通过明确的指令,将法院的相关法律意见告知当事人。这将使当事人更有效率地把握诉讼的进程,并且更容易接受裁判结果。对于那些对最终裁判具有关键性影响的事实,当事人能够更清楚地观察法官是否全面地厘清并评估了这些事实。

为提高案件的和解结案率,鼓励法官努力达成一个双方都可以接受的纠纷解决结果,改革法案在民事诉讼中设置了"预备仲裁听审程序"。该程序的核心内容是要求法官尽可能早地在诉讼的初期将和解提议提供给当事人,以避免用裁判的方式来解决民事纠纷,并减少案件的上诉率。另外,为了增加法庭与当事人之间的信息交流,改革法案规定法官必须命令当事人亲自出庭参加诉讼。与德国传统的司法实践相比,该规定显然是一个巨大的反差,因为长期以来当事人通常并不亲自庭审而是由律师代理。而司法实践中由律师代理诉讼的经验已经表明,离开当事人的参与往往难以查清案件的事实。为了使程序更具透明度,并且更易为普通人所理解,改革法案强调应该尽最大可能使程序一经启动就将当事人包含在内。

然而,一旦上述的规定在司法实践中实施,法官在一审程序中所花费的时间与精力将大大增加。为了应对因此而增加的工作量,有必要对法院的审判资源进行重新配置。改革法案认为可以通过精简上诉法院审判人员的方式来加强一审的审判力量。

在原先的民事司法体制之下,如果一审裁判侵犯了当事人根据《德国基本法》第103条第1款可以获得的公正审判权,只能在联邦宪法法院提起宪法上诉。为强化一审程序,同时也为了减少联邦宪法法院的案件,改革法案规定一审法院可以通过纠正程序自行纠正一审裁判。

(二)独任法官制的发展

根据德国现行法律的规定,初级法院审理案件只由1名法官独任审理,而州法院审理案件则是由3名法官组成法庭进行审理。不过在司法实践中,在州法院审理的案件通常会交由3名法官中的一位独任审理。相关的调查显示,由独任法官进行审理并不存在不可接受的难题,并且较之由合议庭审理的案件,独任审理的案件的和解率更高,而上诉率则更低。为了有效地区分合议制与独任制的功能,改革法案规定对于那些无论在法律还是事实方面均非重大疑难的案件统一交由独任法官审理。不过对于那些疑难案件,改革法案依然在州法院保留了合议制,以保证案件的公正审理并发挥其培训年轻法官的作用。

(三)上诉救济中价额标准的降低与废除

在改革法案中,作为一项原则,所有案件的裁判都将在平等的基础上获得上诉救济。为此,提起控诉的标的价额从 1500 德国马克降至 600 欧元（约为 1200 德国马克）。同时,考虑到纠纷的标的价额不是一个评价案件法律意义的合理标准,改革法案规定了许可上诉制度。这就意味着,如果该制度获得实现,即使诉讼价额低于 600 欧元,只要纠纷涉及法律原则问题或该纠纷的意义已经超越了案件本身,法官也可以允许当事人上诉。这样,民众获得司法救济的可能性就扩大了,而民事诉讼制度本身也就变得更加合理。

对于针对州高级法院在控诉审中所作的终局判决向联邦最高法院提起上告,德国现行法律的规定较为复杂。改革法案规定以单一的许可制来取代原有的"价额＋许可"的混合标准,只要案件存在法律意义或者需要联邦法院对案件进行最后的裁判,以进一步发展法律或保证法律适用的统一性,都允许提起上告。

(四)上诉程序功能的分化

改革法案的核心之一是要把上诉程序重构为错误控制与纠正的机制。这就意味着,那些事实已经通过一审程序得到完全的与令人信服的认定的案件,在控诉审中将不会再对事实进行调查。在控诉审中,如果法院在审查了证据之后认为适当就应直接解决,而避免将案件发回下级法院,以加快诉讼的进程。另外,改革法案还试图通过将联邦最高法院审判工作的重心界定在重大法律问题的厘清、发展法律以及确保法律适用的统一性等方面,并将控诉审集中于州高等法院。

(五)处理无意义上诉程序的简化

对于那些显无胜诉可能又无重大法律意义的控诉案件,改革法案提出应该允许控诉法院的法官在不经过完整的庭审的情况下通过一个"一致与无争议"的裁定驳回上诉。但是,改革法案要求控诉法院在作出这种裁定时,必须给予一审败诉方足够的劝告并提供发表意见的机会。

从上述介绍我们可以看出,德国改革法案中所体现的"追求妥协"与"接近正义"的指导思想:在审判力量有限的情况下,保证在合理的期限内完成对不断增加的案件的较高质量、使当事人较为满意的审理,同时又确保将成本耗费控制在国家承受得起的范围内。在经济全球化的背景下,德国司法改革提供给我们的除了具体制度的设计外,更重要的是为我们提供了一种进行司法制度改革的思维方式。

图 1　访问德国弗莱堡大学,与 Rolf Stuerner 教授合影(2000 年 1 月)

英国陪审团是怎样运作的*

陪审制度在英国有着悠久的历史,但在进入20世纪后开始走向衰落。目前,在刑事诉讼中,陪审团审判仅适用于刑事法院审理的较重大的刑事案件。在实践中,适用陪审团审判的比例很低。这是因为审理98%的刑事案件的治安法院并不使用陪审团,而在刑事法院审理的2%的刑事案件中,又有一半以上的案件因被告人作了有罪答辩,而不适用陪审团审判。在民事诉讼中,陪审团审判已经相当少见,主要适用于诽谤案件,每年不到400件。尽管如此,陪审制度在英国法律体系中的作用仍是不可忽视的。

陪审是一项法定义务

根据《1974年陪审团法》第1条及相关法律的规定,只有年龄在18岁至70岁之间、自13岁起在英国连续居住5年以上,且在议会或地方政府中已做登记的选民方能取得担任陪审员的资格。一个适合担任陪审员的公民在被召集的情况下有义务参加陪审团工作。没有合理理由而拒绝出席陪审团的,将构成藐视法庭罪,会被依法给予罚金处罚。公民若具备法定情形,可以豁免其陪审义务;如有正当理由,可以向法官提出豁免陪审义务的申请,由法官自由裁量是否给予豁免。

陪审团的召集

在案件开庭审理前,法院主管官员利用计算机从选民登记册中18岁至70岁选民中随机挑选特定案件的陪审员。召集陪审员时,主管官员应该考

---

* 本文原载《检察日报》2004年9月6日第3版。

虑到便利被召集者参与陪审团，尤其是陪审员的住所与法院之间的路程距离是否在合理范围内。法院主管官员可以随时向被召集人提问，以确认其是否具备担任陪审员的资格。

参加审理某一案件的陪审员应当在公开法庭上用抽签方式从陪审员名单中选出。由于陪审员是随机挑选出来的，因而应该尽量避免那些对特定案件抱有显著偏见的人进入陪审员名单。为确保由公正的陪审团进行审判，法律赋予诉讼双方都有权申请陪审员回避。

经双方当事人及其辩护代理人要求回避以后，应该再次以抽签方式补足陪审员的缺额，并最终确定12名陪审员组成审理该案的陪审团。经选定的所有陪审团成员在宣誓后进入陪审团席，参加庭审、听审证据并在审判结束时作出裁决。

陪审团秘密评议

陪审团参加庭审的职责是认真听取双方当事人的举证和辩论、审查证据。在聆听法官的总结与提示后，陪审团退庭进行评议并对事实问题作出裁决。在民事案件中，陪审团还要确定损害赔偿金额。

无论在刑事案件还是在民事案件中，陪审团的评议都是秘密进行的，评议过程中任何外人的出现都将致使裁决无效。陪审团如何认定事实以及形成裁决的过程都是绝对保密的。即使判决已经生效，陪审员泄露案件讨论过程的行为也将受到法律的制裁。陪审员评议的秘密性有利于保证陪审员自由地表达对案件裁断的意见，有利于维护司法独立和提高陪审员在民众心目中的权威。

在评议过程中，陪审团遇到需要澄清的特定法律问题或对证据的某个部分不理解时，可以就这些问题请求法官给予提示。考虑到公正和公开的需要，陪审员不得私下与法官联系。陪审团可以把有关问题写下来，通过法警转交给法官。法官在阅读陪审团所提问题之前，应当传唤当事人及其律师到场，然后陪审团才能被重新带入法庭。法官在向陪审团确认每一个问题都是陪审团所期望得到回复的之后，作出回答。

陪审团采取多数裁决原则

在1367年以前,陪审团作出裁决只需简单多数通过。后来为加强对被告人权利的保护,要求陪审团裁决必须意见一致。1967年又将多数裁决原则引入英国法律,其中多数是指绝对多数。多数裁决可以防止通过对一两位陪审员进行贿赂或威胁从而获得有利判决的活动。它还能防止极个别的带有极端看法或顽固思想的陪审员左右案件的审理结果。在刑事法院,下列情况下可以采用多数裁决:陪审团人数不少于11人时,有10人同意该裁决;在10人陪审团的情况下,有9人同意该裁决。

英国虽然引进了多数裁决的原则,但仍保留一致裁决的基本原则,即陪审团应尽量达成一致裁决,只有在无法达成一致裁决的情况下才适用多数裁决原则。审理法官应该鼓励陪审团尽量达成一致裁决,在刑事法院陪审团评议的时间(根据案件的性质和复杂程度来决定一个合理的评议时间)不得少于2小时。此外,上诉法院颁布的诉讼指引规定,如果陪审团未能在2小时内达成一致裁决,那么应该至少将他们重新召回评议一次。如果连多数裁决都未能达成,那么陪审团就应当被解散,重新召集一个陪审团来裁决此案。

图2 访问英国剑桥大学
左起:单文华、齐树洁、张昕、宋方青(1999年11月)

ADR：多元化解决民事纠纷新机制[*]

目前世界各国司法危机的出现，在很大程度上是诉讼法律制度本身局限性的体现。只要诉讼制度存在，这些弊端就不可避免。现代 ADR 的兴起与发展体现了人们对新的纠纷解决机制的理念与实践的探索。

各国司法改革动向：ADR 蓬勃发展

在很长一段时间里，诉讼一直被认为是解决纠纷的最有效的方式。然而，20 世纪 60 年代以来，世界各国的诉讼制度普遍陷入了前所未有的危机之中，出现了"诉讼爆炸"、诉讼迟延、成本巨大、弱势群体利益无法保障等一系列问题。

纵观现代各国的民事司法改革，有以下几点共性：第一，加强法院或法官对诉讼的职权管理。第二，简化诉讼程序，构建小额诉讼程序或设立小额法院。第三，重视诉讼中的和解与加强法院调解职能。第四，发展各种非诉讼纠纷解决机制等，以减轻和分担法院的压力，为当事人提供更多的选择。例如，美国国会 1998 年制定的《替代性纠纷解决法》（即 ADR 法）。

可见，在宪政制度越来越完备的当代社会，纠纷的解决与解决方式的选择，涉及公共资源的配置以及公民利用司法的权利问题，因此它具有宪法上的意义。为了缓解司法的危机，保障民众利用司法制度的权利，各国无不在诉讼制度之外寻求纠纷解决的方法，建立一种多元化的纠纷解决机制已是大势所趋。实践证明，ADR 的出现与发展不仅给世界范围内特定纠纷的当事人，也给整个社会带来巨大的利益。

---

[*] 本文原载《检察日报》2005 年 12 月 2 日第 3 版。

种类繁多的ADR：具有相同或类似特征

ADR的发展，不仅表现在其适用范围扩大，解决纠纷的总量上升；还表现为其形式的多样化——各种新形式的ADR层出不穷，显示出极强的生命力。尽管ADR方式的种类繁多，但各种ADR方式仍然具有以下相同或类似的特征：

1.意思自治。ADR的首要特征是当事人有权通过自愿协议的方式自由地处理争议，当然，自由的程度因不同的ADR而有所区别。

2.灵活性。意思自治的结果是当事人可以自由地设计他们认为合适的程序，这种灵活性甚至可以延伸到纠纷解决的结果方面。

3.谈判结构。无论是为了达成有约束力的或没有约束力的协议，经过谈判达成和解都是ADR的基本目标。换言之，谈判可以使当事人取得一致的可能性最大化，当然，不同的ADR有不同的谈判结构。

4.以利益为中心。与民事诉讼以当事人的权利为导向不同，ADR主要以当事人的利益作为纠纷解决的焦点，因为利益而非权利才是当事人最终之利害所在。由于权利是充当衡量利益合理性的基本工具，因此ADR具有权利导向的特征，但它的基本价值取向仍然是直接切入纠纷的核心要素——利益冲突。

5.运用管理技巧。ADR试图把法律争议转化为商业问题，因此ADR要援用某些管理技巧以达到"双赢"结果。与律师相比，公司高层主管更了解本公司的商业利益以及公司的优先与未来战略，因此他们往往能够更快、更富有创造性、更富有远见地与对方当事人达成协议，有时还可以把商业纠纷变成一次新的商业交易。

6.降低交易成本。尽管涉及的纠纷、当事人、所选择的程序以及第三人介入的效果各有不同，但ADR具有节约时间与成本的优势显然毋庸置疑。这里的成本不仅包括当事人在运用ADR程序过程中支付的直接成本，也包括纠纷过程所派生的间接成本，如业务中断、当事人间关系的破坏以及未来商业机会的丧失等。

ADR 理念的启示：调整我国司法改革思路

司法资源的有限性从总体上限制了司法部门对正义的绝对追求。由于国家对司法资源的投入是有限的，司法部门不可能为使程序参与者受到公正的对待而不惜任何代价或不考虑司法资源的限制，而且也不可能为查明某一疑难案件的事实真相而无限期地开展法庭调查和辩论。相反，正义的实现必须有一个必要的限度。从这个意义上说，司法资源的有限性迫使法官放弃对正义的绝对追求，以保证效率的提高。

如何在提高效率的同时尽可能保证公正？英、美、德、日等国民事司法改革的历程表明，其基本思路是从整个民事纠纷解决机制的宏观角度，而非仅仅从诉讼程序的微观角度探讨提高程序效率的具体途径和方法。以美国《联邦民事诉讼规则》第 16 条的修改为例，1983 年对该条款的修改旨在防止当事人滥用证据开示程序，以提高诉讼效率，但它更重要的意义在于，第一次把"促进和解"规定为审前会议的目的。为此，还修改了有关规定以促进这一目的的实现，从而把提高程序效率的视野从诉讼制度的层面扩展到整个纠纷解决机制的层面。20 世纪 90 年代英国的民事司法改革也体现了这一重要特点，即提高诉讼效率不能仅仅局限在修改诉讼程序的层面，而应扩及整个纠纷解决机制的重构。

正是基于这一认识，其他许多国家的民事司法改革已经或正在跨越单纯改革诉讼程序的狭隘思路，而从重构整个纠纷解决制度，尤其是重视诉讼外纠纷解决方法的宏观角度追求司法效率。即不断地提高当事人在追求程序效益过程中的主动性和能动性，据此使当事人能够在权衡程序效益最大化与实体利益最优化需求的基础上选择适当的程序，其结果是有效降低了仅仅基于改革诉讼程序、追求审判效率给诉讼公正之实现带来的风险。

从这个角度看，我国目前需要做的是在全面推动司法制度改革的基础上，完成整个纠纷解决机制的重构。一个理想的状态应当是将有限的社会资源合理地分配给各种纠纷解决方式，按照不同纠纷种类的特殊要求及当事人意思自治，将数量庞大的纠纷分配给不同的纠纷解决程序。当然，在这一过程中,必须保证司法程序作为最终救济的地位,保障当事人的诉权。为此,法院必须支持各种诉讼外的纠纷解决方式的发展,并与其他纠纷解决方式保持一种必要的联系和牵制。

图 3　我承担的司法部 2017 年度委托项目的最终成果(2022 年 3 月)

英国审裁处制度的发展与改革[*]

一、审裁处的产生与发展

在英国,审裁处(tribunal,又译裁判所)是一项独具特色的制度。它是指在普通法院之外,根据法律规定而设立某些专门裁判组织,用以解决行政上的争端和公民间某些与社会政策有密切联系的争端。例如,关于社会保障利益的诉讼;需要运用专业知识和经验才能解决的纠纷;对强制购买土地后补偿的评估以及其他因性质或数量不适合由普通法院审理的纠纷,都可由审裁处来裁判。早期的英国没有独立的行政法院系统,普通法院中也没有设立行政审判庭,甚至没有制定统一的行政诉讼规则,因此,各种形式的审裁处担负了大多数行政案件的初审任务。

建立审裁处的主要目的在于缓解普通法院的案件压力,提供更快捷和低成本的纠纷解决程序,并可以满足当事人的要求,为其提供具备解决纠纷所需专业知识和经验的人士。例如,由税务专家担任所得税专门委员会的裁判员,测量员担任土地审裁处的裁判员,开业医生担任医疗纠纷上诉审裁处的裁判员,等等。

英国在普通管辖权限的法院之外设立专门法院的历史已经有几百年了。一般认为,1660年的关税和消费税委员会,1799年的所得税委员会,1846年的"铁路专员公署"和1873年的"铁路和运河委员会"是早期审裁处的典型。但它们的工作主要是依据政策而非法律,因此,它们的权力在许多方面是行政的而不是司法性质的。二战后,因客观形势的需要,审裁处大量设立,但由于缺乏必要的规范,受到诸多批评。1955年,枢密院任命的弗兰

---

[*] 本文原载《人民法院报》2006年10月26日第5版。

克斯委员会(Franks Committee)开始就审裁处存在的问题进行调查,并于1957年提出报告。该报告认为,作为司法体系的补充,审裁处的存在是必要的,一切审裁处的活动必须遵循公开、公正和无偏私的原则,并提出设立一个常设的审裁处委员会作为监督机构等建议。1958年制定的《审裁处与调查法》(Tribunal and Inquiries Act)对审裁处的组织、职权和审理程序等问题做了较为明确和统一的规定,并设立审裁处委员会,使审裁处脱离行政机关,成为英国司法体制的一个补充。该法的颁布是英国行政裁判制度史上的重要里程碑,为英国行政裁判制度的规范发展提供了明确的法律依据和良好的基础。

根据《审裁处与调查法》,审裁处委员会管理着全国2000多个审裁处。各审裁处之间的内部构成、管辖权、诉讼程序以及上诉机制都存在着巨大的不同。比较重要的审裁处包括移民上诉审裁处、就业审裁处、土地审裁处、医疗纠纷上诉审裁处、智力健康复查审裁处、估价审裁处、租金审裁处、租金评定委员会、所得税联合委员会、所得税特别委员会、社会保障委员会、社会保障上诉审裁处、交通委员会等。

二、审裁处的性质

在英国,对审裁处的性质存在持续的讨论和争论。多数人倾向于将审裁处视为一种具有司法化特征的救济机制。其原因在于:

首先,审裁处是司法救济机制的一部分。法院很难代替行政机关对实体政策问题的是非曲直加以判断,而审裁处则以相对的专业性、非正式性来判断行政官员是否妥当地作出行政决定,为申诉人提供成本低廉、快速有效的救济。

其次,审裁处活动的程序规则设计中,汲取了许多司法化的因素。审裁处适用的裁判规则是对抗式的而非纠问式的;审裁处的证据规则审理规则都和司法审判存在诸多相通之处;同时,基于决定的一贯性、理性和平等对待,尽管审裁处不需要像法院那样严格遵循先例,但审裁处一般都要遵循以前的决定,并以先前的决定作为当下判断的基础。

再次,审裁处相对独立于行政机关之外。在大多数情况下,审裁处主席是由大法官直接任命的,或者由部长从大法官提名的有适宜资格的人选中任命;审裁处的大多数成员也和政府官员没有直接的联系。因此,审裁处可以超脱于政治影响之外而独立地作出判决。

最后,当事人可以就审裁处的裁决向法院提起上诉。法院也可以通过令状制度对审裁处的裁决进行司法审查。这使得审裁处镶嵌到普通司法体系之中,成为行政纠纷解决机制网络中的重要一环。从审裁处的工作程序和人员任命等方面来看,其司法化的特征已十分明显。

审裁处制度的主要弊端在于缺乏独立性,与《欧洲人权公约》第 6 条的要求不符。例如,大多数审裁处由相关的行政机关对其提供支持,由行政机关向审裁处提供经费和人员工资,提供工作场所,提供网络支持(使审裁处能够与行政机关的网上系统相联),并负责一些审裁处成员的任命工作,从而严重影响了审裁处的独立性。

三、审裁处制度的改革

2000 年 5 月,英国政府任命了由前任上诉法院法官 Andrew Leggatt 主持的一个独立调查委员会,对审裁处制度进行了一次全面的考察,旨在设计出一套公平、及时、合乎比例和有效的制度安排,使之符合欧洲人权公约的要求,保证审裁处的有效运作。该委员会于 2001 年 8 月公布了调查报告,提出许多基础性的改革建议。该报告指出,在英格兰和威尔士大约有 70 种审裁处,每年处理大约 100 万件各类案件。在这 70 种审裁处中,只有 20 种每年处理的案件超过 500 件,许多审裁处名存实亡,有些甚至从来没有开张过。为此,建议设立一个单一的审裁处体系,由一个统一的服务机构加以管理,并按照主管事项将审裁处分为 9 大类。2004 年 7 月,宪法事务部发表一份白皮书,宣称将建立一个新的、统一的审裁处服务机构(Tribunal Service)。白皮书还对审裁处未来的发展提出政策性建议,承诺将增强审裁处的易接近性、提高服务水平、改善管理,采用各种替代性的纠纷解决方式以取代过去的正式庭审。

英国强制执行制度改革[*]

20世纪90年代的民事司法改革之前,英国的民事执行程序一直由法院法和法院规则予以规范。然而该执行体制的实际效果并不理想,其最主要的执行方式——执行令状(大约占所有执行方式的85%)中规定支付的债务只有不到1/4的金额得到执行,每年未支付的民事判决债务超过6亿英镑。于是,英国的司法大臣办公厅从1998年起推出一系列关于执行体制和执行程序的咨询报告,开始在民事司法改革的整体框架下对执行制度进行大刀阔斧的改革。2002年英国《民事诉讼规则》第26次和第29次修订时增补了大量关于强制执行的规定,确立了统一的新执行方式。

英国新强制执行体制的主要变化

(一)统一执行程序的规则和管理

新的《民事诉讼规则》(以下简称新规则)及相应的诉讼指南中对执行程序作了统一的规定,同时修改了原来的最高法院规则和郡法院规则。统一的执行程序规则以原来的郡法院规则为基础。在新规则的框架下,所有原先的执行机构(执行官、郡法院执达员、注册执达员和私立执达员)均纳入公共部门,原属私人性质的执达员转变为公共性质的执达员,同时建立独立的执行机构及独立的执行监管机构,并通过推行执行机构的全国统一标准来实现执行程序管理的统一。自2004年4月1日起,由司法大臣委任的高等法院执行官有权在英国境内任何地区执行高等法院令状。宪法事务部

---

[*] 2009年5月,我应全国人大常委会办公厅研究室的邀请,撰写介绍英国强制执行制度改革的文章。本文原载《中国人大》2009年第12期。

（2007年改称司法部）还不时更新执行资料，并在网上公布《英国高等法院执行官目录》。新的高等法院执行制度给予债权人更多的选择，增强了竞争力并提高了执行效率。

（二）在实现债权人利益和保护确无偿还能力的债务人双重价值目标之间寻求平衡

新的强制执行法在程序设置上力求在实现债权人利益的同时给予确无偿还能力的债务人适当的法律保护。例如，新规则第72章第7条特设"艰难条款"，为生活困难的债务人的债务偿还作出特殊安排，保障其基本的生活来源。

（三）建立更有效的资讯收集体制

在改革之前对债务人资讯的收集主要依靠口头审问债务人程序，能否得到准确的资讯在很大程度上依赖于债务人是否合作。经过仔细的权衡，新规则有限制地拓宽收集资讯的来源，把银行、住宅建筑互助会、社会保障部门和税务局等若干公共系统的资讯纳入收集的范围，并对这些资讯的使用作了严格的规定。

（四）法院职能的转变

按照原来的执行体制，债权人完全控制着执行程序，他们收集必要的资讯，决定申请哪一种执行令，法院只是被动地进行债权人选定的执行程序而已。而在新规则的框架下，债权人仍然保留选择某一种执行方式的权利，但选定之后的程序则由法院自动操作。这一变革为个人债权人提供了方便，并将极大地提高执行的效率。

强制执行的主要措施

（一）金钱债权的执行

依据新规则第70章第2条及相关的《诉讼指南》第1.1条的规定，除非法律、规则或者诉讼指南另有规定,否则债权人可以根据判决或裁定的性质、债务人的财务情况及其所能收集到的相关资讯,向法院申请启动下列一种或者一种以上的执行方式。

1.扣押令状或执行令。债权人可以申请法院签发扣押债务人的财物(动产),以财物的出售款来偿还债务的令状。该令状在高等法院称为扣押令状,由执行官来执行;在郡法院称为执行令,由执达员来执行。扣押令状或执行令不能在扣发工资令有效期间内签发。无论是高等法院的执行官或者郡法院的执达员,都没有强行进入债务人家中的权力,也不得扣押债务人及其家人的交通工具以及维持基本生活所需的衣物、被褥、家具和家居设备。扣押令状一般是经判决债权人申请而签发的,但是债务人自己也可以向法院申请签发扣押令状,以中止执行程序。

在有关扣押令状和执行令的改革建议中,讨论最激烈的是公开拍卖与自行出售的问题。在原有的执行体制下,扣押财物的出售以公开拍卖为主,但是公开拍卖所得的价款比较低,且要支付一定的费用。多数意见赞同扩大自行出售的范围以获得较高的出售价格,同时也认为有必要设置适当的救济制度来避免对自行出售的滥用。新规则允许债权人、债务人和执行官提出自行出售的申请,但是否以自行出售的方式变卖扣押的财产则需取得债权人和债务人双方的同意。为了防范对自行出售的滥用,新规则还对自行出售申请的送达及其他有关事项做了细致的规定。

2.扣发工资令。扣发工资令,是指令判决债务人的雇主从该债务人的工资中定期扣减一定金额来偿还债务的法院裁定。高等法院只能用它来收取未成年人扶养机构确定的抚养费,而郡法院签发的扣发工资令不仅可以收取一般的判决债务,还可以收取抚养费和治安法庭的罚款等。针对抚养费、治安法庭的罚款、人头税及家庭税签发的扣发工资令优先于收取一般债务的扣发工资令。只有当申请执行的债务不少于50英镑的情况下,法院才可能签发扣发工资令。扣发工资令的对象限于全职和兼职的个人,对失业者、自己当老板的人、商船海员和陆海空三军成员都不能适用。一般来说,可以扣发债务人的工资、养老金、法定病假工资,但要在支付所得税、国民保险金之后。强制执行体制改革之前,扣发工资令面临的问题主要是资讯匮乏,无法追踪债务人的工作和收入变动情况,法院很难对哪些支出属于必要支出作出裁断，并为债务人"量身定做"一份扣减计划。评审报告建议强化债务人提供资讯的责任，并通过税收部门了解债务人的缴税情况，进而对其工作和收入的变动进行追踪。专家组在借鉴了家庭税的征收标准之后，建议引入"定额扣减表"，也就是说法院在决定扣减计划的时候，不必再考虑该债务人的个人支出情况，仅依据其工资收入确定一定比例的扣减金额。

3.财产扣押令。财产扣押令不仅适用于对土地、房屋等不能移动的财产的扣押，还可以用于扣押债务人的股份、基金以及合伙人的利益等。新规则对财产扣押令的改革主要有两点：第一，申请法院的不同。原先债权人要向不动产所在地或基金寄存地的法院申请扣押令；在新规则下，债权人原则上应向作出拟申请执行的裁判的法院提出申请，如果债务人反对该申请，他可以要求法院将管辖权移送到其住所地或经营地所在的法院或者其他法院。第二，简化申请程序。新规则取消了原先债权人须以宣誓声明的形式申请扣押令的规定，代之以标准化的格式要求。

4.停止交易令。停止交易令是指高等法院签发的禁止有关债务人作为基金或证券的权利人处置基金或证券的命令。停止交易令禁止基金的权利人在该命令有效期间转移、出售、交付或以其他方式处分其基金的全部或一部分及其利息，禁止证券转让的登记，禁止以红利、股息或其他方式向其权利人支付款项。

5.扣押第三债务人财产令。扣押第三债务人财产令是指应债权人的申请由法院签发的扣押债务人对第三人享有的债权的命令。扣押第三债务人财产程序主要针对银行、住宅建筑互助会等在英国范围内合法吸收存款的机构和个人。该程序是当事人最少使用的执行方式，主要原因是债权人往往很难获得债务人账户所在银行注册办公室的名称、住址等资讯。新规则弱化了债权人提供资讯的强制性规定，同时强化银行的资讯披露义务，最终倾向于要求银行、住宅建筑互助会等机构有限制地披露债务人账户的资讯。银行及住宅建筑互助会在接到临时扣押令之后的7天内，必须将其查询的债务人个人持有的账户金额、收支情况及是否有其他优先权的资讯告知法院和债权人；但不得披露债务人与他人联合开立的账户和债务人以外的其他人的账户的资讯，当债务人是公司时，它们也不得披露公司任何成员的账户资讯。

6.指定接管人。指定接管人是衡平法上的执行方式,指定的效力只是使接管人处于债务人的地位管理有关财产。但它产生一个禁令的效力,可以阻止债务人取得该项财产或以使债权人遭受损失的方式处分这项财产。

(二)交付货物的执行

英国普遍存在分期付款租购的有费方式,消费者在支付货款1/3后,取得货物使用权,其后如果违反分期付款租购协议,依据英国1974年《消费者借贷法》第90条的规定,商家在取得法院特定交付的裁定之后,无须再申请特定交付令状即可直接收回货物。在实践中,商家通常是雇佣私立执达员或者直接由其雇员实施执行工作。因为分期付款货物多为轿车或其他机动车买卖,商家可在公路或债务人的泊车位合法执行特定支付令的裁定,无须违法进入债务人的房屋。因此,新规则仍然保留了商家依据《消费者借贷法》相关规定无须申请特定交付令状即可直接执行的权利,以避免给债权人增加不必要的负担。

(三)收回土地的执行

对债权人收回土地,即债务人交付土地及其定着物的占有,对这一类判决或裁定的强制执行办法为签发占有令状。债权人在申请占有令状时必须证明土地及其定着物并未按照判决或裁定的要求腾空。法院会将驱逐的时间通知不法占有者,给予其一个自行搬走的机会或者向法院申请缓期执行的机会。郡法院执达员依占有令状驱逐土地及其定着物的占有者时,不能搬移他们的家具,而高等法院的执行官则有搬移家具的权力。执行人员应当把房屋完整地交给债权人或其授权之人,必要时可动用武力赶走其他一切人。在占有令状执行完毕之后,如果无权占有者故意再次夺回占有,债权人可向法院申请签发归还令状,协助占有令状的完全执行。如果债务人违反了占有令状的规定,高等法院还可以签发拘押裁定和查封令状。在评审咨询过程中,公众对是否允许"最后时刻的缓期申请"的争论颇为激烈。据统计,有超过一半的缓期裁定最终还是以法院的强制驱逐告终。而且,许多缓期执行的申请是在既定驱逐日期即将到来时才提出的,这既造成了时间上的延误,也浪费了司法资源。但考虑到那些确实有缓期理由的债务人的实际权益,新规则最终还是没有对债务人提出缓期申请加以限制,只是对缓期申请的审查作了详细的规定。

(四)为或不为一定行为裁判的执行

为或不为一定行为的裁判包括法院解决民商事纠纷的裁判,也包括法院为执行这些裁判签发的要求债务人为或不为一定行为的各种执行令状和裁定。依据郡法院规则第 29 号令和最高法院规则第 45 号令第 5 条的规定,债权人对不遵守为或不为一定行为裁判的债务人可以采取两种措施:一是经高等法院许可,申请签发查封令状,查封不遵守裁判的债务人的财产。如果债务人是法人团体,法院可以查封其董事或其他职员的财产。二是经郡法院或高等法院许可,在遵守 1869 年和 1878 年《债务人法》的前提下,由法院对债务人作出拘押裁定,如果债务人是法人团体的,法院可以对其董事或其他职员作出拘押裁定。郡法院第 29 号令规定的收监措施还适用于当事人或其律师违背许诺的情形。

图 4　访问英国伦敦大学亚非学院,与 Michael Palmer 教授合影(2000 年 3 月)

域外 ADR 制度的发展趋势[*]

ADR（Alternative Dispute Resolution，中文译为替代性纠纷解决机制）是指以谈判、调解和仲裁为主要内容的诉讼外纠纷解决体系。在全球民事司法改革浪潮中，ADR 受到了普遍关注，并在不同程度上被纳入各国司法改革的架构之中。近年来，域外 ADR 制度在法制化、电子化及职业化上取得了新发展，值得我们研究和借鉴。如果我们能够带着问题意识，用比较的眼光去观察和审视域外 ADR 制度的新发展，对于我国正在建构的多元化纠纷解决机制必将大有裨益。

一、ADR 的法制化进程

现代调解运动的复兴得益于其生存环境持续不断的改善与优化。事实上，调解的制度化不过是最近几年的事情。调解立法是优化调解制度生存环境的首要因素。放眼世界，各国和地区大多通过立法方式推进调解制度的发展。美国于 1998 年 10 月颁布世界上第一部《ADR 法》，授权和鼓励联邦机构使用 ADR 方式解决纠纷。欧洲各国近年来掀起调解立法的热潮，尤其引人注目。

2008 年 5 月，欧盟颁布了《关于民商事调解若干问题的 2008/52 号指令》，要求各成员国在 2011 年 5 月 21 日之前遵照指令施行有关调解的法律和行政规定。这一指令使得各成员国的调解制度发生了根本性的转变。至 2013 年，大多数成员国相继根据这一指令，修改民商法、诉讼法中关于调解的规定或者制定新的调解法。例如，2009 年，匈牙利修改了 2002 年制定的《调解法》；2010 年 12 月，希腊颁布了《调解法》；2012 年 7 月，德国制定了

---

[*] 本文原载《中国审判》2015 年第 8 期。

《促进调解及其他诉讼外冲突解决程序法》;2012年7月,西班牙颁布了第一部全国性的《调解法》。俄罗斯过去没有专门的调解法律规定,受欧盟各成员国调解立法的影响,也于2011年1月施行了《调解法》。

自20世纪70年代以来,全球调解制度蓬勃发展,大致可划分为三个阶段:第一阶段是允许调解作为一种纠纷解决方式使用;第二阶段是鼓励调解的普遍使用;第三阶段是采取有条件的强制利用方式推动调解的运用与发展。近年来,强制调解获得了许多国家的立法确认并付诸实践。现代调解的强制性越来越明显,已成为扩大调解适用范围的一种趋势。在这一阶段,国家建立强制性ADR机制,用以解决特定类型的民事纠纷(如小额债务、家事纠纷、房屋租赁、邻里纠纷等)。意大利、爱尔兰、德国、日本等国先后通过立法使强制调解得以合法化。

调解法制化具有现实需求,并取得了显著成效。以意大利为例,2012年,全国未决民事案件多达600万件,诉讼拖延严重阻碍了经济的发展,2013年至2018年的经济增长预期从0.7%降为0.5%。意大利2010年第28号法令第5条引入了强制调解制度,该法律于2012年被宣布因违宪而撤销,2013年予以恢复。意大利司法部公布的数据表明,近年来调解案件的数量大幅度增加。

二、ADR的电子化运作

在电子化时代(E-age),网络技术在纠纷解决上发挥着日益重要的作用。纠纷解决服务的提供者也开始寻求利用互联网技术的纠纷解决方式。在线纠纷解决机制(Online Dispute Resolution)是ADR移至网络空间的电子化产物,主要包括在线协商、在线调解和在线仲裁。ADR的电子化具有远程交流缓解负面情绪、当事人对过程及结果控制力强、解纷高效的巨大优势。在网络技术与解纷需求的推动下,ADR的电子化经历了探索期、实验期、产业期和公共期四个阶段。目前,发达国家(地区)ADR的电子化已进入公共期的发展阶段,即政府、争议解决社会机构等努力为当事人提供在线解纷服务。例如,比利时政府在2011年4月创建了Belmed调解(Belgian Mediation)平台。

在线仲裁是 ODR 最正式的方式,但由于当事人参与程序的自由度和对程序的控制力较低,在线仲裁在各国(地区)的实践中并不如在线调解普及。基于调解的自身优势,在线调解的发展较为迅速。在线调解的运作与服务取决于调解服务机构数量及质量与程序规则。近年来,在线调解平台在努力创立自己的纠纷强制执行规则,以保证调解协议的顺利执行。当在线调解申请提交后,Belmed 平台会自动将纠纷转交至有执业资质的调解组织,以节省当事人寻求适宜的调解组织的时间与费用。除比利时外,欧盟其他国家的民众也可以从 Belmed 平台获得在线调解服务。截至 2013 年年底,已有 20 家各类调解服务组织与 Belmed 平台签订合作协议。Belmed 平台要求与之合作的调解服务组织必须充分遵守《关于消费纠纷的庭外解决责任机构的 1998/257/EC 建议》《关于非司法机构涉及消费者纠纷处理的原则的 2001/310/EC 建议》的最低保证,即庭外消费纠纷解决程序必须遵守下列原则:独立、有效、法定、抗辩、代理、公平和透明度等。此外,2012 年 7 月西班牙《调解法》创造性地为小额纠纷设置了简易调解程序,并完美地融入"在线调解"的适用。

三、ADR 的职业化

"职业化"是指一个拥有和运用独特的知识、技能、方法、思维模式和语言文字等同质化的群体专门以从事某类工作为业,通过向社会提供特定的产品来参与社会资源和利益分配。在 ADR 的发展进程中,有关纠纷解决的技能逐渐发展成为专门的职业。由于仲裁的职业化程度一向较高,调解技能的培育成为 ADR 职业化的重点。

近年来,受国家鼓励与市场调节的影响,纠纷解决的资源向调解制度的配置份额较以往明显增多,如政府和社会资金的汇集、优秀人力资源的聚合等。各国和地区的调解职业化呈现良好发展态势:各类调解组织和调解培训机构层出不穷,调解员的数量增多,其素质明显提高。例如,南非于 2010 年 3 月 5 日在斯泰伦博斯大学商学院的非洲争端解决中心成立了"国际争端解决从业者委员会",旨在对解决争端的从业者进行资质认定并发布国家认证标准,认定对象包括调解员、仲裁员、培训员以及课程评估员等。该委员会有权颁布国家注册的附属服务提供者证、经认可的争端解决从业者证、培训员证、课程评估员证。调解员资格评审制度的发展是调解职业化的重要助力。

调解是一种与调解人经验、能力、知识（包括法律知识及其他必要的专门知识）乃至人格魅力密切相关的实践活动，因此，调解员的培训是影响调解职业化的重要因素。各国和地区都十分重视培养调解人才，许多社会机构和一些大学开展调解员培训。例如，2012年，莫斯科大学、莫斯科国立法律大学与莫斯科调解中心合作设立了调解培训班。此外，调解教育已成为社会培训机构的一个商业增长点。值得一提的是，在培训教育方面，欧陆国家较为关注跨学科教育与部门法理论，普通法国家更注重实务技能训练。法国大多数调解员都有扎实的法律或人文科学背景，美国则在法律诊所教育中日益重视对学生的调解技能培训。

在调解职业化问题上，各国和地区的态度有所不同：一是以匈牙利和葡萄牙为代表的许可模式。该模式要求调解员需经过官方许可注册后方可执业。二是以奥地利为代表的激励模式。该模式允许任何人充当调解员，但对当事人有利的一些规定，如保密性条款和时效条款等只有在调解由注册的调解员主持时才适用。三是以英国、美国为代表的市场模式。该模式排斥公权力在调解职业化上的干涉，相信理性和自治的市场参与主体行为。

总结域外ADR的立法与实践经验，可以看出如下几个趋势：一是ADR的正当性和法律地位不断提高；二是ADR的应用范围及功能不断扩大；三是ADR的发展格局和形式呈现多元性及多样化；四是ADR的法制化和规范化，即国家通过立法鼓励、促进和保障ADR的运行，同时予以必要的规制。域外调解法制化、电子化及职业化上的有益经验，可为我国调解现代化转型提供可资借鉴的资源。ADR的发展与司法改革的互动，促使法院承担起促进、协调和监督ADR的职能，并促进传统诉讼文化的转变，即从对抗走向对话，从单一价值走向多元化，从胜负决斗走向争取双赢。

图 5 访问海牙国际法院(2016 年 6 月)

英国调解制度[*]

英国现代调解制度诞生于20世纪80年代,经过数十年的发展,已发展成为程序规范、适用广泛、广受好评的纠纷解决方式。目前英国不仅拥有享誉世界的国际性调解机构,还拥有一支高素质的调解员队伍。

一、英国调解制度概述

肇始于20世纪90年代的英国民事司法改革,被认为是英国ADR(替代性纠纷解决机制的英文简称)发展的分水岭。在此之前,ADR无论从官方到民间都未能获得充分的支持。

1999年4月26日,英国《民事诉讼规则》正式施行,这标志着英国纠纷解决机制的变革进入了新纪元。《民事诉讼规则》规定,法院应当根据案件金额、案件重要性、讼争事项的复杂程度以及各方当事人的经济状况,采取相应的审理方式。当事人有义务协助法院推进解决纠纷目标的实现。法院在认为合适时可以鼓励当事人使用ADR,帮助当事人就纠纷的全部或部分达成纠纷解决方案。随着调解程序的广泛宣传以及民众对调解方式便利、快捷、低成本、弱对抗等优势的逐步认识,调解制度在英国已经深入人心。许多当事人将调解视为纠纷解决的首选。在英国,调解在家事纠纷、商事纠纷、社区纠纷、环境纠纷等四个领域的效果最为显著。统计数字显示,2017年,英格兰和威尔士地区全年受理民事调解案件约1万件,标的总额高达105亿英镑。

---

[*] 本文原载《人民调解》2018年第12期。2017年11月,我受司法部委托,承担"域外调解制度研究"项目(项目编号:17SFB4003)。2018年1月,司法部主管的《人民调解》杂志为我设立"域外调解"专栏。截至2022年12月,《人民调解》杂志共刊登33篇我撰写的小文章。本书收录其中14篇。

诉前议定书是《民事诉讼规则》的一项重大发明。诉前议定书制度要求原告在起诉之前必须向被告发出一个书面通知书,原告只有在该通知书送达被告3个月后才能提起诉讼。通知书必须包括以下内容:充分而简练的案情;主要书证的复印件;要求对方在合理期限内书面作出回复的通知;如果未收到回复是否会提起诉讼的意思;通过诉讼外途径解决纠纷的意思表示;被告不遵从诉讼指引的法律后果。被告则应当在通知书送达后的21日内书面告知原告,表明已收到通知书并给出书面回复的期限。在回复中,被告可以承认原告的全部或部分诉讼请求并提出和解协议;也可以否认对方的诉讼请求。对于否认的部分,应当给出理由并提供所依赖的主要书证复印件。被告还应在回复中表示是否愿意通过和解方式解决纠纷。如果当事人不遵守诉前议定书,导致不应有的诉讼或原本可以避免的费用,法院可以要求有过错的一方当事人补偿相关费用或者剥夺相应的利息。目前诉前议定书适用于医疗纠纷、人身伤害、建筑及工程纠纷、诽谤纠纷、专家责任、司法审查、疾病纠纷、房屋失修、拖欠租金等9种类型的案件,其功能被概括为三点:首先,鼓励双方当事人尽早、全面地交换有关可能到来的起诉的信息;其次,促成双方当事人之间的和解,避免诉讼;最后,在诉讼不可避免时,有助于法院更有效地控制诉讼程序。

除了一般的民商事调解外,家事纠纷和金融纠纷的调解程序也呈现出鲜明的英伦特色。例如,离婚诉讼采用调解前置原则,家事调解贯穿于家事诉讼的全过程;金融申诉专员的决定对于金融机构具有强制拘束力。

调解在解决家事纠纷方面具有独特的优势。一方面,家事调解的非对抗性有利于当事人双方冷静、平和地解决争议,避免双方间的紧张对立升级。由于调解具有面向未来的特性,因而更适合于解决家事纠纷这类当事人之间难以中断相互关系的争议;另一方面,相对于诉讼的形式性、法定性、程序性而言,调解具有较大的灵活性。它可以针对不同的案件采用不同的策略,以促使家庭纠纷的圆满解决。1971年,英国将调解制度引入离婚诉讼程序。为防止当事人草率离婚,1973年英国《离婚诉讼法》明确规定将调解作为诉讼的前置程序,要求法院在准许当事人离婚前必须经过调解。调解程序不仅鼓励当事人之间坦诚交流,互让互谅,也鼓励当事人就子女抚养问题友好协商。一旦调解成功,书记官当即依当事人达成的协议制作判决。

为保障当事人的权益,调解程序中的陈述与自认不得作为其后法院判决的依据。政府也竭力支持离婚案件通过调解解决。《家事诉讼规则》将考虑选择调解作为法官的一项重要职责。该规则第 3.2 条规定,在诉讼程序进行的任何阶段,法官都必须考虑调解等 ADR 方式的适用。第 3.3 条规定,在案件审理过程中,一旦法官认为具有适用调解的合理性和可能性,或当事人双方同意适用调解,法官可以中止案件审理,为当事人双方提供关于家事调解的咨询意见,尽力促成当事人达成调解方案。

金融消费者的权利保护直接关系到整个金融行业的健康发展,为了快速解决数量逐年递增的金融纠纷,英国构建了发达的金融申诉专员制度。金融申诉专员独立行使职权,不受法院和政府的干预,有权灵活地处理纠纷,不必拘泥于严格的法律程序。金融申诉专员受理的争议几乎涵盖所有的金融消费争议,包括银行、保险、信托证券等行业。其处理争议的流程如下:(1)申请人申请金融申诉专员处理纠纷前,应当先行向金融机构投诉。否则,纠纷将不予受理。(2)纠纷受理后,裁决员有权根据案件情况协助当事人调解并提出建议性的纠纷解决方案。(3)如果当事人之间无法达成调解协议,裁决员将就案件作出初步处理决定。(4)如果任何一方当事人对裁决不满意,可向申诉专员申请复核。申诉专员作出的裁定为最终裁定,但仅对金融机构具有强制拘束力。2014—2015 年度,金融申诉专员共接到 1786973 件咨询,其中 448387 件进入调查程序。在进入调查程序的案件中,逾九成案件都能通过调解成功解决。

二、调解的职业化

英国优质的调解服务是以大批调解经验丰富、专业基础扎实的调解员作为支撑。根据调解员经验的不同,调解员可分为初级调解员、中级调解员和高级调解员。初级调解员是指那些刚获得认证,尚不具备首席调解员经验的调解员;中级调解员是指具有一定调解经验的调解员;高级调解员是指具有丰富的调解经验的调解员。调解员大多为兼职人士。在薪酬方面,2016 年,初级和中级调解员的日薪酬为 1545 英镑,高级调解员的日薪酬高达 4500 英镑。

不容否认，调解作为一门技艺，调解员的技巧与经验直接影响调解成功率的高低。经过系统培训的专业调解员，掌握了沟通交流技巧，善于分析当事人双方的心理活动并总结争议焦点，知道如何帮助当事人消除分歧、达成合意，促使调解获得成功。英国将调解作为一项社会化职业进行谋划，规定调解员必须经过专门的职业培训才能获得资质认证，并且对培训的课时量和培训内容都做了精细要求。调解员培训课程可分为两大类：(1)初级调解员的入门技能培训；(2)为已获得认证的调解员提供的后续专业性技能提升培训。英国注重加强调解人力资源建设，制定了一套严格的调解员职业资格制度（Mediation National Vocational Qualification，简称NVQ）。该资格可由当地的NVQ中心颁发，任何有意从事调解的人士都必须通过必要的学习和培训，以获得NVQ的资格证明。

英国调解制度的快速发展离不开发达的调解职业化。迄今为止，英国共有民间调解机构200多家，其中160多家为商业性调解机构，其余40多家为非营利性调解机构。商业性调解机构具有法人资格，负有依法纳税的义务。在英国的调解体系中，有如下三个比较重要的调解组织：家庭纠纷调解组织（Mediation Organization of Family Dispute）、英国调解中心（National Mediation Center）以及英国有效争议解决中心（Centre for Effective Dispute Resolution，简称CEDR）。近年英国的调解解决纠纷表现出明显的聚集化趋势，超过86%的调解案件由七大调解机构处理。

以CEDR为例。该中心创建于1990年，它以英国工业联合会为基础，在初期得到了诸多机构包括英国顶级律师事务所、行业协会和政府部门的支持。经过近20年的发展，CEDR已从初创时仅由35人组成、年营业额400万英镑的小型调解机构发展成为世界上规模最大的调解机构。不仅在英国国内，CEDR在世界调解业内也享有盛誉。目前，CEDR共有调解员约200人，主要从事金融、保险、建筑工程、交通运输、能源、房地产等领域的纠纷解决。除了提供调解服务外，CEDR还为政府部门、大型企业、社会组织设计纠纷管理机制，提供专业化的调解员培训服务。例如，由于希腊国内尚未建立专门的调解员培训机构，因而希腊的调解员都由CEDR代为培训。

三、调解程序的规范化

英国鼓励当事人双方订立调解示范条款,支持法院将调解导语引入诉讼信息表,以促进纠纷解决。调解示范条款是指当事人订立合同时约定"若今后发生纠纷,则通过调解程序予以解决"。法院与法庭服务机构在民事诉讼的所有环节,通过将印有调解导语、调解指南的诉讼信息表送交双方当事人,促使当事人尽可能选择调解。

英国严格恪守调审分离的原则,即参与案件调解的法官或法院工作人员,不得参与其后的诉讼程序,调解程序与诉讼程序完全分离。其理由在于,调解员、法官合一容易造成法官的判决受到在先进行的调解的影响,可能导致当事人在调解中需要承受来自法官的无形压力,最终达成的调解协议可能并不能完全反映当事人的真实意愿。调审分离原则贯彻了英国的程序正义理念,通过正当程序对当事人权益进行充分保障,同时也消除了当事人对调解程序的顾虑,确保了司法结果的客观公正。

调解保密原则是调解制度取得当事人信赖与支持的基础与前提。调解程序中难免涉及当事人的个人隐私或商业秘密,而当事人总是希望在私密的环境中敞开心扉,交换彼此的观点和立场。为此,当事人、调解员以及调解机构应当对调解过程、调解中获知的案件信息和调解协议内容保密。但是,为保护更为重要的利益,法律规定了调解保密原则的例外。如果出现下列情况,调解员对相关的信息也可予以披露:(1)法律规定应当进行信息披露的;(2)保密内容可能危及他人生命或人身安全的;(3)保密内容可能涉及刑事犯罪的。

当事人之间就纠纷达成的调解协议具有合同效力,但这并不意味着当事人不能要求法院强制执行调解协议。当事人可以通过法定程序到法院申请换取法庭命令。经审查后认为符合要求的,法院会将调解协议的内容记载于法庭命令中。通过这种文书转换的方式,使得调解协议获得强制执行力。

有着悠久法治传统的英国,长期以来不仅对其法律制度引以为荣,而且曾经将其诉讼文化作为一种"先进的现代文明"向世界各地推介,司法和审判自然也就成为其极力推崇的解决纠纷的最佳方式。但是,当其面临日益严重的司法危机之时,英国决策者最终也采取了灵活的应变措施。从固守司法权的"不容剥夺原则"(the doctrine of ouster)到大力支持 ADR 的发展,英国立法、司法和政府部门的决心和魄力令人钦佩。30 多年来,英国 ADR 的发展已经取得了明显的成效。从法院、政府近期推出的一系列调解计划来看,可以预测英国调解制度无论从深度还是广度上都会得到进一步的发展。

图 6　访问英国贝尔法斯特地方法院(2000 年 2 月)

德国调解制度[*]

在德国传统的司法体系中,诉讼是一种主流的司法救济方式,其运作良好,在实践中发挥着无可替代的重要作用。相比之下,调解及其他诉讼外纠纷解决机制在很长时期内未能引起德国立法者的足够重视,在纠纷解决中发挥的作用非常有限。

近年来,伴随着欧洲一体化和经济全球化的浪潮,德国开始尝试推动调解等诉讼外纠纷解决方式在司法实践中的运用。为了发挥调解在纠纷解决中的积极作用,德国于2012年7月颁布了《促进调解及其他诉讼外冲突解决程序法》(以下简称《德国调解法》)。该法的颁行有效地推动了德国多元化纠纷解决机制的发展进程,并为规范调解行为、完善调解制度提供了法律依据。

一、《德国调解法》的制定

2008年5月21日,欧盟颁布了《关于民商事调解若干问题的2008/52/EC指令》(以下简称《调解指令》)。该指令旨在保障成员国之间的跨境民商事纠纷得以快速、有效地解决,并通过各成员国之间的司法合作促进调解机制在欧盟区间内的自由和灵活使用,以便更好地实现欧洲一体化。《调解指令》第1条第1款指出:"本指令的目的在于便利当事人利用替代性纠纷解决机制,特别是调解制度的使用,促使纠纷得到妥善解决。"该指令明确要求各成员国在2011年5月21日之前将指令内容转化为本国法律、规章或行政规定加以施行,并着力宣传调解方式,遵守调解的基本原则,确保调解程序的保密、调解协议的可执行性以及调解的质量。

---

[*] 本文原载《人民调解》2019年第1期。

《调解指令》的发布为改善德国法律文化中悠久与浓厚的争辩色彩提供了契机，并最终促成《德国调解法》的正式颁布。为了贯彻《调解指令》的法律精神，2011年1月，德国联邦政府于2011年1月公布了《德国调解法（政府草案）》；同年12月，德国法律委员会在多次立法研讨后公布了《德国调解法（法律委员会建议稿）》，增加了调解员培训与进修的内容。此后正式颁布的《德国调解法》成为各州调解活动的主要法律依据，并与先前用以规范法院调解及法院附设调解的《民事诉讼法》《劳动法院法》《家事事件及非诉讼事件程序法》《社会法院法》《行政法院法》等相关法律法规相衔接，最终形成了统一、完善的调解法律体系。

《德国调解法》的颁布是德国纠纷解决机制建设史上的一个里程碑。随着权利意识的增强，民众对权利救济的渠道和方式也有了新的期待和要求。德国立法者意识到了法律多元化发展的重要性和必要性，及时通过制定《德国调解法》来强调纠纷解决的自主性、灵活性和高效性，发挥调解对解决冲突的积极作用，从而更好地实现保障纠纷中双方当事人权利的目的。

根据《德国调解法》第1条第1款的定义，调解是一种具有保密性的框架化程序，当事人可以借助一个或多个调解员的协助，在自愿的基础上力求对纠纷达成合意解决。其中，保密性是指调解程序通常仅限定于当事人与调解员之间的交流，调解程序中所涉及的信息不得对外公开；框架化则强调参与调解程序的所有人员应当遵守特定的流程和规则。前者如须由当事人选定调解员方能展开调解程序，后者如调解员必须遵循中立性和独立性规则。为了达到定分止争的目的，在不减损调解保密性的前提下，第三方可以在获得全体当事人同意后参与调解程序。

可以看到，法院在纠纷解决中的传统功能和角色定位正随着多元化纠纷解决机制的引入不断地发生变化。在现代司法背景下，法院的司法角色从传统的受理、裁决案件向综合性司法管理职能转变，法院开始在越来越多的案件纠纷中扮演"引导者"而非"裁判者"的角色，并为当事人提供交涉的场所和规范。《德国民事诉讼法》第278条明确要求，法官"应当在诉讼的各阶段努力在当事人之间进行调解"。由此可见，将调解理念贯穿于审判程序已经成为德国民事诉讼制度的一项基本原则，法院鼓励当事人在提起诉讼前尽可能地采取其他方式来解决纷争;在案件进入诉讼程序后,法院也有义务为当事人运用诉讼外纠纷解决方式创造条件。

二、调解员

在德国,调解员是引导双方当事人参与调解程序,独立、中立且不具有裁判权限的人员。调解员既可以是法官、检察官、律师或其他司法人员,也可以是注册会计师、社会心理学家等其他专业领域人士。调解员对所有当事人负有同等责任,应当遵循调解程序的基本原则,保障各方当事人利益不受损害。

与仲裁员、法官不同的是,调解员对纠纷并不具有决定权。案件当事人选定的调解员只能从协调者的角度与各方当事人共同推进调解程序,分析各方观点并缩小当事人之间的分歧。根据《德国调解法》的规定,调解员的主要责任在于公平审慎地引导调解程序,灵活、有效地协助各方当事人推进调解进程,促使当事人达成符合意愿的调解协议。

《德国调解法》规定了调解员的主要义务:(1)信息披露义务。调解员有义务向当事人披露所有可能影响调解独立性或公正性的相关事项,并在当事人提出要求的情形下,将其专业背景、培训情况及其调解领域的经验告知当事人。(2)平等对待当事人义务。作为当事人共同选任的纠纷解决者,调解员有义务平等对待所有的当事人,并确保当事各方在调解程序中受到公平和公正的对待。(3)告知义务。如果案件当事人已经就案件纠纷达成和解,调解员应当尽力确保各方当事人在充分理解协议内容的情形下缔结调解协议。此外,调解员有义务告知那些在调解时未能充分参考专家意见的当事人,并可以建议他们在必要时将达成的调解协议交由外部专家审阅。(4)保密义务。调解员以及在调解过程中的相关人员都负有保密义务。该项义务涵盖了调解员在调解过程中所获悉的一切信息。

根据《德国民事诉讼法》的规定,因职务、身份或职业而知悉一定事实的人员享有拒绝作证权。如果有关人士要求调解员公开调解活动中的保密事项,调解员可以援引法律的相关规定拒绝公开信息。

德国高度重视调解员的专业素质与业务技能培养。不论是在评价性或指导性调解模式中,都要求调解员能够把握对法律标准的适用,并熟练运用谈判技巧和相关实务经验进行案件评估、沟通协商、提案建议,积极推进和引导调解进程。只有通过系统的理论知识学习和定期实务培训的人士,才有资格从事调解工作。根据《德国调解法》的规定,调解员只有在完成联邦司法部所规定的调解员培训科目后,才能作为认证调解员参与调解事务。

调解员在获得认证资格后,仍应当以定期进修的方式来巩固和完善调解员自身的理论知识和实践经验储备,确保调解员能够用最恰当的方式引导当事人进行调解。调解员进修课程的内容主要包括:(1)调解的基础知识、调解进程和框架条件方面的知识;(2)谈判与沟通技巧;(3)冲突解决与管理能力;(4)调解适用的法律规范以及法律在调解中扮演的角色;(5)实践训练、角色模拟和监督管理。由此不难看出,德国的调解员培训强调理论性与实务性兼顾,对调解员的专业素质和业务技能都提出了较高的要求,并通过调解制度运行的评估与反馈机制对调解员培训与进行的内容适时进行调整。

三、强制调解

为了提高纠纷处理的效率和社会效果,各国越来越多地在特定类型的纠纷处理中建立起诉前强制调解制度。近年来,德国在《雇员发明法》《著作权和发现法》《支付不能法》《劳动法院法》等部门法都针对诉前强制调解程序作了专门规定,但作为民事诉讼基本法的《德国民事诉讼法》却始终未予正面回应。2000年《民事诉讼法施行法》对《德国民事诉讼法》进行修改,首次增设了诉前强制调解的案件类型和特别规定。根据《民事诉讼法施行法》第15a条规定,针对特定的案件类型必须进行诉前强制调解,各州可以规定,对下列争议所提起的诉讼只有在州司法管理机构设置或认可的调解机构对争议进行调解之后才能被受理:(1)地方法院受理的财产争议数额低于750欧元;(2)邻地争议,即《德国民法典》第906条、第910条、第911条、第923条,《德国民法施行法》第124条所规定的争议,涉及经营活动的除外;(3)没有经过媒体、广播报道的个人名誉损害。此举在德国引起了巨大反响,它突破了以往民事诉讼改革的模式,使民事调解在传统诉讼程序中的运用首次获得法律依据。

《民事诉讼法施行法》颁布后,诉前强制调解取得了较好的实践成效,经诉前调解结案的案件在一定程度上缓解了法院的诉讼压力,也使当事人免遭案件久拖不决的困扰。这项改革措施符合德国立法者对司法改革"更有效率、更接近民众、更透明"的指导思想,同时也标志着诉前强制调解作为德国多元化纠纷解决制度中的一种重要形式,逐渐被公众所接受并得到更广泛的运用。

《德国调解法》第2条第5款、第6款明确规定了调解程序终结的不同方式,其中包括:(1)由当事人一方或多方主动提出终结调解程序;(2)由调解员主动提出终结调解程序;(3)各方当事人达成调解协议,调解程序终结。

在前两种情况下,因当事人或调解员主动提出而导致调解程序终结,应视为调解失败,当事人可以启动诉讼程序或者申请恢复诉讼程序。这与调解应当遵循的自愿原则相符合。虽然案件纠纷未能得到有效解决,各方当事人仍然需要按照《德国民法典》第628条的规定按比例向调解员支付相应的服务报酬。

在第三种情况下,因达成了调解协议而导致调解程序终结,应视为调解成功。对于大多数案件而言,调解协议必须具有《德国民法典》第779条第1款所要求的协议特征,即双方当事人能够达成最低限度的互相让步。

图 7　访问德国柏林(2000 年 1 月)

总结德国调解制度的立法与实践经验,可以看到《德国调解法》的颁布对该国调解制度的发展已经产生了深远的影响。这部法律对调解活动作了框架性的规定,同时为当事人和调解员在实践中的具体操作预留了灵活的空间。但也应当看到,德国调解制度的建构在进行之中,《德国调解法》中的一些法律规定较为抽象和原则化,仍需要在司法实践中不断调整和完善。德国调解制度法制化、专业化和电子化的制度创新,以及在激励和保障调解制度方面的实践经验,都为我国多元化纠纷解决机制的未来发展提供了有益的参考和借鉴。

法国调解制度[*]

在法国,调解制度具有悠久的历史。法语中的"Conciliation"包含"调解"和"和解"之意,通常指法国大革命时期传承下来的调解制度,即由法官直接充当调解员,或由法官将案件委托给司法调解员进行调解,这种方式被视为"国家依附型调解"。"Médiation"则是指法国借鉴美国、加拿大等国的调解制度而建立的一种新型调解制度,即由独立的社会调解员主持调解,这种方式被视为"社会自治型调解"。后一类调解员不享有国家给予的补贴,他的收入来自当事人支付的报酬,因此他与国家之间没有依附关系。20世纪中后期以来,随着纠纷数量的急剧增长,有限的国家财政、缓慢增长的司法人员数量与巨大的司法服务需求之间的矛盾越来越尖锐,原有的调解制度已无法适应时代的发展。为此,法国立足于调解的本土资源,适当地吸收外来理念并加以改造,不断推动本国调解制度的现代化转型。

一、国家依附型调解

法国1790年8月的立法规定,调解是民事诉讼的前置程序,当事人不得拒绝参加调解程序。此外,该法还对调解的管辖、程序、调解协议等作了详细规定。1806年拿破仑主持修订的《民事诉讼法典》保留了1790年法律中对调解的规定,但对调解适用的范围作了一定的修改。1806年的《民事诉讼法典》第48条规定:"当事人具备和解能力,且其起诉的标的适合调解时,申请人应当事先传唤被告参加治安法官主持的调解或者当事人双方共同到场参加的调解;否则,第一审法院不予受理。"据此,调解适用的范围不

---

[*] 本文原载《人民调解》2019年第3期。

再具有强制性,当事人有权自行处分。1958 年,由于治安法官制度的消亡,部分治安法官转为小审法院法官,调解也被并入诉讼程序中,成为法官的一项基本职能。

1976 年《法国民事诉讼法典》(以下简称《新民诉法》)将调解作为一项原则予以规定:调解解决当事人之间的纠纷是法官的一项基本职能。该法典第 131 条对调解的具体适用作了规定。调解作为法官的一项职能正式载入法律,即当事人若选择通过调解解决纠纷,则应由法官担任调解员并主持调解程序。然而,法官在司法实践中对调解却表现出"强烈的保守态度",往往会以"没有时间、没有方法、没有能力"为由逃避履行调解职责。为此,法国 1978 年第 381 号法令规定以小区为单位设立调解员(1996 年改名为"司法调解员"),负责民间纠纷的调解。司法调解员的选任方式与治安法官相同,二者均从非职业法官中选拔。但前者属于"司法辅助人员",由小审法院法官在征询检察官意见后提名,最后由上诉法院院长任命。司法调解员与法官一同参与司法管理,提供司法服务,并由国家向其支付补贴。

法国调解制度自 18 世纪出现以后,由绝对强制调解逐渐发展为相对强制调解,由非职业的治安法官居中调解发展为司法调解员居中调解。从 18 世纪至 20 世纪中前期,调解在很大程度上依附于国家的司法管理,司法工作人员在调解中发挥了重要的作用,当事人能够自由处分的事项则受到很大的限制。

二、社会自治型调解

1997 年司法部发布的改革报告显示,1975 年到 1995 年,法国法院受理的民商事案件数量增加了 122%,悬而未决的积案增长了 300%。与此同时,司法人员的数量在 20 年间的增长速度却仅为 19%,远远无法满足社会对司法服务的需求。为解决"诉讼爆炸"的问题,法国开始关注在美国兴起的 ADR 理论,并吸收借鉴了美国与加拿大魁北克省 ADR 制度的实践经验,在"国家依附型调解"的基础上构建"社会自治型调解"。

"社会自治型调解"最大的特点是协商性和合意性,这与法国此前确立的调解制度大相径庭。根据《新民诉法》第131条的规定,法官在征得所有当事人同意后才可以交付第三人进行调解。与此前的规定相比,当事人在调解的启动以及相关事项方面有了较大的自主权。调解员的报酬不再由国家财政负责,而是由当事人支付。这一规定使得调解员取得经济上的独立地位。调解中的第三人也因此被称为"独立调解员"。2008年第561号法律对司法外调解中断诉讼时效的效力作了规定,即诉讼时效从当事人约定共同求助于调解之日或第一次调解会谈的日期中断。这一规定从侧面表明法官逐渐从调解中退出,独立调解员的作用得以进一步发挥。

　　近年来,法国大力推动独立调解员制度的发展,但在《新民诉法》中,调解仍被作为法官的一项职权予以规定。法国民事诉讼改革在强化"社会自治型调解"、弱化"国家依附型调解"的同时,试图将二者予以整合。2010年第1165号法令将诉讼程序中的委托调解归为如下两类:一类是委托给司法调解员的调解;另一类是独立调解员承接的委托调解。2012年第66号法令将"协商调解"加入《新民诉法》第五卷"纠纷的友好解决",对独立调解员和司法调解员在诉讼程序之外实施的调解作了统一规定。这一系列改革措施构建了法国现代调解混合模式的基本框架。

三、调解员制度

　　调解制度自1995年正式纳入司法程序后,在法国的纠纷解决机制中发挥着日益重要的作用。2011年11月16日颁布的法律规定:"调解是指一种结构化过程,双方或多方当事人在第三方的帮助下试图达成协议,以实现纠纷的友好解决。调解员由当事人选择或者经当事人同意,由审理此案的法官指定。"

　　根据1995年2月8日法律的规定,为确保调解的公正性,法官不得作为仲裁员或者自我任命为调解员。《新民诉法》第131条之四对调解员的主体资格作了规定:调解可以交由自然人进行,或者交由某个协会进行。如果指定的调解员是某个协会,该协会的法定代表人可以在协会内部指定一名或数名自然人,并将其指定的自然人的姓名报送法官认可,指定的自然人以法定代表人的名义承担调解工作。

《新民诉法》第131条之五对调解员的任职资格作了规定:(1)不能是曾经受过刑事司法处罚的人、被宣告为无行为能力的人,或者是法国司法档案第2号文书所列举的人;(2)不得因曾经侵犯他人名誉而受过纪律处分或行政处分,或被禁止从事调解活动,或因行政处分、行业纪律处分被除名、开除;(3)现在或过去从事某项活动的经历使其具备调解特定事项的相关技能;(4)能够证明自己拥有适合调解的教育背景或经历,并具有在特定事项中调解的资格;(5)必须保证能够独立行使调解职能,尊重当事人的自主选择权。其中,第(3)、(4)项规定应视具体纠纷的性质而定。换言之,调解员的资格应视调解事项而定。若涉及大众化的争议,则更强调调解员对民众普遍共识的熟知以及对事物的敏感度;若属于专门性领域,则侧重调解员的教育背景、专业或经历。2001年6月29日法律明确规定了担任被害人与加害人之间纠纷调解员的条件:调解员任职期间不得从事律师活动,未曾被判处有期徒刑,并确保其能独立、公正地胜任工作。此外,在涉及儿童的案件中,调解员必须特别关注儿童的利益。

根据《新民诉法》的规定,调解员必须遵守保密义务。所有与调解有关的信息、调解员及当事人在调解过程中发表的意见和作出的陈述,未经当事人同意,既不能透露给第三方,也不能在诉讼及其他司法程序中披露或使用。在法院附设调解中,进入司法程序前已经存在的材料及信息不属于调解员的保密范畴。除非这些材料和信息可能会导致当事人无法行使其权利,并极有可能导致调解的失败。对当事人而言,保密义务并非强制性的,无论是在法院附设调解还是合意调解中,当事人均可通过协议排除该原则的适用。

保密义务有如下两项例外情形:(1)确有必要维护公共利益及儿童最佳利益,或者出于保护个人身体或心理完整性的考虑;(2)为了实施或执行调解协议,确有必要披露调解协议的内容。

调解员一旦介入当事人之间的纠纷,应及时向纠纷双方以及其他参与调解的人员释明保密义务,要求他们严格遵守并签订相应的承诺书。此外,调解员还应向当事人释明调解形式以及诚信、良好执行协议的原则,并确保他们能够正确理解。调解员有义务告知当事人,他们有权在调解的任何阶段咨询其顾问(通常是律师)。在不违反现行调解规则并获得调解员及当事人的同意的前提下,咨询顾问可参与调解程序。

四、强制调解制度

强制调解的规定主要体现在《新民诉法》、《法国民法典》和《法国劳动法典》等法律中,适用于劳资纠纷、离婚纠纷和农村租约纠纷。

(一)劳资纠纷

为解决与劳动合同有关的、雇主与雇员之间的矛盾或雇员与雇员之间的矛盾,法国设有专门的劳资调解法庭。这一法庭的法官由选举产生,其中一半是资方代表,另一半是劳方代表,由他们轮流主持调解。

调解法庭通过公开听证的方式对纠纷进行调解,双方当事人应亲自到庭。若原告未能到庭,须在规定的时间内提交合法的缺席理由,且仅有一次提出缺席请求的机会;未能在规定时间内提交理由的,其提出的诉讼请求因逾期而无效。若提出缺席请求后因不可抗力仍未能到庭,则不受前述规则的限制。若被告未能到庭,该案件将被提交给审判法庭进行处理,但被告非因自己的原因而未能收到传唤,或因合法理由(在规定时间内已提交给调解法庭)未能到庭除外。在被告因上述原因未能到庭时,调解庭可再次传唤被告。

《法国劳动法典》第516条之十八规定,调解法庭可以采取某些预先性措施对某些与诉讼程序有关的事务立即处理,这意味着调解庭享有一定程度的准司法权。调解法庭可以命令雇主提交工作证、工资支付单以及其他一切应当依法提交的文件;在对债务没有重大争议的情况下,对工资及其附加部分以及劳务费,预先支付相应的款项。调解法庭对上述事项所作的裁定,表明其拥有预先清算的权力。

通过听证进行调解的过程应记入笔录。若双方当事人就全部诉讼请求或部分诉讼请求达成一致并记入笔录,该笔录即可视为调解协议,具有强制执行的效力。若双方未能达成调解协议,则应记录各方当事人的争议事项以及所作陈述,并移交审判庭处理。

(二)离婚纠纷

根据《法国民法典》第 251 条的规定,因夫妻共同生活破裂或因过错而向法院请求离婚时,必须经过强制性试行调解的步骤。

离婚调解发生在诉讼开始前,由大审法院家事法官主持。在此过程中双方未能达成协议而进入诉讼阶段,但在随后的诉讼阶段,双方达成合意请求进行调解,则此时的调解适用调解员调解的相关规定。调解开始时,法官应先分别与双方当事人谈话,然后再将他们一同传唤至法庭。在第一次调解会议时,双方代理律师不允许出席。若在后续的调解过程中,双方当事人仍坚持申请代理律师出席,法官可以同意其请求。在调解过程中,为给双方当事人一定的考虑时间,法官可随时中断调解,但时限不得超过 8 日。如果需要延长考虑时间,法官可决定中止调解程序,6 个月后再次调解。倘若双方达成一致的调解协议,则经双方当事人签字确认,调解笔录可视为调解协议。若双方未能达成一致意见,则进入诉讼程序。

图 8　访问法国巴黎(2016 年 6 月)

(三)农村租约纠纷

根据法国1988年第1202号法律的规定,农村租约纠纷是指与土地所有人和承租人之间有关取回权、先取权、确定价格等方面的纠纷。《新民诉法》第887条规定,对此类案件,在原告提起诉讼后,由法官确定庭审日期,书记员以附回执挂号信的方式传唤各方当事人。书记员在传唤通知中应写明在庭审时对当事人之间的纠纷进行调解。这意味着调解是一种前置程序,带有一定的义务性。

当事人应亲自出席调解。若一方当事人缺席调解,书记员应在笔录中注明。此时,案件将推迟审理,法官告知出席的当事人下次开庭的时间;书记员通知未出席的当事人下次开庭的时间,并应告知其若仍不出庭,法官将作出缺席判决。

美国调解制度[*]

20世纪后半期以来,为了应对日益严重的民事司法危机,美国的立法、司法部门以及社会各界开始反思传统的司法制度,探索新的纠纷解决方式。1990年的《民事司法改革法》和1998年的《ADR法》在为ADR(以调解制度为核心内容)提供法律依据的同时,也为ADR的发展开辟了广阔的空间。近30年来,美国作为ADR的重要发源地,在实践ADR方面不断开拓创新,可谓不遗余力。

一、美国调解制度概况

美国调解制度的兴起与发展是对一连串社会运动的法律回应。20世纪60年代后,整个社会开始出现动荡不安的局面:黑人运动从非暴力行动走向城市造反的高潮;以青年学生为主体的新左派运动则对正统思想和整个制度提出了挑战。与此同时,妇女运动和反正统文化运动也对传统的主流文化发起了冲击。这一系列运动造成社会的分裂,冲击了既有的司法秩序和社会权威,大众正义、朴素正义的观念纷纷登场,调解的理论和制度越来越成熟。

---

[*] 我于2012年2月访问美国佛罗里达大学法学院纠纷解决研究中心,受到该中心主任Robin K. Davis教授的热情接待并获赠有关美国调解制度的最新资料。Davis主任是一位资深法学教授,同时也是佛罗里达州最高法院任命的调解员,具有丰富的实践经验。她介绍了该学院有关纠纷解决学科的教学、研究和社会实践情况,并赠送佛罗里达州《调解员培训手册》及美国ADR(替代性纠纷解决机制)的最新资料。厦门大学法学院诉讼法专业研究生在阅读、翻译Davis教授所赠资料的基础上,撰写6篇学术论文并参加了2012年4月由汕头大学法学院举办的ADR国际学术研讨会。为此,我主编的《东南司法评论》(2012年卷)特设专栏,刊登有关美国佛罗里达州调解制度的论文。本文原载《人民调解》2019年第10期。

美国调解制度从一开始就走上了多元主体的发展道路,各类社会主体都能找到自己参与调解事业的空间和定位。20世纪60年代末,蓬勃发展的调解机构多为非营利性社会团体所创立。例如,1979年成立的司法仲裁与调解机构(Judicial Arbitration and Mediation Services,JAMS)现已成为全美最大的调解公司。

20世纪80年代中期以后,各州纷纷通过立法推动ADR的发展和利用,仅1989年就制定了34个与ADR有关的州法,而提出的法案则超过140件。1990年《民事司法改革法》明确授权联邦地区某些试点法院进行法院附设ADR试验,以促进ADR在法院的快速发展。1998年《ADR法》授权联邦地区法院制定具体规则,对相关制度作详细规定,法院附设ADR至此开始得到快速的发展。与此同时,司法实践表明,几乎所有的ADR形式都可引入法院,法院附设调解制度进入了蓬勃发展时期。

从20世纪70年代至21世纪初,美国的调解制度经历了三个清晰的发展阶段。第一个阶段是试验阶段。至20世纪80年代初,调解肇始于一系列的试验性项目和试点方案。其中大多数项目以社区为基础,不属于法院附设项目。不过,随着许多社区调解中心的建立和发展,小额法院也开始采用调解。第二个阶段发生在接下来的10年。这是调解的快速实施期,法院和社会积极设立了大量的调解项目,并呈现出明显的多样性。第三个阶段,调解职业进入了管理阶段。管理范围极其广泛,包括调解案件的管理、调解过程的进行、当事人在调解过程中的行为以及调解员的质量控制等。由此可见,美国调解制度的发展遵循了"先实验后规制"原则,避免了建构理性主义存在统一行动的盲目和系统失败的风险。基层是生产经验的田野,实践是创造理论的源泉。为此,美国十分注重初级法院和基层社区,将调解实践与初级法院、基层社区紧密结合,自下而上地推进调解制度的发展。

在美国,法院是促进调解制度发展的核心力量,有学者称为"司法推进模式"。例如,调解是联邦地区法院使用最为广泛的附设程序,94个联邦地区法院中有一半的法院提供调解,并且在一些案件中强制适用调解。多数的调解项目由联邦法院自行管理,只有极少数的法院通过律师协会或者私立ADR组织来提供调解。

2012年,全美有408个社区调解项目,将近1300名专职员工,超过2

万名志愿社区调解员,每年接收40多万份案件转递。典型的社区调解中心通常有3位全日制员工,平均50名调解人和每年15万美元到20万美元的预算。近年来,JAMS公司年均解决13000～14000件纠纷,大部分纠纷经过调解,最终达成了协议。该公司已成为全球纠纷解决法律服务的领跑者。

由于制度改革和观念变化,美国的律师事务所及律师都积极地参与或支持调解,对纠纷解决发挥了重要作用。例如,一些律师事务所设立了ADR业务组;全美800家最重要的企业和律师事务所共同设立了公共资源中心纠纷解决协会(CPR Institute for Dispute Resolution);部分州的律师职业道德规范要求律师向当事人建议调解,或者在诉辩程序中确认他们已开展促进调解行为。这些举措表明美国的诉讼文化和律师制度正在发生重大转向:从对抗走向合作,从博弈走向共赢。

在电子化时代,网络技术在纠纷解决中发挥着日益重要的作用。电子技术与调解制度融合的产物"电子调解"正在成为纠纷解决的新范式。作为电子信息发达的国家,美国走在电子调解发展的最前沿,成为电子调解的具体实践和法制建设上的执牛耳者。例如,美国律师协会设立了电子商务和ADR(ABA-eADR)部门,其职责即处理与ODR(在线纠纷解决)有关的法律问题。再如,JAMS公司专门开发了办公软件,建立纠纷解决中心的案件管理平台,主要为案件管理人与中立第三方,特别是案件管理人就纠纷导入、基本信息录入、纠纷解决基本程序各个节点记录,提供电子化操作平台,最终平台会自动生成案件全部文档记录和自动生成账单,从而实现调解、谈判、仲裁等纠纷解决的现代化管理系统。此外,eBay在线纠纷解决中心也是一个典型代表。为适应快速增长的纠纷解决的需求,eBay根据互联网平台纠纷的特点于2010年创建了eBay在线纠纷解决中心,为客户提供便捷、高效的在线解决服务。近几年来,该中心每年至少处理6000万件纠纷,保证90%以上的纠纷可以通过买卖双方自动化友好协商方式解决。

二、《统一调解法》

《统一调解法》并不是联邦议会或者州议会制定的正式法律,而是一部由社会机构制定的示范法。由于联邦制的权力架构,美国并不存在统一的调解立法。这一立法模式虽然保持了调解多样性发展的优势,但也在一定程度上导致跨州调解的困难。为此,美国法律界积极谋求调解立法达成最低的统一标准。2001年,美国统一州法全国委员会批准了《统一调解法》,并推荐给各州立法机关据此制定相应的法律。2002年,美国律师协会也批准了《统一调解法》。该法共16条,其内容包括术语解释、适用范围、当事人的保密特权及其例外、当事人可以请求陪同调解、调解员披露利益冲突的义务、保密的义务等。

1.适用条件与范围。该法适用于当事人同意的,需要依据法律、法院或行政机构的规则调解,或者由法院、行政机构或仲裁员提交的调解的案件。该法不适用于工会事项的调解、小学生或中学生的学校纠纷,以及主持法官可能依据此案创设法律规则的案件。

2.调解保密。鉴于保密原则关乎调解程序的公正性,该法规定了调解保密制度。对调解机密的保护类似于律师代理人的保密特权。保护调解机密具有重大意义:首先,能够让当事人免除后顾之忧,坦率地说明自己的利益、需求以及优势,从而提高解决效率。其次,免予调解员作证义务,有利于保持其中立角色。最后,调解保密也有助于保持审判的完整性。特别是在法院附设调解的程序中,能够避免审判员受调解所获知的片面信息的影响,依据诉讼中的事实和法律依据,作出公正的判决。因此调解保密不仅保障了调解各方的利益,同时也保护了审判制度的良性运转。《统一调解法》对当事人和调解员的保密特权范围的规定很广泛。调解一方当事人可以拒绝并禁止其他当事人向当事人以外的第三人披露调解信息。调解员的保密特权则限于其自身的交流信息不被披露。该特权后扩展至任何在场的调解参与人。基于公共政策的考虑,该法还规定了一些保密特权的例外情形,包括威胁实施人身伤害、暴力犯罪,交流信息被用来计划或实施犯罪、渎职或行为失当的证据、虐待或忽视儿童的证据。

3.调解员利益冲突的披露。调解员倘若与当事人或争议事项有利害关系的,应当主动披露。

4.当事人享有可以由律师等其他人辅助调解的权利,该法允许当事人律师或者朋友、家人陪同参与调解,特别是当事人在法院或者其他政府部门命令进行调解的情况下。

这部示范法极大地促进了调解立法的统一，推动了跨州调解的发展。截至2009年10月，共有11个州采用了该示范法，5个州引入了该示范法，11个州采纳了类似的法律。此外，《统一调解法》吸收律师协会参与立法，有助于获得律师界对调解的支持，并改变传统的律师文化。从比较法视野来看，《统一调解法》因其立法的创新和规范，已成为其他国家或地区调解立法的示范蓝本。

三、调解员制度

调解是一项极具专业性的争议解决艺术，调解员的专业水准直接决定争议解决的效果。因此，调解对调解员的要求极高，绝非仅凭个人经验可以体悟，而是需要经过系统的学习和培训。美国的立法者试图通过规定调解员的准入条件来确保调解的质量，尽管立法对调解员的资格要求通常只能适用于对法院转交案件的调解，但立法的指导却很有可能塑造纠纷解决各个方面的实践。

美国的调解制度可以大体上分为法院附设调解和社会调解两大类。不同的调解类型的调解员职业化程度存在差异。在法院附设调解中，美国采取"调审分离"的结构，即调解与审判相互独立，避免调解对审判的影响与干预。法院附设调解的调解员主要由在法律界具有一定地位的律师和退休法官担任，这类调解员主要分为两类：一是附属于社会调解机构的调解员，有专职的也有兼职的。案件进入诉讼程序后，法院有自己的调解员名单供双方选择。二是法院聘用的调解员，有专职的也有兼职的。专职调解员作为法院的工作人员，是常设的，只能在该法院开展工作，不能在其他法院进行诉讼活动。社会调解主要是指社区调解和商业调解。在社区调解中，调解员大多是志愿者，由非营利的民间机构管理。商业调解具有浓厚的市场性质。在这一领域的突出代表是JAMS。当前，这家公司有36名在册纠纷解决专家，其中退休法官、专职律师约各占一半。这些专家都是专职的调解员，而且训练有素和经验丰富。

调解员的管理以认证制为主。准入制（licensing）和认证制（certification）是管理调解员的两种不同路径。在准入制下，要想成为调解员必须获得某部门的许可;而认证制则仅表明获得认证的人具备了成为调解员的资格,但这并不妨碍一些未获得认证者成为调解员。目前,美国主要实行认证制。美国的纠纷解决专家协会(Society of Professionals in Dispute Resolution, SPIDR)下设的资格委员会就是一个专门审查调解员和仲裁员资格的组织。该组织于1995年发布报告认为,由政府机构来对纠纷解决从业者实施许可是不恰当的,那样会形成一个专断的标准,从而限制当事人的自由选择权并将一些有能力者拒之门外。而在认证制下,当事人可以基于对调解员的了解、调解员的声望、调解的费用和便利性等因素的考虑而选择未获得认证的调解员,当事人的自由选择权受到充分尊重。当然,实践中也存在潜在的准入制,如一些法院会规定只将案件提交给已获得调解资质证书的调解员。但总体而言,调解员的服务是由市场机制来调节的,缺乏能力的调解员通常会在调解员市场中被逐步淘汰。

目前美国各州对调解员资格的要求各不相同。有的州要求调解员必须具备大学学历,有的州则只要求接受过调解培训,有的州则要求上述两个条件兼备,只有少数州对调解员没有任何学历或培训的要求。如果有学历要求,通常集中在法律、心理和社会科学等领域。

图 9 访问美国佛罗里达大学,与 Robin K. Davis 教授合影(2012 年 2 月)

土耳其调解制度*

土耳其共和国横跨亚、欧两洲,具有重要的地缘政治地位,其国土面积为 78.36 万平方公里,人口约 8200 万(2018 年)。近年来,随着土耳其经济的增长和商贸的繁荣,各种纠纷急剧增加,法院的审判压力越来越大。土耳其司法官方网站公布的司法数据显示,2008 年全年共有 252.12 万件诉讼案件,2017 年激增至 359.42 万件。2012 年以来,土耳其不断扩充法官队伍,司法机关每年增加约 800 名法官,但由于案件增速过快,目前平均每名法官每年审理案件的数量仍达到 800 件。显然,仅通过增加法官人数并不能在短时间内有效地缓解案件压力。为此,土耳其立法和司法部门转换思维方式,将重心放在扩大纠纷解决渠道上,力求从源头上减少诉讼案件的数量。

一、土耳其调解制度概况

长期以来,欧盟为推广调解制度做了大量的工作。1998 年欧盟开始鼓励成员国通过调解解决欧盟境内发生的纠纷。2002 年 4 月,欧盟委员会就民商事法律框架下的替代性纠纷解决起草了一份绿皮书(Green Paper),确立了调解的主要原则。2008 年 5 月,欧盟通过了《关于民商事调解若干问题的 2008/52/EC 指令》,要求成员国在该指令搭建的调解制度框架内制定本国调解法。在该指令的推动下,欧盟各成员国纷纷通过立法或修法,建立并完善本国的调解制度。

受周边欧盟成员国调解立法的影响,土耳其加大了对多元化纠纷解决机制的投入。2012 年至今,土耳其进行了多次有关调解制度的立法活动,例如 2012 年 6 月 22 日颁布的《民事争议调解法》(Mediation Law on Civil

---

* 本文原载《人民调解》2020 年第 1 期。

Disputes），2013 年 1 月 26 日颁布的《关于〈民事争议调解法〉的实施条例》以及 2017 年 10 月 25 日颁布的《劳工法院法》（Law of Labor Courts）等。

《民事争议调解法》第 5 条规定了自愿原则，各方当事人可以自由决定是否采用调解的方式解决争议，当事人可以在提起诉讼前、诉讼过程中自由进入和退出调解程序。此外，第 5 条还规定了平等原则，双方当事人享有平等使用调解程序的权利以及在调解过程中平等的地位。在调解过程中，一方当事人不得限制或剥夺对方当事人参与调解、主张索赔的权利。

除非当事人另有约定，当事人及其法定代理人、第三人、调解员均有义务对调解中的文件记录予以保密。这些文件记录包括：(1) 当事人提出的调解邀请或一方要求加入调解的请求；(2) 有关终止调解程序的文件记录；(3) 在调解期间提出诉求、事实或任何建议；(4) 为调解程序专门编制的文件。当事人在调解程序终止后又提起诉讼或仲裁的，上述这些文件资料都不得作为证据提交。同样，法院、仲裁庭以及行政当局也不得要求调解员提交上述文件材料，即使在诉讼或仲裁过程中调解员提供了此类文件，法官或仲裁员在作出判决时也不得将其考虑在内。对违反调解保密义务的当事人和调解员，法院可判决其最高 6 个月的监禁。作为例外，上述资料可以在执行调解协议所需的范围内予以披露，或在法律有强制性规定的情况下披露。

根据《劳工法院法》第 3 条的规定，因个人或集体劳动合同产生的雇佣纠纷及雇员要求复职的案件，提起诉讼前必须申请调解。当事人在申请调解时可以提出金钱或非金钱的赔偿请求。申请赔偿的范围包括劳务费和劳动损害赔偿金。但是，因工伤事故或因职业疾病而引起的纠纷不受该强制调解规定的限制，当事人可以直接提起诉讼。据统计，65％的劳动争议在诉前调解阶段得到解决。

二、调解程序

土耳其参照国际商会制定的《调解规则》（Mediation Rules），将调解定义为"当事人自愿采用在独立、公正第三方的参与下的争议解决机制，即由经过专门技能培训的调解员召集有关各方当事人，帮助各方相互理解和达成协议"。《民事争议调解法》第 1 条规定，调解适用于解决私法领域的纠纷,包括有涉外因素的纠纷。但是,离婚、子女监护权和涉及不动产的家事案件,不能由当事人协议解决,必须诉请法院作出判决。

调解程序的启动有两种情形:一是自愿调解,当事人有权自由决定是否采用调解方式解决争议;二是强制调解,对符合强制调解规定的情形,提起诉讼前必须先申请调解,若未经过调解程序而起诉,法院有权予以驳回。启动调解的程序如下:当事人将申请书提交有管辖权的调解办公室,再从已登记的调解员名单中选择一名或数名调解员,最后由调解办公室进行审核并任命调解员。经调解办公室任命的调解员将会主动联系双方当事人,与当事人沟通案件的具体情况并组织调解会议。

在不影响当事人诉讼权利的前提下,调解程序追求快速解决纠纷。双方当事人均享有申请调解的权利,除当事人双方另有约定外,如果对方在30日内未接受邀请,则视为拒绝调解。若对方接受调解,案件进入调解程序,调解员需在任命之日起3个星期内完成调解工作,申请调解期间和签署最终调解记录期间不计入调解期限。如果当事人在诉讼过程中愿意采用调解的方式解决纠纷,可以中止诉讼3个月,如果经由双方共同申请延期,可以将该期限再延长3个月,但是仅能延长一次。

在调解开始时,调解员有义务向各方当事人告知并解释调解的原则、调解程序及有关的法律后果,但调解员不得向当事人提供法律建议,也不得迫使各方就谈判期间拟定的解决方案达成协议。若调解陷入僵局并且当事人没有提出解决方案,则调解员可以提出解决方案,供当事人参考。

如果双方当事人经过调解达成协议,应签署书面的调解协议。协议的内容及范围由双方当事人确定。协议中所列明的事项需采用明确、无可争议的表述,当事人必须最大限度地确保协议内容的明确性。当事人确定协议内容后,调解员应当审查协议的合法性及合理性,包括事项是否违反法律强制性规定或者公序良俗。经双方当事人和调解员在调解协议上签字后,该调解协议即具有法律约束力,当事人不再有权对该协议中包含的事项提起诉讼。2017年10月12日修正后的《民事争议调解法》第18条第2款规定,当事人在调解终止时达成协议的,可以请求法院对该协议文件的可执行性作出附注。

对于法律规定实行强制调解的案件,如果经过调解双方当事人无法达成合意,则应共同签署最终调解记录。调解员签字确认协议后,应向调解办公室出具最终调解报告。如果当事人经过调解程序后提起诉讼的,有义务在提交的起诉状后附上最终调解记录的原件或副本,以证明双方无法达成协议。如果未能提交最终调解记录,法院将根据法律规定,在未经过审理的情况下以违反程序为由直接驳回申请人的起诉。

调解程序的终止有如下5种情形:(1)双方当事人已就争议事项达成一致,签署了调解协议;(2)在充分询问双方当事人的意见后,调解员认为应当终止调解的;(3)任何一方当事人已经向对方当事人或调解员表达其终止调解程序的意愿;(4)双方当事人协商一致要求终止调解程序;(5)调解不利于本案纠纷解决或者根据法律规定,不能和解的情况。调解结束后,调解员应当制作调解报告,向调解办公室说明调解终止的事由。

为鼓励各方当事人参与调解,法律规定了费用转移机制:如果其中一方无正当理由缺席调解会议,即使在进入诉讼程序后法院支持了该方当事人的诉讼请求,该方当事人仍应承担该案的诉讼费用;如果各方当事人都没有出席调解会议,则各自承担一半的诉讼费用。一般而言,调解费用由各方平均承担。如果双方当事人未能就案件争议达成协议,政府将承担2小时的调解费用,超过2小时的费用按照每小时120土耳其里拉(约合人民币145元)计算,由当事人分担。

三、调解员制度

《民事纠纷调解法》将调解员定义为"已在司法部编制的调解员登记册上登记的履行调解职责的专业人员"。任何人士要成为土耳其调解员必须具备以下条件:(1)具有土耳其公民身份;(2)拥有法学学士学位和至少5年的法律工作经验;(3)具有完全民事行为能力;(4)无犯罪记录;(5)完成调解的培训课程;(6)通过司法部组织的笔试及面试。调解员应在调解过程中亲自、专心、独立地履行职责。在调解过程中,调解员不能代表当事人各方作出决定,而是通过鼓励当事人各方之间友好交流,促进纠纷的解决。

调解员享有如下权利:(1)与当事人沟通的权利。除非法律另有规定,当事人应当共同指定一名调解员或者多名调解员。调解员被任命后,应当尽快组织当事人参加调解会议。根据调解需要,调解员有权单独与其中一方沟通,也可以组织各方进行谈判。(2)使用调解员名称的权利。司法部下设的调解员登记处负责对调解员进行注册登记,登记在册的调解员才能使用调解员的名称。(3)收取调解费用的权利。调解员可以收取调解的服务费用以及调解中产生的程序费用。除非当事人另有约定,调解费用由当事人平均分担。

调解员应当依法履行职责,积极促进当事人进行沟通,不得将其全部或部分职责转让给其他人或组织。调解员应平等对待各方当事人,不得作出可能使人怀疑其公正性的行为。为了保持调解员的公正性,调解员应当将可能影响其保持公正的情况告知案件当事人,如果双方当事人仍同意由其组织调解,该调解员可以继续作为本案的调解员。此外,保持公正的义务还约束调解员调解结束后的行为。当事人在调解结束后又提起诉讼或者仲裁的,调解员不得担任曾经手的案件中任何一方当事人的专家、证人、律师或法官。

目前,土耳其的调解员数量已达到7400人,相当于全国律师数量的10%。司法部调解司负责组织调解员考试,并对调解员进行认证登记。根据《民事纠纷调解法》第2条的规定,为确保调解的质量,调解员必须参加相关课程的培训,在通过国家调解员资格考试后,经调解员登记处注册登记,方能取得调解员执业资格。土耳其司法部在各州法院附设调解办公室,调解办公室统一受理州法院管辖范围内的调解申请并任命调解员。全国共设有60个调解办公室。

自2012年开展调解立法以来,土耳其不断修改完善相关法律,形成了自愿调解与强制调解相结合的模式。尽管社会各界对强制调解仍有一些批评的声音,但立法者不为所动,不断推动该制度在质疑声中走向成熟。强制调解制度的设立极大地缓解了土耳其法院的诉讼压力,为当事人快速解决纠纷提供了制度支持。目前,强制调解的适用范围已经从劳动纠纷领域扩大至商事纠纷领域。在未来的纠纷解决过程中,自愿调解与强制调解相辅相成,必将共同促进该国纠纷解决机制的发展与完善。

墨西哥调解制度[*]

20世纪90年代以来,随着政局的逐渐稳定和经济的快速发展,墨西哥发展成为全球重要的经济体,但与此同时,各种社会矛盾和司法问题日渐显现。在社会层面,活跃的市场贸易产生了大量新型的民商事纠纷,这些纠纷依据原有的法律规定无法得到妥善解决;在司法层面,民事诉讼暴露出低效率、高成本的弊端。为了扭转日益严峻的司法危机,墨西哥日益重视诉讼外纠纷解决机制(ADR),调解制度由此进入快速发展的阶段。

一、墨西哥调解制度概况

近年来,随着民商事纠纷的不断增多,墨西哥司法部门开始寻求更加有效、经济的应对措施。部分州认识到调解的作用和价值,发起了调解立法运动。这项运动的影响范围逐渐扩大,最终覆盖墨西哥全境。1997年,金塔纳罗奥州(Quintana Roo)制定了《诉讼外纠纷解决机制法》(即《ADR法》)。1999年,克雷塔罗州(Querétaro)也制定了《ADR法》,并设立了专门的ADR机构。该州因此成为20世纪末墨西哥唯一由法院提供调解服务的州。

21世纪初,受调解立法运动的驱动,很多州都制定了相关法律,但仍有少数州尚未开启调解法律化进程。地方立法混乱、联邦立法迟缓的局面持续到2008年。2008年6月,墨西哥《宪法(修正案)》颁布实施,其中第17条将实行诉讼外纠纷解决机制确立为一项宪法性义务,要求各州在8年过渡期内制定相应的法律。自此,墨西哥进入调解法律化的新时期。截至2015年,大多数州已进行调解立法并付诸实践。

---

[*] 本文原载《人民调解》2020年第3期。

以瓜纳华托州（Guanajuato）为例。除颁布相关法律外，该州在基础设施、人员配置和宣传推介上投入了大量的资金，还在几个重要城市设立了调解办事处。自 2014 年 12 月 1 日至 2015 年 11 月 30 日，该中心处理了 7165 件案件，其中 5450 件达成了调解协议。

在纠纷发生之后，当事人可以通过向调解中心或者私人调解机构提出申请，从而启动调解程序。调解中心与私人调解机构的区别在于是否为有偿调解。私人调解机构通过提供调解服务获得报酬，属于"社会自治型调解"，而调解中心提供的调解服务属于"国家依附型调解"。如果双方争议的案件已经提交给法院，则当事人只能选择调解中心进行调解。许多州的调解法律明确规定，在调解过程中，双方当事人应当委托律师作为代理人。

墨西哥政府不但重视调解制度的立法和宣传，而且意识到调解的可持续发展需要公众的参与。这一认识不仅体现创设在校园调解、社区调解等新的调解类型，也体现在一般调解的过程中。例如，根据 2005 年颁布的《联邦家事调解法》第 39 条的规定，当事人不仅可以邀请调解所需要的任何专家参与家事调解，同时还可以接受调解中心以外的律师的建议或者调解方案。

公众参与对调解制度具有重大的意义和价值。近年来，无论是校园调解中的大学教授、学生或者社区调解中的邻居，他们对调解过程的顺利进行及调解协议的达成都发挥着独特而重要的作用。调解不仅涉及法律问题，也需要借助生活经验和其他学科的知识。这就需要寻求当地民众或专业人员的协助。墨西哥调解规则鼓励调解机构充分利用这些资源，而非片面地依赖调解员的法律知识和沟通技巧。

二、调解的类型

由于历史传统以及调解实践的差异，世界各国的调解形式多样，并且仍在不断创新。墨西哥在这一方面表现得尤其明显，各州根据本州的实际情况进行立法，形成了不同的调解类型。根据适用场合和规则的不同，调解可以分为以下几种类型：

1.一般调解。这是墨西哥最常见的调解类型。它既可以由官方的调解中心进行，也可以由私人机构进行。按照大部分州的立法规定，一般调解分为民事调解和刑事调解，其中刑事调解的范围仅限于轻微的刑事犯罪。基于修复性司法的理念，刑事案件调解的内容主要是对被害人进行赔礼道歉和赔偿损失，其中调解协议的赔偿损失条款有可能约束法院的判决。

2.家事调解。《联邦家事调解法》明确规定了家事调解的程序规则，旨在通过细化调解规则，更好地解决复杂的家事案件。例如，在涉及未成年人监护权的案件中，基于儿童利益最大化的原则，家事调解应当注意以下事项：(1)调解员应当仔细听取未成年人的意见，并将其作为调解方案的重要指标予以考虑；(2)除非有正当理由，未成年人的监护人必须出席调解会议；(3)当法定代理人未出席会议时，调解员应通知其出席并给予不超过5日的准备时间。如果法定代理人依然缺席，则调解程序终止。家事调解的时限取决于具体案件的性质和复杂程度，但从第一次调解会议开始，调解期限最长不得超过6个月。倘若调解过程中存在达成协议的可能性，调解时限可再延长6个月。

3.校园调解。这是为解决小学生之间出现的纠纷而专门设立的调解类型。这类调解机构主要由在校大学生及大学教师组成。为了更好地开展调解，校园调解员首先需接受短期培训，然后对各小学进行问题诊断，并根据诊断结果为产生问题的学生提供个性化治疗。学校调解所诊断的问题包括辱骂、斗殴、盗窃以及破坏学校设施等。在调解过程中，表现优异的学生调解员有望被选任为州调解中心的官方调解员。

4.社区调解。这是墨西哥近年来兴起的一种调解类型。纠纷的双方当事人均是社区内部成员，纠纷的类型主要是社区噪声、宠物污染、车库堵塞、儿童争执、邻里安全等。社区调解的优势在于社区成员的参与，他们了解彼此的生活状况，因此也更容易发现纠纷的症结所在。经过短期培训后，社区成员便可以在社区内开展调解工作，解决邻里纠纷。

5.原住民调解。这是一项具有墨西哥特色的调解制度。墨西哥有50多个原住民族群，其人口占全国的10%。基于原住民特殊的民族特性和文化传统，政府对原住民实行某些特别的管理制度和政策。原住民调解的产生与原住民政策的变化息息相关。2006年，墨西哥在宪法修正案中重申文化多样性的必要性，强调在尊重联邦主权的前提下，尊重原住民的传统习俗。因此,行政执法和司法裁判机关积极接纳原住民传统的组织形式和习惯法,在法律制度与原住民文化相互融合的过程中,逐渐构建原住民调解制度。以伊达尔戈州(Hidalgo)为例,该州《ADR法》第3条将原住民调解员定义为"了解原住民习俗、文化、传统、语言和价值观的中立的第三方"。原住民调解与一般调解最大的区别在于调解时应当考虑原住民文化、习俗等因素。对于原住民调解员的选任,如果符合原住民"光荣人士"的标准,该调解员可以不需要经过国家的专业认证。

三、调解员制度

调解不仅要考虑客观发生或实际存在的事实,还须要努力掌握当事人的感情、情绪、主观想象等心理上精神上的因素,并对症下药作出适当应对,这对调解员的职业要求提出较高的标准。目前墨西哥尚未制定关于调解员的选任、培训等事项的联邦法律。各州通过立法设立了调解员的准入门槛,总体而言差异不大:(1)国籍要求。调解员应当是墨西哥公民,并享有民主政治权利。(2)年龄要求。这方面的立法规定略有不同。例如,墨西哥州(Mexico)《调解法》规定调解员须年满30周岁,《联邦家事调解法》则规定调解员须年满28周岁。(3)学历要求。调解员应取得相关专业的学士学位,但其专业并不限于法律。大多数州法律规定,专业领域只要是社会科学即可,如心理学、伦理学和社会学等。(4)培训要求。调解员必须接受专业培训并取得认证资格。以瓦哈卡州(Oaxaca)为例,调解员的培训课程应达到150小时,培训合格的标准由培训机构决定。培训机构必须是官方组织或者国家认证组织。调解培训内容主要是通过角色扮演培养申请人的实践技能,提高申请人对调解过程的把控能力和应变能力。除此之外,申请人还须要完成司法调解中心100小时的调解实习。在培训合格后,申请人将获得高级法院颁布的调解员证书。(5)品质要求。调解员必须拥有公认的良好品格和声誉。(6)无犯罪记录。一部分州立法要求调解员没有故意犯罪的记录,另一部分州只限定在一年有期徒刑以下的犯罪。如果罪行是盗窃、欺诈等严重损害声誉的犯罪,则不论量刑长短都不得成为调解员。

符合上述任职要求的调解员在正式入职后,应接受调解中心或者私人调解机构的管理，遵守法律和机构的管理规定。调解员应当到司法调解中心登记并接受定期资格审查和业绩评估。

首先，调解员应当积极推动调解程序的进行，努力促成双方当事人达成调解协议。在调解过程中，双方当事人通常无法清醒地把握案件的争议焦点与法律问题，使得调解进展缓慢。为此，调解员应当积极主导调解程序，在听取当事人陈述、整理庞杂的案件事实后，筛选出与纠纷有直接关系的信息，帮助当事人不固执于与案件无关的琐碎问题，从而达到高效解决纠纷的效果。为使当事人能够顺利达成解决纠纷的协议，调解员应让双方当事人充分表达他们的诉求及其理由，吸收他们的不满情绪，尽力获得当事人的信赖，使他们认同调解的结果。

其次，调解员应当遵循中立、公正、保密、诚信的原则。调解的成功率和当事人的满意程度往往取决于调解机构或者调解员的权威性、公信力和能力。调解员若无法做到中立地对待双方当事人，公正地处理案件，并对调解过程保密，则必然会招致当事人的不满，从而违背了调解的初衷。在以下情况下，当事人可以向调解机构提出书面投诉或者要求更换调解员：(1)调解员不遵守相关法律规定和程序；(2)调解员无正当理由怠于履行调解职能，不按期召开会议；(3)调解员不遵守保密原则，向调解程序以外的第三方提供信息或者为了自身利益使用这些信息；(4)调解员制定的调解方案违反强制性法律规定。

最后，其他禁止行为。除了遵守保密原则外，调解员还不得担任调解机构处理的案件的证人、律师或者保证人，在调解过程中不得损害他人利益和公共秩序。

在下列情形下，调解员应当回避并将案件移交给其他调解员：(1)是本案当事人的配偶或其与当事人有近亲属关系的；(2)与本案有直接或间接利益关系的；(3)由于案件特殊性质或复杂性可能导致调解员无法胜任调解工作的；(4)调解启动前6个月内与本案当事人存在业务关系的。

墨西哥各州大多设立了调解保密制度。调解保密制度禁止调解员和参与者将调解过程中所获得信息披露给调解程序以外的任何第三人，也规定不得将这些信息用于后续的诉讼程序或者仲裁程序中。调解信息包括调解过程中涉及的数据、报告、评论、对话、协议或者当事人立场。当然，调解保

密制度也存在例外情形。例如,《联邦家事调解法》规定了两种例外情形:(1)有迹象显示在调解过程中存在威胁参加者身体或者精神的情形;(2)存在犯罪行为。某些州还将侵害未成年人的权益作为例外情形。当发生上述例外情形时,该案件不再受调解保密制度的约束,调解员应当及时将案件报告给调解中心,并向有关机关披露信息。

印度调解制度[*]

印度共和国是南亚次大陆最大的国家,也是"金砖五国"之一。诉讼外纠纷解决方式(ADR)在印度具有悠久的历史。在英国法律制度的影响下,印度建立了对抗制诉讼模式,原有的以调解为主的纠纷解决体制被英国对抗式的诉讼制度所替代,但以友好方式解决纠纷的文化基因依然存在。20世纪90年代以来,受"接近正义"(access to justice)运动的影响,印度开展了一场声势浩大的民事司法改革,重构调解制度是其中的一项重要内容。

一、印度调解制度概况

1947年制定的《工业纠纷解决法》首次以法律形式确立调解的概念,并规定了具体的调解程序。该法第4条规定,调解员的职责是"积极促进劳资纠纷的解决"。1996年,立法机关颁布《仲裁与调解法》,正式将调解制度纳入纠纷解决机制框架之中。1999年通过的《民事诉讼法(修正案)》授权法院可根据案件的具体情况,将正在审理的案件移付仲裁、调解或"人民法庭",通过诉讼外纠纷解决方式予以处理,而无须得到当事人的同意。但在实践中,当事人和律师仍很少选择调解的方式解决纠纷。由于经济的快速发展,纠纷数量不断增多,加之调解制度处于虚置状态,印度面临日益严重的司法危机。2015年,法院积压的案件超过2700万件,其中600万件的审理时间已经超过5年。为缓解司法的压力,立法和司法部门越来越重视调解等诉讼外纠纷解决方式,不断进行改革,以适应社会的发展和实践的需要。2015年,联邦议会通过《仲裁与调解法(修正案)》,进一步完善了调解制度。

---

[*] 本文原载《人民调解》2020年第5期。

1996年印度的《仲裁与调解法》以联合国国际贸易法委员会1980年制定的《调解规则》（UNCITRAL Conciliation Rules）为基础。该法并不是为了取代原有的纠纷解决机制，而是旨在促进调解制度的实质性发展。根据该法第61条的规定，除法律另有规定或当事人另有约定，调解适用于所有纠纷。

根据印度《仲裁与调解法》的规定，调解是以当事人为中心的自愿协商过程，即由中立的第三方运用专业的沟通技巧协助当事人解决纠纷。当事人自主决定是否将纠纷提交调解及调解过程的有关事项。调解员发挥着协助沟通以促进纠纷解决的作用。印度调解制度的基本原则主要有以下几项：(1)非对抗性，即当事人为友好解决纠纷可作某种程度的妥协，不必遵循法定的权利和义务。(2)自愿性，即任何一方可以随时启动或终止调解程序。(3)灵活性，即调解员可基于效率的考虑而灵活地选择调解程序。(4)协议的非强制性，即当事人以协商方式解决纠纷，而非由第三方作出有约束力的决定。

印度的调解制度相较于其他纠纷解决机制，有如下优势：(1)调解程序强调当事人的参与，各方可自主陈述案情，并直接参与协商。(2)调解过程是自愿的，如果任何一方当事人认为调解对于纠纷的解决没有意义，可在任何阶段退出。(3)调解程序简单灵活。它可以根据具体情况随时调整步骤，灵活安排时间，不会影响当事人的日常生活。(4)调解在真诚友好的氛围中进行，当事人开诚布公的商谈有助于修复和改善他们之间的关系。(5)调解员公正独立，确保与当事人之间不存在利害关系，帮助当事人进行有意义的协商，彻底而全面地解决纠纷。(6)在多数情况下，当事人更愿意自觉履行自主达成的调解协议。协议内容不受法定权利义务的限制，因此可以最大限度地维护当事人的潜在及长远利益。

2015年的《仲裁与调解法（修正案）》对1996年的《仲裁与调解法》作了重大修改，使得调解解决纠纷更为经济、便捷和高效，但新法也存在一些不足。为使印度成为世界知名的ADR中心，促进调解程序更加规范化，印度联邦内阁于2018年3月8日批准了新的《仲裁与调解法（修正案）》草案，决定提交议会审议。近年来，印度民事司法效率有了一定的提升。在2016—2017年的全球竞争力报告中，印度的纠纷解决效率在138个国家和地区中名列第32名。

二、调解员制度

2005 年 6 月,印度最高法院在审理 Salem Advocate Bar Association v. Union of India 一案中,通过 SCC(Supreme Court Cases)第 344 号判例承认了《民事调解示范规则》。该规则是由印度法律委员会主席 M.J.Rao 发起制定的。

《民事调解示范规则》对调解员的任职资格作了规定。为确保调解的公正性,在职法官不能担任调解员。最高法院、高等法院及地区法院的退休法官可担任调解员。此外,以下几类人员也可以担任调解员:专家或具有 15 年以上从业经验的专业人员,已退休的政府高级官员或高级管理人员,高等法院认可的调解机构的专家。

调解员应遵守一定的道德和行为准则,避免利益冲突,尤其应避免调解员与纠纷解决结果存在直接利害关系。如果存在间接利害关系,调解员有义务在调解开始前向当事人说明。在此种情形下,除非当事人一致同意,该调解员不能继续参与调解。此外,调解员还应保持中立,确保当事人的自愿性,注重调解程序的保密性等。

调解员必须参加培训课程。该培训须遵循全国统一的标准,不少于 40 个小时,培训内容须涵盖理论与实务。

除非双方当事人约定由两名或三名调解员进行调解,否则将只有一名调解员主持调解。如果多名调解员参与案件调解,则他们应当共同履行职责。被选任的调解员可要求当事人提交书面材料,说明纠纷性质、争议焦点和具体请求。调解员自行收集到的案件信息,可向双方当事人披露;但当事人向调解员提交的信息,应受保密原则的限制,调解员不得随意披露。

若调解程序中只有一名调解员,应由双方当事人协商选任;若调解程序中有两名调解员,双方当事人可各自选任一名;若调解程序中有三名调解员,当事人可各自选任一名调解员,第三名调解员应由双方当事人共同协商选任,该名调解员为首席调解员。在某些情形下,当事人可以邀请机构或个人来协助调解,也可请求机构或个人推荐合适的人担任调解员。但在推荐或任命调解员时,该机构或个人应选择当事人双方户籍所在地以外的第三人,以确保所选任人员的独立性与公正性。

根据《仲裁与调解法》的规定,调解员应综合考虑当事人的权利义务、商业惯例和当事人之间的交易情况,独立公正地协助当事人解决纠纷。在尊重当事人意愿的前提下,调解员可在调解程序的任何阶段提出任何建议,且这些建议无须以书面方式说明理由。此外,除非法律特别规定或双方另有约定,调解员不得在其后与该争议相关的仲裁或诉讼程序中担任仲裁员、代理人、律师或证人。

三、调解程序

为启动调解程序,一方当事人应向另一方当事人发出书面的调解建议函。调解程序于对方以书面方式表明同意调解时开始。若对方拒绝接受,或在邀约发出后 30 日内或在建议函所规定的时间内,邀约方未收到回复,可视为对方拒绝调解。

在案情陈述阶段,调解员重点介绍以下内容:调解的概念、程序及优势;调解员、当事人及代理人的角色;调解规则等。调解员应向当事人强调调解的自愿性、保密性、灵活性,以及进行单独会议的必要性等。通常情况下,当事人及其代理人只可向调解员陈述。调解员应确认双方当事人已理解调解的有关事项。

在调解程序中,双方当事人不得将争议提交诉讼或仲裁,除非一方当事人认为不得不通过诉讼或仲裁程序维护其权利。

调解员应在不中断、不质疑的情形下,让当事人陈述案情、发表观点、发泄情绪并表达感受。共同会议的内容主要包括:当事人陈述案情及主张,并由当事人的各自代理人说明涉案的法律问题。

调解员应鼓励和促进沟通,并有效协调当事人之间的分歧。若调解员认为还未充分了解案情,可以通过提问的方式获得更多的信息。当事人陈述结束时,调解员须总结案情,并表明通过听取双方当事人的陈述,已了解案情和诉求。经调解员的许可,一方当事人可以回应另一方当事人的疑问。

调解员应明确当事人之间的分歧以及需要解决的问题,防止当事人之间的攻击行为,保障调解的有序进行。在会中和会后,调解员可单独和当事人的代理人交流。调解员根据共同会议的进展情况、当事人的态度等确定单独会议的时间和可能的次数。若调解员认为有必要,也可回转至共同会议。

调解员可通过单独会议发现案件事实。调解员应与当事人及其代理人秘密沟通,并再次确认程序的保密性。单独会议为调解员收集更多案件信息和明晰共同会议期间的疑问提供机会。在此阶段,当事人可以发泄痛苦、愤怒等情绪;调解员应分析影响当事人情绪的因素,明确双方的立场和利益。此外,调解员应及时确认双方当事人已达成的合意。根据当事人的陈述,调解员自行决定是否对存疑部分提问。在综合全案案情之后,调解员可提出新的解决方案。

调解员在单独会议期间的主要任务是详细审查当事人的具体请求,认真分析支持各自请求的事实和法律因素;若当事人有意提起诉讼,则应帮助当事人分析诉讼的时间和金钱成本,考虑各方的立场与预期,预测胜诉或败诉的可能性。

如果当事人就争议的解决达成合意,调解员可帮助他们起草调解协议。调解员也应在调解协议上签字,以表明调解协议系其在场时签署。当事人双方所签订的调解协议,其效力如同仲裁裁决,对双方具有约束力。

若当事人未达成调解协议,调解员无须说明理由和承担责任。当事人及其代理人和调解员对调解期间所获得的信息、材料等,不得向法院或他人披露。

四、"人民法庭"制度

在印度,还存在一种独具特色的"人民法庭"(Lok Adalat)制度。人民法庭可以处理所有民事案件,如婚姻纠纷、土地纠纷、财产纠纷、劳资纠纷等,甚至可以处理自诉的刑事案件。这种非正式的法庭制度旨在为广大的普通民众提供司法救济的有效途径,被认为是印度自独立以来一直推行的司法平民主义的改革举措。其具体方式是由退休法官和法律工作者组成专家团(通常为3人),以中立的身份为争议双方出具和解方案。由于其权威性被公众所认可,人民法庭提出的和解方案通常会被双方当事人所接受。

第一个"人民法庭"于1982年3月在古吉拉特邦(Gujarat)建立,此后各邦纷纷仿效,很快就遍及全国。1987年印度议会颁布《法律服务组织法》(The Legal Services Authorities Act),从法律上认可了这一方式,促进了人民法庭制度的发展。该法的主要目的是建立人民法庭,保障普通民众获得平等的司法救济权。人民法庭(包括临时、常设、流动三种形式)不收取任何费用,由国家承担其运行经费,从而减轻了纠纷双方的经济负担,使得民众有机会获得低成本、高效率的纠纷解决服务。当事人可自行申请人民法庭处理纠纷,法院也可将其正在审理的案件移付人民法庭处理。人民法庭具有法定的调解权,但不具有司法权,其解决纠纷主要是通过劝说当事人相互让步的方式,促成纠纷的友好解决。对法院交给人民法庭调解的案件,在当事人达成协议之后,法院将全额退回当事人所预交的诉讼费。从运作效果来看,人民法庭作为一种非正式的司法制度,分流了大量的案件,成为印度重要的纠纷解决方式。

日本调解制度[*]

日本受中国法文化和法制度的影响,十分强调民事争议的非讼解决方式。调解作为解决纠纷的重要方式,在日本有着悠久的历史,且深受民众的欢迎,显示出旺盛的生命力。进入 21 世纪之后,日本进行了整体性的司法改革,诉讼外纠纷解决机制(即 ADR)的发展是其中一项重要内容。2004 年 12 月,日本制定了《诉讼外纠纷解决程序促进法》(以下简称《ADR 促进法》)。该法旨在鼓励建立市场化的调解及其他 ADR 机构,并将其作为国家的发展战略,设定准入标准和国家监管方式,向着 ADR 的多元化和职业化进一步发展。

一、日本调解制度概况

日本的调解历史源远流长,最早可以追溯到江户幕府统治时期。当时在民间就有通过长者调解解决纠纷的习惯。二战结束后,受美国法的影响,日本设立了家事法院,并于 1947 年制定《家事审判法》。1951 年,日本颁布统一的《民事调解法》,将除家事纠纷和劳动纠纷外的各种调解制度加以统一。此后,该法于 2003 年进行修订,增设律师兼职法官制度,赋予律师民事调解法官之权能。《ADR 促进法》作为日本实现法制现代化的一种战略性过渡措施,有效缓解了移植法与日本传统社会的不适与冲突。总体而言,日本调解制度可分为法院附设调解、民间调解、行政调解三类。其中,法院附设调解又可细分为民事调解与家事调解。

日本民事调解制度主要受《民事调解法》以及最高裁判所制定的《民事调解规则》调整。《民事调解法》对于民事调解的目的、作用、适用范围、运作

---

[*] 本文原载《人民调解》2020 年第 6 期。

程序及效力等各方面均作出明确规定。民事调解与民事诉讼的适用范围基本相同,除了行政案件、刑事案件不能适用调解外,大多数民商事纠纷都可通过调解程序解决。《民事调解法》分为通则、特则和罚则三部分。特则主要适用于特殊类型的民事争议,包括宅地建筑物纠纷、农事纠纷、商事纠纷、矿害纠纷、交通事故纠纷和公害纠纷。日本民事调解制度具有司法性和非司法性交织的属性。一方面,民事调解属于广义的诉讼程序范畴;另一方面,民事调解因非专业调解员的参与而具有非司法性。

日本的民事调解主要由司法裁判所的调解委员会具体负责。原则上,调解委员会由1名主任及2名以上非专业调解员组成。《民事调解法》修订前,委员会主任只能由职业法官担任。为减轻职业法官的工作负担,增强法官和律师群体之间的沟通互动,修订后的《民事调解法》准许拥有5年执业经验的律师以兼职法官的身份担任调解委员会主任。此举亦是日本首次尝试兼职法官制度。《民事调停委员及家事调停委员规则》规定了非专业调解员的任职资格。在日本,成为非专业调解员需要满足以下要求:(1)具备律师资格;(2)拥有处理民事纠纷相关的专业知识以及丰富的生活阅历;(3)品德高尚;(4)年龄介于40岁至70岁之间。非专业调解员需由地方裁判所确定人选,报经最高裁判所批准任命。其任职期限为2年,可连选连任。在日本,非专业调解员属于特别职务的国家公务员,由政府发放薪酬。实践中,非专业调解员来源广泛,既包括律师、退休法官、医生,也包括大学教授、注册会计师等社会各界人士。近年来,没有固定工作但拥有丰富社会经验的调解员人数增长了近三成。

日本家事调解及家事审判均由家事法院进行。截至目前,日本全国共有50个家事法院,200名家事法官、150名家事助理法官和1500名家事调查官。

家事调解一般由1名家事审判官和2名家事调解员组成的家事调解委员会进行。家事审判官担任调解委员会主任,主要负责引导家事调解程序进行、指导家事调解员、开展证据调查工作。家事调解员的职权包括:(1)参与家事案件的调解活动;(2)听取当事人及相关人员陈述,阐明自己的调解意见;(3)必要时调查案件事实,询问当事人或证人。家事调解员的任职资格与民事调解员的任职资格基本相同。为补偿因调解付出的时间和经济成本，家事调解员可获得法律和法院规则所规定的差旅费和日津贴。日本从社会各层次国民中选拔调解员，从而确保家事调解员的多样性。家事调解员也是日本民众参与司法、接近司法的重要途径之一。基于家事纠纷的特点，为实现纠纷的妥善解决，开展家事调解时，调解员通常为男女各一名。2017年，日本家事调解员的人数为11803人。70%以上的家事调解员年龄在60岁至70岁之间。家事调解员丰富的社会阅历使得他们更容易获得当事人的信赖，从而有利于提高家事纠纷的调解成功率。

民间调解所涉及的纠纷范围包括产品责任、土地界限划定、特殊商品交易、软件纠纷、劳资纠纷、婚姻关系、医疗纠纷、知识产权等。民间调解机构处理的案件中，47.2%的案件能够在3个月内处理完毕，64.9%的案件经过两次调解即可最终解决。

行政调解的最大特征在于其中立程度较低。行政调解机构处理的多为消费纠纷。为弥补消费者的弱势地位，行政调解机构积极参与案件调查、商品的测试、鉴定等活动。

二、民间调解制度

民间调解是指由民间机构或组织主持的调解，其中既包括民间自发成立的调解组织，也包括由政府或司法机关组织援助的调解机构。当代日本由熟人社会向陌生人社会转型，传统的村落、家族、单位等共同体日渐衰微，进而导致传统民间调解的衰落。但是，社会的发展变革又催生出新的自治共同体，并形成新的民间调解机制。可以说，民间调解沿着"发展—衰落—发展"的道路往复循环。不管怎样，民间调解都是不可或缺的纠纷解决资源。自愿、自主、诚实信用、促进纠纷解决是民间调解的基本理念。

为了保障民间调解的质量，增强民众对民间调解的信任和认可，日本对于民间调解机构采取严格的准入制度。民间机构开展调解业务，必须首先向法务大臣提出申请。根据《ADR促进法》第6条的规定，民间调解机构应当满足下列条件：(1)具有专门领域知识背景的调解员；(2)有专门的规章制度，涵盖调解员选任办法、调解员回避、调解程序、调解收费标准等内容。经审查，如果法务大臣认为调解机构符合相应条件，则准予认证。此外，

《ADR 促进法》第 7 条规定,下列七类人士不得担任民间调解员:(1)成年的被监护人;(2)与纠纷存在利害关系的人;(3)禁治产人;(4)受刑事处分后未满 5 年的;(5)被取消认证的法人的工作人员;(6)退出暴力团伙未满 5 年的;(7)暴力团伙成员。取得认证的调解机构的名称和住所需在官方报纸上进行公示,以便接受公众监督。在每年度的最后 3 个月,获得认证的调解机构需向法务大臣提交本机构的年度工作报告、财务状况等信息。如果调解机构出现法律规定的取消认证的情形,法务大臣可撤销认证。

经认证的调解机构进行的调解程序能够产生诉讼时效中断、诉讼程序中止和抵消前置调解三种特殊的法律效果。如果通过调解程序无法解决争议而终止调解程序,当事人自收到调解终止通知书之日起一个月内以相同事由起诉的,申请调解日视为提起诉讼日。如果诉讼程序正在进行,当事人之间合意申请民间调解机构进行调解,受理案件的裁判所应当暂停案件的审理,但诉讼程序的中止期限最长不得超过 4 个月。在家事纠纷和租赁合同纠纷中,当事人若已申请民间调解,即便最终因未达成调解协议导致调解程序终止,这两类纠纷依然可以不受调解前置规定的限制。不过,如果管辖裁判所认为合理,仍然可以依职权再次进行调解。在民间调解机构主持下当事人之间达成的调解协议仅具有合同效力,当事人请求裁判所强制执行的,裁判所不予支持。

一般情况下,调解费用由当事人双方共同负担。由于地震和自然灾害在日本频发,2016 年以来,法务省多次在灾害时期颁布免除调解费用的特别规定。

2007 年,日本只有 10 家民间 ADR 机构,2018 年民间 ADR 机构的数量已经超过 180 家。民间 ADR 涉及的领域不断扩大,日本民众也更加便利地享受民间 ADR 服务。近几年来,日本官方大力宣传民间 ADR 制度,赋予民间 ADR"纠纷解决支柱"的昵称并为其设计了标志图案,旨在拉近民众与民间 ADR 机构的距离,提高民间 ADR 的社会信任度。法务省还建设了民间 ADR 的专门网站,向民众介绍民间 ADR,公开民间 ADR 机构的基本信息和解决过的案例。官方公开 ADR 机构的信息不仅能够规范民间机构还便于民众选择合适的机构。此外,在 2017 年的日本法律宣传日,法务省举行了自行车事故纠纷的模拟调解活动。日本 2019 年法务省报告表明,今后将进一步推广民间ADR。民间ADR制度符合现代法治的内核理念，能够在弥补司法资源不足的同时节省国家司法财政支出。实践表明，民间ADR的完善有利于全社会的发展。

对此，日本法务省于2019年2月28日颁布了《ADR促进法实施指导》的最新版本。该文件的修订旨在明确对民间ADR机构不法行为的规范、监督与处分，进一步规定了一系列关于民间ADR机构的资质标准及其所解决纠纷的具体标准。例如纠纷的领域、种类和规模、ADR程序实施者的具体资质（包括三种能力：法律专业知识、纠纷领域内的经验或知识以及调解的技术）和选任方式。该文件还明确规定了ADR机构的一些具体义务，例如说明义务、程序记录保存义务、劝告义务等。

三、行政调解制度

日本是行政调解制度比较发达的国家。行政调解机构部分由国家运营，部分由地方运营，负责处理环境、劳动、消费者权益保护方面的纠纷。虽然行政调解机构的调解方案缺乏强制执行力，但是其成本低廉、效率较高，因而受到广泛的欢迎。下文以日本国民生活中心和消费生活中心为例予以介绍。

日本国民生活中心成立于1962年，其前身为国民生活研究所。《独立行政法人国民生活中心法》赋予国民生活中心解决消费者纠纷的重要功能。国民生活中心下设的纠纷解决委员会负责消费者纠纷的调解工作。该委员会由15名委员组成，任期2年。当事人如果向国民生活中心纠纷解决委员会申请调解，应由其本人或其代理人递交书面申请。委员会经审查后认为符合规定的，应当向对方当事人送达申请书副本。另一方当事人自收到申请书之日起15日内表示不同意适用调解或未作明确回应的，委员会将终止调解程序。如果当事人同意调解，委员会主任可选择2名以上与纠纷无利害关系的调解员参与调解。

国民生活中心争议解决委员会于2019年4月25日公布了《2009—2019年国民生活中心行政ADR实施状况的报告》。该报告显示出国民生活中心ADR的发展存在如下特点：(1)案件数量逐年增加且和解率较高。

近年来,国民生活中心每年处理的案件数都在170件以上。2017年的案件和解率高达74%。(2)案件信息公开的成效显著。解决同类纠纷困难的当事人因此获得了维权的有利信息。(3)国民生活中心对经营者履行义务的催告有效地保障了消费者的权益。达成和解的案件中,存在经营者不履行给付义务的情形。国民生活中心对在经催告后仍然不履行和解协议的企业进行公示。(4)纠纷解决效率较高。一半以上的案件经过90日即可解决。

消费生活中心组织的调解意在通过事后介入的方式维护消费者合法权益,促进当事人之间争议的解决。其职责主要是"积极参与"与"尊重当事人的自我决定"。所谓"积极参与",是指调解员为了实现消费者权益,在调解过程中实施的引导、指导行为。所谓"尊重当事人的自我决定",是指调解程序应当坚持自愿原则,尊重消费者的自主意思。消费者与企业之间往往存在隔阂与不信任,经过调解员的努力,当事人之间通常能够相互谅解,相互妥协,从而达成双方都可以接受的方案。消费生活中心认为,消费者与企业在实力上存在严重的不对称。消费者无论从信息获取能力还是经济实力方面都处于劣势。为平衡两者之间的力量差距,消费生活中心在调解程序中给予消费者倾斜性保护。

在《ADR促进法》实施10年后的2018年,ADR协会向法务省提交了完善ADR制度的提案。该提案在提交前经过了ADR协会内外相关人士的问卷调查,反映了日本ADR制度自实施以来的各种问题。提案的具体内容包括:(1)在法律上明确民间ADR与行政司法ADR的平等关系。(2)增设民间ADR前置程序。(3)司法、行政ADR程序在必要时向民间ADR程序转换。(4)赋予民间ADR执行力。(5)在法律上明确规定,保密原则能够对抗诉讼中的证明义务和接受调查机关询问的义务。(6)法律援助中心应加强同民间ADR机构的联结,对没有代理人的当事人提供法律援助。(7)政府应加大对民间ADR制度的财政投入。(8)增设促进ADR实施的体制。

巴西调解制度[*]

巴西是南美洲面积最大、人口最多的国家,拥有拉美地区最为完善的产业体系,经济实力居拉美各国首位。但是,由于贫富两极分化,巴西社会矛盾极为尖锐,近年来治安形势严峻,纠纷矛盾剧增。在巴西,每年有超过 1 亿件的案件进入法院,平均每位法官每年需要审理 4000 多个案件。司法系统积压的案件超过 2 亿件,诉讼迟延情况十分严重。从起诉到开庭,当事人通常要等待 2 至 10 年的时间。

一、调解制度概况

在域外调解大趋势与本国案件压力的双重作用下,巴西日益重视调解的制度化。立法者希望通过赋予调解制度明确的法律地位,使之具有与诉讼、仲裁同等的法律地位,从而构建完善的诉讼外纠纷解决机制,以加快审理进度,减轻司法的负担。

2013 年,巴西参议院设立一个特别委员会,负责修改《仲裁法》并制定《调解法》。2015 年 3 月,巴西立法机关修改《民事诉讼法》,增设多项关于诉讼调解的规定;同年 6 月,立法机关通过《调解法》。这两部法律的施行极大地促进了巴西调解制度的发展。自此,调解制度正式成为巴西法律体系的组成部分。

《调解法》规定了两种调解模式:司法调解和司法外调解。法律对两种调解作了明确区分,对前者进行严格管制,而对后者的规范则较为宽松。其目的在于防止司法调解被国家过度干预,同时对司法外调解予以最低限度的规范。

---

[*] 本文原载《人民调解》2020 年第 9 期。

《调解法》第 2 条规定了调解制度的基本原则,包括调解员的独立性、当事人地位平等、非正式性、当事人意思自由、寻求共识、保密性和诚实信用等。

根据《调解法》第 3 条的规定,任何与权利有关的争议都可以进行调解。调解适用的范围不仅包括当事人可以自由处分的权利事项(这些事项可以进行仲裁),而且还包括可以由当事人谈判、协商解决但不能仲裁的某些事项,如环境权和家庭权。具体而言可分为如下种类:(1)家庭纠纷、消费纠纷和商业纠纷。(2)涉及公共问题的争议。《调解法》和《民事诉讼法》均对此作出具体规定,明确允许以调解的方式解决涉及公共行政机构或实体的纠纷,包括与公共服务有关的纠纷。(3)劳资纠纷。在《调解法》颁布之前,劳动争议不得调解,此类案件主要由劳工法庭解决,积压的案件已达数百万件。《调解法》对此有所突破,规定劳动争议可以调解。据统计,2018 年,以庭外调解方式解决的劳动争议案件有 3.3 万件。(4)知识产权纠纷。2013 年,巴西国家知识产权局制定了具体的调解规定,并设立了知识产权纠纷调解中心。近年来,调解也有向破产领域发展的趋势。

根据国家司法委员会(National Council of Justice,该机构旨在改善巴西司法体系及其运作效果)的要求,在诉讼过程中,法官、律师、公设辩护人和检察官应当鼓励当事人相互让步,采用调解和其他友好型的方式化解纠纷。为此,地方法院应建立司法调解中心,负责举行调解会议,并制定旨在协助、指导和激励双方当事人达成调解协议的方案。

《调解法》第 46 条规定,在双方当事人同意的情况下,可通过互联网或其他远程沟通方式进行调解。《民事诉讼法》第 334 条也规定了在线调解方式。2016 年 3 月,巴西国家司法委员会启动了一个在线纠纷解决方式(即 ODR 方式)平台,一些银行已经采用了这一服务。ODR 是一种利用现代科技的纠纷解决方式,可以有效地减少费用,节省时间,便于当事人尽快地解决纠纷。2020 年 8 月,巴西《通用数据保护法》(General Data Protection Law)开始施行。在线纠纷解决程序所涉及的个人信息受该法的保护。

根据《调解法》第 33 条的规定,各级政府和相关部门均应依职权主动调解或依申请调解与其公共服务相关的纠纷。在《调解法》的指引下,巴西建立了大量的调解机构,分流和解决了一部分纠纷。巴西联邦最高法院建立了一个新型的纠纷解决中心(即 ADR 中心)。在司法调解方面,各地法院都建立了司法调解中心,其中里约热内卢州法院是巴西司法调解的先驱。在法院之外,也有一些声誉卓著的调解组织,如巴西调解和仲裁中心、巴西工商业联合会仲裁和调解中心、法国商会调解中心、美国商会调解中心等。

银行和电信公司的纠纷在巴西法院的案件数量中占了很大的比例,银行占38%,而电信公司占6%。为此,巴西司法部鼓励企业建立内部调解部门,解决此类涉及消费者权益的纠纷。该措施是巴西司法部于2014年发起的"国家战略无讼化"的一部分。

二、调解员

巴西《调解法》和《民事诉讼法》对司法调解员资格作了规定。对于非司法调解员的资格,法律没有特别的要求,任何具备法律行为能力和当事人信任的人都可以担任非司法调解员,调解员不必是任何类型的实体或协会的成员。对于司法调解员的资格则实行严格的认证制度。司法调解员与调解机构均应在司法部数据库正式登记注册。司法部负责收集与调解员表现有关的所有数据,包括调解员参加调解的案件数量、各方当事人是否达成和解、涉及的主体类型,每年至少公布一次。《民事诉讼法》规定,调解员必须参加并完成由官方认可机构开设的调解培训课程。《调解法》要求司法调解员应当至少应在教育部认可的大学受过两年的高等教育。国家司法委员会要求司法调解员必须完成角色扮演的培训课程。

司法调解员由法院任命,法院应设立并及时更新调解员名册。司法外调解员由当事人选定。由于调解员来自不同的行业,具有不同的职业背景,可能与某些商会、公司和个人保持某种关系。为此,在调解程序开始之前,调解员应当向相关当事人披露其个人信息及背景等情况,确保及时充分披露所有相关事实,以便当事人决定是否继续选择其担任调解员。

调解员负有为当事人保密的义务。《调解法》第30条规定,与调解程序有关的任何信息应当对当事人以外的第三人保密。禁止在任何仲裁或诉讼中披露调解程序中共享的信息,除非经过当事人的明示同意,或法律另有规定,或为履行调解协议所必要,但涉及犯罪的信息不受保密性的限制。在调解程序启动之时,调解员应当告知当事人有关保密义务的规定。《调解法》第 6 条、第 7 条规定,在最后一次调解会议结束后一年之内,调解员不得帮助或代理任何一方当事人。调解员对于他曾经调解过的纠纷,不得在其后相关的诉讼或仲裁程序中作为证人或仲裁员。

《民事诉讼法》规定了调解员被除名的情形:一是在调解期间恶意或过错行事;二是违反保密规定。此外,在司法调解中,负责案件审理的法官或负责调解中心的法官可在核实调解员履行职责不力后,作出决定,禁止调解员在 180 日内参与调解活动。

三、调解程序

《调解法》鼓励当事人在合同中约定调解条款。这意味着当事人可以事先约定在启动司法或仲裁程序之前,通过调解解决未来可能产生的争议。合同中约定的调解条款具有法律约束力,因此,对合同中已有关于调解约定的案件,调解将成为强制性的解决纠纷的方式。但是,调解的基础依然是当事人之间的合意,这一点是无论如何也不能违背的。由于任何一方参与调解都被认为是自愿作出的决定,因此当事人有义务参加第一次调解会议,届时调解员将向当事人解释调解程序并阐明与调解相关的问题,包括保密义务。当事人在参与调解后,可以选择自愿签订调解协议或采取其他的行动。对于司法外调解,调解条款应当规定第一次调解会议的期限和地点,选择调解员或调解机构的标准以及对当事人不参加第一次调解会议的处罚措施。

根据《民事诉讼法》的规定,当事人若在合同中约定了调解条款,调解即具有强制性,这一点与《调解法》的规定一致,除非案件本身属于不得通过调解解决的事项。当事人在合同中载明发生争议时通过调解的方式解决纠纷,这是一个明智的选择。通过调解方式解决争议,其成本往往远低于诉讼或仲裁。即便在调解中当事人未能达成协议,他们在调解过程中所做的准备工作也有利于诉讼或仲裁程序的进行。

调解程序开始之后,诉讼时效中断。需要强调的是,在司法程序中,原告和被告应首先以参与调解方式申明自己的利益。如果诉讼或仲裁程序正在进行中,当事人可以请求法官或仲裁员中止诉讼或仲裁程序,以便双方达成一致的争议解决方案。当事人在调解程序中所作的陈述、建议、妥协、让步等,在其后的仲裁或诉讼程序中不具有证据的可采性。调解将根据当事人的自由意志进行,法院与当事人可在法律规定的范围内对程序规则予以调整。只有在经过调解无法达成和解时,被告才能提出正式的答辩。当事人可以选择有关调解机构发布的规章来规范程序的运行。对收到调解通知但不参加第一次调解会议的当事人,法院可以进行处罚。根据《民事诉讼法》第334条的规定,任何一方当事人无正当理由缺席调解会议将被视为损害司法尊严,法院可对该当事人处以争议标的额2%的罚金。

审前调解的期限为60日,自第一次调解会议举行的日期起算。经过双方当事人的一致同意,可以延长调解期限。在当事人之间存在严重对抗的情况下,各方必须声明对调解没有兴趣。在调解会议中,当事人可以授权律师参与调解事务,包括与对方和解。《调解法》授权法官可在当事人双方同意的情况下决定中止诉讼程序,将案件交付调解机构进行调解。除了少数例外情形,这一新的政策适用于所有可以协商的纠纷。巴西立法者希望借此扩大调解制度的适用,减轻法院的诉讼压力,使其发展成为有效的替代性纠纷解决方式。

调解员必须积极推进调解程序,以协助或鼓励当事人就争议达成协商一致的解决方案。为履行其职责,调解员可以单独会见当事人,要求当事人提交相关的材料。如果各方的争议涉及权利不可转让但可能通过协商解决的事项,当事人达成协议后,必须将该协议提交司法确认,并经检察机关审核。在司法调解中,当事人必须由律师协助。司法外调解不要求律师参与。调解员的报酬由参与调解的各方当事人承担。如果一方当事人能够证明其不具备支付调解费用的能力,那么将免除其承担的调解费用。如果一方当事人能够证明没有足够的经济能力负担律师费用,公共辩护人将免费为其提供法律援助。

对于司法外调解,根据《调解法》的规定,有意开始调解的一方必须向另一方发出正式邀请。该邀请可以采用任何通信方式。邀请信中必须说明调解的事项以及第一次调解会议的日期和地点。如果对方当事人收到邀请信后30日内未予以回复,则视为拒绝。为确保双方当事人地位平等,如果只

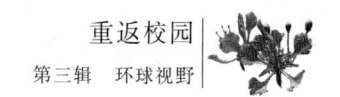

有一方当事人委托了律师代理人,调解员应当中止调解程序,直至各方当事人都获得适当的法律帮助。经过调解,双方达成解决纠纷的协议后,调解员应将调解协议提交法官确认,并作出最终裁定。经过法官确认的调解协议将成为正式的司法执行文书。

挪威调解制度[*]

挪威王国是欧洲最北部的国家,其国名的含义是"通往北方之路",大约1/3的领土在北极圈内,其领土面积为38.5万平方公里(包括斯瓦尔巴群岛、扬马延岛等属地),人口为536.8万(2020年5月)。近年来,伴随着挪威经济的稳步发展,民事纠纷数量持续增加。为有效缓解法院的诉讼压力,及时解决纠纷,挪威政府借鉴各国在司法外纠纷解决方面的成功经验,加大了对调解机制的投入。

一、挪威调解制度概述

在挪威,通过非诉讼的方式解决纠纷有着悠久的历史。早在中世纪,就有将纠纷首先交付由当地仲裁庭(称为Skiladom)解决的做法。Skiladom由当事人选定的人士组成。如果Skiladom未能达成一个双方都能接受的解决方案,该案件将被移交给当地的调解组织(称为Ting)进行处理。Ting的成员由市政委员会任命,有权对有某些争议事项作出裁决。

挪威是最早建立司法外调解制度的国家。目前,挪威的调解组织已普遍设立,调解成为多数民事纠纷诉讼前的必经程序。1996年,挪威开始进行司法调解程序项目的试点。随着试点项目的不断扩大,至2006年,所有的挪威法院均能独立地提供调解服务。

2008年5月21日,欧盟颁布了《关于民商事调解若干问题的指令》,该指令的目的在于便利当事人利用司法外纠纷解决机制,并通过鼓励使用调解以及确保与司法程序之间的平衡关系,促成纠纷的妥善解决。此外,该指令还督促各成员国在2011年5月21日之前遵照指令施行必要的法律、规

---

[*] 本文原载《人民调解》2020年第12期。

章和行政规定。挪威虽然尚未加入欧盟,但是与欧盟达成了《欧洲经济区(EEA)协定》。根据该协定,挪威必须执行欧盟指令。在此背景下,调解制度在挪威得到进一步的发展和完善。10年前,当事人签订商事合同时,大多选择仲裁作为纠纷解决方式;近年来,当事人选择调解作为纠纷解决方式的情形越来越普遍了。

1988年,挪威总检察长向司法部提议:调解委员会应当受到法律的规制。为此,挪威加大了调解法制化的力度。1993年的新《婚姻法》和2003年修订的《儿童法》规定了家事调解制度。1998年修订的《刑事诉讼法》第67条、第71条a款赋予警察将案件移送调解的权力,即双方当事人达成和解协议的,警方可以不起诉。2002年,新《刑法典》第53条明确规定将达成调解协议作为缓刑的特殊条件。2005年6月颁布的《纠纷解决法》(The Dispute Act,自2008年1月1日起施行)对调解制度作了具体的规定,包括拟定司法外调解的示范条款,增设独立的小额诉讼程序、集体诉讼程序等,旨在建构成本低、效率高的纠纷解决体系。

挪威法学界将调解定义为"在第三方协助下进行的,当事人自主协商的纠纷解决活动"。作为西方最早建立调解制度的国家之一,挪威将调解作为绝大部分诉讼案件的前置程序,同时强化调解结果的执行效力,以有效地缓解诉讼爆炸和有限司法资源之间的矛盾。新任法官在履职之前,必须参加为期两天的调解课程培训。新律师在执业之前,必须参加为期1天的调解课程培训。目前,挪威设有435个调解委员会(Conciliation Boards),每个调解委员会由3名调解委员组成,并聘请若干工作人员。

调解员制度主要规定在《纠纷解决法》中。该法规定,调解员应当具有相关的专业证书,才能从事调解业务。调解员应当遵循独立、中立和保密的原则,并且有义务向当事人阐明所有潜在的可能影响中立性、公正性的问题,解释调解的方法和程序。法院任命的调解员可能因为缺乏公正性而被除名。

除最高法院(同时也是宪法法院)外,所有法院都应当公开调解员的名册。法院院长负责建立调解员名册,选择适格的调解员进入名册,并且可根据调解员个人原因或者技术原因将不适格的调解员移除出名册。两家法院可以共享一份调解员名册。调解员不必拥有法律资格证书,但应当了解如何进行调解,并具有法律以及其他相关的知识,包括具体的调解及协商的技能。

在实践中,调解员的数量不能满足社会的需求。挪威共有66家地区法院和6家上诉法院,但只有15家法院拥有足够的调解员。这一现象引起了最高法院的注意,然而该问题至今尚未得到有效的解决。

二、调解的类型

在挪威,调解的类型主要有司法调解和司法外调解两种。

1.司法调解。司法调解是指某些类型的案件在进入诉讼程序之前必经先经过调解。根据《纠纷解决法》的规定,除法律另有规定外,民事纠纷在起诉之后、法院开庭审理之前,都必须经过调解委员会调解。一方当事人若无故不出席调解会议的,调解委员会可以径行作出调解决定,且书面通知缺席的一方。调解协议(决定)可作为申请执行的依据。某些特殊类型的纠纷由特别设立的机构处理,如劳动法院和社会保险调解委员会等。

司法调解的调解率维持在70%~80%,通过调解解决的纠纷数量年均多达17万件,调解协议或调解决定的履行率为90%左右。调解协议生效后,若一方当事人拒不履行,另一方当事人可以向法院申请强制执行。据调查,多数当事人认为,参与调解比法庭诉讼的压力小。非正式的氛围为双方的对话提供了良好的基础,同时也提供了充足的机会来探讨和考虑不同的解决方案。

在诉讼的各个阶段,法院有义务对该争议进行评估,以便决定该争议是否有可能通过调解方式得到全部或部分解决。这意味着在诉讼开始之后仍然可以进行调解。法院应在被告提出答辩后与各方当事人讨论如何妥当地安排诉讼程序,包括设定适当的期限以及确定是否应当进行调解。调解启动之前需要有一个正式的决定。法院在作出决定时不仅要考虑双方当事人的陈述和意愿,同时要考虑双方当事人诉讼能力的差别。如果双方当事人的权利保障不平衡(例如只有一方当事人委托了律师代理人),在调解过程中,调解员应注意保护弱势一方当事人的权益。

2.司法外调解。在挪威,司法外调解主要包括民间调解和律师调解。

民间调解是指在非司法性和非行政性的民间组织或团体主持下进行的调解。挪威现有20多个民间调解组织,例如仲裁与调解中心、保险投诉中心、消费者协会等。这些组织根据双方的合意,调解民商事纠纷和轻微的刑事纠纷。《纠纷解决法》对司法外调解作了具体的规定,包括调解员的选任、调解程序、调解协议的效力等。律师调解是挪威近年来兴起的一种调解制度。对于一些涉及复杂的法律问题的案件,若双方当事人既不愿上法庭,又认为调解组织的调解员法律知识不足,可以申请律师协会指定律师调解。律师调解时,允许双方当事人在自己的代理人或法律顾问的陪同下,在平等自愿的情况下达成调解协议。

家事纠纷主要由家事咨询办公室(Family Counselling Offices)负责调解。2013年,家事咨询办公室处理了32175件家事纠纷,其中19600件婚姻纠纷经过调解达成了协议。挪威《婚姻法》《儿童法》规定,对涉及未满16周岁子女的离婚案件实行强制调解,其目的在于帮助离婚的父母达成一个妥当的解决方案。涉及儿童监护、探视等纠纷的案件必须经过1小时的法定强制调解,包括告知当事人有关父母对子女的权利和义务。在调解有希望达成时,调解时间可延至6个小时,以求最大限度地保护儿童的利益。

三、调解程序

司法调解由法院决定启动,即在法院正式审理之前将案件交由调解委员会调解。司法外调解则是根据双方当事人先前的协议,通常是在一方当事人认为有必要调解时启动。在调解过程中,如果当事人违反调解协议和《纠纷解决法》规定的义务,试图阻止调解的进程,将受到罚款的处罚,并且可能在此后的诉讼中承担较多的诉讼费用,包括对方的律师费用。

《纠纷解决法》规定,司法调解中的调解员一般从法院的调解员名册中选择;经当事人同意,法院也可委任司法调解员名册外的人士为调解员或助理。在发生利益冲突的情况下,被委任的调解员可以拒绝任命。司法外调解的调解员通常由双方当事人协商选定,当事人也可以书面请求地方法院从司法调解员名册中选任调解员。

司法调解通常由调解员在法院办公场所进行,并应按照预定的时间表进行。简单案件的调解限定在几个小时之内,较为复杂的案件调解限定在几天之内。与传统的调解不同的是,调解员可以单独与当事人见面,并要求各方当事人亲自参与调解,以便友好地解决纠纷,尽可能化解潜在的冲突,彻底解决纠纷。一方当事人若不参加预定的调解会议,将导致对其不利的诉讼费用负担。在调解过程中,当事人可以出示证据,有关专家也可应邀协助调解。司法外调解按照当事人的约定进行,当事人的代理人只要持有授权委托书就可以参加调解会议,当事人本人可不参加。

保密性是司法调解的重要原则之一。当事人或证人陈述的案情、调解笔录和调解协议等信息具有保密性。调解员、当事人、代理人、证人等参与调解的人士均负有保密义务。有关司法调解保密的规定同样适用于司法外调解。

司法外调解协议和司法调解协议的效力存在差异:前者仅仅具有合同的一般效力,而后者是一份具有强制执行效力的文书。基于此原因,大多数当事人会选择司法调解。

若司法调解未能成功,该案件即进入诉讼程序。除非双方当事人请求并经过法院的许可,在审前调解中担任过调解员的法官不能参与后续的审判程序。若司法外调解未能达成协议,当事人可以将纠纷提交相关的调解委员会或立即提起诉讼。

刑事和解起源于20世纪80年代中期的少年审判制度改革,其目的在于限制对少年犯的监禁。此后刑事和解的适用范围有所扩大。挪威《刑事诉讼法》规定,如果公诉人认为某一刑事案件适于调解,可以将该案件转交调解委员会。通常做法是在警察侦查结束后,检察官确认案件适合调解的情况下才交给调解委员会。当事人必须明确表达其同意调解的意愿,且必须亲自参与,面对面地进行调解。调解协议经双方签字后,诉讼程序即告终结。若调解失败,刑事诉讼程序继续进行。

挪威法律界认为,《纠纷解决法》获得了社会各界广泛的认可,促进了调解制度迅速发展。然而,实践中仍然存在一些缺憾,如对调解员的培训过于简单,调解员的数量不足,自由裁量权过大,其素质有待进一步提高,缺少关于调解员行为准则和职业道德的规范等。这些问题已经引起法律界的重视,今后将逐步予以解决。

越南调解制度[*]

调解在越南有着悠久的历史,村规民约在很长时期内是解决民间纠纷最重要的规则。越南民众深受佛教理论和儒家思想的影响,崇尚"和为贵",习惯于用调解方式解决相互间的纠纷。

一、越南调解制度概述

1986年,越南制定并实施革新开放政策,大力推进市场经济与法治国家的建设。在经济高速发展的同时,越南的社会关系日益复杂,纠纷数量不断增多,诉讼拖延十分严重。法院审理民商事案件的平均期限为250日。为保障革新开放政策的推行,越南将司法改革作为国家战略的关键因素,全力推进多元化纠纷解决机制的构建。

21世纪初,越南开始进行司法改革。越南共产党中央政治局于2002年发布司法改革决议(08-NQ/TW);2005年5月制定《2005年至2020年司法改革战略决议(49-NQ/TW)》。上述决议要求法院采取一系列措施推广调解等诉讼外纠纷解决机制(简称ADR),"鼓励当事人采用ADR解决纠纷,通过确认其法律效力的方式促进ADR的广泛适用"。此后,越南调解制度的发展日新月异,取得了显著的成效。

调解立法是调解规范化的核心。越南制定了大量规范性文件,包括法律、法规、决定、指示、通知、决议等。近年来,越南日益注重通过立法的方式推进调解规范化的进程。2004年《民事诉讼法》、2010年《商事仲裁法》等法律法规的颁布是落实中央决议的重要举措。2017年,越南颁布了关于商事调解的第22号法令(即《商事调解法》)。这是越南第一个专门针对商事调

---

[*] 本文原载《人民调解》2021年第5期。

解的立法文件。《商事调解法》详细规定了商事调解的原则、条件和程序，调解员的资质、权利和义务，以及调解中心的设立条件等事项，强调当事人自愿、双方权利义务平等、调解保密等原则。该法主要依据联合国国际贸易法委员会所制定的《国际商事调解示范法》，并根据越南的具体国情作了修改补充。2020年6月16日，越南国会通过《法院调解与对话法》。根据该法的规定，法院调解与对话是法院开庭审理民事、家事、商事、劳动等类型案件之前所进行的活动，由此构建了一个相对独立的民事审前程序。该法鼓励诉讼当事人在法院通过调解与对话解决民事案件和行政案件。

2018年4月，由越南国际仲裁中心（VIAC）牵头，设立了越南调解中心（VMC），并发布了相关的调解规则。VMC作为VIAC的分支机构，是越南《商事调解法》颁布后设立的第一个提供专业性调解服务的调解中心。该中心的调解规则共20条，包括调解程序的启动、调解员的人数、调解员的委任、书面陈述的提交、调解员的角色、行政协助、调解员与当事人之间的沟通、各方与调解员的合作、和解协议、调解程序的终止、调解费用等内容。2019年6月，由越南国际法学会发起，设立了越南国际商事调解中心（VICMC）。在越南司法部的支持下，VICMC还将承担商事调解员的培训、调解制度的推广和调解理论的研究等社会服务工作。

在越南，调解制度可划分为法院附设调解、基层调解、行政调解、仲裁调解、商事调解等类型。法院附设调解规定在《民事诉讼法》中。仲裁调解、商事调解规定在《商事仲裁法》和《商事调解法》中。行政调解主要适用于土地纠纷和劳动争议。基层调解在1992年《宪法》中获得正式承认："根据法律的规定，基层人民组织可以处理轻微违法行为和民间纠纷。"与基层调解相关的法律有1998年的《基层调解条例》和2013年的《基层调解法》。

在调解过程中，调解员对于双方当事人告知的信息负有保密的义务。目前越南法院附设调解、基层调解制度中尚未确立调解保密原则。在仲裁调解和商事调解中，有关规则引入了调解保密条款，要求当事人对调解程序中的所有事项承担保密义务。当事人不能在后续的诉讼或者仲裁中使用、披露调解程序中获悉的信息或文件等。

二、法院附设调解

越南《民事诉讼法》规定了法院附设调解制度。该制度具有如下特点：(1)对某些案件而言,附设调解程序在一审审理前的准备阶段是一个强制性程序。《民事诉讼法》规定:"法院有责任进行调解,并应当创造有利条件使有关各方根据本法的规定就民事案件或事项达成协议。"(2)附设调解程序是诉讼与调解的紧密结合。《民事诉讼法》规定:"在一审审理准备阶段,法院必须为促使当事人达成调解协议而组织调解。"只有在调解失败的情况下,法官才能继续开庭审理。进入审判程序之后,法院也可以进行调解。此外,在二审程序中,鼓励各方达成和解协议也是法官的一项任务。若当事人就纠纷解决达成调解协议,且该协议不违反法律或社会道德,二审法院应作出确认调解协议的裁判。(3)附设调解达成的协议受司法的保障。当事人达成的调解协议经由法官确认,具有与判决同等的法律效力。(4)调解会议必须在双方当事人在场的情况下进行。(5)附设调解的调解员是法官。原则上,审判长应指定一名法官来负责案件的调解。受指令的法官负责调解程序的全部步骤,包括调解会议。

《婚姻家庭法》《劳动法》《民事诉讼法》等法律规定,对婚姻家庭纠纷、劳动争议等案件实行强制调解。在法院附设调解程序中,调解法官主持调解会议,双方当事人提出待决的争议内容及相关意见。法官有义务整理、明晰双方已达成协议和未达成协议的事项,提出有关调解方案的建议,以推动纠纷的高效解决。在法院开庭之前,当事人达成调解协议的,只需交付50%的诉讼费用。

法院附设调解由法官担任调解员,法官的调解职能与审判职能未作严格区分。多数法官承认其缺乏调解技能,只能根据经验进行调解,这是因为将近50%的法官没有受过专门、系统的调解培训。在法院附设调解中,法院尚未与具有专业技能、提供纠纷解决服务的调解机构进行有效的合作。根据越南最高人民法院的统计,2005年至2013年,各级人民法院共审结民事案件1619372件,调解成功的案件为304910件,约占结案总数的18.8%。

三、基层调解

在越南,基层调解是最古老、最受民众欢迎的调解方式,其特点如下:(1)基层调解是一种法院外的调解方式,实行自愿原则。(2)基层调解的适用范围广,涵盖民事、家事、行政等诸多方面的轻微纠纷。(3)基层调解由公益性社会组织主持进行,国家对基层调解组织的设立及调解员的资格未作限制。(4)基层调解强调尊重各地的传统习俗与道德观念。(5)基层调解受《基层调解法》的调整。

基层调解进行时,调解员首先与争议双方分别会谈,进行背靠背式调解,以求较为迅速地达成调解协议。如果前述尝试失败,调解员通常会召集争议双方到当地的居委会或村委会的办公室,向其阐明主要争议问题与相关的政策法律,推动双方达成调解协议。如果基层调解未能成功,当事人可通过司法程序或行政程序解决争议。

目前越南大约有12万个基层调解组织,调解员约62万名。基层调解组织涵盖全国90%以上的村庄和社区。根据越南司法部的统计,2014年至2016年,基层调解组织共调解44.8万件民事纠纷,调解成功的比例为81%。

四、行政调解

行政调解是指行政机关或其设立的纠纷解决机构的工作人员,组织当事人就相关纠纷进行调解的活动。在越南,行政调解是一种强制性的诉前程序,主要适用于劳动争议和土地纠纷的解决。

根据《劳动法》的规定,劳动争议调解由基层劳动调解委员会负责。基层劳动调解委员会应当自收到调解申请书之日起7日内启动调解程序。当事人或其代表必须出席调解会议。调解委员会应当提出可供争议各方考虑的和解建议。如果解决方案被各方所接受,调解委员会应当及时地予以记录,并由当事人和调解员签字。在调解不成的情况下,争议双方有权请求基层法院解决纠纷。

由于经济的发展和人口的增长,城市面积日益扩张,对土地和空间的需求越来越大,由此导致了严重的、复杂的土地纠纷。例如,工业园区、交通基础设施和新住宅的建设蔓延到了农田,引发越来越多的暴力冲突事件。为应对层出不穷的土地纠纷,越南强化了土地行政调解制度。根据《土地法》的规定,土地纠纷调解是强制性的程序。国家鼓励当事人和解或通过基层调解解决土地纠纷。对于无法通过和解或基层调解解决的土地纠纷,争议双方可以向争议土地所在地的乡人民委员会提出土地纠纷调解的书面申请。调解期限为 30 个工作日。土地纠纷调解协议由双方签名,经争议土地所在地的乡人民委员会确认后,即具有法律效力。

五、商事调解

根据《商事调解法》的规定,商事调解机构包括:(1)依照《商事调解法》设立并经营的商事调解中心;(2)依照《商事仲裁法》设立并经营的仲裁中心,依照该法第 23 条的规定进行商事调解活动的。外国调解机构可以通过在越南设立分支机构或代表处的方式进行调解活动。目前越南有 5 个商事调解中心。

根据《商事调解法》的规定,可以通过商事调解方式解决的纠纷包括:(1)因商业活动引起的纠纷;(2)一方或双方当事人为商业组织的纠纷;(3)法律规定由商事调解解决的纠纷。

根据《商事调解法》的规定,商事调解员应符合以下要求:(1)具有民法规定的完全民事行为能力;(2)具有良好的道德素质和信誉,能够独立、公正、客观地进行调解;(3)具有大学以上学历并对所学专业具有 2 年以上工作经验;(4)具备法律、商事方面的知识和调解技能。商事调解机构可以对其调解员设定高于上述规定的标准。目前越南大约有 100 名商事调解员。

在申请商事调解之前,当事人应达成自愿将双方之间的纠纷提交调解的书面协议(包括独立的调解协议以及合同中的调解条款),这一点与商事仲裁相似。对于调解的程序,当事人可以选择适用所申请的调解中心的调解规则,双方也可以另行约定调解规则。在调解程序中的任何阶段,调解员都可以提出解决纠纷方案的建议,但不得强迫当事人接受其提出的调解方案。商事调解成功的书面记录（即和解协议），对双方当事人均有约束力，当事人可以根据民事诉讼程序的规定，向法院申请司法确认。《越南民事诉讼法》第 33 章专章规定了对诉讼外纠纷解决协议的司法确认程序。经法院确认后的商事和解协议由此具有法律效力，当事人可依据《越南民事判决执行法》的规定，向法院申请强制执行。

在商事仲裁程序中，仲裁庭引导当事人达成纠纷解决的和解协议后，应及时作出确认该协议的终局性裁决。经法院确认后的和解协议具有与仲裁裁决同等的法律效力，可作为强制执行的根据。

社会转型是越南发展现代调解制度的重大机遇，纠纷解决的新需求以及国家政策的支持构成越南调解扩大化的内生动力。越南调解制度的转型面临挑战，在改革中不断前行，其中的一些做法和经验值得我们参考和借鉴。

加纳调解制度[*]

在非洲,加纳是较早获得独立并且在法律变革中引入现代调解制度的国家,其发展调解制度的经验为非洲各国提供了有益的借鉴。

一、加纳调解制度概况

加纳的法律体系属于"双轨制",即英属殖民地时期遗留下来的普通法体系和社区中的传统习惯法体系并存。在一些边远地区,由于交通不便,民众无法前往法院,至今仍习惯于通过传统的方式解决纠纷。传统方式注重公平、自然正义和非对抗性,而现代方式讲求正当程序和对抗性。加纳1996年《宪法》第11条规定:"习惯法的规则可适用于加纳的特定地区。""双轨制"体系符合加纳的基本国情和历史传统,得到了民众的遵从,但同时也产生了一些问题,如纠纷解决效率低下、成本高昂、法院负担过重等。这为加纳引入现代调解制度提供了契机。

传统的纠纷解决机制鼓励当事人通过协商的方式解决争议,其主导者是家长、族长、长老或部落首领。这种方式比起对抗式诉讼,更受当地社区的青睐。因而,法律改革应当借鉴传统纠纷解决机制的成功经验,遵循传统纠纷解决机制所体现出来的价值。加纳的纠纷解决实践表明,当传统的基础性价值(如强调合意、尊重长者等)未能得到遵从时,调解制度就可能遭到民众的抵制。例如,年长的当事人往往拒绝年轻的法学院学生在法院附设的调解中担任调解员,原因在于该做法不符合当地尊重长者的价值观念。

长期以来,调解制度被认为是解决非洲发展中国家内外危机的重要手段。在获得独立之后,加纳在非洲国家中带头引进现代调解制度并予以积

---

[*] 本文原载《人民调解》2021年第9期。

极实践,包括建立调解场所、培训调解员等。联合国开发计划署曾在加纳开展部落首领的调解技能培训活动。1993 年颁布的《法院法》鼓励法院使用调解等非诉讼方式解决纠纷。2002 年,加纳全面推行法院附设 ADR 项目。2003 年颁布的《劳动法》强调通过 ADR(即诉讼外纠纷解决机制)方式处理劳动争议。2005 年,加纳最高法院发布"ADR 项目五年战略计划"。在此基础上,加纳于 2010 年颁布了综合性的《替代性纠纷解决法》(Alternative Dispute Resolution Act,以下简称《ADR 法》)。该法旨在为民众提供"接近正义"的路径,以及促进国内外直接投资,刺激经济的增长。

近年来,加纳着力将现代调解制度与传统的纠纷解决机制相结合,使得纠纷解决实践体现出更多的公平性、自治性以及主体性。截至 2017 年,加纳所有法院均已设立法院附设 ADR 项目。2019 年,全国共有 6209 件案件进入法院附设调解程序,其中有 3041 件得到成功解决。如今,加纳已成为非洲推行现代调解制度的先行者。加纳的经验为非洲各国"接近正义"的实践以及调解制度的进一步发展提供了引导。

二、《ADR 法》

《ADR 法》共分为五章,138 条。第一章为"仲裁"(规定现代仲裁的基本原则和制度);第二章为"调解";第三章为"依据习惯法的仲裁"(规定传统仲裁的基本原则和制度);第四章为"ADR 中心";第五章为"财务、管理等杂项规定"。此外,该法还附有五个文件。附录一为"联合国 1958 年承认及执行外国仲裁裁决公约(纽约公约)";附录二为"ADR 中心仲裁规则";附录三为"ADR 中心快速仲裁程序规则";附录四为"ADR 中心调解规则";附录五为"仲裁协议或条款样本"。

《ADR 法》在体现私人自治和当事人自决理念的同时,赋予调解员对调解程序的控制权。调解员可以采用其认为适当的调解程序,但应考虑当事人的意愿,以客观、公正、公平为准则,平等对待双方当事人,了解有关交易的目的及争议的情况,包括双方以往的商业惯例。调解员有权提出纠纷的解决方案,并将该方案提交各方,供其考虑。

《ADR 法》的实施标志着加纳调解制度的发展达到了全新的高度。该法囊括完整的ADR程序,包括仲裁、调解、谈判、和解等。其中一大亮点是在保留传统习惯法中的仲裁和调解的同时,引入现代仲裁和调解制度,正式承认调解的法律地位。该法将传统的调解方式纳入国家的司法体系,有关调解员权利的规定与传统习惯完全契合,以此鼓励人们运用调解或其他ADR方式解决纠纷。

《ADR法》规定,为促进ADR事业的发展,设立国家ADR中心,负责全国的ADR事务。ADR中心是一个社团法人,具有完全的权利能力和行为能力,能够独立取得、管理、处分动产和不动产,签订合同,从事各种民事交易行为。中心依法独立行使其职能,不受任何组织和个人的干预。

为实现促进ADR事业发展的目标,中心具有如下职权:(1)提供促进调解、仲裁及其他诉讼外纠纷解决程序的设施。(2)行使促进诉讼外方式纠纷解决的权力,但不介入具体的纠纷解决过程。(3)登记仲裁员和调解员的信息,设立仲裁员和调解员的名册。(4)制定仲裁员和调解员的收费指南。(5)为有需要的当事人提供适当的帮助。(6)经常调研《ADR法》所规定的仲裁规则和调解规则的实施情况,并根据调研结果提出相应的修改建议。(7)开展ADR研究工作,提供ADR培训项目,发行有关ADR的各种形式出版物。(8)理事会若认为有必要,可在全国各地设立办事处。

ADR中心设立理事会。理事会行使中心的职能。理事长由执业12年以上的律师担任。司法机关、律师协会、鉴定人协会、会计师协会、工会、产业协会、商会各推荐一人担任理事。总统可推荐一名女性担任理事。理事长和理事由总统根据《宪法》第7条的规定予以任命。理事会可设立若干专业委员会,以便行使中心的职能。理事或非理事均可担任专业委员会的委员。

ADR中心的理事任期三年,可连任一届,但中心的秘书长不受此限。理事若无正当理由,连续三次不出席理事会会议的,即终止其理事职务。总统可撤销对某一位理事的任命。若司法部长基于充分的理由,经过审核,认定某一理事不能胜任其职务的,应当向总统报告,由总统任命一位新的理事。理事或委员对理事会或专业委员会讨论决定的事项,如果存在利益关系,应当自行披露并主动回避。若理事或委员违反上述披露规定,即丧失其任职资格。

ADR 中心理事会每 3 个月至少召开一次会议。会议的法定人数为 6 人。理事长可根据至少 1/3 理事的请求，召开临时性会议。在讨论具体事项时，根据到会理事的多数票作出决定。若反对者与赞同者的票数相同，由主席投出决定性的一票。理事会可邀请特定人士参加理事会会议，但是被邀请参加会议的人士对所决定的事项没有表决权。

三、调解程序

调解程序的启动有两种情形：一是诉讼外的调解，二是诉讼中的调解。前者基于当事人的申请而开始，后者由法院启动或由诉讼当事人申请而开始。

纠纷发生后，当事人可以根据双方达成的关于提交调解的协议，将争议交由某个机构或个人进行调解。提交调解的协议包括书面、口头、电话、传真、电子邮件等方式。若双方未能达成关于提交调解的协议，当事人也可以向 ADR 中心申请调解。一方接到另一方关于调解的建议后，如果表示同意，调解程序即为开始；如果在 14 日内或在对方指定的期限内未明确表示同意的，则视为拒绝调解。

法院在案件审理的任何阶段，如果认为调解有利于纠纷的解决，可以将该案件全部或部分交付调解。一方当事人经过另一方当事人的同意，可以在终审判决作出之前，向法院申请将该案件全部或部分交付调解。法院转介调解的决定具有中止诉讼程序的效力。该决定应明确规定调解的期限。

当事人可以指定任何他认为合适的个人或机构为调解员。调解员通常为一人，双方当事人另有约定的除外。被指定为调解员的个人或机构应主动披露可能影响其公正性的信息。与案件的处理结果有利害关系的个人不得担任该案的调解员。若调解员不能在当事人约定的期限内开展调解工作或不遵守调解规则，当事人或 ADR 中心可另行指定一位调解员。

当事人可以委托律师或其他人作为代理人参加调解，但应在委任之后的 7 天内将代理人的有关信息告知调解员及对方当事人。

在第一次调解会议的 8 天之前或在双方当事人约定的期限内，当事人必须向调解员提交一份有关争议事项的备忘录，表明各自的立场和主张。

调解员可以要求当事人提交一份书面陈述,表明有关该案的事实、理由,并附上相关的证据材料。在调解过程的任何阶段,调解员认为有必要时,都可以要求当事人补充有关材料。

除非得到双方当事人的同意和调解员的许可,任何当事人以外的人士不得出席调解会议。为有利于调解程序的进行,当事人可以请求行政机关的协助;调解员在征得双方当事人同意之后,也可以请求行政机关予以协助。

调解的终结有如下几种情形:(1)经调解,双方当事人达成和解协议。(2)调解员经与双方当事人商谈后,宣布继续进行调解将是毫无意义的。(3)双方当事人共同向调解员提交一份关于调解终结的声明。(4)一方当事人向调解员和对方当事人声明,调解已经终结。

经调解,当事人就争议事项表明初步和解意向后,调解员可起草一份和解协议的初稿,交由双方当事人考虑,并根据当事人的意见进行修改。在当事人达成和解协议后,调解员可起草或协助当事人起草书面的和解协议。诉讼中的调解达成书面协议后,交由法院存档。该协议视为法院作出的判决,具有同等的强制执行效力。若经过调解无法达成和解协议,诉讼程序继续进行。诉讼外的调解效力略有不同。双方当事人在和解协议上签字后,视为双方认可和解协议对于当事人具有约束力。调解员应确认和解协议的效力。经调解并由双方签字的和解协议,与仲裁裁决具有同等的效力。

四、调解规则

当事人可以约定采用 ADR 中心的调解规则进行调解。《ADR 法》的"附件四"详细规定了 ADR 中心的调解规则,共 18 条,包括当事人申请调解、法院转介调解、调解员的指定、调解员信息的披露、调解员的职权、调解的时间和地点、相关证据材料的提供、调解的保密性、责任豁免、调解费用等。

关于调解员的职权:调解员必须秉持独立、公正的立场进行调解,竭尽全力帮助当事人妥善地解决纠纷。调解员可以采用共同会议(双方当事人参加)或分别会议(仅一方当事人参加)的方式进行调解。在有必要时,若当事人同意负担费用,仲裁员可以邀请有关专家就争议中的技术性问题提供专家意见。若调解员认为继续调解无助于纠纷的解决,有权终止调解程序。

关于调解的保密性:在调解过程中的笔录、陈述以及文件都具有保密性。调解员不得披露任何在调解中获得的保密信息。当事人不得援引有关调解中的笔录、证据材料或在调解中获得的信息作为诉讼证据。

关于责任的豁免:对任何与调解相关的诉讼案件,ADR 中心或调解员都不作为当事人,而且不对调解中的任何行为或疏忽承担责任。

关于调解费用的负担:当事人负担各自的证人费用,平均负担如下费用:调解员的费用;ADR 中心有关人员的费用(视具体情况而定);由调解员传唤或邀请的证人、专家的费用。

加纳调解制度的成功经验有两点启示:其一,在将调解引入正式法律体系之时,应当充分考虑传统习惯和文化,从而有助于"接近正义"目标的实现;其二,实质性合意是传统纠纷解决机制的重要价值,应当在现代 ADR 制度中拥有一席之地。自愿调解使得当事人参与实质化,因此立法者应当尊重调解中的合意价值。由于充分尊重本地的传统文化和价值观念,加纳调解制度始终充满活力,从而能够与时俱进,不断发展。

韩国调解制度*

在韩国,儒家文化的传入已超过两千年,民众长期习惯于通过非诉讼方式解决民事争议。二战之后,随着韩国经济的快速发展、社会关系日趋复杂,权利意识高涨,进而导致了民众妥协精神的弱化,而这种现象带来的直接后果就是诉讼案件的大幅增加。为应对"诉讼爆炸"的危机,韩国于20世纪90年代启动了司法改革,其中一项内容就是发展和完善调解制度。目前韩国以司法型调解制度为主导,同时不断发展行政型调解和民间型调解。

一、司法型调解制度

1990年1月,韩国制定了《民事调解法》。此后30余年,该法因应社会情势的变化进行了10余次修改。现行法律条文共43条,规定了立法目的、调解的范围、管辖法院、调解机构、调解程序、调解的效力及替代调解裁定等内容。2017年9月,韩国国会在调研民事调解制度现状的基础上,公布了《民事调解制度立法改革方案》,对民事调解改革进行评估。

依调解的对象,司法型调解可以分为民事调解和家事调解。家事调解的对象是家事案件,民事调解的对象则是普通的民事案件。除了有特殊规定之外,家事调解准用《民事调解法》。

(一)司法型调解的主体

《民事调解法》第7条规定,调解案件由调解法官处理。调解法官可自行调解,也可交由常任调解委员或调解委员会调解。当然,审判法官认为案件适合调解的,可以依职权将案件转入调解程序。由此可见,韩国司法型调

---

* 本文原载《人民调解》2021年第11期。

解的主体包括调解法官、调解委员、调解委员会和审判法官。

1.调解法官。根据《民事及家事调解事务处理例规》第3条的规定,法院院长可以从热心于调解的法官中选任2人以上担任调解法官专司调解工作。调解法官主要负责如下案件:(1)起诉前申请调解的案件;(2)当事人之间就案件事实关系争议不大,仅就法律判断存在分歧的案件;(3)由于当事人与大部分调解委员有特殊的关系或彼此认识,导致调解委员难以自由表达本人意见的案件。调解实践中,调解法官除了自行调解案件以外,还可以委托常任调解委员对案件进行调解。

2.调解委员。为实现调解的社会化发展,韩国法院在调解实践中设置了调解委员制度。调解委员可分为一般调解委员和常任调解委员。前者由高等法院、地方法院的院长进行委任,其任职资质要求不高,只要具有一定的知识水平且品行优良即可,但不能担任调解长。2009年之前,调解委员主持调解属于"义务劳动""公益服务",法院仅给予少量补贴,由此导致调解委员的参与消极、责任意识薄弱。为扭转这一尴尬局面,韩国创设了常任调解委员制度,对常任调解委员规定了较高的选任条件,明确的权利义务和履职保障。常任调解委员由法院行政处长从具有法官、检察官、律师资格,并在国家机关等从事过法律相关业务,或者担任过法学助理教授以上职位达到10年以上的人员中委任。法院需要按月向其支付报酬。在调解程序中,常任调解委员享有与调解法官相同的权限。由于常任调解委员的进入门槛较高,因此其数量偏少。有鉴于此,韩国于2017年修改《调解委员规则》,规定具有律师资格、曾担任一般调解委员3年以上的人可以被选任为常任调解委员。

3.调解委员会。调解委员会是专门处理复杂疑难案件临时组成的调解组织。根据《民事调解法》第8条的规定,调解委员会由1名调解长和2名以上调解委员组成。调解长由调解法官、常任调解委员或合议庭的审判长担任。

4.审判法官。审判法官可对如下案件进行调解:(1)交通事故或者工伤事故所引起的损害赔偿案件;(2)事实证据调查充分的案件;(3)当事人希望尽快解决纠纷,易于达成合意的案件。由于对案情和当事人和解意愿有深入的了解,审判法官主持调解具有一定的实际意义和现实效果,如提高调解程序的利用率。但基于"调解分离"的基本原则,审判法官倘若需要开展调解,必须单独启动独立的调解程序。

(二)司法型调解的程序

在诉前调解中,调解法官须将申请书与调解期日及时送交另一方当事人。但如果无法通知调解期日的,法院依职权作出驳回当事人的调解申请的裁定。如果诉前调解系属双方当事人共同申请的,一般情况下申请日即调解期日,法院应立即对案件进行调解。在交付调解后,受诉法院须作出中止审理诉讼案件的裁定,以实现诉调程序的转换。一旦调解成功,诉讼案件将按当事人撤诉处理。

在调解过程中,双方当事人因争议过大而无法达成协议或协议内容不适当的情况时有发生。《民事调解法》为此设立了替代调解裁定制度。这一制度赋予调解法官参酌当事人之间的利益,以公平正义为准则,作出解决纠纷的裁定。替代调解裁定并非立即生效,当事人对此具有异议权。根据《民事调解法》第34条的规定,当事人可在两周内提出异议申请,否则替代调解裁定即发生法律效力。一旦当事人在法定期间提出异议申请,调解程序自动回转到诉讼程序。在诉前调解中,当调解失败时,当事人的调解申请转换为诉讼申请。

韩国司法型调解仍存在不少实践中的问题,包括调解利用率低、交付调解率高、调解成功率低等。韩国学者指出:"即便法院作出很多努力,调解、和解等替代性纠纷解决方式(ADR)的比例仅为10%左右。"由此可见,民事调解在韩国的利用效率并不高,与较为完备的民事调解立法形成鲜明的反差。对此,韩国立法机关和司法部门正在积极推进民事调解改革,以增加调解程序的利用率,降低调解程序的强制性,提高调解程序的成功率。

二、行政型调解制度

韩国是行政型调解较为发达的国家,通过立法设立了各类委员会,开展公共调解。这些行政型调解机构属于特殊法人,具有公益属性,负责处理环境、医疗、消费者权益保护等纠纷。行政型调解以其成本低廉、效率较高而受到韩国民众的欢迎。下文以金融纠纷调解委员会和医疗纠纷调解仲裁院为例，予以简要介绍。

（一）金融纠纷调解委员会

为妥善地解决金融纠纷，韩国金融监督院设立了金融纠纷调解委员会。目前，金融纠纷调解委员会由30名成员组成，其中包括1名委员长。2008年至2012年，向金融纠纷调解委员会提交处理的案件量逐年增多，从105件跃升为7976件。

根据《金融纠纷调解细则》第11条的规定，金融有关机构、存款人等金融用户及其他利害关系人，在发生金融纠纷后，可向金融监督院院长提出纠纷调解申请。金融监督院及金融争议调解委员会在接到调解申请后，应提出合理的纠纷解决方案或者提出调解意见，引导当事人通过和解而不是通过诉讼解决纠纷。

在调解程序进行中，调解委员会应向申请人和关联方提出可接受的调解方案，该调解方案与法院和解有同样的效力。若当事人接受调解方案，调解委员会委员长应发布调解方案。由于调解方案与法院和解、法院最终判决具有同等效力，如果当事人接受后却未执行调解方案中规定的义务，另一方可以向法院申请强制执行，并且当事人不能对调整方案产生的义务提出变更的诉讼。反之，如有一方当事人不接受调解方案，该方案即失去效力。

（二）医疗纠纷调解仲裁院

韩国国会于2011年3月通过《医疗纠纷调解法》。根据该法的规定，韩国保健福祉部设立了医疗纠纷调解仲裁院（以下简称调解仲裁院）。调解仲裁院的业务如下：医疗纠纷的调解、仲裁及咨询；医疗事故鉴定；损害赔偿金的代偿；医疗纠纷相关制度与政策的研究、统计、教育、宣传以及其他总统令规定的与医疗纠纷有关的业务。

调解仲裁院下设医疗纠纷调解委员会（以下简称调解委员会）。调解委员会由委员长和调解委员组成。调解委员的人数为50至100人，任期为3年，可以连任。调解委员会作出决议需要委员过半数出席且出席委员过半数赞成。调解委员独立执行业务，对于医疗纠纷的处理和判断不受任何指示约束。非因法定事由,调解委员不得被免职或解聘。

医疗纠纷的当事人及其代理人可申请调解仲裁院对医疗纠纷进行调解。但是,如果申请人已向法院起诉或已向消费者纠纷调解委员会申请调解的,或者所提出的调解申请显然不构成医疗事故的,调解仲裁院院长应驳回其申请。

调解部应尽可能地让申请人、被申请人或纠纷相关的利害关系人出席调解会议并陈述意见。鉴定委员应出席调解会议说明该案件的鉴定结果。如果调解委员过半数赞成,调解部可要求重新鉴定,但应明示事由与期限。调解部要求重新鉴定时,应重新组成鉴定部,参加过该医疗纠纷上次鉴定程序的鉴定委员不得参加。重组的鉴定部在必要时应向调解仲裁院以外的医务人员进行咨询。调解程序不公开进行,但如果调解部的调解委员过半数赞成,可以公开。调解部应自案件调解申请提出之日起90日内作出调解决定。必要时,调解部可将此期限延长30日,但只能延长1次,且应明示延长的理由与期限,并通知申请人。调解部在作出调解决定时,应参考鉴定部的鉴定意见,并应考虑患者因医疗事故而遭受的生命、身体及财产损害,保健医疗机构开设者或保健医疗人的过失程度,患者的归责事由等决定损害赔偿额。调解部作出调解决定后,应在7日以内向申请人和被申请人送达该调解决定书正本。受送达的申请人和被申请人在接到该送达之日起15日内告知调解仲裁院是否同意调解结果,如果15日以内不作出意思表示,视为同意调解结果。在此种情形下,所成立的调解具有和"法院和解"相同的效力,即等同于确定判决的效力。《医疗纠纷调解法》自实施以来成效显著,选择调解仲裁院以调解方式化解纠纷的当事人比例逐年提升。2012年争议双方同意调解的比例是38.6%,2013年为39.7%,2014年升至53.1%,调解成功率高达88.7%。

三、民间型调解制度

截至2017年4月,韩国法院已经与17个民间机构建立联系,不断扩大法院联结型调解。不过,总体而言,韩国民间型调解发展仍然较为缓慢。下文以金融投资协会纠纷调解委员会和家庭法律商谈所为例,予以进行简要介绍。

(一)金融投资协会纠纷调解委员会

韩国金融投资协会下设的纠纷调解委员会是依据《资本市场整合法》第286条第1款第2号组建的。2008年12月,韩国金融投资协会制定了《纠纷调解相关规定》。

调解程序自申请者将纠纷调解申请提交给金融投资协会时开始。纠纷调解委员会应收到申请案件之日起30日内进行事实调查,并将建议达成协议方案提交给委员会会议。委员会会议应当在建议达成协议方案提交之日起30日内进行审议并作出调解方案,并将调解方案通知给各方当事者。如果当事人自收到调解方案通知之日起20日内向金融投资协会提交接受调解方案的意思,则表示调解成立。如果调解不成立,金融投资协会将通知当事人调解未成立的事实或事由。如果当事人接受纠纷调解委员会的调解方案,该调解方案将具有法院和解同等法律效力。

(二)家庭法律商谈所

韩国家庭法律商谈所成立于1956年,是最早的民间法律救助机关,属于法务部登记的法律救助法人。目前,它在韩国国内有30个支部,海外有6个支部。商谈所优先适用和解的方法进行调解,向国民提供免费的商谈服务和调解服务。对不大了解相关法律,并且经济上比较困难、无法通过诉讼解决纠纷的当事人,商谈所还提供诉讼救助法律服务。商谈所的诉讼救助通常围绕家事案件进行,但根据具体情况也对民事、刑事案件提供法律救助。

当事人可以向商谈所申请法律商谈、和解调解等。和解调解通常会在访问当天进行,商谈内容以及个人信息等都会被保密。商谈在布置温馨的商谈室进行,商谈所的调解员通常是进修过法学、社会福祉学、心理学的硕士或者博士,他们大多也是家庭法院的调解委员。如果双方当事人执意要离婚,调解员将围绕离婚与否、抚慰金、财产的分割、抚养人的确定、亲权、会见交涉权等事项制作协议书,由商谈委员、当事人共同签名。若未能达成合意,则及时启动离婚前置程序,进行心理商谈、观看影像资料,并约定下一次的商谈日期。2017年,韩国家庭法律商谈所商谈数为19818件,其中离婚商谈5215件,占26.3%;婚内财产纠纷3612件,占18.2%;遗嘱继承2007件,占10.1%。

强制调解的域外实践与探索[*]

强制调解通常指法定的调解前置程序,即法律明确规定某些类型的案件必须首先经过调解,而后才能提起诉讼;否则,法院将以当事人起诉不合法为由,驳回起诉或强制启动调解程序。此处的"强制"是相对于自愿、任意和选择性调解程序而言的,即调解程序的启动和当事人参加调解不是自愿和选择性的,而是一种法定要求。当然,这种"强制"仅限于程序意义,法官或调解员都不能强制当事人接受调解协议,不能依据此种"强制调解"剥夺当事人的实体权利和处分权。

为了提高纠纷处理的效率和社会效果,不少国家建立了诉前强制调解制度。例如,美国通过立法将依职权启动调解程序的权力直接赋予法官,由其决定受诉案件是否需要、是否适宜交付调解。在这一模式下,几乎所有的纠纷均可适用强制调解,由此大大提高了调解适用率。在德国,《雇员发明法》《著作权和发现法》《支付不能法》《劳动法院法》等法律都对诉前强制调解程序作了规定。2000 年《民事诉讼法施行法》增设审前调解程序的规定,对特定类型的案件实行强制调解。《民事诉讼法施行法》颁布后,诉前强制调解取得了较好的效果,经诉前调解结案的案件在一定程度上缓解了法院的诉讼压力,也使当事人免遭案件久拖不决的困扰。这项措施符合德国立法者对司法改革"更有效率、更接近民众、更透明"的指导思想,同时也标志着诉前强制调解作为德国多元化纠纷解决制度中的一种重要形式,逐步被公众接受并得到更广泛的运用。比利时《司法法典》规定,劳动争议、房屋租金纠纷、环境纠纷等案件适用强制调解程序。俄罗斯《劳动法》《家庭法》规定,劳动争议、婚姻纠纷适用强制调解。越南《婚姻家庭法》《劳动法》《土地法》等法律规定,离婚诉讼、劳动争议、土地纠纷适用强制调解。

---

[*] 本文原载《人民调解》2022 年第 12 期。

对于强制调解,各国的态度不一,有些国家积极推进,有些国家则对此予以坚决抵制。但是总体而言,强制调解已成为各国扩大调解适用的一种趋势。不过,由于法律文化的不同和司法体制的差异,强制调解的效果不尽相同。实践表明,德国的强制调解确实起到了过滤案件的作用,美国的强制调解也取得了显著的成效,而意大利由于缺乏配套措施,反将调解制度拖入困境。有学者认为,目前的强制调解规则应当从是否强制转向如何强制,如何在合意与强制之间寻求平衡,以此回应实践中面临的挑战。

自愿性是调解程序的底线。尽管各国立法机关和司法界逐渐接受强制调解,但是该制度毕竟在某种程度上损害了当事人的自主性,在适用强制调解的情况下,公民的诉权的确会受到一定程度的限制。因此,该制度只能作为一种补充性手段,而不应成为调解方式的主流。下文以意大利、希腊、土耳其以及欧盟对强制调解制度的探索为例,介绍这方面的发展动态。

一、意大利强制调解制度

近年来,受欧洲议会及欧盟理事会《关于民商事调解若干问题的2008/52/EC指令》的推动,意大利进行了一系列调解立法,强制调解与调解保密是立法的重点。新的调解制度在实践中取得了一定的成效,但也一再遭遇质疑与挑战。整体而言,意大利调解制度在曲折中不断地向前迈进,强制调解从强势引入到因违宪而被废除再到温和回归。

2010年,意大利正式实施第28号法令。该法令引入了强制调解的规定,试图进一步扩大调解的适用范围。强制调解体现在第28号法令的第5条。该条规定以下纠纷必须进行调解:不动产物权纠纷、遗产继承纠纷、医疗事故纠纷、合同纠纷、保险纠纷以及银行金融合同纠纷等。此外,因车船事故引发的纠纷也需要进行诉前调解。如果当事人之间产生的纠纷属于其中一种,法官必须引导当事人进行调解。只有在调解失败时,当事人才可以提出诉讼。当事人若未进行调解,则不能启动诉讼。

在特定民事纠纷中使用强制调解的规定遭到了意大利律师的强烈抵

制,同时,强制调解还因违背自愿性原则而受到由律师提起的合宪性审查。2012年,意大利宪法法院作出一项判决,认定2010年第28号法令第5条与宪法相违背,故应属无效。2013年第69号法令重新引入了强制调解,但因律师的反对意见,现行的强制调解与此前的方案有很大的变化。

关于强制调解是否侵犯了宪法赋予的任何人都有权获得诉讼保障的基本权利,意大利宪法法院认为,只要具备如下条件,强制调解的尝试是有意义的:(1)需明确一个法律规定的最长期限,促使当事人进行和解所做的各种努力不超过这一期限;(2)一旦当事人提起诉讼,无论该程序处于何种阶段,都应该立即终结。有学者认为,强制调解即便涉嫌违宪,也是为法治进程的推进而付出的代价。从这个意义上讲,强制调解的引入对意大利司法体制的改革具有某些积极意义。其一,强制调解有利于扩大调解的适用范围。根据意大利司法部公布的数据,调解案件的数量与强制规定实施之前相比,呈大幅增加的趋势。其二,强制调解有助于转变意大利崇尚法律权威的传统观念,提升民众的调解意识。通过该制度的引入,当事人认识到以调解的方式解决纠纷的可能性,由此影响并推动民众转变传统的纠纷解决观念。目前,民众对调解的陌生、律师对调解的反对和法官对调解的忽视状况已获得初步扭转。例如,法官的态度从观望逐渐转向积极,其委托调解的数量占调解总数的比例不断增长。

二、希腊强制调解制度

2018年1月,出于节省司法资源、减轻法院案件负担的需要,希腊颁布《关于实施经济体制改革调整方案等问题的规定》,其中第178条至第206条是关于调解制度的规定,即新《调解法》。该法在强调和重申2010年《民商事调解法》部分内容的基础上,改变了此前调解立法的绝对自主性特征,增加了强制性因素。

根据希腊《调解法》第182条的规定,必须进行强制调解的案件包括:(1)业主之间的纠纷、公寓管理人和业主之间的纠纷、相邻权纠纷;(2)道路交通事故的赔偿请求纠纷和汽车保险合同的赔偿请求纠纷,但造成人身伤亡的除外;(3)专项费用纠纷;(4)家庭法律纠纷(子女抚养、生活费用等);

(5)医疗事故纠纷;(6)商标、专利、外观设计纠纷;(7)证券交易合同纠纷。上述强制调解案件在进入审判程序之前,必须经过强制调解会议,调解失败后才能提起诉讼。

《调解法》还规定,对违背强制调解义务的当事人予以制裁:经邮件、传真或挂号信等通知后仍未参加强制调解会议的当事人,在进入诉讼阶段后,将被处以 120 欧元以上 300 欧元以下的罚款。除此之外,法官还会综合考虑不出席调解会议的当事人的整体行为及诉讼结果,另外增加争议标的额 0.2% 以下的罚款。

希腊立法者寄希望于通过强制调解来减轻法院的案件负担,但这一改革受到一些学者和法律工作者的质疑。反对者认为调解应当遵循自愿原则,在强制的情况下很难调解成功;强制调解侵犯了希腊《宪法》以及《欧洲人权法》规定的诉诸司法的权利。2018 年 6 月 28 日,希腊律师协会向最高法院提出一项请求,要求最高法院就强制调解制度是否会侵犯当事人自由起诉的权利发表意见。最高法院最终以 21 票对 17 票的微弱多数通过决定,认定强制调解的确会侵犯公民的这一权利。

三、土耳其强制调解制度

土耳其《劳工法院法》于 2018 年 1 月 1 日起施行。该法第 3 条规定,因个人或集体劳动合同产生的雇佣纠纷及雇员要求复职的案件,提起诉讼前必须申请调解。当事人在申请调解时可以提出金钱或非金钱的赔偿请求。当事人申请赔偿的范围包括劳务费和劳工损害赔偿金,例如:雇员的工资、奖金、加班费、年假薪酬、歧视赔偿金、辞退补偿金等。但是,因工作事故或因职业病而引起的纠纷不受该强制调解规定的限制,当事人可以直接提起诉讼。自此,土耳其正式确立强制调解制度,调解成为提起劳动争议诉讼的前置程序。

2018 年 12 月 19 日,土耳其颁布《关于启动因认购协议产生的应收账款的诉讼程序法》,该法在商事应收账款的诉讼程序中加入了强制调解程序。该法第 20 条关于"商事应收账款诉讼前必须经过调解"的规定同时被纳入《民事纠纷调解法》第 5 条。这意味着调解成为商事应收账款起诉条件之一,如果商业诉讼的索赔人不履行这项义务,法院将以违反程序为由驳回起诉。据此,强制调解被引入特定的商事纠纷领域。

从 2012 年调解制度正式立法以来,土耳其不断修改完善相关法律,形成了自愿调解与强制调解相结合的制度模式。其中的最大亮点就在于强制调解,即通过精准定位,明确其适用范围,再辅之以自由退出和时效保护等机制保护当事人的时间利益和程序利益。土耳其强制调解制度已在质疑声中逐渐走向成熟,其适用范围已经从劳动纠纷领域扩大至商事纠纷和家事纠纷领域。

虽然强制调解制度备受争议,但是土耳其对强制调解的立法初衷至今并没有改变。从 2018 年的施行状况中可以看出,强制调解制度不仅有效分担了法院的诉讼压力,而且还开通了一条快速解决劳动纠纷的救济渠道。在《劳工法院法》生效的第一个月,申请调解的案件就有 30828 件,其中调解结案率达到 72%,土耳其司法部调解司公布的数据显示,截至 2018 年 12 月 1 日,共有 32.1 万件民事纠纷申请调解,其中 78170 件转为诉讼程序。这一数据表明,在每 4 个调解案件中只有 1 个案件进入诉讼阶段,可见强制调解制度极大地缓解了法院诉讼压力。

四、欧盟法院对强制调解的态度

2008 年,欧盟法院(Court of Justice of the European Union,简称 CJEU)在 Rosalba Alassini 等诉意大利电信公司等系列案件的判决中对有关强制调解的问题作出了初步解释。欧盟法院认为,当事人寻求司法保护的权利不构成不受约束的权利,只要符合普遍利益,在一定程度上可以加以限制。欧盟法院基于以下原因认为强制调解对诉权的影响十分有限:首先,强制性纠纷解决程序的结果对当事人并没有约束力,因此并不损害其提起诉讼的权利;其次,在正常情况下,强制调解程序并不会导致诉讼的实质性延误,因为这一程序的时限是自请求之日起 30 日,并且即使程序尚未结束,当事人也可以提起诉讼;再次,在强制调解期间,诉讼时效中止;最后,与调解程序相关的费用十分有限。强制调解的目标即提高解决纠纷的效率和降低成本符合普遍利益的要求,因此对个人权利加以限制是正当的。

2017年,欧盟法院通过Livio Menini和Maria Antonia Rampanelli诉意大利人民银行有限责任合作公司一案的判决进一步明确其态度:自愿的本质不在于当事人是否可以自由地选择适用调解程序,而在于当事人"掌握该程序",并能够"按照自己的意愿组织并随时终止该程序"。欧盟法院的这一判决作出之后,罗马尼亚、土耳其等国家相继引入强制调解或对原有法律作出重大修改。

法院附设调解的域外实践*

"妥当、公正、迅速、廉价的纠纷解决"是各国民事诉讼制度追求的普遍理想。其中,妥当和公正大致对应着实体正义和程序正义;迅速和廉价则属于诉讼效率的主要内容。纠纷解决多元化的价值取向需要通过多样化的程序设计予以满足。法院附设调解就是用以解决纠纷的一项多元化的程序设计。它的产生以及纠纷解决机制的重构,其主要原因在于诉讼机制固有的缺陷,以及调解在纠纷解决中所具有的独特的魅力。

美国的法院附设调解制度对西方各国的纠纷解决机制产生了很大的影响。1998年,美国国会颁布《替代性纠纷解决法》(Alternative Dispute Resolution Act,简称《ADR法》),授权联邦地区法院在民事诉讼中使用ADR方式解决纠纷,规定每个联邦地区法院至少要有一种ADR程序,并根据实际情况制定实施细则。《ADR法》第651条第1款规定:"ADR程序包括由主审法官进行的审判之外的任何程序,在这些程序中,一个中立的第三方通过第654条至第658条中规定的早期中立评估、调解、小型审理和仲裁等程序协助解决争议事项。"各国在司法实践中对这一制度不断予以创新和发展。

一、法院附设调解的性质

法院附设调解是指一种附设在法院内的调解机制,其调解员或调解组织为法官之外的人士或组织。在法院附设调解程序中,中立的第三方均来自法院外部的调解员、律师或退休法官、相关行业专家或法院的辅助人员,法官通常不直接介入双方交涉过程。这种主体的非职业化使纠纷解决脱离

---

* 本文原载《人民法院报》2022年8月12日第8版。

了职业法官的垄断,增加了纠纷解决中的对话性和参与性,并以常识性思维改善法律推理的不足。这种机制与诉讼程序截然不同,但与法院的诉讼程序又有一种制度上的联系。它可被作为诉讼程序的前置,也可在审理过程中与诉讼程序交替使用。

法院附设调解有两个目标,即量的分流(quantitative efficiency)和质的改善(qualitative justice)。作为一种社会矛盾的缓冲机制,它为法院分流了大量的案件;同时,它通过和平对话的形式促使当事人更理性地解决纠纷。

作为一种准司法性质的程序,法院附设调解可以视为传统的审判程序与非诉讼机制之间的一种兼容并蓄的融合,是司法行为与合意行为的集合,其运作在一定意义上也是国家与民间对话的过程。

作为司法体系的组成部分,法院附设调解更重视程序的制度性和规范性,其目的是在充分发挥调解优势的同时不至于破坏或威胁法治,即最大限度地减轻法院压力又不至于失去司法的权威;最大限度地促进当事人自治达成和解又不至于造成某些当事人对调解的滥用。这种制度性和规范性致力于为法院附设调解提供一个最低限度的正当程序保障。这些措施既表现为国家通过立法或政策对调解机制的促进、鼓励和保障,也表现为通过实体法和程序法的规定对调解的运行进行管理和必要的制约。

当事人在法院附设调解中具有程序的选择权和实体的处分权。尽管法院附设调解制度强制当事人接受调解的方式,但这仅仅是对当事人参与调解程序的强制,不意味着对调解结果接受的强制。在法院附设调解中,当事人可以援引多种规范来解决纠纷,既可以是行业惯例也可以是法律以外的社会规范,而不必拘泥于国家制定的具体法律法规和诉讼程序。这种选择权和处分权也带来了程序上的灵活性和简易性。例如,在证据方面,法院附设调解放弃了严格的举证、质证规则;在事实认定方面采取了较为宽松的态度。

二、法院附设调解的特点

在法院附设ADR的各种方式中,调解的适用最为广泛。它具有如下特点:

(一)调解规则的灵活性

灵活性是指中立的第三方(即调解员)虽然应当遵循一定的调解程序,但他们可以依当事人的实际需求而采取灵活的方式进行调解。在这种模式下,当事人所受程序的约束较为宽松,可以自己决定使用那些正式法律程序所不能提供的方式来解决纠纷,例如证据规则通常不适用于法院附设调解。调解是在第三方协助下所进行的讨论、谈判和妥协的过程,目的在于说服当事人达成和解协议。在这个过程中,第三方并不是以国家强制力作为后盾,而是运用灵活的方式在当事人双方之间营造一种协商的气氛,让他们发现共同的社会与道德价值观,以此作为达成协议的手段。

(二)调解信息的保密性

保密性涉及所有参与调解的人士,并贯穿于调解的全过程。保密性可以减少当事人对披露敏感信息的顾虑。倘若案件调解失败,保密性还可以确保调解与审判分离。实际上,保密制度是基于这样一种担心而产生的,即如果调解中披露的信息被使用于后续的审判程序中,这将大大损害当事人的坦诚,还会对人们今后选择调解方式解决纠纷产生负面影响。所以,保密制度可理解为对信息获取的限制。调解员不得作为调解阶段所涉问题的证人,法律免除其就调解阶段所涉保密信息和数据的披露义务。例如,《德国调解法》第4条规定,调解员以及在参与调解程序的相关人员都负有保密的义务。该项义务涵盖了调解员在调解过程中所获悉的一切信息。

(三)调解过程的合意性

调解程序的启动、后续开展及最终结果都与法院有着千丝万缕的内在联系。但是,调解程序所关注的焦点不是法定的权利,而是以利益为中心,鼓励当事人各方共同致力于妥协和谅解,最终达成他们各自满意的解决方案。调解员的介入使双方的纠纷转变为三方的互动。在调解过程中,纠纷当事人仍然保有他们决定是否同意和接受建议的权利。法院附设调解的启动主要有两种方式,即法院依职权采用和当事人自愿采用。对在程序推进的过程中,当事人可以依合意选择调解的时间、地点、参与人员,甚至可以自行设计调解的环节。调解协议的达成是当事人合意性最集中的体现。当事人双方拥有对其主张和解决方案的最终决定权。这种贯穿于整个程序的合意性无疑给冲突带来了一种治疗的效果,它更倾向于为将来某种特定关系的维系和发展而努力。

三、法院附设调解的程序规则

1. 调解的启动

依案件性质的不同,法院附设调解可分为强制和非强制两种。一般而言,对家事纠纷、相邻纠纷、劳动争议等类型的案件,以及其解决必须借助专家意见的专门性纠纷,法律规定在提起诉讼前必须先进行调解,以调解作为诉讼的前置程序。其他类型的案件,可由双方当事人自愿申请调解,或由法庭提议调解但赋予当事人在特定时间内拒绝该提议的权利。在韩国,当事人申请调解和受诉法院交付调解是司法型调解的启动方式。在越南,法院附设调解是一审民事案件的强制性程序。在荷兰,法院转介调解有三类类型:书面转介,即法院在庭审前通过书面形式建议当事人调解;口头转介,即法官在庭审中决定转介调解;当事人自主转介,即当事人在诉讼中自主选择调解。

2. 强制调解

强制调解通常指法定的调解前置程序,即法律明确规定某些类型的案件必须首先经过调解,而后才能提起诉讼;否则,法院将以当事人起诉不合法为由,驳回起诉或强制启动调解程序。此处的"强制"是相对于自愿、任意和选择性调解程序而言的,即调解程序的启动和当事人参加调解不是自愿和选择性的,而是一种法定要求。当然,这种"强制"仅限于程序意义,法官或调解员都不能强制当事人接受调解协议,不能依据此种"强制调解"剥夺当事人的实体权利和处分权。

为了提高纠纷处理的效率和社会效果,不少国家建立了诉前强制调解制度。例如,美国通过立法将依职权启动调解程序的权力直接赋予法官,由其决定受诉案件是否需要、是否适宜交付调解。在这一模式下,几乎所有的纠纷均可适用强制调解,由此大大提高了调解适用率。在德国,《雇员发明法》《著作权和发现法》《支付不能法》《劳动法院法》等法律都对诉前强制调解程序作了规定。比利时《司法法典》规定，劳动争议、房屋租金纠纷、环境纠纷等案件适用强制调解程序。俄罗斯《劳动法》《家庭法》规定，劳动争议、婚姻纠纷适用强制调解。越南《婚姻家庭法》《劳动法》《土地法》等法律规定，离婚诉讼、劳动争议、土地纠纷等纠纷适用强制调解。

对于某些法定的强制调解案件，一些国家的法律还规定了对违背强制调解义务的当事人的制裁措施。例如，《希腊调解法》规定：经法院通知后未参加强制调解会议的当事人，在进入诉讼阶段后，将被处以120欧元以上300欧元以下的罚款。除此之外，法官还会综合考虑不出席调解会议的当事人的整体行为及其胜诉程度，另外增加争议标的额0.2%以下的罚款。《日本民事调解法》规定，调解程序的启动具有单方性。只要简易法院受理一方当事人的调解申请，则不论另一方当事人是否同意，调解程序都依法强制启动。如果另一方当事人无正当事由经传唤拒不出席调解，法院有权视情况对其处以5万日元以下的罚款。

对于强制调解，各国的态度不一，有些国家跃跃欲试，有些国家则予以坚决抵制。但是总体而言，强制调解已成为各国扩大调解适用的一种趋势。不过，由于法律文化的不同和司法体制的差异，强制调解的效果不尽相同。在意大利、希腊、土耳其等国，都曾发生过关于强制调解是否违宪的学术争论和宪法诉讼。有学者认为，目前的强制调解规则应当从是否强制转向如何强制，如何在合意与强制之间寻求平衡，以此回应实践中面临的挑战。

3.调解员的选任

调解员一般不由审判法官担任（当事人明确表示同意的除外），而是由退休法官、社会调解机构或经过调解技能专门训练的律师担任，在家庭纠纷或儿童福利纠纷案件中还会有社区人士参与。同时，法院将委派专门负责调解工作的秘书协助当事人选定调解员。一旦调解失败，案件进入或恢复诉讼程序，先前曾参与调解的法官不得再继续担任审理该案的法官（当事人明确表示同意的除外）。例如，加纳《ADR法》规定，当事人可以指定任何他认为合适的个人或机构为调解员。调解员通常为一人，双方当事人另有约定的除外。

4.调解程序

调解一般在法院进行,调解的时间和地点通常由调解员确定。在调解会议之前,当事人应向调解员提交与争点有关的主要证据和材料,未能按期提供的一方将被处以罚款。双方当事人必须出席调解会议,对所提交的证据和材料进行简短的陈述,调解员负有倾听两造陈述的义务。在这一环节中,调解员需要对案件进行初步评估,并以私下会谈的方式询问各方当事人,以此交换双方的意见,达成调解方案的共识。此外,调解不采用严格的举证和质证程序。

5.调解的效力

《欧盟关于民商事调解若干问题的指令》(2008年5月)第6条要求成员国提供可以使调解协议获得强制执行力的法定途径,该途径既可以是由法院认可调解协议来使其获得强制执行力,也可以是通过某一有公信力的手段赋予其强制执行力。在域外法院附设调解的实践中,一般将经调解达成的协议视为当事人之间一个新的契约,并不直接赋予其与生效判决同等的效力。调解员提出调解方案后,即告知当事人并要求其在确定的期限内给出同意或反对的明确答复。若当事人表示接受调解方案,并经法院审查批准(即司法确认)后,该方案即具有法律效力。如果当事人拒绝接受调解方案,案件自行转入法庭审理。《巴西调解法》《匈牙利调解法》《法国民事诉讼法》均规定,如果当事人双方达成了解决争议的协议,即由法官予以审查,并作出最终裁决。经过法官确认的调解协议即成为正式的司法文书,具有强制执行的效力。

第四辑

前序后记

凤凰树下随笔集

重返校园 | 第四辑 前序后记

《民事司法改革研究》后记[*]

1998年11月,我以"英国、德国民事司法改革及其对中国的借鉴意义"为题,申报中欧高等教育合作项目。1999年10月,受该项目资助,我赴英国伦敦大学亚非学院(SOAS)做学术研究;今年1月,赴德国弗莱堡大学访问,收集德国民事司法改革的资料。今年4月回国后,我先后参加了在中南政法学院举行的全国民事诉讼法研讨会、在中国人民大学举办的民事诉讼法国际研讨班(历时一个月)、在北京西郊凤凰岭举行的中国民事证据法研讨会;在为厦门大学法学院1998级研究生讲授"民事诉讼法专题"期间,多次组织学生以课堂讨论、撰写学术论文等形式,研讨中国和外国民事司法改革问题。本书作为中欧高等教育合作项目的最终学术成果,就是在上述一系列法学研究和教学的基础上完成的。

我国的民事审判方式改革肇始于20世纪80年代末,目前仍方兴未艾。司法界权威人士指出,审判方式的改革是以宪法和诉讼法等法律为依据,以保障裁判公正为目的,以公开审判为重心,以"三个强化"(强化庭审功能,强化当事人举证责任,强化合议庭职责)为内容。随着民事审判方式的全面铺开和逐步深入,实际上已涉及民事审判制度、民事诉讼制度的改革。以1999年《人民法院五年改革纲要》的颁布为标志,我国的民事司法改革进入了一个新的阶段。这样一种不断深化的改革进程,固然有其深刻的政治、社会及经济方面的原因,但是就制度层面而言,则源起于司法制度各构成部分内在相互

---

[*] 《民事司法改革研究》是我承担的1999年度中欧高等教育合作项目"英国、德国民事司法改革及其对中国的借鉴意义"的最终成果,由我任主编,2000年11月由厦门大学出版社出版;2002年重印;2004年出版第2版;2006年出版第3版。《政治与法律》2001年第9期刊登杨子的书评《司法改革的新视域》,对本书予以推介。2001年9月,在中欧高等教育合作项目举行的学术交流会上,本书参加了该项目的学术成果展览并受到中方主任张小劲博士的表彰。

关联形成的耦合效应。这是因为整个司法制度犹如一部构造精密的机器,局部的改革必然会提出相关领域配套改革的要求,可谓牵一发而动全身。

在中国这样一个"依法治国"刚刚被宪法确立为基本治国方略的国度,推行民事司法改革所面临的问题,主要表现为司法理念、本土实践和域外资源三个方面,以如何协调这三者之间的相互关系。事实上,无论是设计和推行审判方式改革的法院,还是对司法改革始终抱有巨大的热情的法学界,也都是从这几个方面展开,进行着殊途同归的探索。本书的研究正是按照"司法理念—本土实践—域外资源"这样一种思路而设计的。

本书的写作得到了法学界各方人士的热情关心、指导和帮助。中国法学会诉讼法学研究会会长陈光中教授、副会长江伟教授在百忙之中推荐我申报中欧高等教育合作项目;西南政法大学常怡教授、田平安教授欣然命笔,为本书作序;北京大学刘家兴教授、中国政法大学杨荣新教授给予许多真诚的鼓励;英国伦敦大学亚非学院(SOAS)法律系 Michael Palmer 教授、Andrew Harding 教授、德国弗莱堡大学法律系 Uwe Blaurock 教授、Rolf Stuerner 教授在我访问英、德期间给予热忱的帮助,在此一并表示衷心的感谢。

限于我们的理论水平和认识能力,本书有失允当之处在所难免,恳请专家学者、读者朋友们批评指正。

2000 年 9 月 15 日

图 1　访问英国律师公会(2000 年 4 月)

《人人论执行》序[*]

司法是社会正义的最后一道防线,司法改革是我国政治体制改革的组成部分。继 1997 年 9 月中共十五大提出"推进司法改革"的任务后,2002 年 11 月召开的中共十六大进一步提出"推进司法体制改革"的目标。党的十六大报告指出:"社会主义司法制度必须保障在全社会实现公平和正义。按照公正司法和严格执法的要求,完善司法机关的机构设置、职权划分和管理制度,进一步健全权责明确、相互配合、相互制约、高效运行的司法体制。从制度上保证审判机关和检察机关依法独立公正地行使审判权和检察权。完善诉讼程序,保障公民和法人的合法权益。切实解决执行难问题。改革司法机关的工作机制和人财物管理体制,逐步实现司法审判和检察同司法行政事务相分离。加强对司法工作的监督,惩治司法领域中的腐败。建设一支政治坚定、业务精通、作风优良、执法公正的司法队伍。"

"接近正义"是许多国家司法改革的口号和旗帜;"受公正审判权"是联合国国际人权公约所规定的基本人权之一。近年来,我国以司法公正为目标,持续深入开展司法改革。国家修改、制定了许多有关保障人民"接近正义"的法律法规,如《法官法》《检察官法》《律师法》《法律援助条例》等。最高人民法院颁发了一系列旨在保障司法公正与效率的司法解释文件,如《关于民事诉讼证据的若干规定》《关于审理涉及人民调解协议的民事案件的若干规定》《关于适用简易程序审理民事案件的若干规定》等。《人民法院五年改革纲要》确定的 39 项改革任务——包括改革完善审判方式、诉讼证据制度、审判监督制度、诉讼费用管理制度、司法救助制度、审判运行机制、法官管理制度——绝大部分已经完成。应当肯定,在保障人民权益、维护社会正义方

---

[*] 这是我应福建省长泰县人民法院王文平院长之邀,为该院干警审判实务研讨论文集《人人论执行》写的序。

面,我国已经取得了很大的成就。但是,司法改革是一项宏伟而艰巨的事业,任重而道远。对此,我们应当有清醒的认识和持之以恒的思想准备。

强制执行是司法制度的重要组成部分。由于体制转轨、社会变迁、诚信缺失等种种原因,"执行难"已成为 20 世纪 90 年代以来我国法院所面临的最严峻的问题,并因此影响到对当事人权益的保护,损害了司法的权威。执行制度的改革势在必行。全国人大已将制定独立的强制执行法列入立法规划。制定一部独立的强制执行法,有利于借鉴外国执行立法和司法的经验,确立适合我国国情的执行原则,吸纳经实践证明为行之有效的执行措施,制定具体可行的执行程序,从而为完善强制执行法律制度,解决"执行难"问题提供广阔的活动舞台和完备的法律保障。

福建省长泰县人民法院的法官和工作人员在承担繁重的审判工作任务的同时,以极大的热情关注国家司法体制改革,不断总结实践经验,从理论上分析疑难问题,对执行制度的改革进行了可贵的探索。2003 年 3 月 14 日,我应邀到长泰法院作关于"司法改革与强制执行立法"的讲座,亲身感受到他们奋发向上的精神风貌、与时俱进的学习精神。他们坚守在司法战线的最前沿,不辞辛苦,任劳任怨,表现出对法律的忠诚和对正义的追求,以出色的业绩赢得了人民的信赖。"社会主义司法制度必须保障在全社会实现公平和正义",这一崇高的目标不仅是高悬在长泰法院办公大楼的一句口号,而且确实已经成为该院全体同志的实际行动。20 多年前,我在北京市丰台区人民法院民事审判庭实习过两个月,此后也曾多次带学生到基层法院实习和调研,深知基层法院负担之繁重,基层法官工作之艰难。借此机会,谨向长泰法院的同志们表达我真诚的敬意。

得知长泰县人民法院《人人论执行》论文集即将问世,为之欣喜不已。应王文平院长之邀,写下一些感受。

是为序。

2003 年 12 月 23 日

重返校园
第四辑 前序后记

《英国民事司法改革》后记[*]

自20世纪90年代中期以来,英国以"接近正义"为主题,展开了声势浩大的民事司法改革。这场改革在西方各国引起了极大的震动,其原因不仅在于英国法在普通法系国家中具有举足轻重的地位,更重要的是,这场改革从一开始就显示出一种前所未有、令人惊叹的广度和深度。为了实现改革的目标,改革者甚至不惜抛弃在司法制度中沿袭了几个世纪的原有哲学基础,而代之以新的诉讼哲学和司法理念——分配正义。这对深受英国法影响的许多国家和地区的司法制度产生了巨大的冲击。

在英国进行的这场改革,也引起了中国学者的关注。江伟教授、刘荣军博士率先在《诉讼法论丛》第1卷(法律出版社1998年版)上发表了《英国民事诉讼制度改革的新动向》的文章。文中说:"愿本文能够引起大家的某些兴趣。"我对英国民事司法改革的最初认识,就是从这篇文章获得的。它不但激发了我对英国民事司法改革的兴趣,而且使我产生了到英国看一看,以获取第一手资料的强烈愿望。

有志者事竟成。1998年11月,经陈光中、江伟两位教授鼎力推荐,我以"英国、德国民事司法改革及其对中国的借鉴意义"为题,申报中欧高等教育合作项目。1999年10月,受该项目资助,我赴英国伦敦大学亚非学院(SOAS)做学术研究;2000年1月,赴德国弗莱堡大学访问;2000年4月,从英国回到中国。作为该项目的最终成果,《民事司法改革研究》于2000年11月由厦门大学出版社出版(2002年重印,2004年第2版)。

本书是《民事司法改革研究》的续篇,也是我主持的教育部人文社会科学"十五"规划项目"英国民事司法改革研究"(批准号01JA820006)的最终

---

[*] 《英国民事司法改革》由我任主编,全书66.9万字,2004年8月由北京大学出版社出版。2005年11月,该书获得福建省第六届社会科学优秀成果三等奖。

成果。英国文化委员会和英国驻华大使馆对本课题的研究予以积极的支持,于 2002 年 1 月赠送了一批最新的英国法学著作。本书的写作过程长达两年之久,仅英文资料的翻译就用去将近一年的时间,其间我两次专程到香港大学法律学院收集最新资料。本书以"借鉴外国经验,立足我国国情,推进司法改革"为宗旨,全方位、多角度地论述英国民事司法改革,分析其经验教训,并探讨其对我国司法改革的借鉴意义。在写作过程中,我们广泛收集、阅读、参考各种资料,尤其是英文最新版资料,多次讨论,几易其稿,精益求精,力求在言之有物、言之有据、言之有理的基础上有所创新。诉讼法学前辈陈光中教授、江伟教授、常怡教授、刘家兴教授、杨荣新教授,香港大学陈弘毅教授,英国伦敦大学亚非学院 Michael Palmer 教授、Andrew Harding 教授,新加坡胡安华先生,英国文化委员会、英国驻华大使馆文化教育处,厦门大学法学院,北京大学出版社领导和李霞编辑、商鸿业编辑对本书的写作和出版予以热情的关心、指导和帮助,在此一并表示衷心的感谢。

尽管作了很大的努力,但由于我们的学识和能力所限,加上英国的民事司法改革目前仍处于发展变化的过程中,本书有失允当之处在所难免、恳请专家、学者、读者朋友们批评指正。

2004 年 6 月 20 日

图 2　访问英国剑桥大学(1999 年 11 月)

《民事上诉制度研究》后记*

2000年1月1日凌晨4:00,在参加了伦敦百万市民迎接新千年的狂欢活动,对无数人说了千百次"Happy New Millennium"的祝福之后,我回到了位于伦敦北郊Cockfosters小镇的宿舍。正如英国人所说的,新年是痛下决心的时刻(The New Year is a time for resolutions)。受报纸上众多的新年计划的鼓舞,就在这一天,我作出了回国后报考博士生的决定。于是,发了一份电子邮件给西南政法大学的常怡教授和田平安教授,表达我的这一愿望。至今还记得信中有这样一句话:"Maybe I am too old to be a student, but it's never too old to learn."两位老师立即给我回信,表示欢迎我报考。他们的鼓励坚定了我在新千年难眠之夜所下的决心,并开始了紧张的复习准备。

当年4月10日,我离开伦敦大学,回到厦门大学;4月12日,开始为学生讲课;4月22日,到中南政法学院参加全国民事诉讼法研讨会,并在会上介绍了英国民事司法改革的情况;4月23日,飞往重庆,住进位于沙坪坝的"重发"(重庆康明斯发动机厂)招待所;4月25日至28日,参加西政诉讼法专业博士生入学考试,考试科目包括中国民事诉讼法、外国民事诉讼法和英语;8月中旬接到录取通知。9月16日,我到西政报到,被安排住进学生宿舍11号楼411室,从此开始了为期三年的博士生学习生活。和我同年级的诉讼法专业博士生同学有景汉朝、唐力、吴杰。

2001年3月,经征得导师常怡教授的同意,确定博士学位论文选题"民事上诉制度研究"。11月,我的选题在开题报告会上获得通过。

2003年4月17日,在西政常怡教授的办公室,我向常老师递交了博士

---

* 《民事上诉制度研究》是厦门大学法学院80周年院庆"法学学术文库"丛书之一,于2006年9月由法律出版社出版,全书25万字。

论文的初稿。谈话之中,突然想到,1983年2月至6月,我作为厦门大学法律系助教,奉命到西政进修民事诉讼法,就在这座大楼里,第一次见到常老师,第一次听常老师讲课。光阴似箭,时节如流。许多当年同在一座楼上课的西南学子,如今早已成为司法界的中坚、学术界的名师了。

于是浮想联翩,又想起了25年前,1978年4月17日,我从新疆部队退役,回到古城泉州。当天晚上与母亲长谈。问及我今后的打算,她建议说:"你当兵五年多,吃了不少苦,年纪也不小了,该考虑成家的事了。"那时的我年轻气盛,壮怀激烈,只有高中一年的学历却自以为"天生我材必有用",身无分文却一心想做一番大事业,于是答曰:"匈奴未灭,何以家为!"母亲一时无言以对。几个月后,我再次从厦门乘车北上,求学于北京大学法律系。

从军人到学人,从战士到博士。三十功名尘与土,八千里路云和月。俱往矣!子在川上曰:逝者如斯夫!知我者谓我心忧,不知我者谓我何求。但正如徐卉博士所说:"所有的付出和努力都是值得的。每一条路径都有它不得不这样跋涉的理由;每一个转折都有不得不这样选择的方向。"①

由于"非典"(SARS)的影响,原定于2003年6月举行的博士学位答辩推迟了五个月。2003年11月14日上午,在经过三个多小时的答辩之后,我的博士学位论文《民事上诉制度研究》获得通过和好评。答辩委员会由江伟教授、徐静村教授、田平安教授、付子堂教授、左卫民教授、陈全教授、杨树明教授组成,江伟教授任主席。数百名西政学生旁听了答辩。印象最深的一个细节是,在答辩过程中,每当江老师称我为"小齐"时,学生中就爆发出一阵笑声。

感谢恩师常怡教授,没有他在1996年11月湘潭会议上的鼓励和多年来的关心、指导和严格要求,就没有我今天的成绩和这篇博士论文。

感谢陈光中教授、江伟教授、杨荣新教授、刘家兴教授等诉讼法学前辈多年来的提携和教诲。1981年在北大第一次听刘老师讲课,1983年在西政第一次听江老师、杨老师讲课,1986年在广州会议上第一次向陈老师请教。

---

① 徐卉:《涉外民商事管辖权冲突研究》,中国政法大学出版社2001年版,第342页。

往事历历在目,至今记忆犹新。

  本书是我在博士学位论文的基础上修改补充而成的。尽管尽了很大的努力,但由于社会的变迁以及法治的发展,加之本人的水平和能力所限,书中不当之处在所难免,恳请读者朋友们批评指正。

2006 年 8 月 1 日

图 3 参加西南政法大学 2000 级新生开学典礼(2000 年 9 月)

《民事纠纷多元化解决机制研究》序

　　经济的发展、改革的推进和利益格局的调整,总是伴随着深刻的社会变迁和利益的冲突。在我国,一个无法回避的现实是,在突飞猛进的经济奇迹背后,社会矛盾纠纷发生率和激化率也在急剧地上升,并且呈现出新的特点,不仅群体性、突发性事件数量增多,尖锐和对立的程度加剧,而且纠纷与冲突涉及范围扩大,带有明显的多元性、发散性。尽管我国的民商事行为规范不断完善,但民事纠纷的解决并未出现如同哈耶克所强调的通过自由的市场机制竞争,而形成纠纷解决的"自生秩序"。相反,由于缺乏法治的传统与经验,在社会各界高呼民主与法制的同时,造成了对诉讼机制的迷信,助长了诉讼万能思潮的泛滥。由于对法治的片面理解,纠纷解决途径日益单一化,诉讼不是被作为纠纷解决的最终途径,而是被普遍作为第一甚至唯一的选择,有限的司法资源难以应对社会纠纷解决的需求,而民间调解、行政处理、仲裁等非诉讼纠纷解决方式却明显弱化,最终导致司法机关不堪重负。

　　我国正处于社会转型时期,利益的多元化渐趋明显。为有效应对这种矛盾和纠纷剧增和激化的趋势,需要一种多元化的思路。应当充分认识到,无论是公平、效率和利益本身都是多元化的,有关社会公平和效益的标准并不是绝对和唯一的。为了构建和谐社会,不能采取单一化的思路,而应当使多种相互冲突的利益经由不同的解决途径走向平衡。利益冲突的平衡是实现社会和谐的前提。我们不仅应当制定相对公平的法律,也应当注意解决纠纷时兼顾不同群体的特殊利益,更好地进行协调,而不是简单地作出非此即彼的判断。

　　从解决社会纠纷和矛盾的效果看,司法是有效的,但不是万能的,也不是最好的纠纷解决手段。法谚曰:"没有救济的权利不是真正的权利"。为保障纠纷当事人能够获得有效的救济,有必要寻求建立一个包括协商、调解、仲裁、诉讼等多种方式，彼此协调共存、相辅相成、满足社会主体多样化需求的程序体系和动态的调整系统，即多元化的纠纷解决机制，并赋予当事人相应的程序选择权，以适应现代社会对于纠纷解决的需要。实践证明，构建多元化的纠纷解决机制，并使协商和解、民间调解、行政处理、仲裁等诉讼外纠纷解决方式与诉讼方式之间相互衔接与协调，对于我国推进司法改革、在全社会实现公平和正义具有积极的意义。这不但是有效解决纠纷的需要，也是实现中共中央所提出的建设和谐社会的目标所必须的。社会和谐的基本含义就是在人与人之间建立和谐关系，而多元化的纠纷解决机制为和谐关系的建立提供了一种可能。华侨大学法学院陈慰星博士所撰写的《民事纠纷多元化解决机制研究》一书，正是对于这个问题所进行的学术思考的结晶。

我阅读了该书的大部分书稿，认为这本著作具有如下一些特色：一是该书作者在研究范式上进行了创新努力。作者引入了包括法经济学、法人类学、法社会学等前沿法学研究方法，为"多元化纠纷解决"这一颇受现代程序法学者关注的话题开辟了新的研究视角。例如，作者采用法统计学和法经济学的方法，分析传统以及现有的纠纷解决资源的合理性内核，提出纠纷解决的竞争模型及其互动机制。这种研究范式是目前较为少见的，也是值得提倡的。二是该书的研究内容具有较为深刻的现实说服力和外部拓展性。作者在行文中对于行业性资源和民间纠纷解决资源的重视，使得研究素材和内容能够较好地融合在一起，并通过研究样本的本土化探索，获得了较有代表性的考察素材积累。此外，作者所进行的比较法学的研究视域拓展，使得该书能够获得域外最新文献的支撑，更使得全书富有新意。三是该书在传统的单一机制纠纷解决的基础上，利用时间顺序、强制程度、角色强度和沟通交流等司法协同技术，对于具有全面纠纷解决效果的复合模型进行了提炼，从理论上梳理了多重纠纷解决方式运用的机理及相关的司法技术适用问题，作出了可贵的学术贡献。

慰星是我所指导的厦门大学首届诉讼法硕士研究生。该书部分章节的初稿即源自他的硕士学位论文；其余部分则是他在西南政法大学攻读博士学位期间笔耕不辍的成果，其中很多章节的第一稿，慰星请我看过并提出修改意见，几易其稿而成。我相信读者在阅读中，能够感受到这位年轻学者学术研究方面的执着追求和所付出的心血和汗水。

几年前,我曾经在送给慰星的一本书上赠言:"千里之行,始于足下;会当凌绝顶,一览众山小。"希望他以《民事纠纷多元化解决机制研究》为起点,不断攀登,更上一层楼。

是为序。

2007 年 10 月 2 日

图 4　厦门大学诉讼法专业师生合影
左起:陈慰星、施高翔、邹郁卓、欧丹、齐树洁、陈贤贵、熊云辉、陈爱飞(2018 年 9 月)

"权利保护与纠纷解决"丛书序[*]

改革开放以来,经济建设高速发展,个人财富日益增多,社会利益逐渐呈现出多元化的格局。每一个阶层、每一个群体,乃至于每一个个人,都在为权利而斗争。在人们交往和合作的过程中,侵权和纠纷的发生不可避免。但是,财富的获取、权利的伸张、纠纷的解决,不能恃强凌弱,也不应以暴易暴。如何保护合法权益,扶助弱势群体,推动社会公平,构建和谐社会,已成为全社会共同关注的话题。实践证明,只有在理性和法治的秩序中,才能有效地保护权利,解决纠纷,实现互利和共赢。

我国宪法和法律赋予人民广泛的自由权、人身权和财产权,同时也相应地保障人民在这些权利受到侵害或发生争议时,享有平等而允分地寻求救济的权利。如果某一权利受到侵害后,被侵权者无法获得任何有效的救济,那么,该权利的存在将毫无意义。正如法谚所云:"救济先于权利""没有救济的权利不是真正的权利"。然而,面对纷繁复杂且变动不居的社会生活,法律不可能为人们的每次具体活动提供明确的行为界限,人们的"越界"行为在所难免。更何况即使法律明确规定了行为界限,也仍然无法防止人们有意或无意的违规行为。

在宪政制度日趋完备的当代社会,纠纷的解决与救济途径的选择,涉及公共资源的配置以及民众利用司法的权利问题,因此,它具有宪法上的意义。面对社会变迁和多元化的利益需求及其冲突,传统的纠纷解决方式不堪重负,日渐力不从心。为此,有必要建立一个包括协商、调解、仲裁、诉讼等方式,彼此协调共存、相辅相成、满足社会主体多样需求的程序体系和动

---

[*] 2007年至2008年,在深圳君强律师事务所俞飞律师的主持下,厦门大学法学院诉讼法专业的博士生、硕士生共同编写了"权利保护与纠纷解决"丛书。该丛书由厦门大学出版社出版,包括如下5种:《企业债权保护》《公民物权保护》《知识产权保护》《劳动争议解决》《家庭纠纷解决》。

态的调整系统,即多元化的纠纷解决机制,并赋予当事人相应的程序选择权。正是基于上述"权利必须保护、纠纷必须解决"的理念,深圳君强律师事务所的俞飞律师带领厦门大学法学院诉讼法专业的博士生和硕士生,历时两年,编写了这套"权利保护与纠纷解决"丛书。

我阅读了部分书稿之后,感到这套丛书具有如下特色:一是贴近生活,书中所介绍的都是人们日常生产生活和企业经济交往中常见的问题,具有典型性,目的在于为读者提供关于交易风险防范、权利保护和纠纷解决的基本法律知识。二是深入浅出,尽可能用通俗易懂的文字介绍法律知识,阐述基本原理,分析疑难案例。三是内容新颖,紧跟立法动向(例如2007年3月颁布的《物权法》、2007年12月颁布的《劳动争议调解仲裁法》),体现最新的法律规定和司法解释。四是注重实务,丛书刻意避开了教科书的写作模式,作者从一个律师的角度娓娓而谈,设身处地地为读者释疑解惑,从而使得丛书具有明显的实务风格。

图5 "权利保护与纠纷解决丛书"作者合影(2007年5月)

俞飞律师是我指导毕业的厦门大学民商法专业法学硕士,少时家境贫寒,始终锲而不舍,其志可嘉。他从事律师工作多年,不断开拓进取,成绩斐然。在丛书写作过程中,他除了通过各种方式与作者保持密切联系外,还三次专程回到母校,向师弟师妹们讲授实务经验,修改书稿,其诚感人。近日

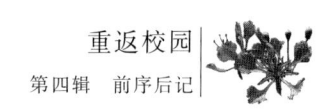

得知由他主编的丛书即将付梓,我为之欣喜不已。应俞律师之邀,特作此序,以表祝贺之意。厦大校训曰:"自强不息,止于至善。"谨以此语与俞律师及各位同学共勉。

2008 年 5 月 1 日

《东南司法评论》发刊词[*]

20世纪90年代以降，基于公正与效率价值的内在要求，以"接近正义"（Access to Justice）为主轴的司法改革浪潮风靡全球，声势浩大。在中国，发轫于20世纪80年代末的审判方式和诉讼制度改革，先是由法院主导，继而发展为由中央统一组织协调的司法体制和司法制度改革。然而，由于法律传统、社会制度、经济基础、意识形态等不同形成的国情差异，中国的司法改革不仅要积极回应广大民众的司法需求，增强司法能力，有效解决诉讼迟延、费用高昂、程序烦琐等普遍性问题，而且要紧密围绕构建和谐社会的战略目标，对司法理念、诉讼模式乃至纠纷解决机制进行适应性的调整。而这两方面的改革实践，都必须充分考虑国情因素构成的现实制约，才不致陷入窒碍难行的困境。职是之故，中国司法改革所具有的复杂性、敏感性、艰巨性和挑战性是空前的，称之为一庞大的法治系统工程，或不为过。

司法改革的开展，既有赖于国家政策的强力推动，也需要学术话语的缜密论证。近10年来，我国学界竞趋新潮，围绕司法改革问题持续开展深入的研究，理论成果异彩纷呈，蔚为大观。司法研究借以附丽的诉讼法学也因之呈现一派繁荣景象，"忽如一夜春风来，千树万树梨花开"。回顾我国近年来司法改革的历程，不难看出，但凡经得起实践考验、至今仍在有效运作的重大举措，无一不是在充分吸收这一时期法学界相关理论研究成果的基础上稳妥颁行的。

厦门大学法学院诉讼法学科自1979年法科复办以来，始终密切关注并

---

[*] 2008年8月，厦门大学司法改革中心与厦门市中级人民法院研究室、厦门大学出版社合作，共同创办《东南司法评论》，由我担任主编。该刊第1卷于2009年1月出版，第2卷于2009年7月出版，此后每年出版一卷，每卷约60万字。至2019年，《东南司法评论》共出版12卷并获得社会的好评，中央政法委员会研究室曾来函予以表彰。自2023年起，由王杏飞教授担任《东南司法评论》主编。

积极参与我国诉讼制度建设及司法体制改革,其间参与多项立法论证,承担大量科研课题,频繁组织实证研究,推出系列学术专著,可谓不遗余力。2008年5月,依托诉讼法学科的学术力量,司法改革研究中心宣告成立。"中心"以"立足本国国情、借鉴外国经验、推进司法改革"为宗旨,立足东南,面向全国,集结力量,广泛开展各类学术活动,期冀通过长期不懈的努力,为我国司法制度的改革与完善略尽绵薄之力。

有鉴于学术研究是一项恒久的事业,学术活动的持续需要自由、开放、稳定的交流平台的支撑,厦门大学司法改革研究中心发起创办定期学术刊物,并以办刊所在位于东南海疆之故,将新刊物命名为《东南司法评论》。此举得到厦门市中级人民法院、厦门大学法学院、厦门大学出版社领导的热情鼓励和大力支持。承蒙厦门中院研究室慨允作为刊物编辑出版的合作单位,评论倡导的理论与实务结合的旨趣将得到彰显。本刊每年编辑出版一卷,举凡司法制度一般理论问题的研究,审判实务热点难点的探析,域外司法改革动向的介绍,以及诉讼制度史事的钩沉,无论古今中西,只要言之有物,持之有故,合于规范,均在本刊用稿之列。

刊物之风格乃刊物生命之所系。进入新世纪以来,国内竞相问世的以司法研究为主题的学术刊物层出不穷,可谓各擅胜场,各具特色。有诗云:"横看成岭侧成峰,远近高低各不同。"我们相信并由衷地期待,假以时日,持之以恒,经由作者、读者与编者的共同努力,本刊能够逐渐形成自己的风格与特色。倘若如此,司法研究东南视角之形成,或将指日可待。

2008年11月29日

《司法鉴定程序的法律问题研究》序

　　近年来,证据法学已成为中国法学领域内引人注目的"显学",与此相关的理论研究与探讨也逐渐成为学术热点。司法鉴定便是这众多"热点"中的一个。伴随着庭审方式改革的深入,一些新的证据规则逐渐形成,许多诉讼法学者和司法实务界同人积极从事司法鉴定制度的理论研究,使得这一时期的科研成果非常丰富。当前,三大诉讼法典的修改以及证据制度的完善均已提到议事日程,这种司法环境进一步推动了司法鉴定理论在争鸣中向前发展。鉴定作为一种证据获得和事实认定的重要方法,在诉讼程序中的应用越来越普遍,司法鉴定活动所得出的鉴定结论往往成为认定案件事实的关键。但是,由于我国只在三大诉讼法典中对司法鉴定作了原则性的规定,缺乏具体的可操作性的规范,司法鉴定的程序上存在诸多缺陷,实践中产生许多困惑,亟待从理论上对此作出回应与解答。

　　在司法鉴定过程中确立程序正义理念,是实现传统法制理念向现代法治理念转变的重要内容。一方面,司法鉴定立法应充分关注和保障民众所享有的程序上的知情权、选择权、决定权、启动权等一系列权利;另一方面,民众在行使各项权利时,应遵从法定的程序和规则。司法实践表明,在很多情况下,当事人不服从法院判决或对司法权威产生怀疑,是基于对司法程序的不满而产生的。他们觉得法律和法院没有为他们提供公平的司法程序,或者没有充分保障他们的程序权利。就司法鉴定制度而言,正因为程序正义对于程序违法者的制裁,司法鉴定程序规则的建立就为程序正义的落实提供了保障。更重要的是,由于程序正义重视司法者对规则的遵守和法制的完善,在司法鉴定过程中贯彻程序正义理念有利于促进我国程序法制的建设和司法权威的树立。

　　我国法学界目前对于司法鉴定的理论研究虽已取得一定的成果,但和发达国家相比,目前的研究基础仍相对滞后与薄弱,尚处于对发达国家理论的引进和移植阶段,创新性的成果较少。值得推荐的是,兰州大学法学院拜荣静博士和甘肃省高级人民法院王世凡法官合著的《司法鉴定程序的法律问题研究》一书,以程序正义为视角,研究司法鉴定的实际运行问题,从程序正义的语境出发,思考和分析我国司法鉴定制度中的各种问题,提出解决的思路,探讨其发展趋势。本书比较全面地探讨了司法鉴定的程序正义理念,并以此为基点,分析了司法鉴定的概念、鉴定费用、鉴定人、司法鉴定法律援助等问题。本书没有局限于仅仅从司法制度的技术层面考察制度立法,而是侧重于从程序正义的视角来分析和论证司法鉴定的相关问题,这就抓住了司法鉴定制度建设最基础、最根本的问题。作者以程序正义为背景的司法鉴定理论研究,对传统的司法鉴定理念和制度建设提出了新的挑战。实践表明,如果将实体正义的实现作为司法鉴定的唯一目标,整个司法鉴定制度的构建就会成为空中楼阁。

程序正义问题在西方理论和制度比较成熟,值得我们研究和借鉴。本书作者对于国外的理论和制度进行了比较深入的分析,同时也对国内的理论和制度进行了剖析和反思,提出了在程序正义理念下构建我国司法鉴定制度的一些设想。尽管书中若干观点还有待于进行更深入的探讨和论证,但我相信,本书的研究成果对深化我国司法鉴定制度的立法具有某种开拓性的意义,对推动我国司法鉴定的制度建设将产生积极的作用。

是为序。

2010 年 4 月 23 日

《中国知识产权禁令制度研究》序

施高翔博士的专著《中国知识产权禁令制度研究》是在他的博士学位论文基础上完成的。我作为他攻读博士学位期间的导师,得知学生的著作即将出版,为之欣喜不已。

禁令制度作为英美法系国家衡平法上的一种主要救济方式,其功能在于弥补普通法救济之不能,具有事前防止侵害发生或事后防止侵害后果扩大的特点。本书以比较研究的视角,立足我国知识产权保护的司法实践,阐述我国实行禁令制度的意义,并在对禁令的程序法性质、审查标准、制度价值等方面进行分析的基础上,借鉴外国经验,提出了构建我国知识产权禁令制度的设想。

本书作者以在职生的身份攻读博士学位,他的博士学位论文从确定选题到最终定稿,其写作过程历时4年之久。其原因之一固然在于作者所肩负的本职工作重任:他长期担任法律编辑室主任,独当一面,不断开拓。在他攻读博士学位期间,厦大出版社的法律图书种类和数量逐渐增加,在全国高校出版社中迅速脱颖而出,学术影响越来越大,目前已经成为我国法律图书的出版重镇之一。原因之二可能在于本文选题的难度:它横跨实体法和程序法两大领域,涉及法学理论和司法实践的诸多问题,非下苦功无法把握其中之原理,更遑论有所创新。

法律的生命不在于逻辑,而在于实践。本书作者深知理论联系实际之重要意义。据我所知,在写作过程中,作者收集阅读了大量的中英文资料,多次参加全国性学术研讨会,还到福建省、广东省多家法院进行实证调研,取得了第一手数据材料,由此保证了本书见解的说服力和论证的可靠性。

记得1993年8月第一次见到高翔时,他刚刚从生物系毕业,从事编辑业务不过几天,而我作为厦大出版社的法律顾问,经常到社里处理各种事务。他得知我是法律系的教师,便向我咨询一个房屋租赁纠纷的法律问题。

或许他对于法律知识的热爱就是从这次咨询开始的吧。几年之后,他获得厦大民商法硕士学位;又过了 13 年,他顺利通过博士学位论文答辩。前程万里,学无止境。希望他继续努力,更上一层楼,攀登新高峰。

"弃燕雀之小志,慕鸿鹄以高翔",谨以此古语与高翔博士共勉。

2011 年 10 月 20 日

图 6　厦大师生参加全国民事诉讼法研讨会(2016 年 11 月)

《诉权保障的中国阐释》序*

诉权理论是民事诉讼理论的元命题,曾被称为该领域的三大理论基石之一。这一领域的研究因其基础性、重要性、理论性、争议性,使得众多学者望而却步。国内目前有关诉权理论研究的专著、论文乏善可陈。蔡肖文博士的专著《诉权理论的中国阐释》以此为中心,另辟蹊径,既放眼于诉讼理论发展的历史维度,又立足于中国国情的现实需要,以中国人的视角与立场让我们重新认识到了这一古老理论的现实价值,颇具启发意义。

该书以休谟著名的"事实与价值"二元理论为逻辑切入,系统考察和梳理了 actio 从古代救济程序演变成现代诉权理论的过程和原因;深入剖析了 actio 的内在逻辑结构、价值目标、作用与功能;指出了诉权理论所反映的西方法文化与中国传统法文化的抵牾与冲突,通过对诉权概念、理论、历史嬗变及对中国法治、民事诉讼制度的构建和影响,提出了一系列站在中国法治、文化历史与现实基础立场上的解读,很多见解掷地有声,有说服力,引人深思。作者对西方诉权理论的阐述和分析十分到位,符合西方法治及诉权理论的发展脉络;对中国法治文化、社会伦理的分析入情入理。作者所提出的多元化纠纷解决机制及其各项相关制度完善的建议,对司法改革、法治中国建设的顶层设计提供了思路和建议。评审专家认为,该论文"选题新颖,思路清晰,观点明确,资料翔实,论述充分,见解独到,文字优美,是一篇高质量的博士学位论文"。在今年5月4日举行的答辩会上,作者以全优的成绩通过了博士论文答辩。

蔡肖文博士担任法官近 20 年,理论基础扎实,司法经验丰富。值得称

---

* 2012年3月,我应澳门科技大学法学院的邀请,担任该校兼职博士生导师,并从当年开始指导诉讼法专业博士研究生。蔡肖文法官是我在该校指导毕业的第一位法学博士。此后我还指导了翁京才、张虹、俞飞、崔拓寰、韦键、张科、赖华平、张熠枫等澳科大博士生。

赞的是,他在承担繁重的审判工作的同时长期坚持自学,博览群书,并担任汕头大学法学院兼职副教授,向学生传授司法实务技能,引导学生独立思考法治建设中的问题。据我的了解,他的教学深受汕大师生的好评。

2011年1月,经汕头大学法学院院长彭文浩(Michael Palmer,我在伦敦大学访学期间的导师)教授的推荐,我在汕头大学举办的一次国际研讨会上认识了时任汕头市龙湖区人民法院民事审判庭副庭长蔡肖文法官。他在研讨会上的发言给我留下深刻的印象。一年后,他成为我在澳门科技大学法学院招收的第一位博士研究生。经过三年苦读,他以优异的成绩顺利毕业,获得法学博士学位。这本21万字的学术著作就是在他的博士学位论文的基础上修订完成的。该书视野开阔,旁征博引,体现了诉权理论研究的最新成果。我作为他攻读博士学位期间的导师,得知学生的专著即将出版,为之欣喜不已。

前程万里,任重道远。希望肖文博士今后继续努力,开拓进取,攀登新高峰,更上一层楼。

2015年12月15日

图7 我和蔡肖文博士合影于澳门科技大学(2015年5月)

《知识产权纠纷多元化解决机制研究》序

倪静博士的专著《知识产权纠纷多元化解决机制研究》是她获得国家社会科学基金项目资助后完成的成果。这一成果以她的博士学位论文为基础,增补了很多新资料,体现了最新的立法、司法和学术动态。我作为她攻读博士学位期间的导师,得知学生的专著即将出版,为之欣喜不已。

纠纷的多元化解决是司法改革的重要组成部分,也是我多年来关注的研究领域。知识产权具有不同于普通财产权的特殊性,因而其纠纷解决机制更为复杂、多样。随着知识产权交易的日益活跃,各类知识产权纠纷数量持续不断增长。如何恰当妥适地解决这类纠纷,已成为法学界和司法界共同关注的理论和现实问题。本书从分析知识产权争议解决的需求、规律和重点出发,以有效地解决知识产权争议为基本目标和价值取向,对各类知识产权纠纷解决机制的地位、角色、功能等进行了分析和优劣对比,试图构建一个相对完整的知识产权争议多元化解决体系。从本书的字里行间,可以看出一位年轻学者的思考、探索和努力。

本书作者于2005年从西南政法大学考入厦门大学法学院。自攻读博士学位开始,她就确定了这一选题,持之以恒,不断开拓。本书的写作和出版历经十年之久,可谓"十年磨一剑"。在厦大读博期间,她作为中法联合培养的博士生,曾赴法国马赛第三大学从事一年学术研究,收集阅读了大量的英文、法文资料。她还多次参加国内外学术研讨会,到多地法院、仲裁机构、行政机关进行实证调研,取得了第一手数据材料,由此保证了本书见解的说服力和论证的可靠性。

2002年9月我第一次见到倪静,那时她刚刚考取西南政法大学知识产权法专业的研究生,青春年少,意气风发。2008年她从厦大博士毕业后,又到中国社科院从事两年的博士后研究,此后到华东政法大学国际法学院任教。10多年来,她不畏艰难,不断进步,从硕士生到博士生,逐渐

成长为一位小有成就的高校教师。不忘初心,方得始终。学术之路任重而道远,希望她今后继续努力,作出新成绩,攀登新高峰,为国家的法治事业作出新的贡献。

2015 年 1 月 8 日

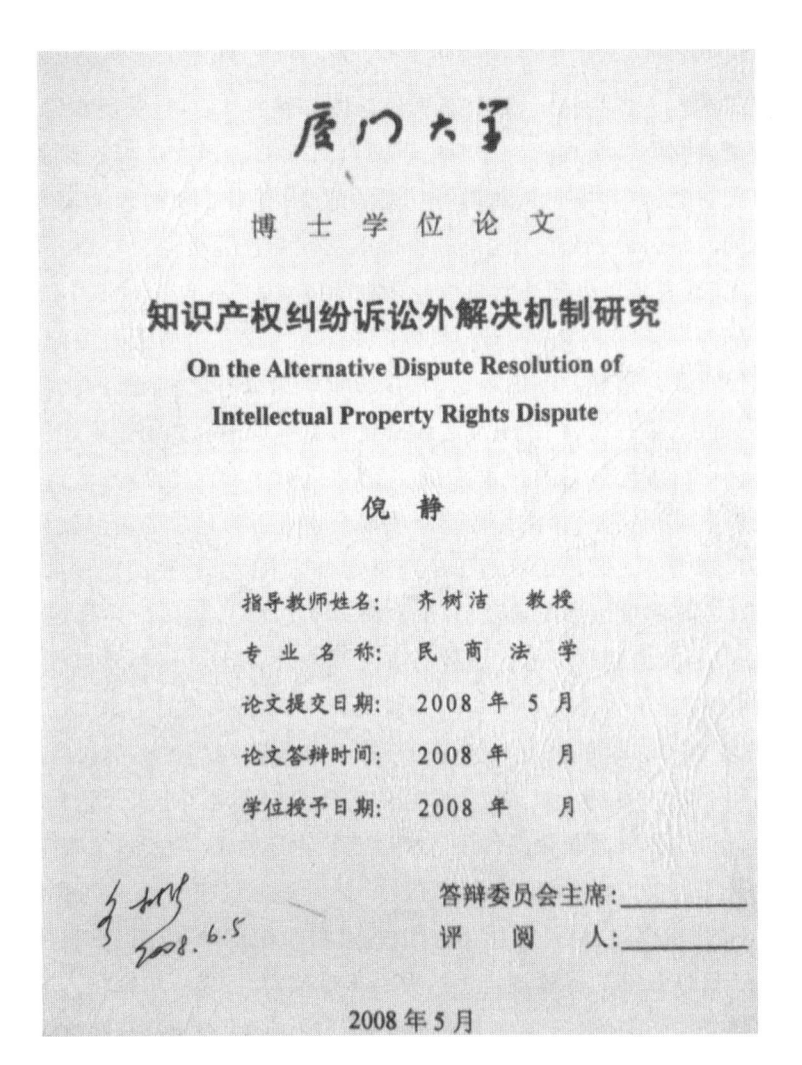

图 8　倪静同学的博士学位论文(2008 年 5 月)

《民事裁判的边界》序

民事裁判边界之确定,是民事诉讼得以开展的基石,也是民事诉讼法的基础理论研究的一个难题。作为民事裁判对象核心要素之诉讼标的,直接关系审判对象、审判方向和既判力范围的解决,有着重要的理论研究价值。诉讼标的问题因而成为一审、二审和再审相互衔接的桥梁。对诉讼标的范围的尊重,既有利于限制法官自由裁量权的恣意,又有利于保证当事人的合法诉求不为突袭性裁判所侵蚀,体现了法官审判权和当事人处分权的和谐统一。民事裁判边界的准确划定,直接影响着诸如诉之利益、诉之合并、反诉、共同诉讼、第三人诉讼、重复起诉禁止等基本理论问题的正确解决,维持着民事诉讼法理论体系的一致性,其价值可谓牵一发而动全身。

在民事审判实务中,法院的判决遗漏当事人诉讼请求的情形较为少见,但法官超越当事人诉讼请求而作出判决则屡见不鲜。这说明职权主义的阴影仍然在一定程度上影响着法官的司法。与此同时,实践中还出现了一些争议性判决,其所判事项是否超越当事人诉讼请求范围,一时难以界定。例如,裁判书以当事人未提及的法律关系或案件事实,来支持当事人的具体权利要求,是否有超越诉讼请求范围的问题?如何看待当事人诉讼目的与其诉之声明之间的关系?如何看待法官依实体法规定对当事人诉讼请求范围的变更,例如,在合同无效案件中,要求"互相返还财产"的实体法规定,是否可以变更原告单方面的诉讼请求范围?如何理解民事诉讼法司法解释第247条中的"三相同、一否定"标准?上述问题的存在,均说明了现行民事诉讼法关于民事裁判边界的规定仍然失之于粗疏,有待进一步细化。

自罗马法以降,关于民事裁判边界的研究,形成了三条发展脉络,分别体现于英美法、法国法和德日法之相关规定。在很长的一段时间中,英美民事审判裁判边界之确定看重案件事实要素,德日民诉法看重法律关系要素,法国民诉法则倚重于规范与事实要素之组合。分久必合,同样是学术史上的一个有趣现象。近年来,作为发展主轴的这三种类型的民事诉讼,出于提高审判效率的需要,均有借重案件事实要素以确定民事裁判边界之趋势。回望国内,该领域的研究推陈出新,硕果累累。老一辈民诉法学者常怡教授、江伟教授就对采用传统或新诉讼标的理论持有不同的观点;新一代学者如张卫平、张晋红、李龙、段厚省、刘荣军、毕玉谦等教授也各自撰文立说,阐述了独立见解。理论争鸣的百花齐放造就了学术的繁荣,但却未能得出一个有力的共识性结论,反而在某种程度上带来了"争鸣的疲劳"。这也正是我国实务界中"越界裁判"和"缺位裁判"频现的一个重要原因。

开斌博士对于民事裁判边界的研究情有独钟,长期关注。他在硕士毕业论文中就探讨了实体请求权竞合这一主题。2006年,他考入厦门大学法学院,成为我指导的博士生。随后不久,就以民事诉讼标的作为方向,开始博士论文的写作。其间,他还到台湾地区访学,专门收集了这方面的研究资料,遍访名家,选修了邱联恭教授和杨淑文教授的课程,受益匪浅。他的博士学位论文《民事诉讼标的之研究》,答辩成绩为优秀。答辩委员会主席为时任中国法学会民事诉讼法学研究会会长陈桂明教授。陈教授以及另一位答辩委员会成员李浩教授均对该论文给予高度好评。博士毕业后,他继续坚持该方向的深入研究,获得教育部人文社科青年基金项目的立项。本书就是该基金项目的最终研究成果。

本书从历史的视角,系统介绍了民事裁判边界理论自罗马法以来的发展、分野与融合,尤其是对美国、欧盟和我国台湾地区理论革新趋势,做了密切跟踪和剖析。书中采用了类案研究方法,笔触钩沉于判决之海洋,以实证精神小心地描绘我国民事裁判边界之现状图景。作者回应现实生活中存在的民事裁判边界确定方法的朴素案件事实观,经过持续深入的理论论证和逻辑梳理,谨慎地提出了民事裁判边界之"目标管理案件事实说"。这是一个有相当分量的学术创新:在立法技术上,对案件事实的诉讼单元化提出了目的管理方法,这与英美法的纠纷事件说中求诸法官经验的方法相比,显然更为客观;在诉讼理念上,既看重纷争一次性解决之目标,又看重内含于案件事实中诸法律关系下的诉之声明的共同目的,从而使法官阐明权和当事人诉讼促进义务的行使更为有章可循;在表达形式上,该学说主张直接点出了民事裁判边界之变动原因,并非源自诉讼标的范围之相对化,而是程序阶段功能对诉讼标的的相对影响力。这样的理论阐明更为直截了当,也更容易为参与诉讼的民众所理解和接受。认真对待本书关于民事裁判边界确定方式的研究与论证,再经由学界坚持不懈的探索与争鸣,相信必能对民事裁判边界确定之司法实践,产生重要的推动作用。其意义不仅是促进民事司法中的法官向协同主义型法官角色的转换,还能从最基础的层面上夯实和提升民事判决的质量。

唯有砺心砺行,方能有真正意义上的学术创新。"光而不耀,静水流深。"从厦大毕业至今,开斌在民事诉讼基础理论的研究道路上,始终坚持自己的方向,不忘初心,脚踏实地,不断取得新的成绩,我为之十分欣喜。

是为序。

2018 年 3 月 31 日

《台湾地区"民事诉讼法"修改之研究》序

熊云辉博士的专著《台湾地区"民事诉讼法"修改之研究》是在他的博士学位论文基础上完成的。我作为他攻读博士学位期间的导师,得知学生的著作即将出版,为之欣喜不已。

台湾地区民事诉讼制度是我多年来关注的研究领域。在当今中国,法律修改已成为迈向法治社会的重要途径,民事诉讼法与其他法律制度一样,应当在新的司法理念指引下,与时俱进,不断完善,才能适应社会的发展,满足人民的需要。在这方面,台湾地区近30年来历次"民事诉讼法"的修改,为大陆民事诉讼法今后的完善提供了生动的样本和丰富的素材。

云辉博士的这本新作系统地梳理了台湾地区"民事诉讼法"修改史、民事诉讼理论变迁的学术史,力图辨明二者之间的关系,并对修法后的实效进行分析,以求长时段、深厚度、立体化地呈现台湾地区"民事诉讼法"修改的全景。本书以修法史、学术史的考察为主线,以修法效果的实证分析为辅线,以大陆民事诉讼法的借鉴为依归,行文思路清晰,逻辑严密,层次分明,文字流畅。

本书对台湾地区"民事诉讼法"修改的研究思路具有新意。作者能够透过修法看到其背后的指导理论的意义,较为客观地指出民事诉讼法学专家对该法的重大贡献,其观察十分敏锐。书中有关集中审理制、小额诉讼程序的实证分析,从正反两方面呈现了台湾地区"民事诉讼法"修改的成效,所得出的结论具有较大的说服力。作者既看到了台湾地区"民事诉讼法"修改所取得的成就,也看到其修改所存在的问题,如本土化陷阱、过于理想化等,其分析比较公允全面。值得一提的是,作者运用历史—社会的研究方法分析台湾地区"民事诉讼法"修改史,其方法新颖,评论得当。总之,本书是一部具有较高质量的学术专著。

本书作者在高校担任教师多年,于2011年考入厦门大学法学院,攻读诉讼法专业博士学位。自攻读博士学位开始,他就确定了这一选题,持之以恒,不断开拓。在厦大读博期间,他作为主要成员参与我主持的国家社科基金项目"台港澳民事诉讼制度改革研究",贡献良多。2013年他赴台湾政治大学从事为期3个月的学术研究。在台湾访问期间,他全身心地投入文献资料的收集和整理中,奔波于台湾政治大学、台湾大学等高校,收集台湾地区"民事诉讼法"修改的资料,遍访名家,得到了邱联恭、王甲乙、许士宦、姜世明等著名民事诉讼法学者的指导。他还参加了台湾地区民事诉讼法研究会第120次会议,观摩了台北地方法院、高等法院的开庭审理。由此,他对台湾地区"民事诉讼法"修改的历史和现实有了比较全面的了解,取得了大量的第一手数据材料,从而保证了本书见解的说服力和论证的可靠性。

记得2009年3月我第一次见到云辉,那时的他踌躇满志,意气风发,言谈间表现出对学术研究执着的追求,其意志之坚定,令人感动。不忘初心,方得始终。2014年他获得博士学位后,在新的教学岗位知难而上,不断进步,在教学和科研方面都取得了显著的成绩。

论及治学,古人云:"为天地立心,为生民立命,为往圣继绝学,为万世开太平。"学术之路任重而道远,永无止境。希望云辉博士今后继续努力,作出新成绩,攀登新高峰,作出应有的贡献。

2017年4月8日

《中国环境公益诉讼主体多元化研究》序

吴应甲博士是一名从事司法实务的基层检察官,同时也是一名勤奋的法律研究者。他的专著《中国环境公益诉讼主体多元化研究》以其博士学位论文为基础,并增补了一年来司法改革的最新进展资料,体现了最新的立法、司法和学术动态。我作为他攻读博士学位期间的导师,得知学生的专著即将出版,为之欣喜不已。

检察公益诉讼制度的构建是我国司法改革的重要任务之一,也是我长期关注的研究领域。自2015年7月1日全国人大常委会授权检察机关在13个省、自治区、直辖市开展试点工作以来,试点地区检察机关充分发挥法律监督职能作用,正确把握公益的界限,在生态环境和资源保护、国有资产保护、食品药品安全等领域开展公益诉讼,取得了可喜的成绩,在生态环境和资源保护方面的成果尤其引人注目。

本书视野开阔,内容丰富,旁征博引,文句流畅。全书以检察机关为切入对象,以环境资源领域为突破点,紧紧围绕环境公益诉讼的主体问题,采取案例实证研究、历史考察和比较研究等方法,力图探寻我国环境公益诉讼主体发展的历史轨迹和现实基础,这对于当下检察机关提起公益诉讼的理论和实践具有一定的参考价值。作者在关注检察机关提起公益诉讼的同时,也对环保组织、行政机关和公民个人在环境公益诉讼中应当发挥的作用作了前瞻性的思考。作者指出,当前背景下,检察机关应当具备一定的谦抑性,以诉前程序解决纠纷为主,充分保护环保组织提起环境公益诉讼的积极性;针对特殊案件,应当赋予环保机关有限的诉讼主体地位;环境公益诉讼的主体制度应当与社会发展现实相契合,检察机关在开展公益诉讼试点改革的同时,也要注重发挥环保组织、行政机关和公民个人等主体的优势与作用,加强与其他诉讼主体的配合与协作,最终构建一种良性互补和有所限制的梯形格局。从本书的字里行间,可以看出一位年轻学者对于国家法治发展的思考、探索和努力。

  法律的生命不在于逻辑,而在于实践。本书作者具有丰富的司法实践经验,深知理论联系实际之重要意义。在写作过程中,作者收集阅读了大量的中英文资料,多次参加全国性学术研讨会,还到多地检察院、法院和行政机关进行实证调研,取得了第一手数据材料,由此保证了本书见解的说服力和论证的可靠性。

  2013年3月厦门大学博士生入学考试复试时,我第一次见到应甲,那时的他踌躇满志,意气风发,言谈间表现出对司法实践和法学研究的热爱,令我印象深刻。不忘初心,方得始终。4年来,他知难而上,不断进步,在本职工作和学术研究方面都取得了显著的成绩,表现出很大的发展潜力。

  "士不可以不弘毅,任重而道远",谨以此古语与应甲博士共勉。

2017年3月7日

《民事诉讼诚实信用原则之适用研究》序

　　俞飞律师是我指导的厦门大学2002级民商法研究生。我经过考察,认定他是可造之才,于是在2005年他通过答辩,获得法学硕士学位后,真诚地鼓励他再接再厉,继续深造。而他认为自己基础不够扎实,表示要做一些准备。我觉得此言有理,但没想到他的"准备"过程竟然长达10年之久。其间我多次催促他尽快下决心,他总是说"准备还不够"。2015年,他终于考取了澳门科技大学诉讼法专业博士生。2020年1月,他撰写的博士学位论文《民事诉讼诚实信用原则之适用研究》顺利通过答辩,获得法学博士学位。这本著作就是在他的博士论文基础上修改完成的。我作为他的博士论文指导教师,深知10多年来他为此而付出的努力和心血,为学生在学业上的这一巨大进步而欣喜不已。

　　本书所研究的诚实信用原则,是我国民事诉讼法的一项新制度。诚实信用原则的明文化、法定化,是2012年民事诉讼法修正案的一个引人瞩目之处,其意义十分重大,必将对我国民事司法制度产生深远的影响。俞飞从事律师工作多年,实务经验丰富,多次参加学术研讨会以及我组织的司法调研活动,对民事诉讼诚实信用原则的适用有很多独到的见解。他的博士论文紧密结合我国民事司法实践,旁征博引,言之有据,在深入分析诚实信用原则基本原理的基础上,提出完善该原则在民事诉讼中的适用机制的立法建议。据我所知,评审专家和答辩委员对于他的论文选题的意义、写作的质量都给予充分的肯定。

　　在民事诉讼领域引入诚实信用原则,经历了漫长的过程,至今仍然争议不断。长期以来,诚实信用原则被视为仅适用于实体法领域而为民商法学者研究的范畴。随着社会的变迁,私法中的私权自治、个人主义、自由主义受到了一定的限制。与此相对应,在民事诉讼领域中,以个人主义为中心的诉讼观念得到了一定的修正。社会各界普遍认为,对于当事人违反信义、不诚实进行诉讼从而影响到诉讼程序的安定和对方当事人权益保护的行为，应当予以合理的规制。在诉讼中，当事人的诉讼行为不仅要符合明确的程序法规范的要求，也应受道德规范的约束。于是，诚实信用原则在民事诉讼法中的基本原则地位得以凸显，并逐渐得到了理论上的认可和立法上的确认。

随着司法实践的发展和理论研究的深入，在民事诉讼领域引入诚实信用原则的重要性和必要性日益显现出来。诚实信用原则是适应权利本位思想从个人本位向个人本位与社会本位并重转变的必然产物。随着社会的发展，人类在追求个人利益的同时更加注重社会的利益。诚实信用原则要求民事主体在追求自身利益的同时不损害他人和社会的利益。在诉讼中，双方当事人都是自身利益的最佳判断者，为了实现其利益的最大化而进行对抗。某些当事人甚至有可能为了形成对自己有利的诉讼状态而采取不当的诉讼行为。这些诉讼行为都需要通过诚信原则予以约束，从而缓解双方当事人之间过度对抗的关系。

在当今的民事诉讼制度中，诚实信用原则具有独立存在的价值。例如，诉讼权利平等原则旨在保证当事人在诉讼中的地位平等，使当事人拥有平等的"进攻"与"防御"的"武器"，从而推进诉讼程序公正地实施。在诉讼实践中，由于当事人在诸如经济实力、律师代理等多方面的差异，可能会存在实质上的不平等，这就需要通过诚实信用原则加以适当的调整，以平衡当事人双方的"攻防"力量。辩论原则和处分原则体现了当事人与法院在诉讼中的相互关系。这两项原则的主要内容是保障当事人在诉讼中的主导地位，并对法院审判权形成制约，其实质是使诉讼最大可能地按照当事人的意愿进行。但是，过分注重对当事人的意愿的尊重，可能会导致当事人权利的滥用，从而造成诉讼的结果违背实质正义。因此，诚实信用原则作为法院适度干预当事人诉讼行为的调节器，有助于促进诉讼按照立法者的意图进行。辩论原则要求法院尊重当事人之间对对方提出的事实的自认，处分原则要求法院尊重当事人对各种请求权的处分。然而，法院在诉讼中不能对可查的虚假自认和不正当的处分漠然处之，而必须对其进行必要的干预，否则将有悖诉讼的实质公正。这种必要的干预和限制只能由诚信原则来完成，从而使民事诉讼基本原则成为一个完整、协调和整合的体系。由此可见，诚实信用原则是通过调整诉讼主体之间的相互关系,使诉讼在协作、诚实、善意的协同关系中进行,并以此实现诉讼的公正。

诉讼中的各方均应信守诚实信用原则。这就要求各方主体在诉讼中本着"公平竞赛"的精神实施诉讼行为。具体而言,它对诉讼主体提出了如下要求:第一,作为司法资源的垄断者,法官和法庭工作人员应当本着诚信的原则合理地分配正义。第二,法庭必须充分倾听各方当事人的陈述。第三,法庭必须独立于包括政府在内的任何力量,尊重当事人之间的平等关系。第四,法庭适用的诉讼规则必须能够为当事人所理解,因此它不能过于纷繁复杂、艰涩难懂。第五,审理过程和判决都必须具有公开性。第六,法庭的判决必须充分阐明理由。第七,审判程序的各阶段都不应有不合理的拖延。第八,法庭必须是被动的,它应当尊重当事人的自治权利。

在《民事诉讼法》中确立诚实信用原则,有利于规范当事人的诉讼行为和法院的审判行为,促进民事诉讼辩论原则的有效运行,协调当事人之间以及当事人与法院之间的关系朝着良性的方向发展。该原则在诉讼法上的确立必将为我国民事诉讼理论和实践的发展提供新的制度资源。可以预见,随着我国司法改革的不断深化,诉讼程序制度将更加注重对当事人意愿的尊重,体现当事人的主体地位,诚实信用原则对于保证诉讼公正的作用也将更加明显。

俞飞律师少时贫寒,锲而不舍,终于学有所成,其志可嘉。近年来,他多次专程到厦门大学和澳门科技大学,向师弟师妹们讲授实务经验,并在厦门大学出版社设立出版基金,用以出版师弟师妹的学术著作。可谓不忘初心,饮水思源。得知他的大作即将出版,我特作此序,以表示祝贺之意。厦大校训曰:"自强不息,止于至善。"谨以此古语与俞律师共勉。

2020 年 10 月 15 日

《民事诉讼法》(第 13 版)前言[*]

民事诉讼是典型的规范性纠纷解决方式。诉讼制度的出现使纠纷的解决能够在和平、公正的环境下进行;由于有了公权力机关的主导,诉讼程序更加专业化,纠纷解决的结果也更加确定,执行更有保障。在我国实行全面依法治国的新形势下,民事诉讼法及其相关制度必须与时俱进,不断完善,才能适应社会发展的需要和民众多元化的利益需求,有效地解决争议,保障人民的权益。

自 1991 年《民事诉讼法》颁行以来,国家制定了许多与民事诉讼相关的法律和法规。例如,《海事诉讼特别程序法》《劳动争议调解仲裁法》《全国人大常委会关于司法鉴定管理问题的决定》《诉讼费用交纳办法》《人民陪审员法》等。在一些民事、经济、行政法律及法规中,也有不少与民事诉讼相关的规定。例如,《道路交通安全法》中关于交通事故损害赔偿争议处理程序的规定,《电子签名法》中关于数据电文证据效力的规定,《公证法》中关于公证文书证据效力、强制执行效力的规定,《侵权责任法》中关于污染者举证责任的规定,《消费者权益保护法》中关于消费者保护公益诉讼的规定,《环境保护法》中关于环境保护公益诉讼的规定,等等。这些法律、法规都属于广义的民事诉讼法,具有特别法的效力。此外,近年我国缔结或参加的国际公约中也有一些与涉外民事诉讼程序相关的规定。例如,我国 1997 年参加的《关于从国外调取民事或商事证据的公约》,2009 年缔结的《中华人民共和国和巴西联邦共和国关于民事和商事司法协助的条约》等。

为适应社会经济的发展和司法实践的需要,全国人大常委会于 2003 年将民事诉讼法的修改列入其立法计划。2007 年 10 月 28 日,十届全国人大

---

[*] 《民事诉讼法》是"高等学校法学精品教材系列"之一种,由我任主编,2007 年由厦门大学出版社出版,此后每年修订一次。2019 年出版第 13 版。

常委会第三十次会议通过了《关于修改〈中华人民共和国民事诉讼法〉的决定》。此次修改主要集中在再审程序和执行程序两个方面。2012年8月31日,十一届全国人大常委会第二十八次会议再次修改《民事诉讼法》。此次修改涉及的范围较广,其中尤以诚实信用原则、公益诉讼、小额诉讼最为引人注目。2017年6月27日,十二届全国人大常委会第二十八次会议第三次修改《民事诉讼法》,增设检察机关提起公益诉讼和支持公益诉讼的规定。

本书以2017年6月27日修正后的《民事诉讼法》和2015年2月4日公布的《最高人民法院关于适用〈中华人民共和国民事诉讼法〉的解释》为依据,结合司法改革和民事审判的实践,阐述民事诉讼的基本原理和主要程序。作者在注重基础知识的完整性和准确性的同时,力求体现最新的立法、司法和学术研究动态,理论联系实际,启发学生独立思考,培养其分析问题、解决问题的能力。

"文章千古事,得失寸心知"。本书的初稿形成于2006年,距今已经过去13年了,其间经历了《民事诉讼法》的三次修改,可谓"十年磨一剑"。承蒙读者的厚爱,本书被许多法律院校采用为教材,受到广大法科学生的好评。我们因此深感责任重大,始终不敢懈怠。自2007年出版以来,作者坚持每年修订一次教材,力求使之跟上时代的步伐,成为最好的教学用书。然而,尽管做了很大的努力,由于民事诉讼法的体系庞大,涉及面广,加上我们的水平所限,本书的不足之处在所难免。为此,恳请读者朋友们批评指正,以便将来修订时予以完善。

2019年8月26日

《民商事再审前沿实务与疑难解析》序

2017年10月,丁义平律师专程回到母校厦门大学,带来了其专著书稿《通向再审之路——最高人民法院民商事再审疑难实务》,希望我提出修改意见。2018年3月,我在阅读该书部分书稿后,为该书写了几句推荐语:"义平律师执业多年,身经百战,经验丰富,且潜心学术,著书立说,难能可贵。我阅读本书初稿之后,深感这是一部法理与司法紧密结合的学术著作,书中提出了很多独到的见解,发人深思。我国民事再审制度的改革任重而道远。义平律师为此作出的努力值得称赞。"此后我得知该书在2018年12月被评为"深圳律师庆祝改革开放40周年暨深圳市律师协会成立30周年之最佳专著",深感欣慰,当即向义平表示祝贺。

2012年至今,我在澳门科技大学兼任博士生导师。几年前,考虑到义平一直从事法律实务工作、勤奋且有钻研精神,我曾建议他到澳门科技大学看一看,争取在该校攻读法学博士,以求进一步深造。义平当时有所动心,但最终因为工作太忙等缘故未能实现,我为此感到遗憾。在和他的交流中,我能感受到他不忘初心,始终在法律实务和法学研究相结合的道路上毅然前行,志在千里,勇攀高峰。2019年10月,他还参加了在南昌举办的全国民事诉讼法研讨会,与学界人士进行学术交流。尤其难能可贵的是,他在繁忙的律师工作之余,结合颁行不久的《民法典》及最高人民法院近年来新的审判实践,以及其自身的丰富实务经验,对民商事再审与抗诉实务中的前沿与疑难问题进行了全面总结、阐述及诠释,形成了《民商事再审前沿实务与疑难解析》一书。近日得知他的新作即将由法律出版社出版,我再次表示祝贺并欣然作序。

文章千古事,得失寸心知。欲穷千里目,更上一层楼。期待义平律师继续努力,在从事法律服务的同时,创作更多优秀的作品,为我国民事司法制度的改革与完善作出新的贡献。

是为序。

2023 年 4 月 18 日

图 9　厦门大学师生参加全国民事诉讼法研讨会(2019 年 10 月)

第五辑

往事杂忆

凤凰树下随笔集

重返校园
第五辑　往事杂忆

难忘西北戍边时*

又到新兵入伍时,我情不自禁地回忆起32年前的往事。

1972年11月,征兵开始了。由于1971年没有征兵,那一年征集兵员的数量特别多,以至于破例允许城市在校生报名。那时我在泉州一中高一(2)班读书,得知这一消息后,热血沸腾,当即决定投笔从戎,报效国家。12月15日,我终于穿上了盼望已久的绿军装。那一年,全校有20多名同学入伍,学校为此开了一个欢送会。

图1　摄于1973年8月

12月20日,上千名闽南子弟集结在厦门郊区的前场车站,北上戍边。前场大队毛泽东思想宣传队在站台上为我们演出了文艺节目。下午,满载新兵的军列长啸一声,驶离车站。前场就这样成为我的从军史的起点。当晚,在西去的军列上,我写下了散文《当祖国召唤的时候》。该文后来刊登于《泉州文艺》1973年创刊号。

12月30日凌晨,列车到达乌鲁木齐。走出车站,只见一片冰天雪地,一会儿大家的手脚都冻僵了。火车站上的大标语"要准备打仗"使我们感受到了中苏边境地区的紧张气氛。

经过五个多月的新兵训练后,我们分到了连队。指导员陈光明得知我读过高中,称我为"小知识分子",并当即任命我为连队革命军人

图2　新疆部队同班战友合影
　　　（1975年11月）

* 本文原载《厦门日报》2004年12月22日D3版。

313

委员会的宣传委员。我上任之后的第一件事,就是征集庆祝八一建军节的稿件。那一期的黑板报,我们连队在全团评比中获得第一名。

当时北方邻国百万重兵压境,对我国虎视眈眈,边境冲突不断,但是我们无所畏惧,严阵以待。每当母亲来信中谈到成家的事,我总是豪迈地回答:"匈奴未灭,何以家为!"在艰苦的生活中,我患了严重的关节炎,至今仍然经常隐隐作痛。1974年初,在一次边境冲突事件中,按上级要求,每人在布条上写明自己物品的邮寄地址和收件人,系在行李包上。几年后我在北京大学法律系学习民法时,才明白当时这一行为在法律上的意义。

铁打的营盘流水的兵。当时士兵的服役期为三年,但是按新疆部队的惯例,党员必须服从需要,超期服役。1978年,在我超期服役两年之后,终于到了离开部队的时候了。元旦那天,抚今追昔,感慨万千,我写下了这样的诗句:"大雪纷飞不觉寒,天山戎马又一年。一腔热血守边境,万里长征人未还。"

图 3　摄于 1977 年 1 月

图 4　退伍军人证明书
（1978 年 3 月）

1978 年 4 月 2 日,全团退伍士兵集中在大操场上,团长刘安义致欢送词。有一年,刘团长外出执行任务,他的妻子(部队称为家属)突然病危,急需输血。接到通知,我和几位战友立即赶到 273 医院献血。经抢救,团长家属终于转危为安。团长为此事多次向我表示感谢。在我上车前,刘团长突然走到我跟前,向我行军礼,并说:"老兵,谢谢你! 多保重!"我一时没有准备,赶紧立正准备还礼,但刚举起手,猛然发觉没有戴军帽,举到胸前的手只好慢慢地放下来(按 20 世纪 70 年代我军内务条令的规定,不戴军帽的时候,不得行

举手礼）。就在那一瞬间，我明白五年的军旅生涯就此结束，我将永远告别亲爱的连队和朝夕相处、生死与共的战友了，于是我泪流满面。

图 5　我在新疆部队服役期间写的日记

第一次坐民航飞机*

已有几百次乘机经历的我,始终忘不了第一次乘坐民航飞机的情景。那张红色的、印有天安门图案的民航班机客票,我珍藏至今。

那年我20岁,入伍一年多,在驻新疆库尔勒的一个基层连队当兵,1974年6月被军宣传处短期借调到军部的新闻报道组。7月中旬,为配合八一建军节的宣传,宣传处的冯处长指派鱼汲胜干事和我上昆仑山,采访驻南疆某部著名的边防一线连队——"昆仑山上好四连"(后来才知道,冯处长曾在这个连队当过兵)。

接受任务后的第二天,我们搭乘军用运输机赶到南疆的和田,打算从叶城乘坐汽车上山。想到即将进入神秘的藏北高原,采访驻守中印边境的边防连队,我们满怀自豪,兴奋不已。到达南疆指挥所后却得知,我们要采访的四连已经换防下山了,现驻扎在1000多公里外的巴楚县。鱼干事立即和军部联系,请示下一步的行动。冯处长考虑到时间紧急,特别批准我们乘坐民航飞机(票价38元),火速赶往巴楚县。

1974年7月19日上午,我和鱼干事乘坐的"里-2型"(即人民币2分纸币上的那种飞机)民航飞机正点起飞。这是我一生中第一次乘坐民航班机。里-2型飞机很小,只能坐十几名乘客。飞机上只有一名20岁左右的女乘务员,北京人,穿着没有领章帽徽的空军制服。和我同行的鱼干事正好是北京人,和乘务员一路上聊得很开心。乘务员说,她是现役军人,应征入伍后当乘务员的。让我印象最为深刻的是,乘务员还为每位乘客发了纪念品——一盒特制的中华牌香烟(10支装)。

两小时后飞机到达阿克苏机场。下飞机后我们乘坐兵团农三师的货车,而后换乘维吾尔族百姓的拖拉机,日夜兼程地赶往巴楚,终于在第三天

---

* 本文原载《厦门日报》2012年1月11日第28版。

到达四连驻地。我们在四连住了4天,圆满地完成了采访任务。

鱼干事后来转业,在北京的一家出版社当编辑。去年他来厦门时,我们聊起30多年前的往事,对南疆采访之行的很多细节依然记忆犹新。感慨之余,两人都为当年未能上昆仑山而深感遗憾。

图6 我和鱼汲胜干事合影于新疆哈密(1976年7月)

我的退伍返乡之路*

10多年前我写了一篇题为《难忘西北戍边时》的短文，回忆学生时代投笔从戎的经历。该文刊登于2004年12月22日的《厦门日报》。报纸刊出后，一些朋友、学生打来电话，说他们读了短文之后十分感动。我妹妹说，她把这篇文章读给母亲听，母亲听后不禁潸然泪下。

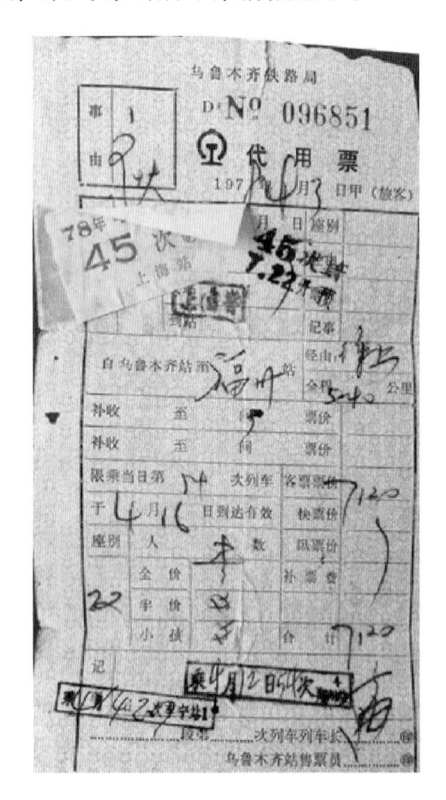

图7　乌鲁木齐至福州的火车票（1978年4月）

---

*　本文原载《厦门日报》2020年5月6日B04版。

去年的八一建军节,我到泉州参加新疆老战友聚会,见到了当年和我一同入伍、在同一个团当兵并一同退伍的老战友陈亚强、郑东升、黄奕亮。1972年12月,一大批泉州市区的中学生响应祖国的召唤,义无反顾地穿上军装,北上戍边。入伍前,亚强和我是泉州一中的学生,东升和奕亮是泉州五中的学生。尽管边疆军营的生活十分艰苦,但那时的我们年轻气盛,无所畏惧,在训练执勤之余,时常在戈壁滩上指点江山,高谈阔论。老战友聚会时,大家对40多年前的往事记忆犹新,而且都为自己生命中有一段当兵的经历而自豪。

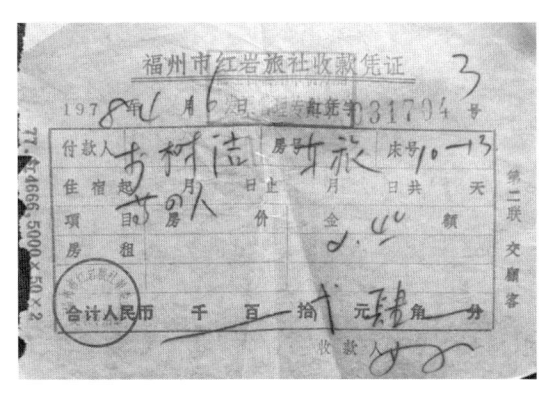

图8　福州红岩旅社的住宿费发票(1978年4月)

1978年4月初,驻守南疆的退役老兵离开部队。我们的返乡行程如下:从库尔勒军营乘坐部队卡车到托克逊,当晚住在兵站。4月3日下午从乌鲁木齐郊区的大河沿火车站上车,路上几次下车上车,观光游览。4月16日到福州,当晚住在汽车站附近的红岩旅社。住下之后,我们几人冒着大雨,到福建师大学生宿舍,和在那里上学的中学同学聊天。4月17日早上,我们四人从福州乘坐汽车,下午到达泉州。我们历时五年四个月的军旅生涯就此结束了。

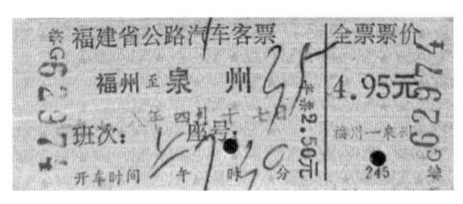

图9　福州至泉州的汽车票(1978年4月)

我至今保存着当年退伍返乡之路的全部票据：从乌鲁木齐到福州的火车全程 5240 公里，硬座票价 71.20 元。在福州住红岩旅社，每人的住宿费 0.6 元。福州至泉州的汽车票价 4.95 元。

图 10　新疆战友聚会，纪念 1972 年从泉州中学应征入伍 50 周年（2022 年 8 月）

重返校园 | 第五辑 往事杂忆

1978年的南京之行*

40多年前我第一次到南京,尽管时间久远,当时的很多细节至今依然记忆犹新。

1978年3月,全国科学大会在北京隆重召开,"科学的春天到来了!",全国人民为之欢欣鼓舞。我那时是新疆军区某部超期服役的老兵,即将告别军营。在连队宣布退伍命令后,我收到了妹妹半个月前从福建三明寄出的信。信中说:"告诉你一个特大喜讯,车间主任今天通知我,我将和本车间的9位工友一同去南京燃化公司氮肥厂培训4个月,预定3月27日启程。"妹妹1974年高中毕业后,到泉州郊区的东海公社北星大队下乡。1976年11月我回家探亲时,曾到北星大队看她,只见她穿着老旧的衣服,一身泥土,满面尘灰,正和几位知青在田间劳动。1977年11月,她通过知青招工考试,成了三明化工厂的一名新工人。

南京是六朝古都,历史名城。我们这批来自闽南、戍守边关的军人由于喜欢"春风又绿江南岸,明月何时照我还"的诗句,对虎踞龙盘的钟山有一种特殊的感情。收到妹妹的来信后,我当即决定,返乡途中在南京下车,看望妹妹并游览古都。

4月2日,驻守南疆的退伍老兵离开部队。4月12日傍晚,我乘坐的列车到达南京。下车后,我在火车站通过"114"查询台查到南化公司总机的电话,再通过总机打电话到南化培训队宿舍。我说要找一位三明化工厂来培训的女工。传达室的门卫说:"今晚停电,我不便到女工宿舍叫人。你明天再打电话吧。"我说:"我从新疆退伍回福建,路经南京下车,希望看看妹妹。明天我就离开南京了。"他一听我是从新疆来的,立即去宿舍喊人,把我妹妹叫来了。我问妹妹如何乘车到南化。她刚到南京不久,从未外出,说不清

---

* 本文原载《厦门日报》2023年8月2日 A12版。

楚，只好问传达室的门卫。门卫很热心地告诉我具体的乘车路线，最后说了一句："你要快一点，八点半就没有公交车了。"放下电话，我赶紧出发，从南京火车站乘坐10路公交车到四平楼站，然后跑步上了长江大桥，十多分钟后到达大桥上的回龙桥站；再从回龙桥站乘车到泰山新村站；晚上八点半，坐上当天最后一班公交车到小门站。

  妹妹和几位三化来培训的男工友在小门站迎接我。他们已经等了半个多小时。下车后走了几分钟就到了他们的宿舍区。我在值班室登记后，进入厂区。那天晚上停电，厂区一片漆黑。几位男工友把我带到他们的宿舍，那里正好有一张空床。当晚，我和三化的那几位青工举行"卧谈会"。他们都是高中毕业生，几个月前，他们都还在乡村的田野上劳作，现在穿上了工作服，心里依然渴望了解外面的世界。我正好曾借调到军部报道组几个月，采访过一线边防部队，知道一些中苏边境、中印边境的情况。在黑暗之中，虽然看不见他们的表情，但我能感觉得到他们在专注地倾听。

  第二天一早起来，和我同宿舍的那些青工都去上班了。妹妹带我到食堂吃早饭，而后在厂区里走了一小段路。只见高炉林立，管道纵横，年轻的工人们穿着统一的蓝色工作服，脚步匆匆，充满朝气，如潮水般地涌向车间。我第一次见到这种场景，为之惊叹，内心羡慕不已。妹妹介绍说，整个南化公司有几万名工人，她所在的南化氮肥厂有4000多名工人，三化来南化培训的工人有60多人。她说这些话时，充满了自豪感。

  早饭后，我和妹妹一同乘车进城，一天之内游览了南京长江大桥、雨花台、中山陵等名胜古迹。当晚，我坐上火车，继续乘车南下，回到福建泉州。

  一晃几十年过去了。不久前我和妹妹一家一同吃饭，在笑谈往事时，我问妹妹、妹夫："你们还记得1978年我到南京看你们的故事吗？"他们异口同声地说："记得，怎么会忘记呢！"妹夫就是当年和妹妹一同到南京培训，并在小门公交车站迎接我的男青工之一。我说："那好。我就把这个故事写出来吧。"

北大日记（1978—1982）*

1978 年 10 月 13 日　星期五

《北京大学》校报第 2006 期报道：我校今年招收的 2800 多名新生最近已经入学，其中本科生 1900 名，研究生 458 名，进修生 550 名。今年，全国数万名考生报考北大。在 1900 名本科新生中，党团员占 80％以上，年纪最小的只有 14 岁。我校在福建招生 76 名，理科平均总分 425.5 分，其中数理化单科成绩平均为 90 分以上；文科平均总分 415 分，语文平均成绩 80 分以上。

1978 年 10 月 27 日　星期五

今晚班会，系总支朱启超老师宣布我班组织机构情况。班党支部：高志新（书记）、刘新魁（组织委员）、陈忠林（宣传委员）、林力（保卫委员）、李建生（青年委员）。班团支部：李建生（书记）、李凌燕（组织委员）、吴志攀（宣传委员）。班委会：刘新年（班长）、邵景春（学习委员）、王彦君（生活委员）、陈欣（体育委员）、常敏（文艺委员）。

全班 60 多名同学，有 22 名党员，分为三个党小组。我、邵景春、高志新、齐海滨、刘歌、丁卫国等在第一党小组。

1979 年 12 月 20 日　星期四

今天下午听系主任陈守一老师作报告。

陈老师说，全国复查冤假错案不少于 1000 万件。还有"文革"前的问

---

* 本文原载《法学家茶座》第 7 辑，山东人民出版社 2005 年版。

题,都进行了复查,如"右派"就有50多万人。

我们很多老同志的法制观念不是很强的。我们靠枪杆子出政权。进城后仍然没有法制观念,因为政权不是靠法律得来的。

现在全国有18~20个大学正在筹建法律系。各省市政法干校纷纷建立。中断了20多年的司法部恢复了。中断了10多年的检察院、民政部、律师制度恢复了。

政法战线需要100万人。今年尽最大努力,调了28万人,但都是生手,还要训练。今后北大法律系的规模在1000人左右,包括教师、研究生、本科生。

我已经70多岁了。人到老年,感到时间很宝贵。希望寄托在你们身上。

30年来,在法学界形成了一种可怕的观念,即法学政治性强,阶级性强,敌我矛盾很尖锐。法学问题就是敌我矛盾问题。应当承认法学政治性强,但它是一门科学,有它的规律性。

当前法学界有争论的几个问题:(1)法学研究的对象是什么?(2)人治与法治的关系。(3)党对政法工作的领导问题。首先肯定要有党的领导,但不能包办代替。(4)法律的稳定性与连续性问题。(5)法律的原则性与灵活性问题。

1980年5月6日　星期二

今天下午,中国社科院副院长、全国人大法制委员会副主任、我系兼职教授张友渔作报告,谈加强社会主义法制的问题。张老今年已经82岁了。

他说,我国法制不健全的原因在于:(1)我国受几千年封建专制影响,没有一个资产阶级民主的阶段,在政治生活、思想等方面,缺乏民主斗争的锻炼。(2)由于长期封建影响,不习惯于民主生活,也不习惯于"合法斗争",要么服服帖帖做顺民,要么武装暴动。(3)我国过去反对剥削阶级的旧法制,思想上就养成了轻视、仇视法律的习惯,变成了不但反对旧法制,而且一般地反对法制。这些问题如果不能从思想上、理论上加以解决,就不可能加强社会主义法制。这正是我们做法学研究的人应该承担的一个任务。

图 11　北京大学法律系 1978 级同学合影(1981 年 3 月)

1981 年 9 月 14 日　星期一

最近食堂实行学生帮厨制度(即帮助卖午饭、晚饭的饭菜)。每天的报酬是 0.5 元,每星期两天。今天轮到我班同学帮厨。晚饭时我看见苏力围着蓝围裙,神情严肃地卖馒头,差点笑出声来。我确实很佩服他这种做事一丝不苟的精神。

1981 年 11 月 14 日　星期六

上午 10:00 党员开会,讨论发展党员问题。我提议发展两名同学:卢松、朱苏力。这两位同学都与我一个宿舍。卢松是北京人,现役军人,中学毕业后到京郊插队;1977 年入伍,1978 年任班长,在部队两次受嘉奖;入学后先后担任校学生会体育部长、副主席。朱苏力是安徽人,1971 年初中毕业后入伍,1976 年退伍。两位同学都积极要求进步,都很正直、善良、勤奋,各有所长。苏力的第一份入党申请书是在 1971 年写的,那时他还不满 18 岁。我认为他们都已基本具备了党员的条件。

会上每位党员都发表了自己的意见。被提名的同学还有石泰峰、王志远、李凌燕、陈雁、张淳、许晓光等。

1981年12月1日　星期一

部分1977级、1978级同学贴出倡议书《我们为母校留下什么》，倡议捐资为蔡元培先生和李大钊烈士塑像。据说此文出自我班齐海滨同学（校学生会宣传部部长）的手笔。文中写道：

如草木之恋土地，如河水之怀高山。

北大，为我们敞开了母亲般温暖的胸怀，以她的全部心血哺育了我们。在她的怀抱里，我们成长了，我们成熟了，我们就要学成远去了——呵，亲爱的母校，我们将为她留下什么？

人生最宝贵的莫过于青春，大学生活又是青春最动人的乐章。北大，我们的青春开花结实的园地。在这里，我们有艰苦的耕耘，也有欣慰的收获；有严肃的求索，也有胜利的狂欢。我们充实而愉快地度过了多么短暂而难忘的四年！

北大，这科学民主的摇篮，曾经哺育了中国近现代史上的一代英豪。作为北大学生，我们将终生引以自豪！

齐海滨，1953年生，原籍河北邢台，家在北京。初中毕业后到黑龙江建设兵团，1971年入伍，在武汉部队当兵。1975年退伍后到邢台钢铁厂当工人。今年结婚。他还写过这样一首词《清平乐·未名湖早读》："燕园霜晓，湖畔书声早。一个单词忘记了，笑问松间啼鸟。朝霞又染新枫，看时处处春浓。拾得一枚红叶，归来夹取书中。"

1981年12月24日　星期四

今晚班支部大会，到会党员23名，预备党员5名，非党同学17名。会上通过了卢松（我、何斐为介绍人）、朱苏力（刘新魁、成卉青为介绍人）两位同学的入党志愿书。我在会上介绍了卢松同学的思想发展过程、入校后各方面的表现，并表明了对他的希望。会议进行了将近两个小时。

1982年1月7日　星期四

下午，我和卢松、孙晓宁、吴强军、马东等同学到校医院看望住院的林力同学。她是前天因腰疼病发作住院的。据她说,在云南建设兵团劳动时得了腰疼病,时常发作。

晚上到二教203听陈建功(中文系文学专业1977级)谈他的文学创作体会。这几年他写了不少有深度的短篇小说,其中《丹凤眼》被评为1980年全国优秀短篇小说。他中等身材,体格健壮(曾在门头沟煤矿当过矿工),穿一身蓝色中山装。会后我请他题字留念(他们1977级同学再过几天就要离校了)。他题了"开拓,进取"四个字。

只要天空还有星星在闪烁,我们就不必害怕生活的坎坷。
让别人去做生活的骄子吧,我们的使命是永远开拓!

——摘自陈建功小说《流水弯弯》

1982年1月21日　星期四

今晚8点,参加本班陈忠林同学的婚礼。地点就在我们的学生宿舍楼。班主任吴擷英老师也赶来了。20多位同学挤在一个小房间里,屋里热气腾腾。新娘姓徐,是四川巴县六中的英语教师,昨晚到京。忠林入学前是巴县的乡镇干部,据说也是当地的知名人士。他们自我介绍说,徐的母亲是陈的小学老师,两人从小就认识。经热心者介绍,双方都愿意(林力同学插话:"正中下怀。"全场大笑)。

大家都公认新娘称得上beautiful(漂亮)。忠林说,她是我们镇上比较漂亮的一位。有同学问:"是不是最漂亮的?"新娘子回答:"我算不上漂亮,我们那里漂亮的姑娘多得很。"

新郎新娘合唱了《洪湖水,浪打浪》,新娘独唱了《红梅颂》。相比之下,新娘比新郎大方得多,获得大家的一致好评。当李建生问到他们的近期计划和远期计划时,忠林回答:"近期计划就是在开学之前,一起游览北京的名胜古迹;远期计划就是毕业后争取到成都工作,设法两人调到一起。"刘歌问:"还有培养接班人的问题呢?"忠林装作没听见,招呼大家吃糖。郑瑞恒揭露他:"王顾左右而言他。"全体大笑。新娘子坦然答道:"这个问题我们考虑了,响应党的号召,只要一个!"她的四川话很好听,顿时掌声大作。新郎还保证要与新娘相亲相爱,互助互敬。

婚礼的全过程录音。李方（退役军人，入学前曾在宁夏电视台工作）同学负责摄影。

1982年2月23日　星期二

今天下午课后党员开会，讨论通过吴高盛、孙小克、吴志攀三位同学的预备期满转正的申请。

我班有25位同学报考研究生，其中19人报考本校（李建生、邹斌、胡元祥、邵景春、王世洲、齐海滨、石泰峰、吴志攀、朱苏力、孙晓宁等）。6人报外校：孙小克、卢秋生报考中国人民大学，卢松、陈欣、赵勇报考外交学院，姚红报考北京政法学院。

1982年7月3日　星期六

今天下午，学校召开文科毕业生大会，王学珍副校长在会上讲话。

1981年毕业生分配情况，总的看比较好：理工科分配到厂矿企业的60%以上，分配到高校的约占10%。

1982年全国高校共有毕业生31.5万人，是新中国成立以来人数最多的一年。我校今年有1720名毕业生。各部门和省、市、自治区要求分配毕业生近70万人。财经、政法、英文、地质、矿业、机械、轻纺等专业不能满足需要；理科、军工、外文中的某些专业有富余。

在统一计划下实行由国家分配、地方分配、部门分配相结合的办法。对不顾国家需要、坚持个人无理要求、不服从分配的学生，取消毕业生分配资格，五年内全民所有制单位不得录用。

1982年7月5日　星期一

今天下午，在首都体育馆举行首都高等学校应届毕业生大会。到会的有17000人。

今年全国共有31.1万名高校毕业生，其中工科11.2万人，农业1.8万人，林业0.34万人，医科3.33万人，师范8.9万人，文史1.7万人，理科2.1万人，财经1万人，政法900人，体育0.29万人。

姚依林副总理讲话："同学们，你们不久就要走上工作岗位，参加祖国的社会主义建设,我向你们表示热烈的祝贺!40多年前,我和你们一样,也是一个大学生,但我只读了两年大学,因为国民党要抓我,组织上把我转移了。再回到北京时,已经是1949年了。同学们要有高度的政治觉悟和为祖国献身的英雄气概。希望你们热爱我们共同的事业,把自己锻炼成为真正的马克思主义者,成为中国革命和建设事业的合格的接班人。让我们大家一起共同奋斗!"

清华大学水利工程系顾弼时、北京师范大学数学系王聪华代表首都应届毕业生发言:"坚决服从党和国家的派遣,到最艰苦的地方去,到祖国最需要的地方去!"

1982年7月17日　星期六

今天公布法律系1978级的毕业分配方案。全班64位同学,其中23人考上研究生,41人参加分配。分配方案如下:铁道部1人,社科院1人,司法部机关1人,西北政法学院1人,西南政法学院1人,最高人民法院3人,最高人民检察院2人,海关总署(北京)2人,广东分署1人,新华社(北京)1人,全国人大常委会办公厅1人,法委会2人,外交部1人,交通部1人,《人民日报》(北京)1人,对外经济贸易部1人,城建总局1人,国家民委1人,国家经委1人,总政治部(现役军人)2人,教育部机关1人,北京大学3人,武汉大学1人,南京大学1人,厦门大学1人,中山大学1人,北京市2人,山西省1人,浙江省3人,安徽省1人。

1982年7月22日　星期四

李方同学结婚了,晚上来宿舍分送喜糖。他的妻子在昆明军区总医院任化验员(干部),是他在昆明部队服役时认识的。

很快就要分别了。这几天同学之间相互赠言留念。以下是部分同学给我的赠言:

成卉青:最幸同窗交情深,灿灿文采每惊人。君树桃李南天去,提笔时当望厦门。

吴志攀:我们虽然交谈不多,但都是恳切的话。有时只是微微一笑,但却是出自内心的。

朱苏力：达则兼济天下，穷则独善其身。

吴高盛：知你者谓你心忧，不知你者谓你何求。

卢秋生：大雪压青松，青松挺且直。欲知松高洁，待到雪化时。

王苏宁：南天海国把根扎，喜看桃李满天下。

张坚钟：厦大，这座光荣的学府，将成为你大展宏图的地方。

王志远：一切过去了的，都将变成亲切的怀念。

孙晓宁：海内存知己，天涯若比邻。

陈应宁：强健身体，锻炼意志，涵养情操，丰富知识。

张淳：国家兴亡，匹夫有责！

石泰峰：但愿人长久。

韩晓武：走自己的路，不要动摇。幸福就在于创造新的生活。

吴仕民：见贤思齐，从善如流。

林力：莫愁前路无知己，天下谁人不识君！

卢松：朝朝暮暮，未名湖边四年的共同生活，将永远成为我们记忆中的一页。

李建生：行高若杨树，心如明镜洁。

王刚平：天涯何处无芳草。

王世洲：与君相知，真乃人生一大快事！

邵景春：老老实实做事，清清白白做人。

陈忠林：有志者事竟成。

孙小克："埋头苦干，舍身求法。"鲁迅说，这种人是中国的脊梁。

1982 年 7 月 23 日　星期五

苏力同学为班级毕业纪念册题写的序言：

大海在前方！风帆升起来了，船队正呼唤着风、风！

是祖国的不幸，还是我们的幸运？使我们，年龄悬殊、经历各异的我们，从天南海北汇集到未名湖畔。

学习、追求、探索，我们有过共同的欢乐和忧虑，也有过各自的幸福和苦恼……

风流云散，又将是天各一方！但记忆不应也绝不会模糊！

互相祝愿吧,为了我们的友谊!
共同奋斗吧,为了祖国的明天!

图 12　参加北京大学建校 100 周年庆祝活动(1998 年 5 月)

那年母亲来北大[*]

几年前,我在香港见到北大的老同学刘新魁(时任香港中联办法律部部长)。聊起大学往事时,我说:"那年我母亲到北大看我,在西校门遇见你,是你带她找到我的。"新魁说:"有这件事吗?我怎么一点印象都没有了。"我说:"我母亲到现在都还记着这件事。她说那次到北大迷了路,幸好遇见了一位解放军,带她走了很远的路,才走到法律系的学生宿舍。"她说的"解放军"就是新魁同学。那时我所在的班级有 6 名现役军人,新魁是其中之一。他几乎每天都穿着缀有领章帽徽的军装行走在北大校园,十分引人注目。

那是 1980 年 9 月下旬的一天,我正在学三食堂吃午饭。新魁同学急匆匆地跑进食堂,对我说:"你妈妈来学校了,就在你宿舍。"我立即收拾碗筷,跑回学生宿舍 37 号楼。还没进屋,就听到母亲爽朗的笑声,她和几位同学聊得正欢,我记得其中有王世洲(后为北京大学教授)、卢松(后为外交学院教授)等。母亲告诉我,她到山东出差,办完事后绕道来北京看我。我说:"您出来之前怎么没有先写封信告诉我呢?"她说:"我给你写了信,你怎么还没收到呢?"这是母亲第一次来北京。她从火车站坐公交车来北大,本应在海淀站下车,从南校门进校,但她以为到北大就应当在北大站下车,于是多坐了一站,从西校门进校,结果多走了两公里的路。

母亲那天心情极好,说话滔滔不绝,谈笑风生。在嘘寒问暖之后,她又和大家聊起了法律问题。她问道:"你们都上一些什么法律课呢?"我说"您看看我们书架上的教材,就知道我们上什么课了。"她对此很有兴趣,拿起一本《民法原理》,说"这是关于民事法律的书";而后又拿起一本《刑法总论》,说"这是关于刑事法律的书";再拿起一本《刑事诉讼法教程》,说"这是关于刑事诉讼法律的书"。站在一旁的同学听了,都有些惊讶。我介绍说:"我母

---

[*] 本文原载《厦门日报》2022 年 1 月 27 日 B04 版。

亲年轻时曾在晋江地区中级法院工作过几年,担任助审员,专门审理离婚案件。"母亲赶紧解释说:"我是工农干部,没有学过法律。"正说着,她又拿起一本名为《国际私法》的教材,翻了几页,无法琢磨出"国际私法"的意思,于是悄悄地用闽南话问我:"这是不是一本关于国际反走私的法律书?"我回答说:"不是。它和反走私没有关系,和法律冲突有关。"我知道母亲听不懂"法律冲突",但一时想不出如何用通俗的语言向她解释。她那渴望知识的眼神使我感动,至今记忆犹新。

母亲在北京住了3天,我带她游览了颐和园、故宫、北海等景点。一星期后,我收到母亲出差前的来信,信封上收信人的地址只有6个字:"北大法系78"。据了解,这封信由于地址过于简略,被误送到法语专业,后因查无此人,退回学校收发室,再转来法律系,由此耽误了一两个星期。我立即写信告诉母亲,今后写信时,收信人的地址应当写全称"北京市海淀区北京大学法律系1978级"。母亲听从我的建议,后来每次写信时都十分认真地书写收信人地址,再也没有发生过差错。

图13　我和母亲于北京大学西校门合影(1980年9月)

从北大到厦大*

1982年7月,我从北京大学法律系毕业,分配到厦门大学法律系任教。离京前一天下午,我在金台路偶遇虞愚老师,和他一同吃晚饭。虞愚老师是厦门人,毕业于厦大心理学系,曾在厦大任教多年,1956年调到中国科学院工作。他得知我即将到厦门大学工作,很是欢喜,给我讲了很多厦大的故事。最后他说了一句:"你到厦大后就可以看见我写的字。"

8月1日晚上,我乘坐火车从北京出发,在经过武汉、长沙、南昌时,三次下车游览,8月7日下午才到厦门。走出车站,看到熟悉的风景,我不禁百感交集。1978年10月初,我从这里乘车北上求学,在车站候车时,看见厦门大学的校车停在广场上,正在迎接1978级新生。四年过去了,我又一次站在车站外的广场上,想到今后任重道远,心里有些忐忑不安。

那时的厦门,市区只有三条公交车线路:1路车,从火车站到厦大;2路车,从厦大到轮渡;3路车,从火车站到轮渡。我乘坐1路车来到厦大。正值暑假,校园里十分安静,访客可以随意进出。如今芙蓉湖所在的位置是一大片菜地,一派田园风光,学生宿舍楼后边还有一个小村庄(后来才知道那是"东边社")。学校传达室代售《厦大风光》明信片,每套0.5元。我当即买了一套。

厦大招待所就在传达室旁边。由于正好有会议,招待所没有空房。服务员对我说,可以去住总务处的简易客房,但是总务处无人值班。这时我想到离开北京前,正在北大进修的厦大刘明湘老师托我带一些东西给家里,于是决定先把东西送到刘老师家。刘老师家住在厦大白城。他的家人非常热情,留我一起吃了晚饭。刘老师的夫人得知我尚未找到住宿的地方,便让儿

---

* 本文原载《厦门日报》2024年3月22日B08版。

子刘晓(厦大物理系1980级学生)带我去住他的宿舍。走进刘晓所住的芙蓉5号楼302室后,我看到房间里有几个大水桶,有点奇怪。刘晓告诉我,厦大用水紧张,自来水定时供水,平时一定要存水备用。

那天晚上8点多,我从芙蓉5号楼走出白城校门,漫步走到海边。这里海风轻拂,波涛拍岸,远处隐约传来金门岛的广播声。在经过一片小树林时,我被一名全副武装的哨兵拦住了。他盘问了几句,得知我刚从北京来到厦门,尚未报到,便放行了,并告诉我,这里是海防前线,夜间不能来海边。

第二天,我游览了南普陀寺和鼓浪屿。那时厦门旅游景点的门票都是5分钱,轮渡的船票也是5分钱。

8月9日一大早,我到学校报到,人事处的苏进胜老师告诉我:"现在学校放假,无法办理新教师报到手续,你回家住几天再来报到吧。"我按照他的建议,回到泉州家里住了10天后,再次来厦大报到。报到过程的复杂程度超出了我的想象。我借了一辆自行车,用了两天时间,才办好各种手续,还填写了"干部履历表"和"教职工登记表"。与报到有关的部门包括:人事处、校办公室、总务处、教务处、财务处、校产科、系办公室、行政科、

图14 厦门大学上弦场(1982年8月)

膳食科、保卫处（派出所）、校医院、图书馆等。那一年的新教师有 100 多人，大多住在芙蓉 1 号楼 3 楼。我住 308 室。

完成报到手续后，我到厦大上弦场拍了一张照片，以纪念这一重要的人生转折。在上弦场主席台，我果然看到虞愚老师 1954 年书写的对联："自饶远势波千顷，渐满清辉月上弦。"

过了几天，我接受了来厦大后的第一项任务：到车站、码头迎接 1982 级新生。三天迎新工作结束后，学校给我发了补贴——1.5 斤粮票和 1.2 元。

9 月 2 日晚上，我和 1982 级新生一同在建南大会堂看电影——纪录片《桃李春风》（讲述厦大建校 60 周年校庆）和《南侨之光》（讲述陈嘉庚先生爱国事迹）。看到《桃李春风》中虞愚老师回厦大讲课的镜头，我想起离京前他鼓励我的话："你在厦大一定会大有作为的。"

重返校园

第五辑 往事杂忆

我和厦大出版社：作者·顾问·朋友[*]

2005年，厦大出版社成立20周年时，我应邀写了一篇短文《20年的社史，19年的交往》。转瞬之间，出版社30周年社庆来到了。

今年3月24日，作为作者，我到厦大出版社校对《司法改革论评》（第19辑）的清样。蒋东明社长见到我，十分正式地邀请我为出版社30年社庆写一篇短文，主题为"我和出版社"。我一口答应，但心里却发愁了。30年间那么多人和事，千头万绪，不知从何说起？

第二天上午，我以出版社法律顾问的名义，和法律编辑室的甘世恒主任一同到北京，调研依法治国新形势下法学教材出版中的新问题，历时三天。一路上我一直在考虑蒋社长约稿的事，突然有了一点灵感。30年来，我和出版社的交往史，可以大致归纳为作者和顾问两方面。

先说作者方面。1986年，出版社成立伊始，即面向全校教师征集著作。我那时还是一名助教，报了一个选题"民事诉讼法自学辅导"，没想到竟然被选中了。1987年7月，我申报的著作出版了。这是出版社成立之后出版的第一本法律图书，也是我一生中编写并出版的第一本书。我因此得到1000多元的稿酬，而那时讲师的工资一个月仅有100多元。滴水之恩，必当涌泉相报。20多年来，我在厦大出版社出版了40多部专著、教材、普法读物，其中，《民事程序法》《民事司法改革研究》《英国证据法》《仲裁法新论》《公证制度新论》等著作在法学界影响很大，屡次再版，多次获奖。例如，《民事程序法》于2004年荣获首届中国优秀法律图书奖；2006年入选"普通高等教育'十一五'国家级规划教材"，被很多高校选用为本科教材，畅销10多年，改版8次。[①]

---

[*] 这是我应邀为厦门大学出版社成立30周年而写的小文章，刊登于《厦门大学报》2015年4月《社庆专刊》。

[①] 《厦门大学出版社社史（1985—2020年）》，厦门大学出版社2021年版，第64页。

再说顾问方面。1992年8月,老社长陈天择老师看到我经常跑出版社,主动提出聘请我为法律顾问。20多年来,我帮助出版社处理了几十件和出版相关的合同纠纷、侵权纠纷等事务,并尽最大努力协助出版社开拓法律图书的市场,不但出谋划策,而且多次和出版社编辑赴重庆、北京、广州、南昌等地法律院校组稿。

这次在北京调研期间的最后一天,一家京城出版社的领导不解地问甘编辑:"法学院的教授为何和你一同出来调研呢?"小甘这样回答:"齐老师是我们社的法律顾问,我们都把他看作出版社的成员。"于是我想到了本文的题目,作者、顾问这两种身份还不够全面,应当加上"朋友"。朋友者,志同道合、意气相投之谓也。

风雨兼程,弦歌不辍。不忘初心,方得始终。谨以此与厦大出版社的各位朋友共勉。

补记: 近日阅读蒋东明学兄(曾任厦门大学出版社社长10余年)的大作《遇见出版》(厦门大学出版社2019年版),发现其中有几处提到我,可作为本文的印证。例如,在该书第43页,他写道:"厦大法学院齐树洁教授是我社30多年的合作伙伴。他自第一本书在我社出版后,便成了我们的知心朋友,还被我们聘为法律顾问……为我们建起了法学研究图书的阵地。"

我和厦大法学院：34 年的坚守[*]

风雨兼程，弦歌不辍。厦门大学法学院走过了 90 年的曲折而辉煌的历程。抚今追昔，思绪万千。我不由地想起 20 世纪 80 年代法律系复办之初的艰难岁月，怀念那些为法学教育呕心沥血的开拓者。

1982 年 7 月下旬，我从北京大学法律系毕业，分配到厦大法律系任教。在此之前，我从未到过厦大，对这所"南方之强"学府的碎片化了解大多来自早我半年来厦大任教的王志勇学兄（北大法律系 1977 级）信中的描述。

我到厦大报到后不久，8 月下旬的一天，系主任盛新民老师和我谈话。他那时 50 多岁，声如洪钟，和蔼可亲，对新人关怀备至，对事业充满热情，使我深受感染。盛老师说："我们很欢迎你来，我们系现在很缺人。全系现有教职工 35 人，学生 100 多人。许多老教师的专业中断了 20 多年，对业务很生疏。1979 年刚复办时虽然有几位老教授，但是有的去世了，有的病了，有的老了。去年我们系教师的平均年龄为 53 岁。我们都是过渡的人，今后我们系的发展就要依靠你们这批年轻人了。这次从外校分配来厦大 6 名毕业生，法律系就占了 4 名（北大、人大、吉大、西政各 1 人）。"关于我今后的工作安排，盛老师说待 4 人都到齐后，分别征求意见，然后由系里开会决定，尽可能照顾个人的意愿和兴趣。

几天后，人大的陈里程、吉大的王灿发、西政的殷爱荪先后来厦大报到。一个月后，系里安排我从事"民事诉讼法"的教学研究工作。

那一年我 28 岁，此前当了 5 年兵，读了 4 年大学，尽管只有本科学历，但却踌躇满志，一心想做一番大事业，因此被盛老师的一席话说得豪情满怀，热血沸腾。我相信，只要努力奋斗并持之以恒，一定能为法律系的发展

---

[*] 这是我为厦门大学法学院建院 90 周年写的文章，原载《厦门大学报》2016 年 9 月《院庆专刊》。

作出一点贡献,不辜负前辈的希望。

　　光阴飞逝,如白驹过隙。34年过去,弹指一挥间。1983年我为1980级、1981级学生讲课时,有几位学生和我年龄相仿;这学期我为2015级学生讲课时惊讶地发现,大部分学生比我的女儿还小10岁。

　　30多年中做过的事情太多,难以总结,仅列举其中几例:

　　自2001年起,我先后发起编写"厦门大学法学院诉讼法学系列""厦门大学司法制度研究丛书',至今已出版29部学术专著,总字数约1500万字。这些著作奠定了厦大诉讼法学科在我国法学界的学术地位。数百名厦大博士生、硕士生参与写作并从中得到了学术训练,逐渐成长为法治建设的优秀人才。

　　自2002年起,我每年组织学生到福建、广东、江苏等地的法院调研、实习,至今已经组织了20余次。2011年10月,在我的指导下,2008级本科生完成的调研成果《乡土视野中的纠纷解决——以海安法院的疏导式庭审为样本》获得第十二届"挑战杯"全国大学生课外学术科技作品竞赛特等奖。这也是厦大在历次全国"挑战杯"竞赛中所获得的第一个特等奖。

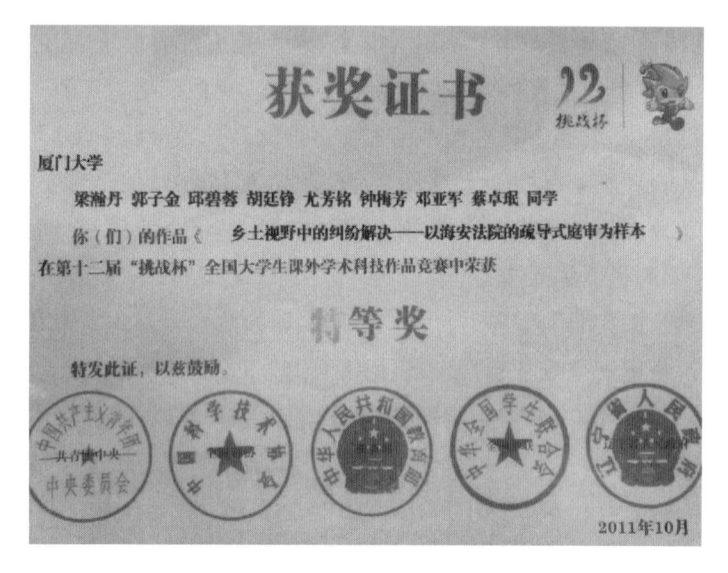

图15　第十二届全国"挑战杯"竞赛特等奖获奖证书(2011年10月)

重返校园
第五辑 往事杂忆

2004年12月,我应邀担任厦门市"多元化纠纷解决机制"地方立法项目总顾问,为2005年10月厦门市人大常委会通过我国第一部ADR(诉讼外纠纷解决机制)地方立法尽了绵薄之力。厦大也因此成为全国ADR研究的重镇,受到学界的关注。

自2006年起,厦大诉讼法学科与清华大学诉讼法学科合作,共同编辑出版《司法改革论评》,每年出版2辑,由我和清华大学张卫平教授共同担任主编,至今已出版21辑。

自2008年起,厦大诉讼法学科与厦门市中级人民法院合作,共同编辑出版《东南司法评论》,每年出版1卷,由我担任主编,至今已出版9卷。

2014年4月,我发起设立"荐贤奖学金",历时半年,终于大功告成。福建、广东、北京、上海、河南、浙江、海南、陕西、江西、江苏等地的83位校友踊跃捐款(其中有我担任班主任的1984级3班全体同学,以班长张松为代表),共筹得70万元。2015年10月,法学院举行第一届"荐贤奖学金"颁发仪式。

图16 厦门大学法学院2016年院级奖助学金颁发仪式合影(2016年10月)

前几天,我参加厦大学生社团"法学社"(成立于1984年,我从1995年起担任法学社的顾问)的换届大会。新一届(第32届)的法学社成员以2015级学生为主。这是一群充满活力的少男少女,志向高远,风华正茂。

341

一位学生的发言使我感动:"法学社已经走过了30个年头,她还会一直走下去,50年,100年,甚至更久的时间。而我,愿意做法学社悠久历史的一块基石。"

写到这里,想起了1982年8月刚到厦大法律系报到时盛新民老师对我说过的话。作为已经在厦大任教34年的老教师,或许今天我也有资格这样对他们说:"同学们,未来我们国家法治事业的发展就依靠你们这批年轻人了。"

图17　厦门大学法学院2024年院风学风表彰大会(2024年6月)

后 记

2024年1月,我和厦门大学出版社的几位同志到福州参加法学教材编写会议。在回厦门的动车上,施高翔总编辑郑重地邀请我写一本书,编入"凤凰树下随笔集"丛书。此前他曾邀请过几次,我都婉言推辞了。这次他说:"你在厦大工作几十年了,应当写一本书作为纪念。"这句话一下子打动了我,于是有了这本新书。

在此之前,"凤凰树下随笔集"丛书已经出版了二十多种,其中有柳经纬教授的《法苑拾余》、陈福郎教授的《折叠厦大时光》、刘海峰教授的《学术之美》、王日根教授的《耕余遗穗》、杨仁敬教授的《学海遐想》、朱水涌教授的《黉门絮语》、许怀中教授的《似水流年》等。这些书名都富有诗意,引人入胜。我心生羡慕,很想也有个好书名,这样才有写书的动力。春节期间,我为书名的事冥思苦想,以致茶饭无心。后来,我从自己的旧作《退伍老兵重返校园》标题中受到启发,决定用"重返校园"四字作为书名,并以这篇小文章作为"代序",用以突出本书的主题。从我的经历来看,少年从军,1978年退役后报考北大,1982年毕业后来厦大工作,由学士而硕士、博士,由助教而讲师、副教授、教授,其间经历了太多的成败得失、悲欢离合,而"重返校园"是其中最重要的转折点。一切的艰难都与此有关,所有的荣耀都源自其中。当初这一看似平常的选择实际上深刻地影响了我的一生。以此作为书名,虽然字面上有些浅白,但是它的寓意深远,令人回味。

本书收入了我从1993年至2024年所写的80余篇小文章,此前均已发表在正式报刊上,包括我为《厦门日报》《人民法院报》《检察日报》《中国社会科学报》《东南司法评论》《司法改革论评》等报纸、书刊写的新闻观察、时事评论等,也包括我为十多位学生、朋友的著作所写的序言,以及为《人民调解》杂志撰写的介绍外国调解制度的系列文章。此外，为了使本书更具有可读性，我还以"往事杂忆"为名，收入了2004年以来所发表的一些类似于"朝花夕拾"的小文章。

厦门大学出版社前社长蒋东明学兄（现任厦门大学书画研究会会长），应我之邀，欣然挥毫，为本书题写书名，其情义感人至深。遥想1982年8月，我从北大法律系毕业，分配到厦大任教，他从厦大物理系毕业，留校任教。当年我们同住芙蓉1号楼3楼，往事依然记忆犹新。尽管岁月流转，世事变迁，但友情不曾改变。

厦门大学出版社甘世恒编辑为保证本书的质量而出谋划策，在编辑过程中对本书的版式、文字乃至标点符号精雕细琢，一丝不苟，精神可嘉。

感谢厦门大学法学院历届领导和同事们四十余年如一日的鼓励、支持和帮助。

感谢我的亲人、学生、朋友们长期以来的理解、关心和扶持。

甘编辑昨天告知新书即将付印，建议增加一篇"后记"，对本书的写作做一个总体的说明。我觉得他的建议言之有理，于是写了如上文字。

书不尽言，言不尽意。那么，就用2023年元旦我为厦大法学院学生写的新年寄语作为本书的结束语吧：

　　最好的时光是现在，最美的地方在这里。
　　既然选择了远方，便只顾风雨兼程。

作者　谨识
2024年7月16日